LES THÉBAINES

La Couronne insolente *

Née au Mans, Jocelyne Godard a été journaliste d'entreprise et photographe. Après avoir publié des poèmes, elle a créé et dirigé une revue de poésie et fait paraître deux essais *Elles ont signé le temps* et *Léonor Fini ou les métamorphoses d'une œuvre*, ainsi qu'un roman historique *Dhuoda ou le destin d'une femme écrivain en l'an 840*. Passionnée par les femmes célèbres du passé, elle est l'auteur de la saga des *Thébaines* qui comprend six volumes.

JOCELYNE GODARD

Les Thébaines

*La Couronne insolente **

ROMAN

LE SEMAPHORE

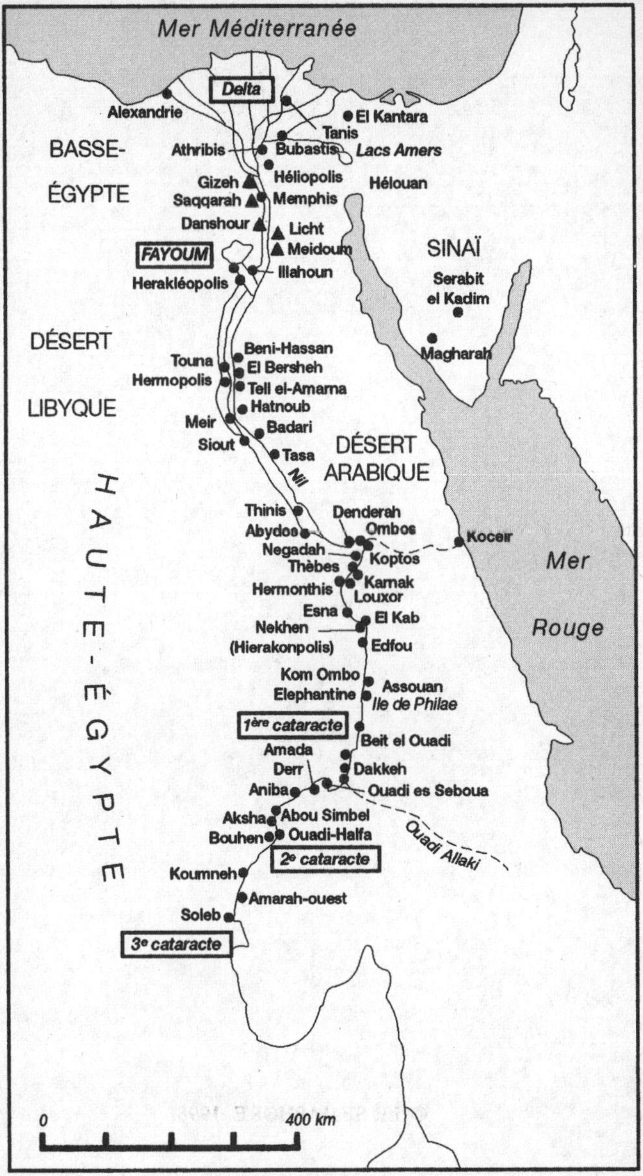

Carte de l'Egypte ancienne au temps de la pharaone Hatchepsout (XVIIIe dynastie)

LA XVIIIe DYNASTIE ET SES PHARAONS (en encadré)

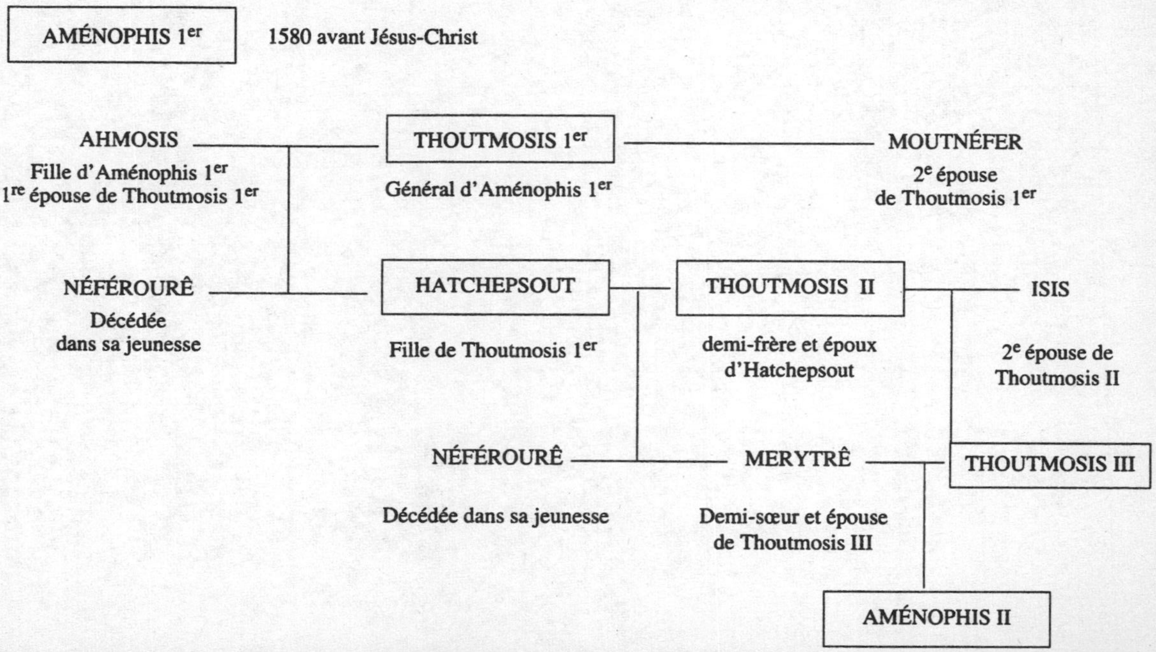

HISTORIQUE

Quand le père d'Hatchepsout Thoutmosis 1er meurt, ne laissant que sa fille héritière du trône, celle-ci décide de régner en co-régence avec son époux et demi-frère qui, de son règne assez bref, ne laissera que peu de traces dans les annales de l'Egypte ancienne.

À cette époque de la XVIIIe dynastie, les envahisseurs sont tous refoulés des frontières, Hyksos au nord et Nubiens au sud. Seul, demeure le royaume du Mitanni qui, par la suite, devait devenir un redoutable adversaire.

Dans cette poussée plutôt favorable, reste à développer l'agriculture et l'artisanat qui, depuis longtemps, subissaient les aléas des guerres, accroître le commerce des matières premières : le calcaire, l'albâtre et les turquoises, enfin reprendre les échanges avec les pays voisins en favorisant davantage les transports et la navigation. Et, pour satisfaire ce vaste programme, il fallait un règne de paix qu'Hatchepsout s'apprête à suivre.

Ahmosis, Aménophis et Thoutmosis, les prédécesseurs d'Hatchepsout avaient, ainsi, ouvert une nouvelle dynastie qui, de prestige en prestige, devait durer des siècles.

Quand Hatchepsout se fait sacrer Pharaon des Deux Egyptes, endossant la double couronne, tenant le sceptre et le fouet symbolique, posant la barbe postiche sous son fin menton, elle prend conscience que son pays n'a plus besoin de guerre, mais d'harmonie intérieure.

Elle s'entoure de quelques vieux fidèles ayant servi son père comme le Grand Architecte Inéni et le Grand Trésorier Djéhouty. Elle s'adjoint de loyaux collaborateurs tels que Néhésy, Hapouseneb, Pouyemrê et, enfin, celui qui grandit dans son ombre, l'architecte Senenmout qui construira son temple funéraire Deir-el-Bahari.

Le règne de la pharaonne Hatchepsout se partagea entre le temps des constructions et le temps des voyages. Elle élèvera des obélisques, fortifiera et embellira Karnak et le temple d'Amon, les villes de Thèbes, Edfou, Abydos et, plus bas vers la 2e cataracte, celle de Bouhen et d'autres en Nubie.

Puis, du célèbre Pays du Pount qu'il fallait trouver en accédant par l'embouchure du Nil ou directement par le port de Quoser, sur la côte de la Mer Rouge, elle rapportera les parfums indispensables au plaisir des dieux, ceux-là mêmes qui l'ont placée sur le trône et qu'elle ne veut pas trahir.

Après un règne d'environ dix-huit ans, Hatchepsout disparaîtra dans des circonstances que nous ignorons, laissant la place au troisième des Thoutmosis, fils bâtard de son époux qui, bien entendu, n'attendait que le jour où, enfin, il pourrait monter sur le trône des pharaons.

Malheureusement, bien des inscriptions ont été effacées sur les murs et bas-reliefs du temple de Deir-el-Bahari, ce qui permet d'imaginer avec la fantaisie la plus audacieuse ce qu'aurait pu être la vie de la célèbre reine.

Mon armée est maintenant couverte de richesses
depuis que je me suis levée en roi...

Ma frontière du Sud va jusqu'aux rivages du Pount,
ma frontière de l'Orient va jusqu'aux confins de l'Asie...

(Extrait de bas-relief du Temple de Deir-el-Bahari)

CHAPITRE I

Ahmosis observait sa fille.

Un rayon de lune, obscurci en partie par un ciel de jais, absorba les grands yeux allongés de l'enfant que la saison du Chemou venait de mettre au monde.

Le visage de la petite Hatchepsout était mince et blanc. A la voir aussi éveillée qu'une fleur de lotus ouverte sur l'eau parfumée de la vasque, on eût dit qu'elle annonçait un présage d'harmonie et de paix.

La ligne des joues et du menton promettait des courbes plaisantes et le nez délicatement bombé, aux narines frémissantes, aspirait par petites touches mesurées l'air voluptueux que la chaude nuit diffusait en abondance.

Sur les lèvres pulpeuses, s'étirant déjà en un sourire énigmatique, fleurissait on ne sait quel heureux sortilège qui attendrissait le cœur d'Ahmosis.

Cet ensemble plein de grâce et d'équilibre faisait ressortir en un point imprécis quelques discrets apports d'Afrique Noire ou d'Asie Mineure.

Mais qu'importe ! Le sang qui coulait dans les veines de la petite fille était de la race la plus noble qui soit. Et, si l'enfant ne pouvait combler le vœu le plus cher du pharaon, celui d'être née mâle, du moins restait-elle pour lui l'objet d'une sincère admiration. Sa naissance la plaçait au-dessus de tous. Sans nul doute, Hatchepsout détenait l'héritage du sang royal qui perpétuait la lignée des grands pharaons.

Thèbes que la situation privilégiée à proximité du fleuve rendait luxuriante, animée et prospère, Thèbes qui enfermait ses gloires et ses richesses, la puissance et l'immortalité de son dieu Amon, s'agitait dans le flot indescriptible de ses multiples occupations.

N'ayant pu éviter les cérémonies astreignantes et successives qui avaient suivi la naissance de sa fille, Ahmosis se sentait un peu faible. Tous ces jours de liesse n'avaient été pour elle que lassitude, l'obligeant à sourire, converser, s'activer, s'intéresser à mille choses qui, en ces instants d'extrême émotion, ne comptaient guère pour elle.

A ce jour, seule sa fille importait. Seule, la vue du berceau d'osier tendu de coussins blancs et moelleux apportait à son esprit des ondes de bonheur insoutenable.

La jeune femme passa une main rêveuse, dont on avait soigneusement ôté toutes les bagues, le long de son cou diaphane où couraient quelques petites veines bleues, aussi légères et délicates que des nervures d'ailes de libellules.

Ahmosis soupira et se dit, à nouveau, que les exigences des dieux vivants étaient bien contraignantes comparées au repos éternel des dieux morts.

Eloignée du harem où vivaient les concubines, et plus écartée encore de la grande cour centrale où passaient en permanence les soldats de la garde, les scribes, les artisans et les servantes attachées au palais, la chambre de la reine et ses appartements privés étaient situés dans l'aile ouest, la plus ombragée et la plus fraîche.

Ahmosis se pencha sur l'enfant qui bougeait. Un instant, elle faillit appeler les nourrices, mais se retint pour profiter, seule encore, de la merveilleuse image que lui offrait sa fille endormie. Houset viendrait bien assez vite la lui reprendre. Les lèvres de la jeune femme esquissèrent un sourire et ses réflexions s'élancèrent à nouveau sur des espoirs prometteurs.

Caressant la petite tête veloutée qui se lovait dans son bras replié, elle se prit à réfléchir. Que de monde était venu voir mère et fille enlacées dans leur béatitude ! Que de regards et d'esprits curieux les avaient l'une et l'autre jugées, mesurées ! Certains à l'affût d'une malformation qui eût dépareillé la princesse, d'autres se plaisant à remarquer la perfection de son état.

La chambre de la Grande Epouse Royale se tenait au fond de ses appartements et, bien que l'accès restât interdit aux gens du palais, à l'exception du pharaon et de ses servantes, on avait ouvert à deux battants la vaste pièce nimbée de la lumière du jour.

Des coffres ciselés à l'or fin et enrichis de lapislazuli trônaient sur des tapis aux motifs floraux. Des vases, des coupelles, des jarres incrustées de jade et de turquoises enfermaient parfums, fleurs et objets divers. Des tables d'ivoire servaient à poser les boissons fraîches.

Vêtue d'une longue robe à demi transparente qui moulait son corps un peu alourdi par la récente maternité, mais que l'on devinait souple et ferme sous les rondeurs excessives et inhabituelles, Ahmosis poursuivit l'investigation de ses pensées.

Que de perturbations la naissance d'Hatchepsout semait au sein du harem ! Certes, nul n'osait s'attaquer à la Grande Epouse Royale. Mais — il ne pouvait en être autrement — Ahmosis restait consciente que les intrigues les plus pernicieuses se tissaient autour d'elle. Et, pour l'instant, l'équilibre du harem semblait bien compromis. Par tradition, il était déjà le centre des rivalités où chacune rêvait à la chance qu'offrait la venue d'un fils, tout bâtard fût-il.

Pas une n'avait signé de son absence le long défilé des concubines, s'étirant dans un silence feutré, entamé dès l'aube et n'ayant cessé qu'au soir, quand l'horizon carminé avait rejoint la voûte céleste, bleuie d'une nuit toute proche.

Moulées dans leurs robes de lin blanc, le plus fin de toute l'Egypte, celui qui provenait des riches récoltes des bords du Nil, coiffées de leurs lourdes perruques noires entremêlées de perles, les unes tressées et rassemblées sur les épaules, les autres relevées en chignons compliqués, elles s'étaient avancées en silence vers le berceau royal.

Maquillées, fardées, parfumées depuis l'aube, les concubines agenouillées devant la princesse n'avaient pu s'empêcher de glisser un œil critique sur la tenue et l'allure de la voisine qui, bien entendu, agissait de même. N'était-il pas d'usage au sein du harem, qu'au lendemain d'une fête, on critiquât la façon d'être de ses congénères ?

Se relevant avec une précaution infinie, car il fallait mesurer gestes et attitudes, elles avaient offert à la reine un sourire crispé, empreint de ce curieux mélange fait d'envie et de douce hypocrisie. Certaines, pourtant, s'étaient efforcées de paraître plus sincères, présentant à la reine des souhaits qui, sans la convaincre réellement, lui laissaient du moins penser que Thoutmosis était comblé.

La plus insoumise était inévitablement la Seconde Epouse Royale qui n'avait pas attendu que la reine accouchât pour annoncer sa propre grossesse. Elle gardait dans les yeux une permanente révolte, un instinct de rebellion qui eût soulevé un régiment entier disposé à la suivre.

Face à sa rivale qui berçait avec tendresse la fille qu'elle venait de mettre au monde, Moutnéfer n'avait pas eu d'autre attitude que celle d'un mépris subtilement déguisé en sourire indélicat et trompeur.

Aussitôt sortie de la chambre royale, n'avait-elle pas provoqué l'entourage en avançant un ventre proéminent qu'elle caressait langoureusement de ses deux mains recouvertes de bagues lourdes et coûteuses ?

Moutnéfer savourait une jolie victoire en s'assurant que le berceau princier n'enfermait pas un petit mâle. « Serait-elle incapable d'enfanter un fils ? » criaient ses yeux fallacieux dans ceux des invités d'honneur qui, par ricochet, doutaient aussi.

Et, le regard cerné d'arrogance, Moutnéfer avançait avec plus de défi encore son ventre protubérant qui, sans nul doute, enfermait un garçon !

Mais Ahmosis connaissait pleinement la portée du danger. En fait, elle n'allait pas plus loin que les répercussions abusives et diffamatoires auprès d'un harem sans cesse en effervescence. Car, si les origines nobles de Moutnéfer étaient incontestables, elles étaient insuffisantes pour que son fils — si toutefois elle accouchait d'un mâle — soit élevé au rang princier et, si les vents lui étaient favorables, il devrait à coup sûr légitimer son titre par un mariage de lignée pharaonique.

Ahmosis pouvait donc se rassurer, Moutnéfer ne pouvait rien contre elle, tout comme cette jeune concubine, sans noblesse, qui avait enfanté quelques années plus tôt d'un fils qui grandissait dans le harem, enfermé avec sa mère, en attendant que le pharaon daigne le prendre dans sa puissante armée.

Mais, il allait sans dire que sous ses airs de suffisance, Moutnéfer se méfiait et tremblait comme une feuille de sycomore en plein vent. Certes, elle n'en était ni à sa première ni à sa dernière rancœur, ce qui n'était pas le cas pour la mère d'Aménosis et d'Ouadjmosis qui, tranquille et sereine, tissait le lin dans un des ateliers du harem avec un art incontestable.

Aménosis et Ouadjmosis, nés d'une première épouse qui, malheureusement, n'avait aucun sang bleu, étaient probablement les deux plus beaux fils du pharaon. Solides garçons, vaillants, robustes, audacieux, ils apprenaient brillamment l'art des jeux et des combats guerriers, mais se voyaient pourtant écartés de la couronne royale.

Certes, Thoutmosis aurait aimé s'appuyer sur les jeunes épaules d'un fils de haute lignée, mais il regardait avec sérénité le cas identique, qui, jadis, l'avait porté sur la couche royale de la fille du Grand Aménophis. Les dieux ne l'avaient ni rejeté ni écarté. Thoutmosis, alors Grand Général du pharaon, avait hérité d'une descendance suffisamment pure pour qu'Aménophis accepte qu'il épousât sa fille.

La toute-puissance d'Amon, dieu des rois thébains, pourvoirait à ses besoins les plus préoccupants. A présent, qu'il avait une fille sortie du ventre d'Ahmosis, ses audaces pouvaient étouffer ses craintes chaque fois qu'une concubine lui ferait un fils. Dans la mêlée, il trouverait un élément digne pour l'épouser et la dynastie pourrait se perpétuer.

Ce n'était donc pas les enfants mâles qui manquaient au harem et la petite Hatchepsout, l'œil étonné, vif et alerte, avait vu défiler devant elle ses nombreux demi-frères.

Comment Ahmosis aurait-elle pu ne pas partager les sentiments de son époux ? De tous les temps, la loi héréditaire dictait ses impératifs.

Relevant la tête et prenant appui sur le bord de sa couche, elle sortit enfin de sa rêverie. Sa douce compagne Séita lui manquait. Séita qui partageait ses secrets les plus intimes et qui, en retour, lui dévoilait avec confiance ses joies et ses espoirs, ses appréhensions, ses troubles et ses émotions.

Séita n'était pas au rendez-vous. N'allait-elle pas être mère, elle aussi, dans quelques mois à peine ?

Ahmosis frappa dans ses mains.

Trois servantes entrèrent aussitôt. Allongées sur une natte d'osier, tapies contre la porte, elles attendaient que la reine les appelle.

— Sabou ! dit Ahmosis en se penchant sur le berceau, va chercher Houset. La princesse commence à s'agiter et je crains qu'elle n'ait soif. Quand elle commence à remuer de la sorte, c'est qu'elle réclame le sein.

Elle se redressa et, quittant Sabou du regard, reprit d'une voix alanguie en direction de la seconde servante.

— Kémi ! Retire-moi de suite cette lourde perruque que je ne veux plus ni sentir ni voir.

Sombre, luisante, parsemée de perles et de turquoises, surmontée de l'effigie du dieu-vautour, signe incontestable de la légitimité royale, la coiffure fut saisie avec mille et une précautions. Kémi, la jeune esclave métisse au regard d'ambre et à la peau délicatement veloutée, la tenait pieusement dans ses mains aux ongles longs et carminés.

Débarrassée de la lourde coiffe qui emprisonnait depuis l'aube sa tête fragile, la reine eut un soupir soulagé.

— Tu m'ôteras aussi cette poudre de galène qui pèse à mes paupières. Allons, Kémi ! Si ma fille a besoin du lait de sa nourrice, moi, ta reine, je ressens la nécessité d'un massage que tes doigts agiles et doux vont me procurer dès à présent.

Kémi posait la coiffe-vautour sur le coffre de bois doré, quand soudain, Houset pénétra dans la chambre.

— Emmène cet oiseau affamé, dit en riant la reine à la jeune nourrice, et reviens demain dès que je serai levée. Il est temps que je reprenne mes activités.

Houset jeta un regard rapide sur le corps flexible que dénudait Kémi et, se courbant sur le berceau d'osier, saisit l'enfant et le serra contre elle.

Les jeunes servantes restaient silencieuses. Sabou était revenue et préparait avec Azert, sans doute la plus âgée des trois, bien qu'elle ne dût pas avoir plus de dix-huit ou dix-neuf ans, une décoction de tisane calmante.

La grande théière en argent fumait et dégageait un arôme suave qui enfouit aussitôt les esprits d'Ahmosis dans un état léthargique. Kémi avait entièrement dénudé sa maîtresse.

Allongée sur le ventre, la reine regardait de ses grands yeux rêveurs les riches tentures où des oiseaux aquatiques prenaient leur envol. Les grands volatiles s'échappaient dans un marais où le vert tendre des papyrus alternait sobrement avec le bleu de la voûte céleste.

Les doigts de Kémi massaient doucement le dos de sa reine. Ils allaient et venaient, faisant crisser onctueusement la peau mate et opale d'Ahmosis. Ses reins étroits, ses jambes fuselées, ses hanches encore un peu rondes, s'amollissaient étrangement sous la caresse du massage.

— C'est bien, Kémi, soupira-t-elle. C'est bien. Tes doigts sont un véritable enchantement. Je ne ressens plus ni douleur, ni tension, ni même cette pesanteur qui me collait au corps.

Elle s'étira nonchalamment et se retourna sur le dos, jambes jointes, offrant à Kémi le soyeux de son ventre, de sa gorge, de ses cuisses.

— Dis-moi, Sabou, dit-elle à la jeune fille qui emplissait le gobelet d'argent de cette tisane bouillante destinée à la reine, as-tu rencontré Moutnéfer, ce matin ?

— Que ma maîtresse veuille bien me pardonner si je lui dis que mes pas ont rencontré les siens quand je sortais de la terrasse centrale pour emprunter l'aile nord du palais.

Ahmosis connaissait bien Sabou. De ses trois jeunes servantes affectées uniquement à la beauté et l'entretien de son corps, Sabou était la seule qui lui rapportait les bruits du harem avec une précision étonnante sur laquelle nulle autre n'avait l'idée de s'étendre.

— T'a-t-elle parlé ? lança la reine en prenant le gobelet d'argent que lui tendait Sabou.

Elle s'était relevée, le buste calé contre un coussin que venait de redresser Kémi et buvait à petits coups hâtifs le breuvage au goût sucré.

Dès que sa maîtresse la questionnait, Sabou s'enhardissait et ses grands yeux noisette devenaient si limpides que rien ne pouvait plus s'y dissimuler. D'un teint plus obscur que celui de Kémi, Sabou ne pouvait renier sa descendance nubienne. Ses cheveux courts et crépus, sa petite bouche lippue et son nez écrasé achevaient de dissiper le doute.

— Elle s'est approchée de moi quand elle m'a vue. Ses yeux noirs et torves reflétaient la férocité du dieu crocodile et son esprit pervers n'absorbait plus qu'agressivité et dédain, affirma la jeune fille.

Kémi avait cessé de masser la reine qui, absorbant sa tisane, écoutait en silence les propos de sa servante.

— Elle s'est piquée devant moi et son regard m'a déshabillée, poursuivit Sabou d'un ton ferme et convaincant. J'ai refusé de baisser les yeux et lorsque j'ai voulu passer, elle m'a barré le passage. « Petite, m'a-t-elle jeté en relevant la tête, tu peux dire à la reine qu'elle n'aura jamais le fils qu'elle souhaite. »

— Qu'as-tu répondu ?

— J'ai redressé le buste plus haut que le sien

et ma bouche moqueuse s'est étirée plus que la sienne.

— Qu'as-tu dit ? répéta la reine impatiente.

— J'ai attendu quelques secondes, juste le temps qu'elle se déconcentre. La Seconde Epouse Royale est toujours en fureur lorsqu'on lui tient tête. A part Pharaon et vous, Votre Altesse, personne ne peut la mater.

— Il me semble qu'avec elle, tu es fort habile à ce jeu !

Sabou ne put s'empêcher de rougir de plaisir. Cette constatation était un vrai compliment. Ahmosis soupira et leva la main, traçant dans l'espace un geste vague qui, sans nul doute, réclamait la poursuite du récit.

— Qu'as-tu dit ? s'enquit-elle à nouveau.

— Lorsqu'elle m'a paru suffisamment irritée, j'ai piqué mes yeux dans les siens et répliqué : « La reine, ma divine maîtresse, bénie par Hathor, Isis et Maât, est la plus satisfaite des femmes. La naissance de la princesse est consacrée par tous les dieux d'Egypte. Elle devient donc déesse elle-même. »

— Est-ce tout ? dit la reine en souriant.

— Non ! Votre Altesse, rétorqua Sabou en secouant sa tête aux boucles crépues. Je me suis dégagée sur le côté pour m'esquiver aussi vite que possible, car elle me barrait toujours le passage. Et, pour lui couper le souffle, car elle s'apprêtait déjà à rétorquer une médisance, je lui ai lancé d'un ton dégagé :

« La divine princesse Hatchepsout n'a que faire d'un frère supplémentaire car c'est elle qui règnera sur l'Egypte. »

*
* *

Le jour avait cessé sa course solaire. La nuit lui emboîtait le pas et son grand voile sombre absorbait ciel et terre.

Sobek ne pouvait dormir tant l'angoisse oppressait ses côtes et remontait au fond de sa gorge sèche.

Il écoutait la respiration rapide et saccadée de sa femme. L'accouchement imminent se présentait mal. Déjà, l'aube encore voilée de nuit n'avait pas accueilli en douceur les plaintes de Séita.

La clepsydre qui mesurait le temps par un écoulement d'eau dans le récipient gradué s'était retournée plusieurs fois avant que Sobek ne réagisse vraiment.

Séita poussa un cri plaintif provoqué par le retour des douleurs, ce qui la sortit aussitôt de sa torpeur. Elle regarda la pâle lumière du jour qui, lentement, venait à elle et enserra de ses mains aux doigts translucides, son ventre distendu.

— La naissance est proche, fit observer l'une des trois accoucheuses qui l'encadraient. Tu dois partir, Grand Sobek. Nous te rappellerons lorsque l'enfant sera né.

Sobek regardait le visage exsangue de son épouse. Elle ne semblait plus se préoccuper de sa présence. Un gémissement sourd et continuel s'échappait de sa bouche asséchée.

— Elle a soif, donnez-lui à boire, ordonna-t-il aux trois femmes qui s'affairaient silencieusement autour de son épouse.

— Nous la ferons boire après l'accouchement, répliqua durement la forte femme qui commençait à perdre patience. Quitte cette pièce, Grand Sobek, l'enfant doit naître et tu ne dois pas être présent.

A contrecœur, Sobek détourna son visage de Séita et quitta lentement la pièce.

La porte à peine refermée, il entendit un nouveau cri de douleur dont la prolongation et la puissance le saisirent comme un étau enserre inexorablement l'objet qu'on lui donne à broyer.

Sous ses paupières, il sentit arriver les larmes. Elles commençaient à lui brûler les yeux. Il tenta de les réprimer et s'éloigna vivement.

Le personnel s'agitait dans un silence pesant. Dans le grand hall d'entrée décoré à l'antique, deux hommes attendaient, une sacoche de cuir en main.

Ils s'approchèrent de Sobek. Le plus jeune se courba devant lui, mais l'autre resta immobile. Un Grand Médecin du Palais ne se prosternait que devant les membres royaux.

Entre deux cris, Séita retombait dans l'inconscience. Jugeant le moment venu, les accoucheuses la levèrent et, la tenant fermement sous les bras, l'obligèrent à se tenir debout.

A bout de souffle, épuisée, rongée par la souffrance, Séita se laissa fléchir sur les genoux. Les deux plus fortes femmes la retinrent accroupie. La tradition ancestrale voulait que les femmes égyptiennes accouchent dans cette position. Soulever chaque pied pour qu'on lui posât en dessous quelques briques afin de laisser le passage au nouveau-né lui réclamait une telle concentration d'esprit qu'elle laissa échapper une nouvelle plainte.

La sueur collait à ses cheveux et quelques mèches retombaient sur son cou froid et mouillé.

Lorsque les premiers rayons du soleil pénétrèrent sous le pas de la porte fermée, l'instant de l'accouchement se précisa. L'effort que fit Séita se révéla si pénible qu'elle semblait avoir totalement perdu connaissance.

Ses bras pendaient mollement le long de son corps et ses cuisses fléchies ne tenaient plus qu'avec l'aide des deux matrones qui la soutenaient solidement. La troisième, responsable de la naissance, s'était baissée et aidait l'enfant à sortir.

Devant la porte de la chambre, les servantes

s'agitaient fébrilement, n'osant prononcer un seul mot devant l'angoisse de leur maître qui, désemparé, marchait de long en large en grommelant des paroles accusatrices.

— Que la déesse Hathor emporte mon âme sur-le-champ ! jura-t-il entre ses dents.

Il leva les yeux sur les servantes affairées sans les apercevoir pour autant et s'emporta plus violemment.

— Ce protocole est stupide. Il faut le changer. C'est inadmissible que les médecins, eux-mêmes, ne puissent être présents aux accouchements.

— Calme-toi Sobek, répliqua Nebka, le médecin du pharaon que celui-ci lui avait envoyé sur son ultime demande. Calme-toi. Tout se passera bien et tu rédigeras une proposition de loi nouvelle lorsque ton enfant sera né.

Derrière la porte, Séita ne criait plus. L'enfant tomba accompagné d'un flot de sang. Le corps inerte de la jeune femme fut transporté sur le lit d'où l'on venait de retirer coussins et couvertures. Seuls, restaient les draps de lin blancs qui se souillèrent rapidement.

L'une des accoucheuses ouvrit la porte.

— A toi, médecin. Séita fait une hémorragie. Elle baigne dans le sang.

Sobek fixa l'accoucheuse avec des yeux hagards. Ses poings se crispèrent si violemment qu'il sentit ses propres ongles s'enfoncer dans ses paumes. Puis, il se précipita vers la porte, mais deux domestiques le retinrent.

— Reste, Sobek, décréta impérativement le médecin. Ne crains rien et reste calme.

Lorsque les deux praticiens pénétrèrent dans la chambre, le corps nu de Séita imposait aux regards une tache désespérément blanche.

Les médecins repoussèrent les draps ensanglantés que les sages-femmes pressaient entre les cuisses de l'accouchée. Nebka inspecta l'intérieur du bas-ventre. Sortant les appareils qui lui étaient nécessaires, pinces, aiguilles d'argent et instruments divers, il se mit rapidement à l'ouvrage.

— C'est une déchirure du périnée, déclara Sebka. Elle me paraît très importante et je crains qu'il n'y ait plus grand-chose à faire.

Il retira l'appareil du corps de la jeune femme avec précaution.

— Soutenez-la fortement, ajouta-t-il en se tournant vers les sages-femmes. Je vais essayer de recoudre les plaies déchirées.

Nebka tenta de ligaturer les chairs, mais le sang qui persistait à couler en abondance l'empêchait de distinguer les plaies intérieures à recoudre. Le travail s'avérait trop difficile. Séita, toujours inerte, ne respirait plus et la souffrance semblait l'avoir quittée.

L'accoucheuse responsable de la naissance avait saisi l'enfant tête en bas qui, par chance, réussit à crier. Puis, les deux autres l'avaient placé dans un couffin de jonc tressé.

— C'est une fille, soupira l'une d'elles.

Et, pendant que l'enfant respirait à grands coups, cherchant à s'accrocher à la vie, le souffle de sa mère s'arrêtait.

*
* *

Les jours qui suivirent ne furent guère fastes pour Sobek. Blême, les traits tendus, il veillait son épouse morte qui venait juste d'atteindre sa vingtième année.

Son visage figé se barrait de deux rides profondes qui partaient de la racine des cheveux jusqu'à la naissance des sourcils et deux plis amers cernaient les coins de sa bouche.

L'angoisse et le désespoir nouaient encore sa gorge et parfois de légers tremblements agitaient ses mains.

Il se leva douloureusement et ressentit un poids qui endormait ses pieds trop longtemps restés inactifs.

L'heure était venue de laisser place aux pleureuses qui se groupaient déjà autour de la défunte pour réciter les lamentations d'Isis au dieu Osiris. Puis, elles entamèrent leurs mélopées sur un rythme lent, rythme qui s'accéléra peu à peu pour devenir des plaintes qu'intensifiaient, par instant, des cris rauques et diffus.

Figées devant la jeune morte, deux pleureuses dialoguèrent étrangement en un chant continuel repris par les autres en refrains plus aigus.

Dans l'entrebâillement de la porte, une jeune femme se tenait indécise. Grande, brune, vêtue d'une ample tunique de lin qui dissimulait des formes arrondies, elle observait en silence cette silhouette d'homme, jeune encore, aux larges épaules affaissées.

De la journée, il n'avait pu ni participer aux chants et mélopées, ni même écouter les pleureuses. Il s'était borné à suivre le catafalque d'un œil sinistre, d'un pas pesant. Il lui semblait que son pauvre crâne ne lui appartenait plus et que son âme était en train de rejoindre celle de son épouse bien-aimée.

Qu'Isis l'emmenât sur-le-champ au domaine d'Osiris l'eût mille fois contenté, mille fois rassuré et bien des soupirs de soulagement l'eussent empli tout entier jusqu'au ras de ses yeux fatigués de voir et de ses pieds las d'attendre.

La jeune femme en tunique vague le regardait toujours. Elle semblait ne pas se décider à s'approcher de lui, stoppée par ce regard absent qui la repoussait en arrière dès qu'elle faisait un pas en avant.

Que pouvait-elle lui dire ?

Elle s'approcha et voulut lui toucher l'épaule. Lorsqu'elle fut assez près pour frôler, du bout de son doigt, le dos courbé qui n'arrivait plus à se relever, l'inertie de l'homme la bloqua de nouveau.

Elle tendit le bras. Autour de son poignet blanc, rond et ferme, cliqueta la dizaine de bracelets en argent qu'elle s'était enroulée le matin même et qui signait une origine aisée.

Son visage était celui d'une Egyptienne à la peau mate et aux yeux sombres, à la coiffure brune, coupée au carré et tombant sur les épaules. Un cercle d'argent enserrait sa cheville droite que la tunique dénudait jusqu'à mi-jambe. Un lien torsadé et tressé fermait sa tunique au niveau de la gorge.

Enfin, l'ongle de son index toucha l'épaule de Sobek.

— Je suis Houset, dit-elle d'une voix mal assurée. Je dois allaiter ton enfant sur l'ordre de la Grande Epouse Royale.

Sobek eut un soubresaut. C'était mieux que ce qu'Houset attendait. Il la regarda, soupira de lassitude.

— La reine me charge de te dire qu'elle pleure Séita tout autant que toi et qu'elle eût aimé voir la joie de son amie égaler la sienne.

Les yeux levés en direction de la jeune femme, Sobek hocha la tête. Un instant, Houset vit une lueur étonnée s'allumer au fond de sa prunelle triste. Mais, le temps d'un éclair qui zèbre un ciel d'orage et l'œil s'était déjà éteint. Il reprenait cette absence qui, depuis plusieurs jours, l'enfermait dans un monde dont il devenait, désormais, le seul maître.

— Je vais m'installer chez toi, Sobek, et je vais m'occuper de ta fille.

Comme si cette décision ne le concernait pas, il acquiesça instinctivement. Pour lui, un geste de lassitude, devenu aussi banal qu'un autre.

*
* *

Sobek semblait détaché du temps et les valeurs qu'il avait jadis n'existaient plus.

Les dieux eux-mêmes désertaient sa mémoire.

Soixante-dix jours après la mort de Séita, lorsqu'il pénétra dans le pavillon des embaumeurs, ses pas chancelaient et sa tête était vide tant il craignait de revoir le corps de sa jeune épouse avant le long travail de momification. L'odeur fade des cadavres mêlée à celle du natron et de la térébenthine lui souleva le cœur.

Un Egyptien, à l'odeur aussi terne que celle des corps qu'il travaillait avec une compétence telle que l'on sentait des générations d'expérience derrière lui, se prosterna devant Sobek.

— Je suis le maître-momificateur. Pour te servir, Grand Sobek !

Aussitôt, deux autres Egyptiens l'encadrèrent et se courbèrent aussi bas que leur maître.

— Nous venons d'achever le traitement à la résine. Veux-tu voir ton épouse avant que nous entreprenions l'emmaillotement ? Elle est aussi rose et fraîche qu'elle devait l'être de son vivant.

Sobek ferma les yeux. Un vertige le prit, mais la préséance exigeait de rester stoïque jusqu'au bout des pénibles épreuves qu'il devait encore subir. Il les rouvrit donc, se contraignit à la dignité et bien qu'il sentît sa respiration difficile à venir, il acquiesça.

Ils traversèrent de nombreuses salles identiques à la première où de larges bancs de marbre s'alignaient. Tous travaillés au natron, les corps allongés attendaient l'opération suivante. Cette odeur d'huile de cèdre mêlée aux vapeurs douceâtres de l'oliban l'entêtait désagréablement. Lorsqu'ils pénétrèrent dans la dernière salle, celle qui fermait le pavillon, Sobek crut défaillir d'angoisse et d'appréhension. Au fond, se détachait la silhouette étendue de sa femme.

Allongée, Séita se présentait dans toute sa sveltesse calme et détendue. Son visage ne présentait aucune crispation de douleur ou d'effroi. Ses paupières closes paraissaient douces et soyeuses. On aurait pu croire qu'elle dormait d'un repos tranquille et sûr. Tous ses traits avaient repris une régularité et une finesse que Sobek connaissait trop bien à force de les avoir caressés. Même parcheminé, le velouté de sa peau subsistait. Aucune blancheur cadavérique ne trahissait la mort, car le maquilleur avait parfaitement effectué son travail d'artiste. Les joues de la morte présentaient une teinte rosée, rehaussée d'un beige délicatement ocré qui s'harmonisait tout à fait avec l'extrême jeunesse que la mort avait surprise.

Sobek restait muet devant la dépouille immobile et vide de Séita.

Le maître-momificateur se prosterna à nouveau.

— Grand Scribe Sobek et Intendant du Palais, le travail de la suppression des viscères est effectué.

Il frappa dans ses mains et les deux hommes qui l'encadraient à son arrivée se présentèrent. Sobek connaissait le déroulement de la cérémonie funèbre. On lui énumérerait, l'un après l'autre, chaque transfert de viscère dans les canopes. Il trouva, soudain, ce travail odieux, mais il attendit que l'homme parle.

— Les massages à l'huile après le séjour dans le natron ont rendu à la peau de ton épouse son aspect normal. Le corps entier a gardé toute sa souplesse et toute son élasticité. La conservation est parfaite.

L'odeur devenait irrespirable et si la vue de son épouse l'émouvait fortement, ses oreilles supportaient mal cette succession de mots cyniques jetés inconsciemment par les embaumeurs. Ceux-ci atteignaient un professionnalisme d'une perfection telle que leur langage frisait, souvent, un manque de pudeur ou de retenue que Sobek avait peine à accepter. L'homme continuait d'un ton sourd et monotone.

— Le crâne a été vidé de sa substance cérébrale. Voici l'urne qui la contient et voici les crochets de bronze qui ont pénétré les narines. L'opération s'est effectuée sans encombre et la cavité orbitale est intacte.

Sobek fermait les yeux. Il lui semblait que tout le sang de son corps se retirait. A cet instant, il souhaitait lui aussi rejoindre le royaume des morts. Mais l'homme poursuivait inexorablement.

— Les poumons, l'estomac, le foie et les intestins sont enfermés dans ces urnes-là. L'incision faite sur le côté gauche reste invisible. Tous les liquides corporels ont été écoulés dans la canope à tête de faucon. Les invocations à Osiris ont été psalmodiées. Chaque viscère a été nettoyé et passé à l'eau aromatisée, puis recouvert de natron pulvérisé mêlé au sel en provenance du fayoum, le meilleur que l'on puisse trouver.

Une nausée entra dans la gorge de Sobek et il dut réprimer une forte envie de vomir. Le maître-momificateur demeurait insensible, poursuivant son exposé.

— Quant au cœur, organe de toute vie physique et affective, il repose pour l'éternité dans ce quatrième canope, celui à tête d'ibis.

Sobek n'écoutait plus et la voix monotone de l'homme se perdit dans la haute salle mortuaire.

— La première phase de la momification est terminée. Nous sommes au quarantième jour de dissécation. Trente jours ont été réservés aux onctions et à l'embaumement et vingt jours aux massages et au rembourrage. Nous allons combler de toile la cavité des yeux et boucher les narines avec de la cire d'abeille. Il faut, maintenant, procéder à l'emmaillotement.

Un serviteur vint lui apporter le masque d'Anubis qu'il posa sur son visage avec des gestes ralentis. Les hymnes et incantations qu'il récita d'une voix uniforme furent suivis d'une lente imposition des mains et d'une formule liturgique dont il devait être le seul à connaître les effets.

Deux hommes avancèrent. Les masques à tête d'Ibis qui recouvraient leurs visages les faisaient paraître plus grands et plus impressionnants. Alors que l'un commençait à appliquer une couche d'or fin sur les ongles des mains et des pieds de la défunte, l'autre entreprit de la couvrir des bijoux que Sobek avait choisis pour parer son épouse.

Bracelets, colliers, pendants d'oreilles, bagues et gorgerin taillés de pierres fines, d'ivoire et d'argent, ornaient maintenant la morte, lui donnant l'apparence d'une jeune femme assoupie après les derniers instants d'une fête passée. De pâles couleurs revinrent sur le visage de Sobek et sa respiration se fit plus régulière. Il s'obligea à surveiller attentivement les dernières opérations qu'imposait la momification avant le voile définitif des bandelettes qui recouvrirait à jamais son épouse.

Le maquillage s'achevait. Les yeux de Séita, contournés au khôl et ses paupières surmontées de poudre verte pailletée d'or, s'allongeaient en ovale parfait et s'étiraient jusqu'à la racine de ses cheveux. Lorsqu'il fut terminé, l'emmaillotement commença.

Les uns derrière les autres, psalmodiant des cantiques aux intonations basses, cinq hommes arrivaient portant des rouleaux épais de bandelettes du lin le plus fin d'Egypte. L'un se plaça derrière la tête de la défunte et s'apprêta à lui soulever le crâne.

Deux se disposèrent de chaque côté du buste et, sur l'ordre du maître-momificateur, saisirent avec une expérience de longue date les longs bras blancs qui s'entrecroisaient sous ses seins. Les deux derniers, avec la même maîtrise, s'emparèrent des chevilles de Séita ornées des bracelets d'argent qui révélaient son origine noble. Sobek reprenait ses esprits bien que sa pauvre tête résonnât à grands coups. Il les regardait avec une attention de moins en moins soutenue. Bras et jambes furent soulevés et appuyés sur un support.

Les bandelettes de lin virevoltaient dans les mains agiles des momificateurs. Les hommes qui se préoccupaient du buste saupoudrèrent le linge de natron et prenant les mains de la défunte les enroulèrent phalange par phalange, doigt par doigt. Ils remontèrent ainsi jusqu'aux poignets, puis jusqu'aux bras et arrivèrent aux coudes et aux épaules. Les doigts de pieds, chevilles, genoux et cuisses furent traités de façon aussi délicate et précise.

De temps à autre, ils imprégnaient tantôt le linge, tantôt le corps de résine de genévrier et plaçaient des linceuls recouverts de natron entre les couches de bandelettes. Partagé entre la fascination et l'écœurement, les pupilles de Sobek prenaient une dimension telle que son regard semblait ne plus exister.

Le travail fut long et minutieux. Vingt couches de bandelettes enfermèrent la momie, reliées et collées entre elles par de la résine parfumée. Il arrivait qu'une momification ne se passât pas avec tous les principes de l'art parfait et qu'une oreille ou un doigt se détachât de l'ensemble du corps. Le morceau de membre était alors ajouté dans l'un des canopes qui enfermait les viscères. Malgré lui, Sobek admira le parfait dessin des bandelettes s'entrecroisant en un savant décor géométrique.

Il respira à pleins poumons. C'est à peine s'il sentait maintenant la forte odeur qui l'avait envahi lors de son arrivée. Séita, recouverte intégralement de bandelettes, entrait dans l'esprit tourmenté de Sobek.

Le dieu Amon qui, depuis longtemps, nourrissait son esprit ne lui laissait plus qu'incertitude et doute.

*
* *

Le pharaon Thoutmosis venait d'inspecter son armée.

Depuis longtemps, la journée n'avait été aussi longue. Dès l'aube, il avait reçu les ambassadeurs des régions du Nord, s'était entretenu avec ses hauts dignitaires, avait vérifié l'entretien de ses charreries, ses chenils, ses écuries.

Enfin, lors d'une audience juridique, il avait renvoyé un vizir qui abusait de ses pouvoirs et distribué quelques remises de peine à de pauvres paysans accusés de vols assez bénins.

Puis, quand les plus hauts rayons de Râ furent tombés sur Thèbes, il avait traversé la longue suite de jardins et de cours intérieures du palais pour visiter son harem.

Depuis qu'Ahmosis avait accouché, depuis qu'il regardait avec intérêt cette petite tête aux cheveux déjà abondants, luisants et noirs, le pharaon avait peu fréquenté son harem, délaissant pour quelque temps ses concubines en faveur de sa Première Epouse.

La traversée des jardins n'avait été que fugitive. Thoutmosis y avait rencontré l'intendant-trésorier qui discutait à voix forte avec l'un des eunuques attachés au harem. Le petit homme au crâne rasé, gros et aussi gras qu'une oie du Nil, revendiquait le privilège de porter tunique longue et perruque au carré, contrairement à ses prédécesseurs qui s'étaient contentés jusqu'alors d'une tenue plus modeste. Mais, Horem, le gros eunuque, détestait se propulser chez les concubines tête nue et pagne court.

Pourvu du sens de l'équilibre jusque dans les menus détails, Thoutmosis trancha au mieux. Il autorisa la suppression du pagne court, mais refusa le port de la perruque. Puis, considérant que cette intervention de quelques secondes avait distrait le temps de son parcours déjà bien entamé, le pharaon exigea que ses porteurs activassent le pas.

La poursuite de la traversée des jardins se fit donc à vive allure et Thoutmosis se cala dans sa litière, bien décidé à ne plus montrer son visage.

Les porteurs allaient bon train, pénétraient les parcs odorants, contournaient les lacs où s'éveillaient les insectes de nuit, les volières où piaillaient encore quelques oiseaux, les bosquets, les fontaines.

Le harem de Thoutmosis n'était plus qu'une succession d'appartements privés où les plus belles créatures, concubines, princesses et autres jeunes filles séduisantes attendaient son bon plaisir.

Comme beaucoup d'autres harems à cette époque en Egypte, il comprenait une immense organisation administrative et juridique, compartimentée en multiples sections tenues par de hauts fonctionnaires.

S'y tenaient les plus grandes filatures de Thèbes où l'on tissait le lin le plus fin de la région, s'y regroupaient des officines où l'on fabriquait des onguents parfumés et des huiles odoriférantes. S'y créaient des manufactures où l'on travaillait et ciselait le bois.

Enfin, dans la partie sud du harem, entre les allées bordées de vieux sycomores qui, sans doute, devaient être séculaires, se groupaient les ateliers de poterie, d'émaillerie, de verrerie d'où sortaient jarres d'albâtre et pots d'argile, bijoux de nacre et de cornaline, verres taillés et colorés aux multiples formes.

Peinture, musique, sculpture, rassemblaient les artistes les plus douées et, dans l'aile ouest du harem, se dressait une riche bibliothèque racontant la vie des dynasties passées où les esprits les plus cultivés et les plus brillants pouvaient nourrir leurs besoins de connaissances.

Accolée à cette bibliothèque, dont les murs se tapissaient de documents aux hiéroglyphes serrés, se tenait l'établissement que l'on appelait « l'Ecole du Palais » et que fréquentaient les élèves les plus nantis de Thèbes. De grandes salles éclairées étaient pourvues à cet effet, et sous l'œil attentif du dieu Thot, le Grand Scribe Parenefer était chargé d'apprendre à une dizaine d'enfants les bases d'une instruction élémentaire.

Ainsi était donc fait le harem qui enfermait aussi les concubines du pharaon. Aristocrates de naissance ou filles de condition modeste, chacune s'occupait selon ses désirs puisque les activités et les distractions s'avéraient multiples.

Certaines affûtaient leurs voix sur les chants folkloriques hauts et colorés d'un Nil séculaire ou sur les basses mélopées ancestrales d'un mystérieux désert. D'autres exerçaient leurs doigts habiles sur les cordes des cythares ou la peau tendue des tambourins. Les plus modestes filaient, tissaient, brodaient.

Enfin, celles qui ne savaient rien faire attendaient dans l'ombre de leur chambre l'arrivée d'un maître qu'elles ne voyaient jamais.

Le harem traversé, Thoutmosis avait une dernière chose à faire, un entretien délicat auquel il pensait depuis l'aube.

Décidément ce jour-là, les dieux refusaient qu'il en termine avec sa journée et, avant qu'il n'ôte sa barbe postiche, son pectoral rehaussé de métal et de pierres fines, entoure sa tête de l'étoffe traditionnelle blanche et rouge ramenée en arrière sur laquelle était posée le cobra royal, se détende enfin et rende visite à son épouse et sa fille, il avait encore quelques obligations à remplir.

Par la porte sud, on pouvait sortir du harem et atteindre le temple sans pénétrer la ville ni passer par le fleuve.

Bien qu'en cet instant, Thoutmosis fût heureux d'aller rendre visite à son ami Sétoui, Grand Prêtre d'Amon, il eut aussi l'envie de raccourcir l'entrevue. Mais, l'événement s'avérait trop important pour qu'il en négligeât la portée et Thoutmosis se laissa balancer mollement au rythme de ses conducteurs.

En cette saison du Chemou, les dieux, semblait-il, avaient pris le parti de favoriser la naissance des filles de haut lignage. La sœur de Sétoui, supérieure de la corporation des musiciennes du temple, venait d'accoucher d'une fillette déjà consacrée Grande Danseuse du dieu Amon.

Le balancement de la litière endormait presque Thoutmosis. Il faut dire que son sommeil avait été largement écourté par cette journée harassante. C'est à peine s'il avait pris le temps de se détendre en absorbant une collation composée de purée de figues, quelques boulettes de bœuf et un sorbet à la grenade, accompagnée de vin frais.

Il eut une brève pensée pour Moutnéfer, sa Seconde Epouse retirée dans ses appartements, mais sa journée n'était pas suffisamment terminée pour qu'il lui accordât quelques instants. Il décida donc de ne venir lui rendre visite qu'au dernier soir de la saison du Chemou, quand les récoltes seraient presque toutes rentrées et que les greniers à blé de Thèbes seraient emplis.

Mollement installé sur sa chaise à porteurs, les bras posés sur les accoudoirs, les pieds sur un tabouret, dodelinant la tête de droite à gauche, Thoutmosis se laissa porter au-devant du projet tenu encore secret qui, depuis plusieurs jours, assaillait son esprit.

Quel tracas pouvait à présent encombrer ses pensées si ce n'était la construction de sa demeure éternelle ? D'une part, assorti de sa progéniture mâle et bâtarde à qui il donnerait les plus hautes charges du royaume et, d'autre part, pourvu d'une fille de haut lignage avec qui il pourrait assurer la nouvelle dynastie pharaonique, Thoutmosis devait, à présent, prévoir sérieusement sa vie dans l'au-delà.

Atteindre le pays d'Osiris et siéger parmi la foule des dieux en compagnie de tous les pharaons morts depuis un millénaire deviendrait, désormais, l'une de ses préoccupations principales. D'ailleurs, il s'en entretiendrait ce soir même avec Sétoui, le Grand Prêtre du temple.

Sa litière, soutenue par dix hommes à la musculature râblée, puissante, aux jambes courtes et solides, s'arrêta devant la grande porte du temple où l'attendait une double rangée de jeunes prêtres, vêtus d'un pagne long et blanc. Depuis longtemps déjà, ils ne portaient plus l'ample robe de lin empesée et plissée, à manches larges dans laquelle ils dissimulaient bras et jambes.

Le torse et les pieds nus, le crâne rasé, luisant d'huile sacrée, les jeunes religieux se relayaient toutes les heures, assurant jour et nuit l'adoration perpétuelle au dieu Amon.

L'un d'eux se détacha du groupe. Crâne et barbe rasés comme les autres, il portait un rouleau de papyrus à la main. C'était le serviteur divin. Malgré la simplicité de son titre, il représentait le personnage le plus important après le Grand Prêtre Royal.

Conscient de son rang hiérarchiquement

élevé, il se courba devant le pharaon, mais ne prolongea pas indéfiniment son salut.

Si Karnak grouillait de prêtres et de religieux adorant le tout-puissant Amon, le temple de Thèbes donnait aussi asile à de multiples dieux et l'on y vénérait aussi bien Thot qu'Anubis, Hathor, Horus, Râ ou Osiris.

Derrière la double rangée de prêtres, les porteurs d'offrandes tenaient sur leurs épaules des statues de bois colorées où chacals, faucons, ibis, chats et bœufs étaient représentés. Ils se détachèrent des prêtres et s'avancèrent à pas lents. Puis, en silence, ils défilèrent lentement devant le pharaon, déposant les offrandes à ses pieds.

C'est alors que le Grand Sétoui s'avança, dans toute la majesté de son personnage, entouré de ses chanteurs aveugles qui jouaient du sistre et agitaient leurs crotales.

Les voix s'élevaient hautes et cristallines. Pour la plupart, ils étaient eunuques depuis leur plus jeune âge. Leur grande robe jaune d'or contrastait avec cette vaste étendue de blanc qui habillait tous les autres. Ils avaient, eux aussi, les pieds nus et le crâne rasé luisant du baume sacré.

Thoutmosis descendit de sa chaise et le Grand Prêtre se prosterna longuement, touchant le sol de ses mains posées à plat. Puis, se relevant, il prit le papyrus que lui tendait le serviteur divin et sembla s'absorber dans les voix des chanteurs qui s'élevaient au plus profond de la nuit tombante.

S'écartant des chants traditionnels qui ravissaient la population en liesse les jours de fête, contrastant avec les mélopées des pleureuses qui accompagnaient les morts au pays d'Osiris, les chants sacrés concrétisaient la spiritualité des hymnes du dieu Amon tout-puissant.

Comme il s'agissait de la naissance d'un

enfant, on fêtait les sept filles de la déesse Hathor, souveraine de la vie terrestre, de la joie, de la musique et des bienfaits en ce monde.

Vinrent alors les danseuses sacrées qui, au son des luths et des cythares, des flûtes et des timbales, glissèrent en des circonvolutions étonnantes, rythmées par les voix des aveugles qui entonnaient un hymne profondément grave.

Eclairés par les torches que les veilleurs de nuit avaient allumées tout au long de l'allée qui menait à l'entrée du temple, elles ondulaient, se courbaient, se redressaient, ne s'arrêtant que lorsque la dernière note cristalline eut atteint le plein ciel.

— Salut à toi ! Grand Pharaon des Deux Egyptes, dit Sétoui d'une voix basse. Par le ventre de Nahaia, ma sœur vénérée, la déesse Hathor a fécondé une fille qui deviendra une grande danseuse.

Tous les bruits, les sons, les chants, les rumeurs avaient cessé, faisant place au dialogue sacré des deux hommes.

— Ne veux-tu pas la confier au harem ? questionna Thoutmosis.

— Elle grandira au temple. C'est au dieu Amon que je la destine.

— As-tu bien réfléchi ?

Humble question pour un pharaon ! Non de routine, mais simplement humaine. Thoutmosis l'avait posée sans arrière-pensée. Il lui revenait en mémoire le propos d'Ahmosis au sujet de cette naissance. Une enfant dont on mutilait à l'avance tout l'agrément d'une vie sur terre, sans que plus tard, elle ait son mot à dire.

— J'ai réfléchi, Thoutmosis. C'est là ma décision.

Le pharaon observa tranquillement son ami. Sétoui vieillissait. Qu'une génération les séparât n'étonnait personne, puisque le Grand Prêtre avait déjà servi le pharaon Aménophis.

— Crois-moi, Thoutmosis, cette offrande de qualité nous apportera le limon fertile et l'abondance en culture que réclame notre peuple pour les sept années qui suivront.

Thoutmosis hocha la tête dans un signe d'assentiment.

— Puisses-tu dire vrai.

Puis, tendant fraternellement ses mains au Grand Prêtre, il ajouta d'une voix presque neutre :

— Comment s'appelle ta nièce ?

— Isis.

Le pharaon leva les deux bras et embrassa son vieil ami.

— Que grâce à Isis, les dieux nous soient favorables et que par leur clémence, abondance et bien-être viennent enrichir notre pays.

[illegible] quatre [illegible] après [illegible]
[illegible]
[illegible] vrai.
[illegible] Grand Prêtre [illegible]
[illegible]
[illegible] Quetzalcoatl [illegible]
[illegible]
[illegible] royale.
Un collier de turquoises et de perles [illegible]
[illegible]
[illegible] ses [illegible] d'Hécate [illegible]
[illegible]
[illegible] marches [illegible]

CHAPITRE II

Ahmosis frappa dans ses mains. Elle était vêtue, coiffée, fardée. Kémi avait soigneusement massé son corps avec les onguents parfumés tirés des multiples petits pots en verre taillé qui encombraient les étagères de la grande salle de bains royale.

Un collier de turquoises et de perles entourait son cou. Des sandalettes blanches en fines cordelettes de cuir chaussaient ses pieds aux ongles carminés, et ses chevilles étaient cerclées de plusieurs anneaux d'argent qu'avaient ciselés les meilleurs artisans de Thèbes.

La jeune Azert parut. Elle portait dans ses mains un plateau d'amandes fraîches. Les vertes feuilles veloutées débordaient généreusement du plat d'albâtre. Au centre, quelques grenades mûres mêlaient leurs couleurs empourprées et leur parfum sucré.

Azert était vêtue d'un court pagne bleu retenu sur les hanches par un lien doré que fermait une boucle de bronze. Ses jambes étaient longues, bien galbées, ses chevilles fines et blanches, et son torse dénudé laissait voir deux seins menus sur lesquels s'étalait un collier en perles d'argile.

— Laisse ces amandes, Azert, et va me chercher Satré. Je veux sortir avec mes filles.

— Elles viennent juste de rentrer, Altesse. J'ai vu Satré pénétrer dans les cuisines.

— Alors, laisse-les se restaurer et dis-leur de venir aussitôt après. Nous irons à Karnak. Que l'on fasse préparer la litière.

Elle se leva et se reprit aussitôt.

— Attends ! Réflexion faite, je viens avec toi. Il y a une éternité que je n'ai mis les pieds dans les cuisines. Cela me permettra de forger mon opinion sur leur bon entretien.

Sabou les rejoignit dans l'escalier qui conduisait au rez-de-chaussée du palais. Elles traversèrent la première terrasse qu'éclairait une lumière encore matinale, assez fraîche pour ne pas être incommodées.

— Dis-moi, Sabou, interrogea la reine, on dit que Ouadjmosis refuse d'être enrôlé dans le corps d'armée que lui a proposé Pharaon. En as-tu entendu parler ?

— Certes, Altesse ! Et c'est actuellement le grand sujet de conversation dans tout le harem. Ouadjmosis dit qu'il veut entrer au temple.

— Et que dit sa mère ?

— Qu'elle préfère voir son fils suivre sa destinée plutôt qu'embrasser une carrière contrariée.

Elles contournèrent le palais par l'aile nord et atteignirent les dépendances, là où se tenaient les greniers à blé, à huile, à épices, à viande et à poissons séchés, où s'entassaient les réserves de vin et de bière, où séchaient aussi les meilleurs papyrus de Thèbes.

Puis, Azert les devança.

Préférant jouer l'effet de surprise, Ahmosis voulut la retenir, mais l'information soudaine que lui avait apportée Sabou l'avait déconcentrée et son geste heurta le vide.

Elle avait toujours su qu'Ouadjmosis n'était pas fait pour embrasser une carrière militaire, pas plus qu'une carrière administrative d'ailleurs, mais qu'il osât refuser aussi net la proposition du pharaon l'étonnait.

La douce Sobekka, sa mère, était-elle à ce point intime et complice avec Pharaon pour obtenir une telle grâce ?

Ahmosis croyait son époux plus proche de Moutnéfer et donc plus sensible à ses prières qu'à celles de Sobekka, femme assez falote et insignifiante, bien que sa beauté et sa grâce dépassent celles de la Seconde Epouse.

Azert et la reine arrivaient aux portes des cuisines. La vieille Satré déboucha en catastrophe, les mains sur le cœur, la respiration haletante.

— Par tous les dieux de Thèbes, Altesse ! s'écria-t-elle en suffoquant. Que faites-vous en cet endroit qui n'est pas le vôtre ?

La vieille Satré pouvait prendre mille et une libertés avec la reine. Elle avait été sa propre nourrice et, en des temps plus éloignés encore, à l'époque de la Grande Epouse d'Aménophis, avait été engagée comme jeune servante affectée à son service personnel.

— Et bien ! Satré, n'ai-je pas le droit de visite en tes si chères cuisines ?

— Tout de même, Altesse ! grommela la vieille femme.

Soudain, une tornade s'abattit sur la reine. Hatchepsout, sa fille aînée.

— Mère ! s'exclama la fillette. Où partons-nous ? Si vous êtes là, c'est que nous allons en promenade.

Ahmosis sourit et embrassa l'adolescente qui, aussi fougueuse qu'une jeune jument prête à chevaucher bride abattue le long du Nil, sautait de plaisir.

Néférourê, la cadette, arrivait sur les talons d'Hatchepsout. Pondérée, avec des gestes alanguis et le regard un peu vague, elle questionna sa mère.

— Allons-nous à Karnak ?

— Tu as deviné, répondit la reine en observant le pâle visage et les yeux inquiets de sa seconde fille.

— Resterons-nous assises à l'ombre des grands béliers de pierre ? reprit l'adolescente peu rassurée.

— Allons, Néfou, conclut Hatchepsout en passant un bras autour des épaules de sa sœur, nous ne marcherons pas des heures, c'est promis, n'est-ce pas, Mère ?

A cet instant, la vieille Satré crut bon d'intervenir.

— Altesse ! Il semblerait que j'aie un mot à dire. Cette enfant était déjà lasse ce matin. Elle ne supportera pas les longues stations debout qu'exigent les visites au temple d'Amon.

Ahmosis observa le petit visage exsangue de Néférourê. L'adolescente était chétive, amaigrie, souffrant de cette consomption qui rend alanguis et passifs les êtres sans défense. Comme elle paraissait fragile à côté de sa fille aînée qui ne respirait qu'enthousiasme, énergie et passion !

— Préfères-tu rester avec Satré ? dit-elle à sa cadette avec douceur.

Exubérante, volubile, Hatchepsout répondit à sa place.

— Mais non, Mère, Néfou peut nous accompagner, nous nous reposerons dès qu'elle sera lasse.

— Haty a raison, Mère. Je ne veux gâcher en rien le projet de votre belle journée.

La litière s'avança. Quatre solides chevaux étaient attelés. Ils piaffaient d'impatience et l'un d'eux grattait de son sabot nerveux le granit du sol.

Ahmosis se tourna vers la nourrice, les yeux allumés de plaisir à l'idée de consacrer toute une journée à ses filles bien-aimées.

— Allons ! Satré, je n'ai rien vu de tes cuisines, mais ce sera pour une prochaine fois, dit-elle en riant. Et si quelque chose ne me plaît pas, c'est toi qui seras la responsable.

Elle se tourna gaiement vers ses filles. Puis, remarquant le sourire généreux qu'esquissaient leurs lèvres charnues, elle revint à Satré et conclut :

— Attends mes filles au palais, elles auront besoin d'un bain chaud dès notre retour.

Avec une hâte subite, comme si un empêchement de dernière heure pouvait encore survenir, elles montèrent dans la litière à côté de leur mère et, tranquillement, se laissèrent emporter sur les rives du Nil prolongeant la route qui menait à Karnak.

— Dis-moi, Hatchepsout, toi qui discutes beaucoup avec les enfants de l'école, as-tu entendu dire qu'Ouadjmosis refusait d'être soldat de la garde royale ?

— Mais oui, Mère. Ce n'est un secret pour personne. Tout le harem en parle.

— Et toi, de qui l'as-tu appris ?

— Des frères Ayen et Houysis. C'est leur père, l'intendant du harem qui leur a dit.

— Evidemment, admit la reine d'un ton un peu sec, il est bien placé pour le savoir.

Navrée de la soudaine humeur de sa mère, Hatchepsout se reprocha d'avoir été aussi précise. Elle se recula dans l'ombre d'un coin de la litière et cala son dos contre la paroi de bois.

— Ce désir soudain du fils de Sobekka vous contrarie-t-il à ce point, Mère ?

L'allure des chevaux allait bon train, mais la course n'était pas effrénée et, passés les bords du Nil, la litière atteignit Louqsor qui menait à Karnak par une allée de grands sphinx de pierre.

La voiture s'engagea dans les rues. Des portes colossales, des pylônes, des murs recouverts de hiéroglyphes, de vastes labyrinthes, des statues gigantesques, tout était ample, démesuré, étendu au point que l'on pouvait s'y perdre des heures si l'on ne possédait l'habitude de s'y mouvoir.

— Tu sais bien, Hatchepsout, que si Ouadjmosis entre au temple, il ne peut plus être question de mariage avec ta sœur.

— Mais, intervint précipitamment Hatchepsout, il reste son frère, Aménosis.

Ses yeux s'allumèrent et ses gestes se firent agités. Elle poursuivit d'une voix volubile :

— C'est un athlète hors classe. Il s'adonne brillamment à tous les sports de combat, dit-on.

— Aménosis est l'aîné de Sobekka. C'est lui qui devra t'épouser si Moutnéfer ne donne pas un autre fils à ton père.

— Un autre fils ! s'exclama Hatchepsout. Et s'il meurt à sa naissance comme le premier ?

Ahmosis hocha la tête.

— Que les dieux fassent que Moutnéfer engendre un second fils fort et bien vivant. Ainsi Néférourê pourrait épouser Aménosis et toi le fils de Moutnéfer.

— Je n'aime pas cette femme, jeta précipitamment Hatchepsout. Elle est frivole, bavarde et stupide.

— Là n'est pas la question, Haty. Son sang est plus noble que celui de Sobekka qui n'est qu'une fille d'artisan. Ainsi vont les lois héréditaires.

— De toute façon, interrompit Néférourê d'une petite voix éteinte et monotone, je n'ai pas envie de me marier, ni avec Ouadjmosis ni avec Aménosis.

Elle soupira, se tassa dans l'encoignure de la litière et reprit :

— Vous savez bien, Mère, que je n'aurai pas la force de prendre un époux. Cet acte engendrerait des contraintes que je ne pourrai assumer.

La reine s'apprêtait à répliquer, mais n'en fit rien, car les chevaux stoppèrent.

L'homme qui menait l'attelage descendit de son poste de conduite, flatta de la main ses chevaux et, d'un mouvement agile des épaules, se courba devant la reine et les princesses.

— Attends-nous là, dit Ahmosis. Il se peut que nous soyons de retour dans quelques heures.

Sur la première terrasse du temple, mère et filles furent aussitôt accueillies par un essaim d'adolescentes qui se prosternèrent devant elles.

Du petit groupe agité et bruyant se détacha une fillette, longue, mince, ondulante et diaphane. On eût dit une silhouette aérienne tant elle était déliée. Seule à porter un long pagne qui moulait ses hanches étroites, elle paraissait plus âgée que les autres, bien que sa jeunesse ne fût pas plus avancée.

Son buste n'avait encore aucune rondeur et ses épaules, dont l'une était prise dans une mince bretelle blanche, découvraient une peau mate et satinée.

La fillette s'avança et se prosterna une nouvelle fois devant la reine.

— Isis, relève-toi, fit celle-ci en tendant la main vers l'adolescente.

Mais déjà Sétoui, le Grand Prêtre du temple, apparaissait et s'approchait à petits pas pressés. Ses pieds nus étaient poussiéreux. Il n'y avait que devant Pharaon et son épouse que Sétoui ne portait pas ses sandales.

Il frappa dans ses mains et les fillettes du temple s'envolèrent comme des abeilles volubiles rappelées à leur ruche.

Seule, Isis resta.

Isis, danseuse sacrée destinée au dieu Amon pour qui, plus tard, elle s'offrirait corps et âme.

Elle se laissa embrasser sans façon par les princesses et, pendant que la reine discutait avec Sétoui, les trois fillettes se dirigèrent vers les grandes allées ombragées où se dressaient les gigantesques sphinx de pierres, gardes incontestables du temple.

S'accroupissant toutes les trois en scribe, les

mains posées sur leurs genoux et se regardant dans les yeux, commencèrent alors les longues histoires mystérieuses sur les dieux multiples de Karnak.

*
* *

Séchat releva la tête, soupira et reprit sa lecture qui, apparemment, avait plus d'importance que le signal sonore dont elle faisait l'objet.

L'appel lointain parvenait à peine aux oreilles de la petite fille. Séchat, assise sur le chaud dallage de l'une des entrées du palais, genoux serrés et pieds croisés, déroulait impatiemment le papyrus qu'elle tenait entre les mains.

Si ses doigts, affinés depuis quelque temps, ne s'ornaient pas encore de bagues, c'était plus par oubli que par manque de coquetterie, car le souci de plaire chatouillait déjà toutes les petites filles de son âge, elle y compris, bien que ce ne fût pas sa préoccupation principale. Ses bras devenaient gracieux. Ses épaules et sa gorge dénudées commençaient à prendre ces rondeurs douces et agréables à regarder qui révélaient la jeune fille à venir.

Entre son pouce et son index, elle retint presque farouchement les deux extrémités du papyrus, puis elle les colla subitement au sol. Abandonnant la position rituelle des scribes qu'on lui avait apprise, elle s'allongea à plat ventre. Son nez et son menton adhérant au papyrus, elle s'arrêta quelques secondes de respirer.

— Séchat ! Séchat !

Cette fois, la petite fille discernait l'appel. Reprenant à nouveau le papyrus, ses doigts s'attardèrent sur les hiéroglyphes. Elle les caressa, les observa comme si elle tentait de les subjuguer ou de les dominer. Puis, elle jeta un bref coup d'œil sur l'environnement familial qui, pour l'instant, l'endormait à demi.

Les hauts murs qui enserraient le palais de Thèbes semblaient la protéger. Sitôt passé le hall d'entrée où elle était allongée, le grand jardin de sycomores et d'acacias diffusait une âpre odeur que la chaleur de la journée rendait suave et délicate à la tombée du jour.

Un labyrinthe d'eau et de végétation sillonnait le jardin. Séchat en connaissait tous les détours. Dans chacune des pièces d'eau, elle retenait un souvenir. Dans chacun des parterres fleuris, elle discernait un insecte ou quelque papillon caché.

Au loin, la grande porte d'électrum semblait enfermer tous les mystères de l'Orient que, déjà, la petite fille essayait de percer.

— Séchat !

La fillette se réveilla en sursaut et releva la tête. Une douce fraîcheur, celle que la nuit apportait progressivement après les longues après-midi torrides de la saison du chemou, l'envahissait tout entière.

— Séchat. Je te cherche depuis que le soleil se couche.

La fillette se détendit nonchalamment.

— Je rêvais, grand-père.

Le vieil homme hocha la tête, se baissa et saisit le papyrus gisant à terre. Malgré son allure vive et décidée, il prenait de l'âge, le Grand Nekbet qui, aux côtés du Pharaon Aménophis, avait libéré L'Egypte de l'invasion des Hyksos à l'époque où il commandait toutes les expéditions, celles de Nubie, d'Ethiopie et de Libye. Ses triomphes accumulés par un courage infaillible et un entrain dynamique et résolu lui accordaient, à cette époque, des pouvoirs sans limites. Mais, si Nekbet marquait l'Egypte de ses innombrables exploits guerriers, il lui laissait aussi l'empreinte d'un temps précieux consacré aux affaires de l'intérieur du pays, car il avait réorganisé l'administration et restauré, avec son fils Sobek, les nombreux temples détruits lors des invasions des Hyksos.

Grand Scribe d'Aménophis, il n'en avait pas moins été l'ami, le conseiller, le confident, et si Thèbes ne célébrait plus ses victoires, c'est que l'âge ne lui permettait plus de se distinguer avec autant de brio qu'autrefois. Cependant, il n'en restait pas moins un des plus hauts dignitaires du palais. Depuis la mort du Grand Pharaon, son successeur Thoutmosis régnait sur l'Egypte. Ayant eu le bon sens de ne pas reléguer Nekbet au rang des vieux notoires inactifs, Thoutmosis, au contraire, écoutait parfois ses conseils et le vieil homme, s'il ne partait plus en expédition, restait du moins encore très influent dans les décisions du pharaon.

Que Sobek, fils de Nekbet et père de Séchat, ait pu franchir avec succès les échelons d'une hiérarchie difficile à atteindre pouvait se comprendre. Cependant, Sobek ne se posait ni en guerrier ni même en combattant. Il ne rêvait que de poésie, d'art et de littérature. Si le père avait légué à sa fille sa passion toute artistique et littéraire, le grand-père laissait à l'enfant un héritage fait de sang bouillonnant et d'impétueuse énergie.

— Grand-père, pourrai-je revenir demain, j'étais si bien à lire cette histoire sans que personne ne me dérange.

— Séchat, ton père s'est inquiété ! et moi aussi.

Séchat ne supportait plus qu'on la traitât en petite fille et, jugeant que suivre l'école des scribes du palais lui valait bien quelques égards, elle leva les yeux au ciel.

— Grand-père, tu sais bien qu'ici je ne crains rien. Que veux-tu qu'il m'arrive ?

Sur certains points, Nekbet connaissait mieux sa petite-fille que son propre fils. Il lui décocha une grimace qui valait un sourire et Séchat se leva promptement.

— Je te suis, Grand-père.

Le papyrus dont elle prenait connaissance, depuis quelques jours, avec un plaisir et un acharnement qu'elle ne contrôlait plus, relatait une expédition très ancienne au pays du Pount. On y ramenait des parfums, des turquoises, des fourrures, des statuettes de bois d'ébène et d'inestimables trésors. Cela la subjuguait que l'on rapportât d'une région aussi lointaine tant de choses.

Un détail du récit, cependant, l'attristait. Elle se désolait que l'on ramenât tous ces esclaves et bien que Nekbet lui eût raconté comment le Grand Pharaon avait rapporté de l'Euphrate tant de prisonniers destinés à travailler sur les chantiers de Thèbes, elle s'en affligeait tout de même. Séchat apprenait que dans toutes guerres, il subsistait toujours le prix des vaincus. Consciente qu'à chacun des retours guerriers de Thoutmosis, chaleureusement applaudis par une foule en délire, des milliers d'esclaves rapportés suivaient le char royal, elle essayait d'endurcir une sensibilité encore jeune et malhabile, mais restait néanmoins intriguée sur le sort de ces hommes que l'on forçait à travailler dans un pays qui n'était pas le leur.

De sa démarche souple et légère, Séchat longeait les allées de marbre rose. Brusquement, elle se retourna vers Nekbet qu'elle avait laissé un peu plus loin.

— Menkh doit me raconter le dernier retour de Pharaon, lui cria-t-elle en stoppant le pas pour que son grand-père la rejoigne.

— Hatchepsout ne te l'a-t-elle pas déjà narré ?

— Pas encore. Ses obligations princières lui font souvent manquer les cours, en ce moment. J'aimerais, pourtant, comparer leurs deux versions.

— Alors, presse-toi, si tu veux que Menkh te conte la sienne.

Mesurer les deux versions, les confronter, les juger. Voilà qui risquait fort de passionner la fillette. De plus, opposer ses deux amis dans une joute d'efforts mentaux représentait pour Séchat un moment dont elle contournait déjà tous les délices.

Agé de treize ans, Menkh était le fils du Grand Scribe Inéni. Le regard toujours à l'affût d'un détail, l'esprit perpétuellement en éveil, il contait si bien les récits de guerre, d'expéditions ou d'aventures que, devoirs achevés et leçons apprises, Séchat l'écoutait avec émerveillement tant les événements, habilement décrits, l'excitaient.

Quelquefois, Hatchepsout participait à la narration, mais voulant toujours se mesurer aux autres, elle rectifiait sans cesse un détail, rajoutant une précision, corrigeant un défaut dont elle ne manquait pas de souligner l'importance.

En échange, nulle autre que Séchat ne décrivait avec autant de fougue les prodiges fabuleux de la nature. Qu'elle les ait réellement vus ou qu'elle les imaginât, Menkh restait ébloui lorsqu'elle parlait du grand désert de Libye et de ses oasis qui, sous le soleil, prenaient des couleurs de turquoises. Elle discourait aussi bien sur les sources du Nil effleuré par les innombrables oiseaux migrateurs aux teintes les plus étranges ou les pluies d'orage, qui dans des odeurs de terre chaude, verdissaient les oueds tranquilles de la Nubie.

Déjà, Séchat suivait d'instinct ses fantasmes d'adolescente, persuadée que l'annexe du palais où elle vivait depuis son enfance ne resterait, pour elle, qu'un point d'attache. Son esprit curieux et toujours en éveil ne demandait qu'à déserter l'enceinte royale pour des raisons qu'elle ne cernait pas encore à leur juste valeur mais, du moins, dont elle avait une vague idée.

Tant de terres lointaines l'attiraient et même si elle prenait conscience de l'importance considérable de son pays, un curieux pressentiment l'avertissait et lui suggérait que tout n'y était pas accompli de façon parfaite. Ses réflexions la portaient souvent au-delà de grandes idées, bien plus que les simples contingences indéracinables fixées par les lois égyptiennes. Ces mêmes lois qui, par exemple, empêchaient les filles de suivre l'école, à l'exception de celles dont la descendance noble annulait cette interdiction, ce qui représentait son cas.

Que la mère de la fillette, morte à sa naissance, laissât chez l'enfant des carences affectives pouvait se comprendre. Séchat essayait de les combler par un désir d'apprendre dont l'appétit devenait toujours plus croissant.

Refusant d'insérer son père dans la catégorie des mysogynes, elle préférait se persuader que l'intense amour qu'il portait à sa mère lui faisait refuser systématiquement la présence et la compagnie d'autres femmes et bien que Pharaon lui eût, à maintes reprises, présenté de fort beaux partis, femmes jolies, intelligentes, pleines d'esprit, il n'en voulait aucune.

S'il vivait encore dans le souvenir de sa défunte épouse, il refusait tout autant de quitter le palais de Thèbes où la riche bibliothèque royale, enfermant toute l'histoire de l'Egypte, lui apportait le seul réconfort dont il avait besoin. L'affection qu'il portait à sa fille achevait de combler ses désirs. Sur ce point, Séchat partageait son sentiment. Même si parfois, elle restait sans jugement bien précis, elle savait que le pouvoir de confiance qu'elle exerçait sur son père ne pouvait s'enrayer. L'amour complice qu'elle lui portait était impossible à partager avec une étrangère.

Si, au travers de ses récits sur les invasions des Hyksos ou des Hittites, Nekbet, son grand-père, lui enseignait l'art de la guerre avec toutes les subtilités et stratégies que cela impliquait, Sobek, son père, lui apprenait les traditions anciennes de son pays. Il l'entraînait souvent dans d'autres dynasties, loin derrière elle, lui citait les noms des pharaons précédents et de leurs épouses, des grands scribes et grands prêtres, des médecins réputés, des principaux réformateurs.

Tout devenait « passé » avec lui. Il lui expliquait comment autrefois, on utilisait la brique pour les constructions des premières habitations et pourquoi maintenant on employait l'alliage métallique dans la fabrication des outils. Tout se transformait en source d'intérêt pour la fillette. Il lui parlait de l'écriture des tablettes d'argile remplacées par le papyrus, lui expliquait comment Osiris était devenu roi des morts et Râ, dieu du soleil. Nekbet et Sobek l'instruisaient tous deux à leur manière, lui inculquaient leur savoir et leur culture et Séchat se révélait une enfant déjà très supérieure pour une fillette de douze ans.

Traversant les jardins parfumés que le mois de Mésoré rendait encore plus subtils, Séchat et son grand-père arrivaient dans la grande cour aux colonnes d'albâtre ciselées, celles dont la face ouest, les plus éclairées, côtoyaient le temple d'Amon.

Passé la cour et le temple, ils traversèrent à nouveau une succession de petits jardins bordés de bassins où flottaient de grands nénuphars blancs et roses largement épanouis. Des poissons de petite taille venaient à la surface pour y happer les insectes volants au ras de l'eau. De minuscules singes noirs poussaient des petits cris aigus en se balançant, avec adresse, sur les quelques branchages qui, par endroits, tombaient au-dessus du rebord.

En annexe du palais, derrière une sombre rangée d'acacias, un grand bâtiment blanc se détachait au loin. Sur la gauche, entre les deux arbres les plus élevés, se découpait le bout de la terrasse que le soleil du soir éclairait de ses derniers rayons rougeâtres. Là, s'érigeaient les appartements de son père. Séchat y vivait entourée du personnel qu'exigeait le rang de haut dignitaire qu'il tenait.

Une fois par an, dès la fin de la saison scolaire, Nekbet emmenait la fillette dans la grande villa de Bouhen. Il arrivait aussi que son père l'y conduisît lorsqu'un événement d'importance s'y déroulait comme par exemple, l'an passé, l'inauguration du nouveau grenier à blé.

Séchat affectionnait particulièrement les longues heures dans cette campagne de Haute-Egypte où son grand-père avait installé sa vie depuis la mort du Pharaon Aménophis. Depuis deux années, Séchat partait avec Reshot, la jeune servante nubienne que la princesse Hatchepsout lui avait offerte pour son dixième anniversaire. L'esclave n'était guère plus âgée que Séchat et bien qu'elle fût sa servante, elle la traitait en amie.

Yahmose, le vieux serviteur libyen qui, lui aussi, faisait partie du voyage saisonnier, avait été ramené par Nekbet d'une expédition guerrière en Libye. Sans Yahmose, la vie de l'enfant n'eût pas été concevable. Le vieux serviteur aimait avec fidélité sa jeune maîtresse et, maintes fois, il avait su raisonner, mieux que personne, le tempérament fougueux de la fillette.

Séchat franchissait le seuil de la terrasse.

Une jeune fille à la peau sombre, cheveux noirs, crépus et tressés, un pagne cachant deux cuisses fines et allongées, se précipita au-devant d'elle.

— Vite, il faut t'habiller pour ta leçon du soir, la pressa-t-elle.

— Mais, je n'ai rien mangé, Reshot.

— Allons, trancha Nekbet qui arrivait à sa suite, avale vite quelque chose et file à ton cours.

Déjà la servante apportait, dans un plat d'argent ciselé, une purée de figues et une caille farcie.

— Mais que m'apportes-tu là, Reshot, le temps presse, je préfère des fruits qui seront plus rapides à manger.

A regret, Reshot remporta le plat dont le fumet parfumé au coriandre embaumait la pièce. Elle revint aussitôt, portant une corbeille d'osier pleine de grenades mûres et de raisins noirs, puis tendit à Séchat une galette d'orge fourrée de miel que la cuisson avait doré à point.

— Tiens, mange au moins cela. En attendant, je vais préparer ton bain.

— Non, non, Reshot, je vais juste changer de robe. Je prendrai le bain plus tard.

Sans attendre et tout en avalant rapidement sa galette d'orge, elle se dirigea vers le grand coffre de bois d'ébène où Reshot rangeait ses vêtements. Elle en sortit une tunique courte et plissée qu'elle enfila prestement.

Elle traversa rapidement sa chambre et saisit au passage l'écritoire que son père lui avait offerte la saison passée pour la récompenser de ses succès scolaires. La tablette était en grès rose et ciselée sur les bords. Séchat l'utilisait pour ses leçons du soir, celles de grammaire et de littérature. Cette écritoire, disait-elle, l'inspirait doublement et lorsqu'elle y posait le papyrus, elle avait l'étrange impression que son imagination se décuplait.

Elle pressentait, ce soir-là, un devoir particulièrement facile qui ne lui réclamerait aucun effort de concentration. Elle se dirigea vers le bureau de son père. Celui-ci travaillait toujours très tard et ne se couchait qu'au petit matin.

— Père, je vais à mon cours, l'informa-t-elle.

— N'es-tu pas en retard ? questionna celui-ci en regardant la clepsydre posée sur le grand coffre sculpté de son bureau.

— Habituellement, je suis toujours en avance. Le Grand Scribe ne se fâchera pas.

Puis elle disparut et de ses longues jambes qui, en perdant leur enfance, se galbaient harmonieusement, elle se précipita à l'extérieur. Lorsqu'elle atteignit les abords de la grande salle d'études du palais, la nuit fraîche absorbait complètement un ciel criblé d'étoiles et pour éviter de succomber à la tentation de le regarder, Séchat ne leva pas les yeux. Il ne fallait en rien prolonger son retard.

Assis devant ses élèves accroupis en demi-cercle, Parenefer, le Grand Scribe, arborait son air d'enseignant expérimenté.

— Que t'arrive-t-il Séchat, pourquoi ce retard, cela ne te ressemble pas, dit-il en la regardant entrer.

— J'ai lu trop longtemps, Grand Scribe et j'ai oublié l'heure, veux-tu m'en excuser ?

— Va saluer le dieu Toth et prends ta place, reprit celui-ci d'un ton impératif.

Au fond de la salle, la blanche et majestueuse statue d'albâtre représentant Toth, le dieu de l'écriture et de la sagesse, semblait de son regard volontaire, vouloir inculquer aux adolescents tout son savoir. Séchat se courba respectueusement, les bras collés au corps, puis, relevant la tête, fixa son regard dans celui du dieu, cligna des paupières et rejoignit rapidement les autres.

Elle prit place à côté de Menkh qui s'était volontairement placé en bout de file pour se retrouver auprès d'elle, dès son arrivée. Elle lui sourit et s'accroupit en scribe.

De l'autre côté de Menkh, le jeune Knosis, qui n'avait que onze ans, suivait avec ennui et résignation les cours. Son père, Intendant des Finances, possédait depuis longtemps l'estime de Pharaon et travaillait en étroite collaboration avec le Grand Vizir et ses ministres.

Plus loin, Ayen et son frère Houysis, tous deux fils du Grand Intendant du Harem, ramenaient parfois des anecdotes que, seules, Hatchepsout et sa sœur se donnaient le droit de confirmer ou de démentir. Coudoyant Knosis qui pensait davantage à sa prochaine joute sur le Nil qu'à son devoir, le doux Thoutment essayait de se concentrer.

Thoutment, toujours plein de bonne volonté, mais que la musique attirait plus que les études, rendait avec peine ses devoirs dont la médiocrité lui assurait, à l'exception de Séchat, les plaisanteries de ses camarades.

Séchat l'appréciait pour sa gentillesse instinctive et l'aidait volontiers lorsqu'il se trouvait en difficulté pour résoudre un problème. Thoutment savait jouer de tous les instruments de musique, ceux du temple de Thèbes et ceux de la vallée du Nil comme la petite flûte au son aigrelet et le tambourin du désert.

Enfant introverti, Thoutment vivait un drame et Séchat connaissait le dur handicap qui lui ôtait tout espoir. Depuis le début de la dix-huitième dynastie, la corporation musicale du Palais n'acceptait que le sexe féminin et son cœur d'adolescent souffrait de voir les fillettes dotées d'un talent identique au sien s'épanouir au temple, dans cet art divin de la musique sacrée, sans que lui ne pût y parvenir.

Mériptah, au visage abrupt et taillé en carré, illustrait l'opposé du chétif Thoutment. Assis en scribe à son côté et très pénétré de son importance, il regardait le Grand Scribe avec insolence. Son père, Sénateur au Palais, jouissait d'un tempérament rusé et dominateur que Séchat exécrait. Habile et perspicace, Mériptah suivait les traces de son père, mais bien que du même âge, Séchat se révélait supérieure et son intelligence aiguë ne manquait pas de déclencher des ripostes savamment dosées.

Tout en reconnaissant les capacités de son camarade, elle refusait l'hypocrisie et les ruses mesquines dont il se servait couramment pour se dégager d'une position inférieure et demeurer à son avantage. Mériptah ne manquait aucune occasion de rabaisser la fierté de Séchat et lorsqu'elle relevait le défi, altercations et désaccords prenaient des allures dangereuses et les opposaient, parfois, violemment.

Hatchepsout, plus vive et plus brillante que sa sœur Néférourê, toujours affaiblie par quelque fatigue, restait souvent l'égale de Séchat, mais sa condition privilégiée de fille de pharaon stoppait radicalement toutes critiques de la part de ses camarades.

Les princesses désertaient de plus en plus fréquemment l'Ecole du Palais pour accomplir leurs tâches de filles royales, futures Grandes Prêtresses d'Amon. De quelques mois plus âgée que Séchat, Hatchepsout atteignait ses quatorze ans et voyait s'éteindre les derniers feux de son adolescence.

Jamais Séchat n'avait eu à rattraper les autres, elle les avait toujours devancés. Ce net dépassement sur ses camarades amenait le Grand Scribe Parenefer à consulter fréquemment son père. Elle pourrait poursuivre l'Ecole d'Administration de Thèbes dès sa quinzième année.

— Séchat, prends tes pains de couleurs et ton calame et relate cet extrait du « Conte des Métiers ».

Séchat ayant pressenti la facilité du devoir exultait littéralement. Elle connaissait chaque métier, chaque corporation d'artisan, chaque lieu où la profession s'effectuait, chaque endroit où se commercialisait la marchandise et même son prix d'achat et son prix de vente.

— Quel métier faut-il décrire, Grand Scribe ?

Mériptah la regarda en coulisse, conscient de la parfaite assurance de la fillette et certain qu'ayant pris son devoir en retard, elle se ferait un plaisir de le rendre en avance.

— La poterie d'albâtre, laissa tomber le scribe Parenefer. Décris-moi comment travaille le potier, ce qu'il réalise, ce qu'il doit faire et ne pas faire, comment il écoule sa fabrication, où, à qui et à quel prix.

En une fraction de seconde, elle prit son calame, son pain de couleur noire et, sans plus s'arrêter, écrivit du haut en bas de son papyrus, sans laisser le plus petit espace qui, pour elle, aurait été le signe d'une défaillance impardonnable à ses yeux. Elle se payait même le luxe de prendre la couleur rouge, ainsi que lui avait appris son père, pour commencer chaque exposé.

Il lui suffisait d'un souvenir, celui où elle se rendait à Bouhen dans la province de son grand-père pour que tout lui revînt. Accompagnée de son père, et bien que ce ne soit pas au sud de l'Egypte, on faisait un grand détour par le nord de Thèbes, rallongeant considérablement la route.

Là, se trouvaient les carrières d'albâtre. Tous deux aimaient s'y arrêter et regarder les artisans travailler, modeler cette matière blanche, délicatement veinée. Les ateliers sentaient bon, les doigts des potiers se courbaient, s'étiraient, s'enfonçaient, couraient sur les jarres en formation. Souvent, la franche amitié qui découlait de ces visites, entre son père et l'artisan, amenait entre eux un pot empli d'un petit vin frais qui se buvait avec plaisir et que l'on faisait même goûter à Séchat.

Elle venait de terminer son texte et glissa un rapide coup d'œil sur celui de ses compagnons d'étude. Menkh réfléchissait et son papyrus n'était qu'à moitié couvert. La fillette savait qu'il n'excellait pas dans cette matière. Il préférait les devoirs de calcul, d'algèbre et de géométrie.

Le papyrus d'Ayen était vierge. Son frère, par contre, dessinait une large et grande écriture et son inspiration semblait féconde.

Knosis suçait le bout de son calame et n'avait tracé, pour l'instant, que quelques signes. Il souriait béatement, les yeux en l'air et ne semblait guère préoccupé de la suite des événements.

Thoutment, le regard affolé, fixait Séchat, semblant lui demander quelque secours. La fillette ne put lui décocher qu'un triste haussement d'épaules impuissant accompagné d'une légère grimace qui fit tout de même sourire le jeune garçon.

Semblant bien connaître le sujet, les princesses Hatchepsout et Néférourê écrivaient tranquillement. De temps à autre, Néférourê poussait un léger soupir de lassitude. Soudain, la voix de Mériptah s'éleva :

— Puis-je te rendre le devoir et sortir, Grand Scribe ?

— Tes compagnons n'ont pas encore terminé, Mériptah !

Séchat reconnut bien là le moyen qu'utilisait Mériptah pour faire remarquer sa rapidité et son savoir.

— Tu n'es pas le seul à avoir achevé, Mériptah. Séchat attend, elle aussi, et je vois son papyrus bien rempli, releva le scribe avec une pointe de fierté pour sa jeune protégée.

— Il fait nuit noire, reprit insolemment Mériptah et la mère de Thoutment doit encore s'inquiéter.

Cette boutade, qu'il devait trouver à son goût, ne fit pas rire les autres. D'un regard glacial,

Séchat le regarda. Leurs yeux s'affrontèrent, leurs intelligences se défièrent, puis, hautaine, Séchat détourna son regard et le dirigea vers Menkh. Ayant suivi ce court affrontement, il sourit à Séchat.

— J'ai terminé aussi, Grand Scribe, dit-il, sans se départir de son large sourire.

Séchat ressentait une joie profonde de posséder pour ami ce grand garçon franc et courageux qui l'admirait pour sa détermination à réussir tout ce qu'elle entreprenait et dont le seul désir était de guerroyer au-devant d'une armée qu'il forgerait à sa façon.

Sachant que ses autres élèves n'iraient pas plus loin dans leurs recherches et remarquant qu'Hatchepsout et Néréfourê venaient de terminer, Parenefer se leva.

— Rendez-moi vos papyrus, nous corrigerons demain ce devoir.

— Aurons-nous de la comptabilité ou de la géométrie, Grand Scribe ? questionna Séchat.

— Ni l'un ni l'autre, nous travaillerons le calcul, la mesure du poids, la superficie et la valeur des quantités.

Encore un domaine dans lequel Séchat excellait. Mériptah se retourna brusquement vers elle et jeta d'une voix cinglante :

— Tu vas pouvoir demander à ton père le poids approximatif d'un obélisque et à ton grand-père le nombre de guerriers nécessaires pour vaincre une armée affaiblie de cinq mille soldats.

— Ce sera une étude et non un devoir, reprit précipitamment le scribe pour tenter d'apaiser une querelle naissante.

Mais il était trop tard, les mots jetés allaient virer au désastre. Les regards lancés s'échangeaient combatifs. Tous virent le coup partir et ne purent l'arrêter. Séchat venait de se précipiter sur Mériptah et le giflait de toute la violence dont elle était capable.

— Voilà pour ta jalousie, ta méchanceté et ta bêtise.

Mériptah devenu rouge autant par la gifle que par la honte et la colère qui l'envahissaient saisit brutalement les poignets de Séchat.

— Tu vas t'excuser tout de suite ou tu me le paieras cher.

— Allons, allons, je ne supporterai pas une telle querelle, essaya de temporiser le Grand Scribe.

Mériptah tordait les poignets de Séchat pour l'obliger à s'excuser. Mais c'était bien mal la connaître. Elle ne bronchait pas et le regardait dans les yeux.

— Tu vas t'excuser tout de suite, jeta-t-il à nouveau haineusement.

Il retourna les frêles poignets de Séchat. Celle-ci, pour tenter d'atténuer la douleur, suivait de son corps le mouvement circulaire qu'imprimait Mériptah sur ses poignets. Menkh se précipita sur eux, mâchoires serrées, front plissé. Il saisit, à son tour, les poignets de Mériptah et les retint fortement entre ses doigts puissants.

— Lâche immédiatement Séchat, sinon, c'est toi qui me le paieras.

— Je ne te crains pas Menkh, ni toi ni ton père, crois-tu qu'un ambassadeur vaille mieux qu'un sénateur ?

— Je vous en prie, hurla Parenefer, laissez la subtile hiérarchie de vos pères et cessez votre dispute.

Un violent coup de poing atteignit le visage de Mériptah. Surpris, celui-ci lâcha les poignets de Séchat. Déjà, son œil s'abaissait lourdement et s'auréolait d'une vilaine couleur violette.

— Parenefer a raison, nos pères n'ont pas à intervenir dans cette affaire, jeta Menkh qui reprenait déjà son calme habituel.

Mais remis du choc, Mériptah s'élança sur son camarade et lui décocha un tel coup dans le plexus que celui-ci, saisi et privé de respiration, tomba brutalement à la renverse. Son agresseur revenait à l'attaque.

Toujours à terre, Menkh releva rapidement les épaules, replia ses genoux sur son ventre, étouffa un cri et d'une brusque détente se remit sur pieds. A peine relevé, un autre coup de Mériptah l'étendit à nouveau sur le sol. Séchat se précipita vers lui, mais cette nouvelle attaque, moins forte que la précédente, sembla lui donner du ressort et, prestement, il assena un coup au menton de son adversaire qui l'attendait, un mauvais sourire aux lèvres.

Mériptah porta sa main au visage mais, avant qu'il ait eu le temps de réagir, le poing de Menkh l'atteignit au bas-ventre le jetant à terre. Recourbé, la tête entre les épaules, Mériptah attendait un nouveau coup.

— Je vous préviens, vociféra Parenefer, si vous ne cessez pas immédiatement, j'en rapporte aussitôt les faits à votre famille et vous serez chassés de l'école.

L'avertissement cinglant de Parenefer arrêta les deux combattants et tout revint dans l'ordre. Mériptah et Menkh s'affrontèrent froidement du regard et leurs yeux s'avertirent mutuellement d'une lutte prochaine à venir.

Séchat frottait encore ses poignets meurtris. Elle se tourna vers le Grand Scribe qui ordonnait d'une voix où la colère montait :

— Saluez Toth avec respect, rentrez chez vous et à demain. Je ne veux voir personne traîner dans les parages.

Tenant en main la liasse de papyrus de ses élèves, il se tourna vers la statue de Toth, se courba jusqu'à terre, se releva et disparut dans la nuit, vers les jardins du palais. Cependant, il n'esquissa que quelques pas, se dissimula derrière un sycomore et attendit, craignant que l'algarade ne récidive.

Ayen et Houysis, les deux frères, s'éloignaient avec prudence, refusant de se mêler à un débat personnel qui implique toujours de prendre parti. Mériptah s'était éclipsé, entraînant avec lui Knosis.

Soudain, une vieille femme surgit. C'était Satré, la nourrice des princesses Hatchepsout et Néférourê qui devait encore assurer leur garde, comme l'exigeait la coutume royale, jusqu'à la fin de leur adolescence. Séchat embrassa les deux princesses et dit à Hatchepsout :

— N'oublie pas, demain tu me dois le récit de l'expédition de ton père.

— Promis, tu sais que je n'ai qu'une parole, lança Hatchepsout avec fougue.

— Il faut rentrer, princesses, jeta la vieille Satré en regardant le ciel obscur criblé d'étoiles.

Hatchepsout se tourna vers sa nourrice et objecta d'une voix coléreuse :

— Nous ne sommes plus des enfants et tu sais bien que je peux rentrer seule avec ma sœur bien que l'heure soit tardive. Il n'y a que cent pas de trajet.

Consciente qu'elle perdait peu à peu de ses pouvoirs d'influence sur les deux adolescentes, Satré ne s'émut guère de la remarque d'Hatchepsout et rétorqua à son tour :

— Pharaon, votre père et la Grande Epouse Royale, votre mère, ne vous autorisent pas à prolonger vos leçons du soir par des discussions interminables avec vos compagnons d'études.

— Tais-toi Satré, tu es une sotte et je t'interdis, maintenant, de m'expliquer ce que je dois faire ou ne pas faire.

Le ton d'Hatchepsout était sec, presque cinglant. Néférourê prit la main de sa sœur et la tira doucement.

— Viens, Haty, Satré a raison, il faut rentrer. D'ailleurs, ce cours m'a fatiguée.

Hatchepsout, que les sages remarques de sa sœur ramenaient toujours à une réalité plus docile, la regarda, passa son bras sur ses épaules et murmura :

— C'est vrai, tu es lasse, rentrons.

Menkh, Séchat et Thoutment se retrouvèrent seuls. La nuit de plus en plus obscure offrait une pléiade d'étoiles scintillantes et les trois adolescents firent quelques pas en silence. Menkh, dont la jeunesse et la forte constitution lui permettaient une récupération rapide se sentait, maintenant, en pleine force de ses moyens. Il prit les mains de Séchat et, de ses pouces, caressa doucement ses poignets rouges et meurtris. Touchée par cette marque de délicatesse, Séchat lui sourit, puis retira lentement ses mains de celles de son compagnon et proposa en se tournant vers Thoutment :

— Veux-tu que l'on te raccompagne ? Ensuite, Menkh me laissera chez moi.

Soulagé, Thoutment accepta.

CHAPITRE III

Dès le matin, le harem s'emplissait de bruits divers.

Bien que Moutnéfer bénéficiât d'un appartement privé, certes moins vaste et moins luxueux que celui de la reine Ahmosis, elle ne pouvait s'empêcher de fréquenter le centre du harem pour y colporter les ragots qui ternissaient l'image de la Première Epouse Royale et celle de ses filles.

Depuis qu'elle avait eu un fils, malheureusement mort à sa naissance, plus rien ne l'arrêtait. Bien des femmes auraient pleuré l'enfant perdu, mais l'énergie de Moutnéfer s'était considérablement renforcée et, dans son malheur, elle n'avait aperçu qu'un bienfait, celui d'entrevoir une autre maternité qui ne pouvait que redoubler la chance dont elle se plaisait à revivre chaque instant.

Le destin, quel qu'il soit, ne pouvait que lui accorder la faveur d'engendrer un second fils bien vivant. Elle en était si convaincue que même Thoutmosis ne se chagrina pas de la disparition furtive du nouveau-né, persuadé que Moutnéfer allait, dans neuf mois à peine, accoucher d'un autre garçon.

Depuis trois ans, il venait la voir presque chaque semaine et, sur la couche conjugale, ils discutaient du brillant avenir qu'apporterait un rejeton mâle au sein de cette Egypte qu'il s'était juré de servir tel un domestique investi des pouvoirs les plus sacrés.

Dans cette conception d'idées, Moutnéfer était sûre d'elle, persuadée que le sort ne pouvait la laisser sur un échec.

Un peu agacée, toutefois, par des pensées qui assaillaient sauvagement ses esprits depuis l'aube et auxquelles elle ne donnait pas de réponse précise, elle repoussa de la main les deux servantes qui s'affairaient auprès d'elle.

Ce matin-là, Moutnéfer avait décidé de s'aventurer au harem. Elle préférait s'y rendre seule et refusa même la présence de sa première suivante, prétextant une affaire qui ne regardait qu'elle.

D'ailleurs, ses entrées au harem ne lui plaisaient que lorsqu'elle s'y trouvait seule. Elle s'y mouvait mieux, s'y fondait, s'y propulsait comme un cobra à la recherche d'une proie fragile.

Son but, ce jour-ci, était de rencontrer Sobekka, la première concubine du pharaon, et de s'assurer que son fils aîné Ouadjmosis entrait bien au temple de Karnak pour se consacrer au dieu Amon.

Le bruit n'avait jusqu'alors qu'effleuré ses oreilles, laissant flotter dans son esprit une ombre d'espoir qu'elle se refusait à lâcher. Une telle certitude allait confortablement assurer ses projets.

Frôlant les bains communs, elle rencontra Horem, l'homme à tout faire. Il surveillait l'entrée et la sortie des femmes aux bains, observait leurs allées et venues, notait les activités auxquelles elles s'adonnaient, parlait peu, mais guettait, épiait et inspectait tout.

L'homme qui avait accès en un lieu aussi intime ne pouvait être qu'un eunuque. Son ventre bedonnait sous un pagne long qui cachait ses pieds aux doigts dodus et boudinés. Plutôt glabre de peau, son poitrail était nu, lisse, brillant d'huile odorante et remontait sur les plis gras de son menton, ignorant presque l'existence d'un cou. Son crâne rasé luisait comme le dôme d'une coupe d'albâtre.

Rasant les murs, Horem l'avait aperçue. Il eut un sourire équivoque en la voyant.

Moutnéfer ne put se dissimuler davantage.

La robe blanche qu'elle portait, alors qu'elle ne se vêtait habituellement que de couleurs vives, avait beau se vouloir discrète, se remarquait entre les colonnes du couloir qu'elle frôlait pourtant avec toute la discrétion dont elle était capable.

Horem venait en sens inverse. Dans quelques instants, il allait la croiser. Prise au piège, elle prit le parti de jouer la carte du détachement.

— Salut à toi, Horem. Sais-tu où je puis trouver Sobekka ?

Il la détailla, faisant courir son œil observateur le long de ses formes rebondies et avenantes. Surpris de la voir vêtue aussi sobrement, il la toisa, ironique.

A l'inverse de la reine Ahmosis qui portait toujours des toilettes sobres de lin blanc, Moutnéfer ne s'habillait que de couleurs vives et chatoyantes. Sa silhouette un peu ronde s'y complaisait et la jeune femme la soulignait par des bijoux voyants dont elle aimait à dire que Pharaon les lui avait offerts.

— Sobekka se lève tôt, jeta Horem à la concubine, en étirant son sourire plus complaisamment qu'il n'eût fallu.

— Je le sais, répondit Moutnéfer, je connais les habitudes de Sobekka.

Elle l'observa quelques instants et ne se trompa guère sur le sentiment que ce dernier échafaudait déjà dans son esprit. Dans quelques instants, tout le harem saurait qu'elle recherchait Sobekka.

Hardiment, Moutnéfer se campa devant lui. Répondant à son sourire d'une façon aussi fourbe, elle poursuivit :

— Puisque tu sais tout, peut-être peux-tu me renseigner sur l'endroit où elle se trouve ?

— Sans doute est-elle à son travail, reprit l'eunuque en ramassant brusquement les plis de son sourire si peu discret. Tu la trouveras dans l'atelier de tissage.

Moutnéfer se détourna du gros homme lippu et gras et fit la grimace. Mais elle cacha aussi promptement sa déconvenue.

L'aube était à peine levée. A cette heure matinale, elle pensait trouver sa rivale dans ses appartements. L'entretien passerait plus inaperçu dans une chambre privée qu'en un lieu public trop fréquenté.

Elle remercia Horem, fit un salut bref et poursuivit son chemin. Quelques femmes revenaient du bain, enroulées dans un drap de coton et discutaient joyeusement ensemble. Leurs voix aiguës traversaient les couloirs interminables et leurs gestes effrontés appuyaient leurs propos démesurés.

Elles évitèrent le regard perçant de Moutnéfer et passèrent près d'elle sans un salut.

Longeant les dépendances du harem, elle atteignit les jardins, la fontaine et le kiosque ombragé où deux jeunes servantes berçaient avec ravissement un bébé qu'une jeune femme noble sans époux venait de mettre au monde.

Moutnéfer respira. Dieu merci ! Cet enfant-là n'était pas du pharaon.

Il arrivait, parfois, qu'une fille de bonne naissance vivant au harem parmi les favorites ne fût pas la concubine de Pharaon. Elle y résidait le temps qu'on lui trouve un dignitaire qui corresponde à sa noble dépendance.

Plus fréquemment encore, en l'absence d'un mari parti en guerre ou en mission étrangère, ou lorsqu'une épouse de haut lignage tombait veuve, elle pouvait demeurer au harem pour y élever son enfant, sans y être prisonnière pour autant.

Moutnéfer dépassa d'un pas rapide les premiers ateliers, ceux où l'on travaillait le bois, l'osier et le métal. Puis, contournant les filatures ou s'étalaient d'énormes bacs en grès contenant les bains de couleurs qui dégageaient une odeur forte, elle arriva enfin à l'atelier de tissage.

Quand Moutnéfer vit que la salle était vide, elle eut un geste rassuré et, satisfaite, aspira une grande bouffée d'air.

Seule, absorbée par son travail, Sobekka était penchée sur son métier à tisser. Elle n'entendit ni ne vit Moutnéfer qui, près d'elle, feignait de s'intéresser au dessin compliqué qu'elle tentait de réaliser.

— Quelle patience ! susurra Moutnéfer en approchant son visage de celui de Sobekka.

La jeune femme eut un haut-le-corps et lâcha son travail. Relevant la tête, elle aperçut le regard perçant de sa compagne.

— Que viens-tu faire ? jeta Sobekka d'un ton calme.

— Parler.

— Je t'écoute.

— Non, non ! Pas ainsi. Détendons-nous. Tiens ! Allons jusqu'au bosquet qui jouxte ton atelier. Nous y serons à l'aise.

— Par le dieu d'Amon ! répliqua tranquillement Sobekka, pourquoi veux-tu aller ailleurs ? Nous n'y serons pas plus à l'aise qu'ici.

Puis, elle reprit paisiblement son travail, ce qui excéda Moutnéfer.

— Cet endroit n'est guère propice aux confidences, rétorqua-t-elle fielleusement.

— As-tu peur de quelqu'un ?

— Certes, non.

— Alors, si tu dois me parler, fais-le ici. Je dois terminer mon travail et n'ai pas de temps à perdre avec toi.

Voyant que sa rivale ne lui céderait aucune grâce, Moutnéfer préféra ne pas insister et se plia aux exigences de sa compagne récalcitrante. Elle saisit un tabouret, le plaça face à Sobekka et s'y installa.

— Je veux te parler de ton fils.

— Lequel ?

Moutnéfer esquissa langoureusement un sourire mauvais. Ses lèvres minces avaient ce pli agressif qu'elle savait si bien cultiver.

— Ouadjmosis.

— Ouadjmosis ! Que lui veux-tu ? Je n'ai rien à te dire.

Reculant brutalement son tabouret, Moutnéfer ravala prestement son sourire et eut un geste d'énervement.

— Est-ce vrai qu'il désire entrer au temple pour y servir le dieu Amon ?

— C'est juste, fit Sobekka en se penchant sur le cadre de son métier à tisser pour observer le dessin qu'elle s'évertuait à rendre attrayant.

Cependant, son cœur battait fort. Mais elle dissimula si bien son angoisse que Moutnéfer, elle aussi, s'obligea à cacher la nervosité qui envahissait son esprit. Elle se leva brusquement.

— D'où lui vient cette subite envie de vénérer le tout-puissant Amon ? dit-elle d'un ton acerbe.

— Et depuis quand les dieux passent-ils après Pharaon ? rétorqua Sobekka.

Elle avait jeté ces mots aussi simplement qu'elle eût dit : « Depuis quand se plaît-on à regarder les fleurs pousser ? »

Tranquillement, elle lança ses yeux sombres dans les prunelles vertes et coléreuses de sa rivale.

— Désormais, la décision d'Ouadjmosis n'est

un secret pour personne. Ce n'est pas pour ce motif que tu es venue me voir Moutnéfer, mais pour autre chose.

— C'est vrai. Peu m'importe que ton aîné s'enferme toute la journée pour débiter des prières à son dieu. Il me dégage ainsi la voie.

Sobekka eut un triste haussement d'épaule.

— Moutnéfer ! Pourquoi viens-tu m'assurer d'une chose que je connais déjà ? Il me semble que je n'ai jamais obstrué ton chemin.

— Tes fils restent mon tourment le plus grand.

Elle menaça de son index sa rivale.

— C'est de ton second fils dont je veux t'entretenir.

— Parce qu'il prend la place d'Ouadjmosis !

— Exactement.

— Aménosis fera comme son frère. C'est-à-dire ce qu'il veut.

— Allons, rétorqua farouchement Moutnéfer, il fera ce que Pharaon exige. Et tu le sais.

Cette fois, Sobekka eut un large sourire. C'était bien le premier signe avenant qu'elle adressait à sa rivale. Cependant, Moutnéfer le saisit comme une insulte à son égard.

— Il fera ce que Pharaon exige, répéta-t-elle.

— Alors cela tombe bien, fit Sobekka, en redressant son buste et en regardant ouvertement sa compagne, car ce qu'il veut, c'est justement ce que Pharaon désire.

— Et que désire Pharaon ?

— Le nommer grand chef de ses armées et le marier sans doute à la princesse Hatchepsout.

— C'est faux, rugit la Seconde Epouse Royale. C'est faux. C'est mon fils qui sera Pharaon. Non le tien.

— Faudrait-il encore que tu en aies un !

Moutnéfer caressa son ventre rond. Mais, sa main tremblait comme une feuille de sycomore en plein vent.

— Il est là.

— Tu es bien sûre de toi. Mais, fit-elle en haussant sa voix, admettons que tu accouches d'un garçon, pourquoi veux-tu qu'il épouse la princesse Hatchepsout ?

— Parce que tu n'as aucun sang noble dans les veines et que moi, je suis fille de notable.

Sobekka haussa les épaules.

— Que tu es sotte, fit-elle. Là encore, c'est Pharaon qui décidera.

Cette fois, l'index rageur de Moutnéfer toucha le torse de sa compagne.

— Dis à ton fils qu'il refuse la promotion que lui offre Pharaon. Dis-lui aussi qu'il refuse d'épouser Hatchepsout.

— Et pourquoi le ferai-je ?

— Attention, petite concubine de rien du tout, vociféra Moutnéfer, j'ai des appuis, des connaissances. Je suis Seconde Epouse Royale et j'ai les moyens d'anéantir ton fils s'il ne capitule pas.

— Du chantage !

— Pire, persifla Moutnéfer. A toi d'y croire ou non.

Elle repoussa du pied le tabouret qui tomba sur le sol avec un bruit sec. Puis, sans rien ajouter, elle quitta Sobekka qui avait repris son travail.

*
* *

Les cours de l'Ecole de Thèbes étaient terminés depuis longtemps déjà et les élèves s'étaient joyeusement dispersés.

A l'heure de Râ, celle qui entame la chaude nuit thébaine, Menkh et Séchat se retrouvèrent seuls. Menkh entraîna sa jeune compagne près du petit kiosque longeant l'une des pièces d'eau, celle où les lotus prenaient, dans l'obscurité, des teintes mauves et argentées.

Montant les deux marches du kiosque, ils

pénétrèrent à l'intérieur du petit édifice. Les murs délicatement ourlés de fresques représentant des fleurs et des oiseaux sauvages attiraient la tranquillité et la détente. Des coussins finement tissés se disséminaient çà et là.

Séchat et Menkh ignorèrent les coussins et s'accroupirent en scribe, se faisant face. Le jeune garçon réfléchit un instant et, plongeant ses yeux dans ceux de Séchat, commença le récit qu'elle attendait impatiemment.

— « *Ils étaient des milliers sur les rives du Nil à crier, à rire et à taper dans leurs mains. Ramassée, la foule s'épaississait d'heure en heure. Les paysans avaient revêtu le pagne blanc des fêtes et têtes nues, souvent rasées, ils semblaient hilares et profitaient de cette journée sans travail que les dieux bénissaient depuis l'aube jusqu'aux derniers rayons du soleil.*

Dans la ville, les commerçants offraient leur blé, leur vin, leurs fruits et leurs étoffes. Les enfants, que nul ne retenait, jouaient bruyamment dans les ruelles de Thèbes, seul endroit où l'ombre arrivait à pénétrer.

Les prêtres du temple, vêtus de leur peau de léopard, psalmodiaient sur les barques sacrées qui glissaient lentement le long du fleuve. Jamais encore un tel déploiement de gens et de couleurs qui se multipliaient au fur et à mesure que les heures passaient ne s'était vu. Pharaon savourait pleinement son retour et sa victoire. Debout sur son char, la double couronne royale bleu et or surmontait sa tête droite et fière.

Il arborait avec puissance le pectoral rehaussé de métal et les colliers d'or pendaient sur son large torse bruni par le soleil. Il levait les mains en direction du dieu Amon. Les guerriers scandaient la musique de leurs pieds et avançaient en cadence. Les danseuses jetaient des fleurs à la foule en délire et rythmaient de leurs corps nus l'appel des tambours, des flûtes et des trompettes.

Les fantassins paradaient en belle ordonnance et suivant les soldats d'élite qui déployaient leurs attitudes conquérantes, venait, encadrée par un rempart de boucliers, la masse des prisonniers et des otages, ceux du désert dont le corps était encore chaud du sable de leurs montagnes et ceux des villes dont les habits décolorés s'étaient recouverts de la poussière accumulée durant l'interminable marche qu'on leur avait imposée. »

Longtemps Menkh poursuivit son récit. Séduite, Séchat l'écoutait sans jamais l'interrompre. Plusieurs heures s'écoulèrent et soudain Menkh lui murmura à l'oreille :

— Il est tard et l'aube va bientôt se lever. Que va dire ton père ?

Séchat soupira :

— Tu as raison il faut rentrer.

A regret, ils quittèrent le kiosque qui abritait si souvent leurs secrets et leurs histoires d'adolescents et marchèrent quelque temps en silence. La nuit s'obscurcissait davantage et les grands sycomores prenaient des allures de géants pacifiques. Se tenant la main, ils avançaient à pas lents.

— Tu crois que je deviendrai un grand guerrier ? questionna subitement l'adolescent.

Séchat serra plus fort la main de son ami et sans le regarder, jeta dans un souffle :

— Plus que cela, Menkh, tu seras un grand général comme grand-père.

Le jeune garçon se laissa, un instant, bercer par cette affirmation qui n'admettait aucune réplique, comme si rien ne pouvait s'opposer à son bon déroulement. Il aimait cette façon convaincante qu'employait Séchat pour le rassurer.

Arrivés devant la grande terrasse des appartements de Séchat, Menkh la retint un instant, entre ses bras, puis l'embrassa doucement sur les lèvres.

— A demain, murmura-t-il.

Menkh se retourna plusieurs fois pour la voir disparaître sous la grande porte du bâtiment. Avant de s'y engouffrer, Séchat se retourna, leva un bras gracieux et agita sa main par petits coups successifs.

« Que Seth, ce dieu de l'orage et de la tempête, pensa-t-elle, ce dieu de la vaillance et du courage te protège, Menkh ! Que ce dieu, adoré par les Hyksos et dont les Thoutmosides s'emparent pour l'honorer à leur tour, t'apporte succès et célébrité. Qu'il te couvre des mêmes gloires que celles du Grand Nekbet, mon illustre grand-père. Que Seth veille sur toi, Menkh. »

Perdue dans ses vœux, Séchat se heurta à Reshot qui accourait vers elle.

— Je craignais qu'il te soit arrivé quelque chose et je m'apprêtais à venir à ta rencontre.

— Tu sais bien que Menkh me raccompagne toujours.

— Et s'il avait eu un empêchement ? objecta la jeune servante.

— Tu as raison, mais dans ce cas, je suis assez grande pour me défendre seule.

— Tu n'as que treize ans, Séchat, et...

Séchat l'interrompit dans un éclat de rire.

— Et toi dix-huit, crois-tu que ce soit beaucoup plus ? Regarde, tu as encore tes nattes de petite fille et moi, je les ai coupées depuis longtemps.

Sidérée, Reshot toucha d'une main longue et brune l'une de ses tresses qui tombait gracieusement sur son buste délicatement parfumé. Etonnée, elle regarda l'air assuré de Séchat, ouvrit les lèvres pour amener une réplique et n'en trouva pas. La remarque justifiée amusa tant les deux jeunes filles qu'elles abordèrent le hall d'entrée dans un rire mutuel qui attira Sobek.

Surpris, il regarda sa fille.

— Tu rentres seulement ! Dieu que t'est-il arrivé ?

— Père, ne te fâche pas, Menkh avait des quantités de choses à me dire.

Sobek grommela et embrassa sa fille.

— Qu'aviez-vous donc de si important à vous raconter ?

— Il me parle de son avenir, Père. Cette question l'inquiète beaucoup.

— C'est curieux comme ce garçon qui dégage tant d'assurance, de modération et d'impassibilité est angoissé. Sa future carrière s'annonce pourtant excellente.

— Menkh est ainsi, Père, il refuse la moyenne, il veut toujours accéder au plus haut, du moins pour le but qu'il s'est fixé.

— Des génies, ma petite fille, la société en fabrique très peu, même dans notre immense Egypte. Il faut être hors du commun pour accéder à cet état de fait, ne pas être concerné par le quotidien des choses, faire abstraction de tout et ne poursuivre qu'un unique but, un seul, Séchat. Pas même deux.

— Père, tu m'attristes avec tes considérations qui, pourtant, me font réfléchir. Je lui en parlerai et je te dirai son point de vue.

— C'est bon, ma fille, va te coucher maintenant, et que la clepsydre ne t'éveille pas avant la prochaine heure de Râ.

Séchat ne dormit guère, cette nuit-là. Les paroles de son père la troublaient. Sans doute avait-il raison. Cette logique débouchait sur tant de points essentiels qui la concernaient aussi.

Comment pourrait-elle, plus tard, assurer une vie de travail à l'extérieur de son logis conjugal et familial ? Lui faudrait-il faire un choix ? Poursuivre un but unique. « Oh ! dieu Toth, toi, le Maître de l'écriture et de la sagesse. Imprime en mon esprit ce pour quoi je suis faite. Je serai prête à suivre d'instinct la voie qui me sera dictée. Oh, Toth, dieu lunaire à face d'ibis, toi ! l'adoré en plusieurs points d'Egypte, toi ! qui en Hermopolis, reçus tant d'hommages, règnes sur toutes les opérations de l'esprit, comptes et manies les chiffres et les hiéroglyphes avec tant de dextérité, toi ! patron des scribes qui établis les lois, ne peux-tu en créer une, juste pour moi ! Elle servirait, ensuite, à d'autres. »

Séchat s'endormit enfin sur des idées plus concrètes. Le monde qu'elle se créait ne ressortait ni de l'utopie, ni même de l'extravagance. Elle entreprendrait de grands voyages, hors de Thèbes, traverserait les mers, s'entretiendrait avec une multitude de gens qui lui apprendraient ce qu'est la véritable Egypte, celle des artisans, des commerçants, des paysans. Elle placerait cette Egypte aux côtés des technocrates, des administratifs, des inventeurs de toutes sortes.

Lorsque l'aube accoupla ses premiers rayons solaires au dieu Amon, le souffle endormi et régulier de Séchat s'accorda aux bruissements des feuillages qui, non loin, semblaient la veiller. Enfin la nuit avait eu raison d'elle.

*
* *

Un tiède crépuscule faisait suite à la chaude journée.

Derrière un bosquet d'eucalyptus, une adolescente aux cheveux noirs tombant sur de frêles épaules dorées agitait les bras au-dessus de la tête.

— Haty, que fais-tu là ? cria de loin Séchat qui venait de reconnaître son amie Hatchepsout.

Rapidement les deux jeunes filles se rejoignirent.

— Ouf ! J'ai pu, grâce à Néférourê, déjouer la surveillance de Satré.

— Où est Néférourê ?

— Ma sœur est souffrante et Satré la soigne. Depuis quelque temps, je trouve Néférouré très faible. Un rien la fatigue et nous sommes tous inquiets sur sa santé.

— Ta sœur n'est pas faite pour des études qu'elle trouve astreignantes. Elle devrait se reposer et rester au palais.

Hatchepsout acquiesça de la tête, puis changeant brusquement de conversation, elle annonça :

— J'ai deux choses à t'apprendre, Séchat. Par laquelle je commence ?

— Sont-elles réjouissantes, au moins ?

Hatchepsout ne répondit pas.

— Tristes, alors ?

— En fait, l'une me comble de joie et l'autre me rend sombre. Entre les deux, j'essaye de rester calme.

Ayant passé toutes deux leur petite enfance dans le harem, là où les enfants royaux et ceux des concubines de Pharaon grandissaient en compagnie de leurs mères et de leurs nourrices, elles partageaient encore leurs secrets d'adolescentes.

Séchat, à la mort de sa mère, avait été nourrie, jusqu'à l'âge de six mois, au lait d'une jeune nourrice prêtée par la Grande Epouse Royale à son père. Mais Nekbet voulant récupérer sa petite-fille pour lui insuffler le bon air de Bouhen remplaça rapidement le lait de la nourrice par celui des chèvres de sa campagne.

Restée à Bouhen jusqu'à l'âge de deux ans, le harem la réclama pour lui donner l'éducation correspondant à ses origines privilégiées.

Son grand-père, Nekbet, qui cumulait les titres les plus prestigieux, Premier Scribe Royal, Intendant du Palais du Harem, Ambassadeur de Libye, du royaume des Hittites, du royaume du Mitanni, et enfin Grand Général des Armées d'Aménophis, se trouvait pourvu d'une descendance bénie des dieux et assimilée au rang le plus glorieux.

Séchat, seul rejeton du grand général après son propre fils, devait être élevée au même rang que les princesses. Elle vécut donc dans le harem aux côtés d'Hatchepsout et Néférourê, filles du pharaon Thoutmosis.

Hatchepsout et Néférourê, bien que filles de Pharaon, tombaient dans un cas identique. Leur mère, Ahmosis, par la pureté du sang royal qui coulait en elle et qu'elle avait retransmise à ses filles, se trouvait au cœur même de la dynastie pharaonique.

N'habitant pas le harem, mais résidant comme toute Grande Epouse Royale au Palais, en compagnie de son époux Thoutmosis, elle enlevait souvent ses filles à la vieille Satré. Les jardins odorants du palais, ombragés d'arbres aux multiples essences, les accueillaient dans la détente et la joie. Mère et filles passaient, alors, de longues heures à discuter.

Séchat, qui ne connut jamais cette harmonie de rapports affectifs mère-fille, connut du moins celle qu'elle partageait avec son père. On permettait à Yahmose de venir la chercher pour l'amener à Sobek qui, lorsque la petite fille était à ses côtés, semblait reprendre goût à la vie.

Fou de joie, baignant tout entier dans une béatitude difficile à expliquer, il emmenait sa fille dans de longues promenades qui, souvent, aboutissaient au temple de Karnak.

Séchat restait ébahie devant les énormes colonnes recouvertes de hiéroglyphes, les somptueuses allées bordées de lions, de béliers et de sphinx. La majesté colossale de toutes ces sculptures la fascinait. Mais ce qui l'attirait particulièrement, c'était les obélisques qu'avait fait construire Aménophis et qui s'élevaient si haut qu'ils semblaient ne se terminer que dans le ciel. Sobek lui contait la vie de tout ce qu'il voyait.

— Haty, quels sont ces événements ? raconte vite.

— Tu sais que je vais épouser mon demi-frère et qu'il sera pharaon.

— Oui, je sais tout cela, Haty.

— Ce que tu ne sais pas, je vais te l'apprendre. Je ne suivrai plus l'Ecole de Thèbes, mais l'enseignement spécial du dieu Amon donné par Setoui, le Grand Prêtre du Temple. Ma seizième année atteinte, j'épouserai Thoutmosis, mon demi-frère, cet enfant qui joue encore dans les jupes de sa mère, jeta-t-elle sur un ton de mépris.

— Mais, protesta Séchat, ce n'est pas une nouvelle. Depuis ta naissance tout cela est inscrit, ton sort ne t'appartient pas. Le sang qui coule en toi est de la plus pure lignée, celle d'Aménophis, ton grand-père, et le destin t'a fait fille de Pharaon. Les lois exigent que tu épouses ton demi-frère, pour transmettre à tes enfants l'hérédité royale. Ne l'oublie pas, Haty, tu seras reine et tu devras perpétuer l'amour qu'Amon t'a donné.

Hatchepsout baissa les yeux et fixa, quelques instants, le sol dallé de marbre gris. Elle respira fortement, serra les poings qu'elle tenait déjà fermés et tenta de conserver en elle la force et l'énergie qui la caractérisaient.

— Tout de même, épouser cet enfant qui n'a que six ans ! répliqua-t-elle amèrement. J'aurais préféré Aménosis, le fils de Sobekka. Il a dix-huit ans. Il est beau, intelligent et il me plaît.

Séchat qui ne voulait pas sombrer dans la mélancolie de cet instant par la mièvrerie des mots ou la sensiblerie des gestes, jeta d'un ton enjoué :

— L'autre événement, Haty, qu'est-ce que c'est ?

Un éclat soudain brilla dans les yeux d'Hatchepsout, chassant la tristesse de ses derniers propos :

— Mon père désire me présenter au peuple. L'Egypte doit me connaître. Je l'accompagnerai dans tous ses déplacements. Je suivrai ses conseils et j'exécuterai ses ordres. Cela me plaît d'apprendre mon futur métier de reine. J'en aime l'idée et je désire, dès à présent, la concrétiser.

Le soupir qu'elle jeta n'était pourtant pas vide de toute appréhension, car elle reprit plus violemment :

— Je voudrais être un garçon, conduire mon char, tirer à l'arc, partir en guerre et...

Elle hésita quelques instants, regarda hardiment sa compagne et jeta dans une violence à peine contenue :

— Etre pharaon !

Le premier instant de surprise passé, Séchat approuva :

— Tu as raison, tu es faite pour être plus que reine, j'en suis sûre !

Hatchepsout ferma les yeux quelques instants, remerciant intérieurement son amie de la comprendre et de l'approuver. Mais, déjà Séchat poursuivait :

— Tu en as les dons, l'énergie, le courage.

— Je serai nommée co-régente du royaume. Père me l'a affirmé. Mes droits seront égaux à ceux de Pharaon, mon époux.

Elle desserra les poings qu'elle tenait toujours fermés et son regard, cette fois, se perdit très au-delà des jardins, dans l'immensité bleue du ciel :

— Je serai seule à me défendre. Seule contre les abus, les trahisons, les complots, les mesquineries.

— Seule aussi, poursuivit Séchat, contre une justice souvent mal établie, la misère humaine, la condition des pauvres et des esclaves. Ne l'oublie pas Haty. Le sort des riches et des privilégiés vient en second. Celui des infortunés, des ouvriers, des travailleurs doit rester la préoccupation essentielle d'un règne juste et bien équilibré. Tu te battras pour la condition des femmes, celles qui vivent en ville ou dans les campagnes, celles du harem qui n'attendent pas toutes le bon plaisir de Pharaon.

— Tu crois que toutes ces tâches m'incomberont ? questionna Hatchepsout à demi-étonnée.

— Bien plus encore, affirma Séchat, tes idées ne se précisent pas encore suffisamment. Tu règneras, certes, et puisque tu disposes de l'enthousiasme nécessaire, de la réflexion et de la raison, tu sauras trancher.

Séchat déployait la même force de persuasion qu'elle appliquait à Menkh pour le convaincre de sa valeur. L'énergie de Séchat était si dense et elle ressentait un tel besoin de la partager que, bien souvent, sans même s'en rendre compte, elle renforçait la volonté des autres.

Durant plusieurs heures, assises l'une à côté de l'autre, elles remirent toute l'Egypte en question, abolissant les lois qu'elles trouvaient injustes, rétablissant celles qui leur paraissaient nobles. Elles en créaient même de nouvelles. Les joues empourprées, une lueur d'excitation dans les prunelles, Séchat expliqua le grand projet qui lui tenait à cœur :

— Haty, plus tard, je veux devenir la Grande Intendante des artisans, de la culture et des métiers. Je demanderai l'établissement d'un décret qui favorisera tous ceux de basse condition désirant entrer à l'école. Il faudra rétablir les lois des troisième et quatrième dynasties qui donnaient tous pouvoirs intellectuels et professionnels aux femmes compétentes. Sais-tu, Haty, qu'à cette époque, presque tous les postes importants de l'État étaient tenus par des femmes. Elles y avaient des rôles de Chef de Département, Contrôleur, Inspecteur du Trésor, Intendante du Clergé, Majordome des Appartements

Royaux, Responsable d'immenses domaines. Directrice de greniers à blés. Jamais à l'Ancien Empire, on ne trouva tant de fonctions occupées par des femmes dans l'administration.

Hatchepsout, abasourdie, observait son amie. Fascinée par tant de connaissances, admirative devant cette vaste culture et la tranquille assurance avec laquelle elle les déployait, elle ne put s'empêcher de lui demander :

— Qui t'a inculqué tout cela ?

— Mon père !

Les lèvres de la princesse s'entrouvrirent pour la questionner à nouveau, mais déjà Séchat reprenait :

— Qu'en reste-t-il à présent ? A notre époque ? Nous sommes à l'ère de la dix-huitième dynastie, celle que tu poursuivras, Haty, et tous ces postes sont entièrement tenus par le sexe masculin. Que reste-t-il aux femmes à part le privilège de faire des enfants ? Leur laisse-t-on celui de s'instruire, d'apprendre, de raisonner ? Crois-tu, Haty, que l'Ecole des Scribes m'aurait été permise si je n'avais pas eu la chance d'être issue d'un grand-père très célèbre ?

— J'y penserai, Séchat, lorsque je serai Pharaon ! Lorsque je me battrai pour l'amour d'Amon.

— Amon n'est pas le seul dieu, Haty. Il ne faut pas trop le privilégier. Les autres ont aussi leur rôle à jouer.

— Séchat ! Amon est mon dieu, ça, tu ne peux me l'enlever. C'est le dieu des rois Thébains, le mien, celui de mon père, le dieu qui chassa les Hyksos de notre pays. C'est le dieu suprême de l'état libre. Toi qui parles de libération des femmes et des travailleurs, pense aussi à celle de l'Egypte. Amon est leur dieu, le patron de notre empire. Son prestige et sa puissance distancent de très loin tous les autres dieux. Il lui faut des cultes, c'est un dieu national. Rien ne doit l'éclipser, il faut bâtir pour lui, le vénérer, lui créer des temples, l'aimer. Tu comprends ?

Oui, Séchat comprenait. Mais comment lui expliquer qu'Amon n'était pas son dieu ? Que le sien était Toth, le Maître de l'écriture, du savoir et de la sagesse.

Leur dernière discussion s'achevait. Elles ne devaient plus se revoir avant très longtemps. Le destin, pourtant, veillait jalousement sur chacune d'elles.

*
* *

Chaque année, avant la saison d'Akhit, avait lieu la grande course dans le désert. Ce matin-là, dès l'aube, le palais s'agita et les chevaux piaffèrent.

Après un tour complet de la ville, le char royal longea le temple d'Amon et la façade nord des jardins attenants, puis, dans l'enthousiasme général, prit la route d'Abydos, en direction du désert.

Les éclaireurs avaient, depuis longtemps, écarté les curieux et, ouvrant le chemin à Pharaon et à sa fille, ils avaient rejoint les archers qui, en double file, debout sur la plate-forme de leur char, se tenaient déjà prêts à viser.

A hauteur des carrières où les ouvriers et les esclaves des chantiers s'étaient arrêtés de travailler pour se prosterner devant le passage de Pharaon, Menkh et Séchat, sur un char conduit par deux alezans beiges, rejoignirent le char royal derrière lequel avançaient ceux du Grand Intendant du Trésor, du Grand Scribe et du Grand Prêtre d'Amon, tous conducteurs habiles.

En arrière, se tenait la génération plus jeune. Séchat distingua ses amis Knosis, Ayen et Houysis, mais elle ne vit pas Mériptah. Tous ces jeunes excellaient aussi dans la conduite de leur char, mais le plus acharné était Menkh dont la passion pour les chevaux en avait fait un cavalier émérite, d'une extrême habileté et d'une sûreté à toute épreuve.

Ce n'était pas tant la chasse dans le désert qui attirait le jeune homme, mais plutôt la griserie de la course sportive. S'élancer, bondir, se ruer dans cet espace infini que représentait le désert, cet univers de sable que rien n'obstruait l'exaltait à un tel point que plus rien d'autre, dans ces moments de délire, ne pouvait surgir à son esprit.

Soudain, Séchat s'enthousiasma à son tour.

— Menkh, je t'en prie, laisse-moi conduire le départ jusqu'à l'arrivée de l'embranchement nord.

— Que va-t-on dire encore ? plaisanta Menkh, habitué pourtant aux hardiesses, parfois insensées, de sa jeune amie.

— Ah ! répliqua-t-elle, ils savent tous que je sais tenir les rênes et conduire un char.

Menkh soupira à nouveau et, presque à regret, lui passa les rênes qu'elle saisit aussitôt. Elle les tint fermement et les chevaux semblèrent ne pas s'apercevoir du changement de conducteur.

Libéré de tout mouvement, Menkh en profita pour s'assurer de la bonne tenue de son arc et du contenu de son carquois. Excellent archer, il n'en aimait pas pour autant la chasse et refusait toujours de tirer sur des animaux en fuite dans un désert où aucune chance de survie ne leur était accordée. Un point qu'il partageait avec Séchat. Tous deux se grisaient davantage par la course que par la chasse.

Séchat conduisait le char à une allure de petit trot, d'une main sûre et habile.

Le sable se soulevait à peine et la chaleur montait avec cette intensité qui annonçait de pénibles heures à venir.

Les astrologues avaient prédit le khamsin pour la nuit suivante. Mais pour l'instant, le sable du désert n'imprimait pas encore les menues vagues que le vent faisait habituellement surgir quelque temps auparavant. Ce jour-là, le désert restait uniformément plat.

Les chars s'étaient rejoints à la bifurcation nord, à la sortie de Thèbes. Les conducteurs, tous des notables et fils de hauts dignitaires, se tenaient droits, le torse nu dépouillé de tout artifice. Ils portaient un pagne blanc, court et non plissé. Aucun bijou ne se remarquait sur leurs bras ou leurs chevilles. Seule, pour certains, une boucle d'argent ou de turquoise fermait leurs sandales de cuir fauve. Même le pharaon Thoutmosis, ayant la faveur d'échapper à cet usage, avait renoncé à sa panoplie de bracelets et de colliers qui ne pouvait que le gêner pour accomplir les gestes rituels d'une chasse bien réussie.

Séchat portait une tunique blanche et droite, ajustée sous les seins et retenue sur les épaules par un lien de cuir. Elle non plus n'avait pas failli à la tradition qui refusait tout vêtement de luxe et tout bijou sous peine d'être disqualifié.

Arrêtés à une dizaine de mètres les uns des autres, les chars semblaient se concerter. Dès qu'ils arrivaient, ils s'alignaient dans un nuage de sable et l'on entendait, sur la route de Thèbes, les derniers qui s'approchaient dans un bruit de claquement de fouet et de crissement de roues.

Séchat tenait toujours fermement les rênes. Accélérant un peu le rythme du pas de ses chevaux, elle arriva, elle aussi, dans un soulèvement de sable et se plaça aux côtés du Grand Inéni.

Celui-ci l'observait depuis quelque temps d'un air légèrement désapprobateur. Sans doute eût-il préféré que son fils fasse l'entrée de la compétition. Il ne put s'empêcher, tout de même, d'admirer la force tranquille et l'énergie sereine de la jeune fille.

Séchat le regarda et, devinant la remarque

qu'il s'apprêtait à lui faire, objecta dans un franc sourire :

— Ce n'est juste qu'un petit parcours, Inéni, je rends les rênes à ton fils.

— Père, c'est une bonne élève, elle sait conduire et tu le sais, reprit précipitamment le jeune homme pour tenter d'apaiser le désaccord de son père.

— Séchat excelle en tout, avoua-t-il désarmé en levant les bras au ciel, même à la conduite d'un char. Par tous les dieux, qui a fait une telle fille ?

— Menkh, Menkh, exulta subitement Séchat, regarde. C'est Nekbet, mon grand-père !

La remarque d'Inéni donnait bien sa réponse. Qui avait engendré une telle petite fille ? Que ce fût le Grand Nekbet n'apportait aucun soupçon ! Et le voici qui s'avançait vers les cavaliers, les archers et les chars avec cette assurance dont il ne se départissait jamais.

— Nekbet, mon grand-père ! hurlait à nouveau Séchat dans une explosion de joie qu'elle n'arrivait pas à maîtriser et qui suscita, soudain, l'intérêt de tous.

Sur son char superbement décoré de bois recouvert de feuilles d'or et de lapis-lazuli, tiré par deux chevaux arabes noirs, où seules la crinière et la queue flambaient dans un rougeoiement éblouissant, Nekbet, le Grand Général de toutes les armées de feu le Pharaon précédent, demeurait digne, le regard dur, le menton levé, le pied solide, plein d'allure et de prestance, tenant d'une main ferme les rênes de ses chevaux.

Sachant que Thoutmosis ne lui en tiendrait pas rigueur, il portait le pectoral rituel. Depuis quelque temps pourtant, il avait définitivement abandonné toute sorte de bijoux, jugeant qu'à son âge, seules, la notoriété et la gloire devaient revêtir un homme de son envergure. Il portait une tunique longue dont l'un des pans lui recouvrait l'épaule gauche, laissant à la droite la liberté de mouvement nécessaire pour conduire ses chevaux.

Séchat ne put réprimer un frisson d'intense satisfaction, proche d'un sentiment possessif, vis-à-vis de cet homme qui lui avait donné son sang et sa chair. Et Menkh qui le copiait toujours lorsqu'il s'agissait d'admirer le vieux général ! Jusqu'à Thoutmosis qui, de son regard affûté, l'observait avec plaisir et intérêt.

Nekbet rejoignit sa petite-fille et, remarquant les rênes qu'elle s'apprêtait à rendre au jeune homme, ironisa :

— Séchat, aurais-tu l'intention de nous distancer ?

— Hélas, non ! soupira la jeune fille, tu le vois, mon exploit se termine là.

— Jeune guerrier, reprit Nekbet en se tournant vers Menkh, je vois ton arc et ton carquois. Aurais-tu l'envie de tirer sur une de ces jolies gazelles fuyantes et apeurées ?

Devant l'embarras de Menkh qui n'osait faire remarquer que la chasse l'intéressait moins que la course, le vieil homme reprit, sans attendre la réponse :

— Allons, allons, moi aussi, tu vois, je suis venu seulement pour la joie de courir.

Le nombre de chars étant au complet, le pharaon donna l'ordre à son héraut de commencer le rituel. Sans plus attendre, celui-ci porta la trompette à ses lèvres et fit retentir un air sonore, court, bien timbré qui força l'attention et la concentration de tous.

La veille, une vingtaine d'antilopes avaient été lâchées dans le désert en prévision de la chasse. Prêts à bondir, rênes en main, regards fixés au loin, ils s'élancèrent, dès le signal du départ, à la poursuite des antilopes, dans un désert où la chaleur commençait inexorablement à monter.

Attachés par une lanière de cuir passée autour de leur taille, Séchat se serrait contre Menkh. Très vite arrivé à la hauteur des premiers cavaliers, celui-ci resta en ligne durant une bonne demi-heure, talonnant roue à roue les deux chars qui le côtoyaient. L'un était conduit par le jeune Knosis qui excellait, lui aussi, dans l'art de la conduite des chars, l'autre mené par Méry, lieutenant-officier des armées de Thoutmosis à l'école de cavalerie de Thèbes. Ils menaient déjà tous trois un train d'enfer. Mais, si le but restait de maintenir ce rythme accéléré, l'essentiel demeurait de distancer les autres.

Tous trois se dégagèrent du peloton et restèrent longtemps en tête, laissant derrière eux des cavaliers pourtant jugés émérites. Les trois chars, par instants, s'accrochaient, mais l'habileté et la maîtrise des conducteurs les séparaient aussitôt et les ramenaient côte à côte.

Les chevaux écumaient et suaient. Seul, Knosis se servait de son fouet pour exciter les bêtes. Méry criait des mots secs, hachés, que comprenaient sans doute ses alezans. Menkh crispait ses doigts sur les rênes, son front se plissait, signe chez lui d'une inquiétude grandissante. Séchat sentait sa tunique s'imprégner de sueur froide.

La course effrénée s'atténua lorsque le char de Menkh prit une distance non négligeable, laissant ses deux adversaires d'une longueur de quelques mètres. Il semblait à Séchat que les roues crissaient sinistrement et que les chevaux devenaient enragés.

Serrée de plus en plus contre Menkh, celui-ci ne semblait pas pour autant mieux la sentir. Le char soumis à de violents efforts sautait et, par instants, les deux passagers se retrouvaient penchés dangereusement sur le côté droit ou gauche, frôlant le sol de quelques dizaines de centimètres. Menkh reprenait, pourtant, la maîtrise de sa conduite et parvenait à remettre son char en droite position. Des mangoustes s'enfuyaient sur leur passage en effectuant des bonds prodigieux.

Des nuages de moustiques obstruaient le passage. Séchat respirait avec peine tant la course devenait diabolique. On commençait à apercevoir quelques antilopes courir au loin.

Soudain, au-dessus de leur tête dans un bruissement d'ailes, un faucon survola leur char, puis, prenant de la hauteur et de la distance, il plana lentement au-dessus des antilopes.

— C'est le faucon royal ! cria Séchat à son compagnon, je le reconnais, il a le bec blanc.

Menkh, trop concentré sur ce qu'il s'efforçait de considérer maintenant comme une conquête personnelle, ne put lui répondre.

— Les autres suivent, regarde-les, Menkh, cria Séchat à nouveau. Regarde, leur bec est jaune, ils ne sont pas de la garde royale.

Trois autres faucons, dans un envol pesant, rejoignirent celui qui n'était plus qu'un point dans l'espace et qui effectuait des circonvolutions incroyablement compliquées. Apeurées, les antilopes couraient cette fois non plus serrées les unes contre les autres, car la panique les avait toutes séparées.

Toujours grisé de vitesse, Menkh ne pensait plus à ralentir. Il dépassa le troupeau d'antilopes. Seule, devant lui, restait celle qui tenait la tête au départ. Elle semblait vouloir imposer aux autres un rythme accéléré et l'ordre impératif de la suivre. Elle soulevait le sable lorsque ses pattes arrière retombaient pour prendre appui et s'élever pour rebondir.

— Cours, ma belle, cours, ne te laisse pas distancer, va, file ! lui cria Séchat.

Les roues du char frôlaient presque ses deux pattes arrière. Mais la bête ne semblait pas s'affoler, consciente peut-être que ses poursuivants ne dirigeaient aucune flèche contre elle. Elle filait droit dans sa course. Les quatre faucons revenaient, l'un d'eux tournoyait pesamment au-dessus du char et semblait vouloir s'accrocher à l'épaule de Séchat.

— Menkh, c'est le faucon royal au bec blanc. Il veut se poser sur moi.

Son compagnon n'entendait pas et s'absorbait de plus en plus dans une vitesse meurtrière dont lui seul mesurait les risques et les effets.

Le rapace n'avait plus qu'un doigt d'écart entre ses griffes et l'épaule de Séchat lorsque subitement, dans un sifflement acéré, une flèche transperça la tunique de la jeune fille, juste à l'épaule.

Elle ressentit une brûlure, porta instinctivement la main à son épaule et la retira tachée de sang. Elle vit la flèche poursuivre son chemin dans l'espace et tomber à quelques centimètres de l'antilope qui ne s'arrêta pas. Le faucon avait repris son envol et disparaissait complètement dans le ciel.

En quelques secondes, Menkh fut dégrisé et ralentit l'allure du char. Il voulut se retourner pour comprendre ce qui s'était passé, mais Séchat hurla :

— Non, ne t'arrête pas. Ne te retourne pas. Continue, file, je t'en prie.

— Mais...

Elle lui coupa la parole.

— Je t'en prie, Menkh, file et ne freine surtout pas. Si l'on stoppe, si l'on donne une quelconque importance à ce fait, je ne pourrai plus jamais t'accompagner. On fera de cette histoire une généralité, un esclandre. On interdira aux femmes les jeux et manifestations dangereuses. On nous supprime déjà tant ! Et puis, je n'ai qu'une écorchure.

L'antilope courait toujours au loin. Les faucons disparus ne réapparaissaient plus. Derrière eux, on tirait sur celles qui, blessées à mort, tombaient une à une.

Séchat se serra contre Menkh qui ralentit l'allure de ses chevaux.

La vitesse ne la concernait plus. Un pressentiment lui dicta de se taire. Horus le dieu de l'espace à tête de faucon lui soufflait qu'un danger planait au-dessus d'elle. Une menace qu'elle ne pouvait expliquer.

On ne tire pas à l'arc sur un faucon royal sans que cela ne présage un mauvais augure.

Séchat ferma les yeux et refusa de sombrer dans le doute.

CHAPITRE IV

Après la mort de son premier fils, à peine sorti de son ventre, Moutnéfer avait accouché d'un autre garçon, hélas mort-né lui aussi. Longtemps, elle avait cru ne plus pouvoir enfanter et lorsqu'elle croisait le regard joyeux d'Ahmosis, les plus sombres doutes assaillaient son esprit. Par bonheur, Pharaon n'avait pas déserté sa couche et, soulagée, Moutnéfer avait alors mis au monde un troisième garçon.

Bien qu'il fût assez malingre dans sa petite enfance, il grandissait à présent sans trop d'encombre et atteignait ses dix ans d'âge et, bientôt, pourrait épouser celle qui lui transmettrait le sang royal pharaonique.

En cette chaude journée qui pesait sur le palais de Thèbes, Moutnéfer cachait habilement sa joie. Le fils cadet de Sobekka avait été retrouvé noyé sur les berges du Nil. Qu'un tel accident arrivât à un marin aussi confirmé que l'était Aménosis en surprenait plus d'un.

Le cortège qui suivait le catafalque croulait sous les chants sacrés et les plaintes des pleureuses qui, vêtues d'or et de bleu, levaient les bras au ciel et psalmodiaient leurs mélopées en chœur.

Les prêtres suivaient en silence les porteurs d'offrandes, balançant généreusement les encensoirs qui diffusaient leurs senteurs de myrrhe sur toute la longueur du cortège.

Moutnéfer dissimulait le bas de son visage derrière un fin mouchoir de lin qu'elle tapotait discrètement contre ses lèvres étirées en un sourire de contentement.

Pour un peu, elle se serait jointe aux pleureuses qui, à présent, enveloppées dans leur ample robe, venaient de s'agenouiller en un long mouvement sinueux devant le cercueil d'Aménosis. Elles se courbèrent, le front touchant le sol, les mains posées à plat sur le dallage de l'allée qui menait au temple, récitant les hymnes sacrées que réclamait la circonstance.

Certes, Moutnéfer respirait. Désormais, son fils avait la voie libre. Ses demi-frères ne l'encombreraient plus.

Les funérailles d'Aménosis, le fils du pharaon et de la concubine Sobekka avaient lieu au début de la saison d'Akhit. Pas un notable de Thèbes ne manquait. Conseillers, ambassadeurs, intendants, courtisans, vizirs, tous suivaient dignement le cortège attendant que la sépulture emmène définitivement le mort au royaume d'Osiris.

Malgré l'époque de la crue, le Nil ne débordait que peu et le sol insuffisamment inondé attendait que les eaux se retirent pour y laisser son limon qui apportait une terre riche et noire. Bien des craintes auraient soulevé les esprits des Egyptiens, cette saison-là, s'il n'y avait eu l'année précédente une abondance de moisson qui avait largement rempli tous les greniers à blé de Thèbes.

Sécurisés, les paysans respiraient car, à coup sûr, cela devait éviter une famine toujours prévisible lorsqu'une année trop sèche tombait sur le pays.

La chaleur écrasante s'abattait sur la ville et les funérailles se poursuivaient dans un ordonnancement que rien n'eût perturbé si ce n'était le vol de quelques corneilles dans un ciel pesant et lourd.

Choisi par Pharaon, le sarcophage d'Aménosis était une belle pièce en granit noir, brillant et dur. Il en contenait un autre de taille plus petite, richement décoré à l'intérieur, dans lequel la momie du mort avait été glissée.

Sobekka dont les yeux étaient restés secs devant les épouses royales, n'avait pu s'empêcher de déverser sur la rassurante épaule d'Ouadjmosis toutes les larmes qu'elle contenait en elle depuis la mort de son fils.

Enfermé au temple d'Amon, Ouadjmosis en était tristement ressorti pour suivre avec sa mère les funérailles de son frère et l'accompagner à sa dernière demeure, celle qu'Osiris préparait dans l'au-delà à tous les pharaons et fils de pharaons.

Sobekka qui, de sa vie au harem, n'avait jamais rien osé réclamer, sollicita une faveur que Thoutmosis ne put lui refuser. Elle souhaitait que les peintures intérieures du sarcophage représentassent essentiellement les scènes de la vie active qu'avaient aimées son fils.

Combats, courses, compétitions sportives, chasses, pêches et même voyages sur le grand fleuve qui l'avait si cruellement emporté figuraient à la place des masques d'Amon, d'Isis, de Thot ou d'Anubis. Cela n'était étrange que par le côté inhabituel des motifs gravés sur un sarcophage.

Seules, les canopes d'albâtre qui contenaient ses viscères avaient des couvercles qui représentaient la tête des dieux.

A vrai dire, Thoutmosis ne comprenait guère ce qui s'était passé. Aménosis était un parfait marin. Il connaissait le maniement de tous les bateaux, de toutes les embarcations utilisées sur le Nil et même de ces barques légères destinées à suivre le fleuve en des compétitions sportives auxquelles s'adonnaient souvent les jeunes nobles de Thèbes.

Ces longs bateaux en forme de croissant, dont l'avant ni l'arrière ne plongeait réellement dans l'eau, comme celui qui avait échoué, fracassé sur la berge, n'avaient pourtant aucun secret pour lui. Aménosis et son frère Ouadjmosis savaient les diriger mieux que quiconque. Une erreur de manœuvre paraissait impossible. D'ailleurs, combien de courses avaient-ils effectuées et gagnées avec les jeunes sportifs de leur âge ?

Construites comme de véritables maisons flottantes, les embarcations étaient rapides, efficaces, puissantes, et la mâture centrale qui soutenait, par de nombreux cordages, l'unique voile immense et aérienne n'avait, elle non plus, aucun secret pour les deux frères.

Pourquoi le bateau avait-il versé ? Pourquoi en aucun lieu du fleuve n'avait-il été remarqué ? Pas un marin, pas un pêcheur sur le bord du Nil n'avait signalé ou observé la moindre anomalie, malgré la grande voile déployée qui s'apercevait toujours de loin, à tribord comme à bâbord.

Le port de Thèbes qui grouillait en temps normal d'hommes chargeant ou déchargeant les bateaux, semblait avoir été vidé, ce jour-là, de toute animation.,

L'énigme pointait son visage mystérieux sans vouloir dénoncer la moindre singularité. Et Thoutmosis se demandait si, lors de l'accident, son fils utilisait la grande voile ou le gouvernail accolé à la coque. Question bien inutile qui ne trouvait pas sa réponse car, là encore, Aménosis savait employer son agilité et sa maîtrise pour associer les caprices du fleuve et ceux du gouvernail du bateau.

Que lui était-il arrivé ? Des conducteurs de chalands qui transportaient des blocs sortis des carrières de Tourah, proches de Memphis, avaient trouvé les corps noyés d'Aménosis et de ses trois coéquipiers sur les berges du Nil, aux abords d'Hermopolis.

On avait inspecté scrupuleusement la barque retrouvée sur la berge du fleuve, broyée peut-être par la mâchoire d'un puissant crocodile plus que par les flots du Nil, certes parfois impétueux.

Après un examen attentif, les experts n'avaient remarqué aucune défaillance dans le gouvernail ni dans la mâture. Se pouvait-il qu'Aménosis et ses trois compagnons se soient tous endormis, sans se soucier des aléas du Nil ?

Thoutmosis refusait cette hypothèse. Il avait ordonné qu'on ouvrît une enquête, mais le Grand Vizir, assisté de jeunes magistrats dont il avait lui-même formé l'équipe, n'avait pas cru nécessaire de poursuivre et, faute d'éléments vraisemblables, l'affaire s'était arrêtée.

Au soir des funérailles, Thoutmosis sentit son cœur s'attendrir. L'un de ses fils mort, l'autre devenu prêtre au temple d'Amon, il ne lui restait à présent que le jeune garçon de Moutnéfer pour assurer le destin du pays. Aussi ce jour-là, rendit-il visite à sa Seconde Epouse.

D'instinct, Moutnéfer sut qu'il venait s'assurer de la bonne forme de son plus jeune fils. Lorsqu'un héraut lui annonça la venue du pharaon, elle s'employa habilement à préparer l'instant comme s'il s'agissait d'une habitude quotidienne.

Quand Thoutmosis pénétra dans ses appartements, Moutnéfer était mollement étendue sur un sofa d'osier peint de couleurs vives. Son fils jouait à côté d'elle avec des fléchettes taillées dans des roseaux.

C'était un enfant petit, râblé, qui ne possédait ni la force athlétique de ses demi-frères, ni l'intelligence et la culture de sa demi-sœur Hatchepsout. Mais, c'était un garçon assez vif d'esprit et en parfaite santé. Seule, sa petite enfance s'était révélée un peu perturbée.

— Majesté, fit le garçonnet en se courbant devant Thoutmosis qui entrait dans les appartements de Moutnéfer, puis-je vous présenter une requête ?

Surpris, le pharaon qui n'avait pas vu son fils depuis une ou deux saisons, posa ses yeux dans ceux de l'enfant. Il y vit une lueur inquiète.

— As-tu l'accord de ta mère ?

— Certes, Majesté. Je l'ai.

— Alors, parle mon fils, dit Thoutmosis en observant le visage subitement réjoui du jeune garçon.

— N'allez-vous pas vous moquer ?

— C'est promis, je t'écouterai.

Face à lui, l'enfant relevait haut son buste, soutenant le regard amusé de Pharaon. Voilà qui le détendait de cette sinistre journée de funérailles.

— Mon père, dit l'enfant, laissant tomber d'un ton plus assuré le traditionnel « Majesté », je veux rentrer dans la corporation des archers d'élite de Thèbes.

— Tu n'as pas encore atteint tes dix ans, il me semble.

— Je sais tirer mieux que certains enfants qui ont cet âge et, sans vouloir vous offenser, mon père, je tire mieux qu'Hatchepsout.

Le pharaon sourit. Ce fils était plus intelligent qu'il ne pensait, car il savait qu'en avançant le nom de sa fille, il l'obligerait à reconsidérer la question.

— Qui t'a dit que tu tirais mieux qu'elle ?

— Nous faisons quelquefois des compétitions et je gagne chaque partie.

Comme Thoutmosis paraissait étonné, le garçonnet reprit vivement :

— Si elle manie le char mieux que moi, c'est que cinq années nous séparent et que ses forces sont plus grandes que les miennes. Mais, je puis vous assurer que l'honneur du tir à l'arc me revient.

Malgré la douleur que lui causait encore la perte de son fils Aménosis, le pharaon se mit à rire. Il tourna la tête en direction de Moutnéfer qui semblait ne pas s'intéresser à la conversation. Mais, en réalité, elle ne perdait aucun mot prononcé par Thoutmosis, analysant prudemment la signification de chacun de ses rires, chacun de ses gestes et propos.

Le pharaon prit son fils par le bras et l'entraîna dans le couloir qui menait à l'étage inférieur. Puis, frappant dans ses mains, il s'écria :

— Qu'on aille chercher son maître-archer et qu'on m'apporte flèches, cibles et arcs.

Quand le pharaon et l'enfant furent sur la terrasse ombragée, entourée de sombres sycomores qui tendaient leurs branches touffues et denses, un petit homme en pagne court arriva. Il avait le torse nu et tenait entre les bras tout l'attirail de l'archer débutant.

L'enfant courut à lui et saisit promptement l'arc en bois d'acacia.

— Regardez, père, je vais tirer à vingt mètres, peut-être trente ou cinquante.

Thoutmosis saisit à son tour la cible que lui tendait l'archer. C'était une plaque de bois tendre peinte en rouge avec des spirales qui tournaient autour d'un point noir central.

Pendant que Pharaon accrochait la cible à la plus basse branche d'un sycomore éloigné d'une vingtaine de mètres, l'enfant tirait vivement l'arc des mains de l'archer.

— Ce n'est pas assez loin, mon père.

— Accomplis d'abord cet exploit, nous verrons ensuite.

L'enfant banda son arc. La corde était en tendon de bœuf.

— Puisque tu sembles dire que c'est trop facile, trancha Thoutmosis, tu n'as droit qu'à une flèche.

Le garçonnet se concentra et ne se préoccupa plus que de la cible. Il prit une longue respiration, bloqua son souffle, tendit le peu de muscles qu'il avait dans les bras. La flèche à la pointe d'électrum démangea fortement ses doigts. Quand elle partit, elle alla se fixer au centre du point noir.

L'enfant exulta.

— Vous voyez bien, mon père, que je peux tirer à trente ou cinquante mètres.

Thoutmosis sourit. Ce petit exploit lui plaisait. Il passa furtivement sa main dans ses cheveux courts, frisés et noirs, car il avait ôté sa perruque d'apparat pour venir visiter Moutnéfer.

Inspectant les arbres avoisinants, il en choisit un légèrement plus éloigné et accrocha la cible à l'une des branches qui tendait un feuillage somptueux.

— Mon père, cria l'enfant, les feuilles cachent en partie la cible.

— Justement, répliqua Thoutmosis, un bon archer doit disposer d'une vue sans faille. Le point central de la cible n'est pas obstrué par les feuilles et si tu es aussi fort que tu le dis, tu dois toucher le centre sans difficulté.

Le garçonnet fit la grimace. Voilà qui se compliquait ! Jamais encore son maître-archer ne lui avait fait viser une cible à moitié cachée.

— Cette fois, dit le pharaon à son fils, tu n'as droit qu'à deux flèches.

L'enfant se concentra à nouveau, banda l'arc, tendit ses muscles. La flèche transperça le bord d'une feuille et il dut utiliser sa deuxième flèche pour atteindre le centre de la cible.

— Ce n'est pas si mal, fit Thoutmosis en tapotant l'épaule de son fils. Mais, avec un peu plus de concentration, tu aurais pu mieux faire.

L'enfant esquissa un sourire grimaçant.

— N'oublie pas, mon fils, que n'importe quel exercice physique demande un pouvoir de concentration sans cesse accru, contrôlé, renouvelé. Sans lui, tu ne peux rien faire. Voyons ! A présent, essayons les cinquante mètres dont tu me parlais tout à l'heure.

Lorsque celle-ci fut placée à la distance voulue, l'enfant ne réussit à percer le point central qu'à la troisième de ses flèches.

Déçu, il regarda son père, mais celui-ci semblait satisfait.

— Tu t'en tires bien, mon fils, mais il est un peu tôt pour entrer dans la corporation des archers de Thèbes. Il te faut encore une année de travail. Après, si tu tires ta première flèche à soixante-dix mètres, tu seras le meilleur de tous.

*
* *

Séchat en avait terminé avec ses années de petite fille. Enfin, son grand-père accordait sa confiance à l'adolescente qu'elle était devenue.

La barque glissait silencieuse et légère sur le bord du Nil. Cette année-là, la crue insuffisante laissait les récoltes de blé médiocres et très inférieures à celles des années précédentes et, bien que le limon fertile permît à quelques cultures de pousser favorablement, l'humidité indispensable ne s'était pas assez répandue, asséchant rapidement tous les terrains éloignés du Nil.

L'inévitable conséquence ressurgissait sur les prix du blé et du vin qui montaient considérablement et défavorisaient les familles de basse condition au point que l'infortuné paysan, ne pouvant se procurer des céréales en quantité suffisante, ne nourrissait plus assez sa famille.

Quelques plantes verdoyantes étonnaient presque l'œil aux seuls endroits couverts par les eaux.

Ailleurs, le dur sol, trop réchauffé par le soleil, n'engendrait que de maigres touffes jaunies. Certes, les immenses greniers à blé, disséminés dans la campagne, regorgeaient de la récolte précédente. Certes aussi, les Egyptiens, dont la prévoyance était le principal souci, importaient d'Asie une grande quantité de céréales qui leur permettait de faire face lors des années de sécheresse.

La journée, baignée du soleil intense de ses plus chaudes heures, dégageait une odeur âcre et brûlée de terre asséchée. Le ciel gardait cette opacité violente d'un bleu puissant qui le transformait en un implacable mur d'azur. Ciel inviolable à la limite de l'intransigeance la plus absolue.

— Yahmose, arrêtons-nous, veux-tu ? J'aimerais marcher un peu.

Le vieux serviteur se leva. Ses jambes un peu raidies, écartées et droites, se tenaient parfaitement en équilibre sur l'embarcation légère qui oscillait de droite à gauche, mais il sentait que d'année en année, il perdait de son agilité. La barque pénétrait, maintenant, dans un minuscule marécage que cachaient les hauts papyrus. Le clapotis de l'eau perturba quelques canards sauvages et dans un tapage mécontent, ils s'envolèrent lourdement plus loin. Le cri d'un oiseau se prolongea, s'éloigna et tout redevint silencieux.

— Là, je vais m'installer pour pêcher et tu as, juste devant toi, un terre-plein pour poser les pieds, affirma Yahmose avec une conviction qui n'admettait aucune réplique.

Puis, il se baissa pour dégager de la barque le matériel qu'il avait emporté et qui consistait en un long fil de lin qu'il enroulait autour d'une grosse tige de papyrus au bout duquel s'agitait un ver de terre piqué sur un hameçon de cuivre. Il posa à terre son couteau, des esches et une nasse d'osier tressée pour conserver ses captures.

— Tout est calme, ce matin, les poissons devraient mordre.

— Tu pourras même t'assoupir un peu, ironisa Séchat en clignant de l'œil. Ils viendront au bout de ta ligne sans que tu t'en aperçoives.

Yahmose ne prit nullement garde à cette malicieuse boutade. Il amarra la barque à la racine d'un papyrus qui bordait le fleuve.

La jeune fille enjamba prestement la frêle embarcation et posa le pied à la limite du champ très faiblement irrigué.

D'un pas plus lourd et plus pesant, presque difficilement, Yahmose l'imita. Ses douleurs commençaient, parfois, à le faire souffrir au point de ne plus pouvoir accomplir ces menues tâches.

Séchat courait déjà dans le champ.

Yahmose repéra un gros sycomore dont le feuillage ombrageait le sol. Il déposa sa canne à pêche, un paquet qui enfermait une cuisse d'oie farcie en prévision de sa faim qui, dans quelques heures, se ferait probablement sentir. Une petite jarre de bière fraîche et une grappe de figues sèches accompagnaient le festin du vieux serviteur.

Il connaissait si bien Séchat qu'il savait qu'elle ne reviendrait pas avant que Râ ne cesse de dispenser ses derniers rayons sur la campagne. A chaque escapade de la jeune fille, depuis qu'elle était fillette, Yahmose procédait toujours de la sorte. Il restait à proximité de la barque, pêchait, mangeait et s'endormait à l'ombre du gros sycomore qui l'avait abrité tant de fois que, lui non plus, ne comptait plus les ans. Là, il sombrait dans un sommeil dont les dieux, eux-mêmes, ne pouvaient plus le détourner et la nasse restait vide.

Beaucoup plus tard, venait à ses oreilles un

joyeux appel suivi de nombreux commentaires qui le tiraient de sa léthargie et concluaient l'interminable échappée.

Il allongea ses jambes, chassa les mouches de son visage qui vinrent aussitôt bourdonner au-dessus de son sac de provisions et entreprit de déplier son matériel.

Séchat connaissait à fond cette région pour l'avoir sillonnée de multiples fois, de ses longues jambes alertes. Comme elle aimait ces interminables journées passées dans la vaste maison de son grand-père, située au sud de la ville ! Le temple de Louqsor passé, il fallait descendre le Nil jusqu'à la ville d'Abou-Simbel, en passant par Assouan.

Le désert s'étalait à perte de vue, près de Bouhen, à la limite de la deuxième cataracte, là où, à peine sortis des déserts de Nubie, les cours d'eau devenaient plus herbeux. Séchat ne savait dire pourquoi sa préférence se portait davantage sur ces régions du Sud. On y trouvait de merveilleuses oasis, comme celle de Sélima. Les chameaux, les gazelles, les bœufs, les oryx venaient s'y désaltérer.

Et, plus bas encore, à mesure que l'on avançait vers le Soudan, le bruit des torrents éthiopiens se confondait avec les sons mats les plus divers. On y rencontrait des peuplades au teint sombre, vêtues de couleurs chatoyantes et se mouvant dans une atmosphère bruyante de cris et de musique.

Bouhen, petit village devenu presque nubien de caractère et de mentalité, représentait pour Séchat un havre de sécurité, de repos, de plaisir. Les villageois et les paysans suivaient les rites et les usages égyptiens depuis l'époque archaïque. Le mélange des races leur donnait cette beauté sauvage que l'on ne retrouve nulle part ailleurs, ce teint sombre et ces cheveux noirs où les boucles serrées surmontaient un profil au nez fin, mais aux lèvres charnues et pulpeuses des pays d'Afrique.

Peuplade où la prestance et l'harmonie du corps et du mouvement s'imposaient comme une évidence. Reshot, sa jeune servante, venait de cette région perdue du sud de l'Egypte. Tout comme eux, elle gardait cette caractéristique du corps élancé, svelte et gracieux, du visage allongé et du regard grave que traversait parfois la nostalgie d'un curieux mélange qu'elle ne pouvait elle-même expliquer. Seule sa chevelure crépue démasquait ses origines africaines.

Séchat avançait dans la campagne à grandes enjambées contournant les chadoufs qui étaient actionnés en permanence afin de ne pas laisser en friche les terrains non touchés par l'inondation.

Venant d'apercevoir, entre les vastes champs fraîchement fauchés et le chemin de boue séchée qui se dégageait sur sa gauche, une curieuse habitation qui semblait prendre une ampleur de plus en plus grande au fur et à mesure qu'elle s'en approchait, sa curiosité instinctive s'éveilla.

Elle ralentit le pas, surprise de voir une boucle du Nil en cet endroit qu'elle ne soupçonnait pas. Les chadoufs avaient subitement disparu. Au creux de la boucle, une nouvelle exploitation s'était construite, de taille si importante que Séchat était subjuguée.

Comment se faisait-il que Nekbet ne lui en avait pas parlé ? Lui qui n'oubliait jamais de la tenir au courant sur tous les changements de la région, qu'ils soient d'ordre administratif, agricole ou concernant tout simplement le village. Il est vrai que ses deux dernières années d'études ne lui avaient guère laissé de temps libre pour profiter des vacances qu'elle souhaitait, pourtant, depuis longtemps.

La nouvelle construction, bâtie en briques crues, de forme conique et à base circulaire jouxtait une large rampe qui menait au sommet non recouvert. Séchat connaissait ces greniers à blé, mais elle n'en avait jamais vu de si grands. Celui-ci possédait cinq étages. Les greniers superposés et juxtaposés étaient reliés entre eux par cette rampe de briques où l'on faisait monter les ânes chargés des lourds sacs de blé.

Elle contourna le gigantesque bâtiment, trouva une mince ouverture qui donnait sur le côté le plus bas et aperçut, en annexe, le minuscule logement du gardien.

La grande pièce, presque vide, paraissait triste et froide. Les seuls éléments intérieurs qui consistaient en une paillasse posée à terre, un four à cuire le pain, un coffre qui devait enfermer quelques habits et objets personnels lui semblèrent très rudimentaires, frisant la misère. Elle se mit à comparer la grandeur et la somptuosité du bâtiment à cette lamentable masure habitée, sans nul doute, par le scribe surveillant les lieux. Peu s'en fallait pour qu'un sentiment de révolte ne la prît. Voilà bien ce pour quoi elle lutterait lorsqu'elle serait nommée Grande Scribe des artisans.

Prudemment, elle passa la tête dans l'ouverture de la bâtisse.

— Qui es-tu ? Que viens-tu faire ? questionna-t-on durement derrière elle.

Surprise, Séchat se retourna brusquement. Un jeune Egyptien, vêtu d'un court pagne blanc, celui des scribes de la campagne, droit et non plissé qui lui tombait juste sur les hanches, se tenait devant elle. Agé d'une vingtaine d'années, la distinction de son allure ne coïncidait guère avec le lieu agricole dans lequel il évoluait.

Malgré l'agressivité de sa question, le pli amer de sa bouche et le froncement subit de son front, ses yeux allongés reflétaient une lueur de curiosité bien normale. Leur couleur, qui oscillait entre le brun et le vert, prenait en cet instant précis une teinte exagérément sombre.

Soudain, Séchat se sentit mal à l'aise. Ne forçait-elle pas l'intimité de ce modeste logis ? Elle n'osa parler.

Conscient de son embarras, le jeune homme ébaucha un sourire qui s'apparentait plus à un rictus qu'à une forme de sympathie.

— Eh bien ! Qui es-tu et que veux-tu ? répéta-t-il tout en s'efforçant de prendre une voix moins brutale.

— Je m'appelle Séchat et je suis du domaine de Bouhen.

Méfiant, l'Egyptien la détailla avec tant d'insistance qu'elle se sentit rougir.

— Ton œil n'a pas besoin d'être aussi méfiant, déclara-t-elle en fixant droit son regard dans le sien. Je ne suis pas une voleuse.

Ce fut lui, cette fois, qui parut gêné.

— Excuse-moi, mais je n'ai guère l'habitude de recevoir des visites dans ce trou à rat.

— Fais-tu allusion à ton logis ? Car ce bâtiment est superbe, il me semble. Ces nombreux étages qui se superposent, se juxtaposent et cette rampe de briques plates et solides, alors que beaucoup d'autres ne sont qu'en boue séchée, sont une véritable révolution dans l'aménagement des greniers à blé.

Elle pensait, ainsi, l'amener à parler, s'expliquer, abandonner sa méfiance.

Elle poursuivit du même ton persuasif :

— Cette rampe qui mène au sommet me paraît ressortir d'un modernisme que je n'ai encore jamais remarqué dans une telle construction de tout le sud de l'Egypte.

Tel que l'avait prévu Séchat, la méfiance du jeune homme se transforma vite en surprise.

— Où as-tu appris ces techniques de constructions ? se renseigna-t-il d'un air assez dubitatif.

— Au cours de l'école.

La surprise qui venait d'allumer son visage mat s'éteignit aussitôt et ses yeux soupçonneux reprirent leur sombre intensité.

— Au cours de l'école. Quelle école ?

— C'est un interrogatoire ? répliqua Séchat.

— Quelle école ? reprit-il têtu.

— Mais l'Ecole d'Administration de Thèbes.

Il la détailla à nouveau, jaugeant son allure entière, de ses pieds chaussés de sandalettes à sa tête coiffée de tresses comme au temps de son adolescence.

— C'est exact, déclara-t-il. C'est une construction toute nouvelle et comme tu l'as justement remarqué, sa structure permet de contenir dix fois plus de céréales que tous les autres greniers de cette région.

— Comment fonctionnent les vannes ? s'enquit Séchat. Les piliers sont-ils à la verticale et peut-on régler le débit ?

L'aplomb de ses propos semblaient le sidérer et, cette fois, convaincu de son savoir, il poursuivit :

— Je ne porte pas une perruque de citadin, mes pieds sont nus et bien que je sois loin d'avoir le bâton de commandement, je vais m'efforcer de t'expliquer.

Séchat savait qu'effectivement tout scribe qui commandait un chantier, un domaine agricole, un déchargement sur le port ou un autre travail d'égale importance portait toujours, dans sa main droite, le bâton de commandement. Cette tradition qui s'exerçait depuis des origines très éloignées se poursuivait encore et permettait de distinguer rapidement le chef d'un lieu de travail quel qu'il soit.

— Mais, tu es jeune, répliqua Séchat et tu as tout le temps de prendre un commandement.

L'Egyptien se planta brusquement devant elle

et pointa un doigt suspect sur le buste de la jeune fille, entre ses deux seins.

Séchat s'écarta. La pression du doigt, là où il était posé, la troubla. Mais, le jeune scribe reprit :

— Si tu as suivi l'Ecole d'Administration de Thèbes, tu dois en connaître tous les rouages, les excès, les faiblesses. Tu dois savoir qu'il existe les élèves privilégiés et ceux de condition modeste.

Il pressa davantage son doigt sur le buste de la jeune fille et poursuivit :

— Alors, tu m'espionnes. Pour le compte de qui travailles-tu ?

— Tu es décidément très soupçonneux. Mais rassure-toi, que ton opinion désobligeante et mal fondée sur moi se dissipe. Je suis la petite-fille de Nekbet, l'ancien Grand Général des Armées de feu Aménophis. Je termine, comme je te l'ai expliqué, mes études à l'Ecole d'Administration de Thèbes, et je suis en vacances chez mon grand-père, à Bouhen. Je m'y promène, j'y respire, j'y vis, j'y apprends. Car, même si l'on croit posséder une science dans son intégrale profondeur, on ne sait jamais tout. Là, es-tu content ? ironisa-t-elle. Que veux-tu savoir encore ?

Elle plongea son regard dans celui du jeune scribe et ajouta sans aucune animosité, bien au contraire sa voix prit une intonation désinvolte :

— Si tu retirais ton doigt que je sens encore très accusateur.

Il recula lentement sa main, mais garda son doigt pointé en direction de Séchat.

— Alors, insista-t-il, tu fais partie de ces filles privilégiées que rien n'arrête parce qu'elles peuvent tout se permettre.

Le ton mordant du jeune homme ne plut guère à Séchat. Elle perdit aussitôt son air enjoué et se raidit imperceptiblement.

— Tu n'as vraiment rien compris, jeta-t-elle contrariée.

Elle se rapprocha du garçon, plongea ses yeux hardis dans les siens et n'y remarquant aucune agressivité, elle reprit d'un ton moins acide :

— Ou alors, tu sembles ignorer qu'une fille étudiant parmi une cinquantaine de garçons ne trouve, devant elle, qu'obstacles, interdictions, injustices et méfiances.

— Rien ne t'y oblige, je suppose.

— En effet, rien ne m'y oblige, mais je ne suis pas marquée des mêmes idées que les autres filles. Moi-même, je n'y peux rien. Ma mère est morte à ma naissance et n'a donc pu m'apprendre ce que toute mère apprend à sa fille. Durant toute ma jeunesse mon père m'a inculqué ce qu'il savait lui-même.

Elle soupira et murmura la conclusion qui s'imposait sans qu'on puisse rien y changer :

— J'ai toujours envie d'en connaître davantage. Peut-être aurais-je mieux vécu dans la peau d'une autre petite fille, mais, vois-tu, je ne peux faire marche arrière. C'est ainsi.

Conscient de ses propos stupides et primaires, la sincérité de sa compagne lui apparut évidente. Il prit sa main et la serra entre les siennes.

— Je ne suis pas un abruti, s'excusa-t-il. Je ressens fort bien tes impressions. Pardonne-moi de t'avoir agressée de la sorte. Mais, regarde toi-même et tente de conclure. Le poste que j'ai obtenu après de longues études est tout juste bon à prendre par n'importe quel agriculteur illettré.

— Les dieux ne t'ont pas été favorables jusque-là, mais tu dois reprendre confiance. Tes compétences, si elles existent, finiront par s'imposer. Alors, on te confiera un poste plus important.

— Il y a deux saisons déjà que je suis affecté à la surveillance de ce grenier à blé. J'y suis enfermé, prisonnier, j'y étouffe. Je n'ai ni relations, ni richesses. Je compte les quantités de blé amassées et lorsque le travail est effectué, je reste, tel un imbécile, en haut de cette guérite à surveiller les allées et venues des paysans, des rôdeurs, de gens qui passent.

— N'as-tu pas tenté de te distinguer ?

— Comment veux-tu sortir du rang avec une telle besogne ?

— Ne peut-on t'aider ?

— Les hauts dignitaires comme Nekbet, ton grand-père, ne s'intéressent guère à la petite classe.

Séchat s'emporta et, le regard en colère, se planta devant le jeune Egyptien tout en redressant son torse délicatement bombé. Elle jeta d'un ton catégorique qui n'admettait aucune réplique :

— Tu te trompes lourdement et cette image noire que tu reflètes sur le Général Nekbet ne correspond nullement à la réalité. Malgré son œil acéré, mon grand-père ne peut tout voir, tout entendre, tout diriger. Qui est ton chef hiérarchique ?

— Mouredsou ! C'est un scribe dirigé par Ahotep, le directeur des greniers à blé de Nekbet. Je n'ai aucun jugement critique à formuler sur Ahotep. On dit qu'il a toujours exécuté correctement le travail que lui imposaient les grands collecteurs de blé. Quant à Mouredsou, c'est un petit scribe de basse envergure et mes compétences valent bien les siennes.

— Je ne connais pas Ahotep. Quant à Mouredsou, je le sais médiocre, poltron, sans talent et sans intelligence. De plus, il boit trop de bière pour être performant. Sa femme, cependant, est gentille, honnête et travailleuse. Elle élève cinq enfants avec difficultés. Je lui ai souvent donné des tuniques que je ne portais plus.

— Quel grand cœur ! ironisa aigrement le

jeune scribe. Allons, viens dans ma triste cellule, je vais te donner de l'eau fraîche à boire. Et nous pourrons discuter moins chaudement que sous ce soleil qui commence à m'exaspérer.

Conquise par ce jeune homme ambitieux qu'elle comprenait parfaitement, partageant ce sentiment d'injustice que les différences de classes sociales engendraient, elle prenait une fois de plus conscience de ce qu'il fallait réformer.

— Quel est ton nom ? demanda-t-elle.

— Sakmet, pour te servir, fit-il en prenant le parti d'abandonner son amertume.

Et c'est presque d'un geste amusé qu'il se prosterna devant Séchat, à l'entrée de son logis sans porte. Le mur blanchi représentait le seul luxe à remarquer.

— Tu connais mon palais, reprit-il, puisque je t'y ai vue admirer mon mobilier.

Toujours prosterné et d'un geste théâtral, il désigna le minuscule four à pain, le vieux coffre de bois et la natte posée à terre.

— Ne sois pas amer, Sakmet, j'essaierai de parler à Nekbet. Il est encore très influent auprès du Grand Intendant des Scribes, bien que sa place ne soit plus auprès de lui.

— J'ai perdu espoir dans ce monde où tout est inscrit pour les riches. J'ai prié Toth, le dieu de la sagesse, Hathor, la déesse suprême, Horus, Anubis, Isis. Je les ai tous sollicités. Ils ne m'ont guère écouté. Ma vie, mon sort, mon être tout entier ne les concerne pas. Mon Kâ encore moins...

— Je t'en prie, Sakmet, coupa énergiquement Séchat, ne sois pas incroyant. Ton Kâ prendra en compte ta vie sur terre.

— Que m'importe mon Kâ, si je ne puis m'offrir ni lit, ni bon vin, ni même un repos détendu lorsque mon corps est fatigué.

— Ne montre pas cette amertume.

Leurs regards se croisèrent. La pièce sombre était fraîche. Pourtant, le sol asséché transmettait une chaleur sous les pieds, et la lumière qui pénétrait par l'ouverture arrivait à lancer ses rayons malgré l'épaisseur du mur qui tentait de s'en préserver.

Sakmet crut devoir détendre l'atmosphère en révélant avec candeur :

— Tes yeux prennent la couleur du Nil lorsque la nuit sombre l'enveloppe. Ils sont noirs, ils sont bleus, ils semblent enfermer tous tes secrets.

Le sourire que lui offrit Séchat révélait un plaisir évident.

— C'est joli ce que tu me dis là. Donne-moi de l'eau fraîche, veux-tu ? J'aimerais me désaltérer avant de repartir.

— Déjà !

— Je dois rentrer, je suis loin de mon point d'attache.

— Le soleil est de plus en plus haut. Ne peux-tu pas rester davantage ?

— Je reviendrai.

Sakmet prit la main de Séchat.

— Je t'en prie, reste encore un instant. J'ai si peu de visites.

La supplication du jeune homme émut Séchat qui soudain, décida de s'asseoir sur le sol face à son nouveau compagnon.

D'un geste lent, honteux de ne pouvoir offrir à la jeune fille que de l'eau, celui-ci saisit la cruche posée sur le vieux coffre et la lui tendit.

— Tu es jeune pour réussir à ce point, déclara le jeune homme. N'as-tu donc pas envie de créer un foyer ?

Le rire que Séchat déclencha dans la pièce, qui d'ailleurs s'ensoleillait de plus en plus, fut si communicatif que Sakmet, joyeux tout à coup, lui fit écho.

— Tu as raison, je suis un idiot, tu m'as suffisamment fait comprendre, tout à l'heure, que l'orientation de ta vie future se fixait dans ta profession et non l'organisation d'une vie familiale...

— Mais, Sakmet, jeta brusquement la jeune femme, je vais me marier dans quelque temps. Quelques mois peut-être.

Sakmet, qui buvait une gorgée d'eau fraîche à même la cruche, faillit s'étrangler.

A nouveau, l'éclat de rire que lança Séchat l'atteignit en plein visage.

— N'ai-je donc pas le droit, selon toi, de concilier l'un et l'autre ?

— Si, si ! bien entendu, admit Sakmet qui reprenait son assurance. Connais-tu ton futur époux ?

— Bien sûr, c'est un ami d'enfance. Nous avons suivi l'Ecole des Scribes du Palais ensemble. Puis, tandis que moi je me dirigeais vers l'Ecole d'Administration de Thèbes, lui, entrait à la Grande Ecole de Cavalerie Royale.

— Tu as suivi l'Ecole des Scribes du Palais ?

— Oui, pourquoi ?

— C'est étrange, murmura le jeune homme. Je reste durant six saisons dans cet endroit lugubre, sans rien voir, sans bouger, sans même espérer, attendant qu'un chef hiérarchique me remarque, et là, ce troisième jour du mois de Chemou, je fais la connaissance d'une jeune fille qui a suivi l'Ecole des Scribes du Palais et qui me fait la promesse et l'honneur de parler de moi à son illustre grand-père !

— Je le ferai, crois-moi et je suis certaine que tu ne passeras pas la septième saison ici même.

— Je ne peux le croire.

— As-tu des projets précis ?

— Les projets qui me hantent sont ceux de mon enfance. J'aime l'eau, le Nil, la mer. Mon père venait du fayoum, il connaissait la Méditerranée et me racontait des choses prodigieuses.

Il est mort lorsque j'étais enfant. Je suis né non loin de Memphis. C'est là que le reste de ma famille vit encore. Des cousins éloignés, quelques oncles et tantes. Ma mère a rendu le dernier soupir à la saison passée d'Akhit. Veuve, elle m'a élevé durement à la campagne. Il fallait que je l'aide aux travaux des champs. Cependant, mes capacités d'assimilation avaient attiré certaines respectabilités de la région. On me fit suivre des cours et mes dons ont permis la poursuite de mes études. Mais, sitôt mon diplôme acquis, le manque de relations et connaissances m'ont fait terriblement défaut. Et voilà, toute mon histoire.

Le récit de Sakmet chatouilla la sensibilité de Séchat. Elle releva son buste et affirma :

— Je reviendrai pour t'annoncer une mutation digne de toi.

Sakmet se leva précipitamment et prit la main de Séchat. Elle était sèche, mais douce. Il n'osa lui caresser les doigts, mais murmura :

— Tu as les mains d'une déesse.

Puis sans attendre la réplique, il continua d'un ton persuasif :

— Je te souhaite de réussir, tu le mérites et j'accepte que tu m'aides.

Il soupira et bredouilla, comme pour tenter de s'excuser :

— Lorsqu'on est sans finances, sans connaissances et sans aide, il faut, du moins, avoir l'intelligence de saisir la moindre opportunité quand elle se présente.

— Tu as raison, n'ai-je pas saisi la mienne, moi aussi ?

A l'extérieur, la chaleur s'annonçait torride. Le ciel se criblait d'un bleu si intense et la luminosité se révélait si forte que Séchat porta ses mains au-dessus de ses yeux.

— Que dois-je dire à Nekbet ?

— La vérité, répliqua Sakmet. Que je suis

scribe de blé, veilleur et petit mesureur de grains. Que je cumule trois misérables fonctions à Bouhen pour un mauvais salaire. Que j'ai accepté d'inscrire avec exactitude le nombre de sacs de grains avant qu'on les fasse porter dans les greniers. Que j'ai consenti à vivre dans ce réduit misérable avec, pour tout mobilier, une paillasse, un four à pain et un coffre. Que je touche par mois deux rations de blé, deux d'huile, une ration de poisson séché et un tonneau de bière. Que je porte le même pagne de mauvaise qualité trois saisons durant. En conclusion, que je suis intelligent, travailleur, honnête.

Il s'arrêta quelque temps et reprit :

— J'ai acquis tous mes diplômes de scribe et je vis tel un misérable. La vie de travail dans les champs, aux côtés de ma mère, se révélait deux fois moins pénible. Voilà ce que tu peux raconter au Grand Général Nekbet.

— C'est d'accord, Sakmet, je lui rapporterai tous tes griefs. Pas un ne sera oublié.

Elle lui sourit et il en oublia ses doléances. Il parcourut d'un regard insistant la silhouette harmonieuse de la jeune fille, son regard tranquille, son nez fin aux ailes délicates, sa bouche qu'ourlaient des lèvres roses et moelleuses qu'il eut envie d'embrasser. Mais elle le quittait déjà et bien avant qu'il ait pu la retenir, elle s'éloigna dans un geste d'adieu.

Lorsqu'elle atteignit les abords du grand bâtiment que le soleil teintait d'une blancheur excessive, elle jeta un dernier regard sur l'annexe et, dans la minuscule ouverture qui imprimait un point sombre, distingua la silhouette de Sakmet. Elle sentit qu'il la suivait des yeux et qu'il ne la lâcherait pas avant qu'elle ne disparaisse complètement dans l'horizon brûlant.

Séchat marchait en direction de Bouhen, ce village dont elle connaissait chaque maison, ce domaine dont elle identifiait chaque champ, chaque marais, chaque bosquet de papyrus.

Le domaine de Bouhen formait un ancien nome, mais la force des armées, due aux guerres successives de ces dernières dynasties, l'avait annexé à la puissance de l'Egypte tout en anéantissant la vieille noblesse du Moyen-Empire. Les militaires prenaient beaucoup plus d'importance dans les affaires de l'Etat dont Nekbet avait appris à sa fille toute l'histoire administrative.

C'est ainsi qu'elle savait qu'autrefois, au temps des premières dynasties, son pays se trouvait divisé en une cinquantaine de nomes. Chaque district administratif, gouverné par un prince, se considérait comme le plus puissant. Ce prince, à la tête de son domaine, le dirigeait à son goût, suivant ses idées propres et, bien souvent, ne sachant ni contrôler, ni maîtriser ses exigences enragées de pouvoirs absolus, quitte à se battre contre son voisin, le nome le plus proche. Propriétaire absolu de son domaine, il disposait de ses scribes, de ses vizirs, de ses intendants du trésor et de tout le personnel nécessaire pour gouverner ce petit Etat. L'unité de l'Egypte se révélait ainsi impossible.

Au cours des dynasties suivantes, les princes de Thèbes, réunis dans un même idéal, avaient poursuivi une lutte permanente contre les envahisseurs étrangers pour préserver le cœur même de l'Egypte.

Plus tard, le pouvoir pharaonique revenu, les nomes, tout en conservant une certaine autonomie, se virent dans l'obligation d'abandonner une grande partie de leur puissance et se plier aux volontés du pharaon. Il fut interdit aux provinces d'Egypte de guerroyer entre elles.

Seules, deux grandes provinces subsistaient, la Haute et la Basse Egypte, sous le contrôle direct du Pharaon. Le système administratif provincial intégralement disparu, vint le Nouvel Empire. Restaient encore deux vizirs, Grands Intendants du Nord et du Sud, mais ne siégeaient plus qu'un seul juge suprême, qu'un seul Grand Prêtre d'Amon et qu'un seul Grand Scribe royal. Chacun de ces hauts dignitaires ne pouvaient plus trouver son équivalent.

Bouhen, en raison de sa distinction commerciale grâce aux approches de la Nubie, voyait une animation constante. Nekbet se plaisait à y vivre depuis qu'il n'occupait plus ses hautes fonctions à Thèbes.

Séchat aussi s'y sentait à l'aise. Et si le Nil, ici, perdait de la largeur par rapport à ses dimensions plus spacieuses près de Thèbes, il gagnait en mystère et en imprévu par sa faune et sa flore extraordinairement fournies et perpétuellement présentes.

Les oiseaux migrateurs en provenance du Delta y faisaient une pause, profitant de ce délassement pour y accomplir leurs ébats amoureux. Toutes sortes de volatiles s'ébrouaient voluptueusement dans les marais qui bordaient le fleuve, des oies, des canards, des pigeons et même des grues cendrées à la crête rouge. Des troupeaux d'hippopotames traversaient le fleuve à la saison du Chemou, avançant paisiblement avec agilité malgré la masse considérable de leur corps. Les femelles et les petits se tenaient au centre. Parfois, l'un d'eux sortait la tête hors de l'eau et bâillait largement en pointant ses canines menaçantes.

Des fleurs et des lianes aux étranges formes s'accouplaient aux racines des papyrus et mêlaient leurs couleurs aux teintes pâles des lotus. Les ombelles de ces luxuriantes plantes aquatiques se balançaient gracieusement au moindre souffle du vent.

Oui, Séchat appréciait cet endroit de sérénité et de détente. Elle prenait plaisir à chacun de ces repos apaisants qui semblaient ressourcer ses énergies vitales, ses espoirs et ses attentes.

*
* *

L'atmosphère était tiède. Les rayons de Râ avaient atténué un peu leur violence quand Séchat arriva près du marché qui se tenait sur un vaste terre-plein, situé après les maisons basses toutes construites de boue séchée, mais recouvertes d'une chaux blanche bon marché qui supprimait cette impression de misérabilisme que l'on côtoyait fréquemment dans bien d'autres régions.

La place était animée. Séchat se plaisait à y flâner. Serviteurs et paysans s'y retrouvaient dans des palabres interminables où chacun proposait son produit, discutait, refusait, marchandait.

Une grande partie de ces gens se trouvaient sous la dépendance de Nekbet. Comme dans tout système d'esclavage, il existait toujours ceux qui tentaient d'y échapper pour devenir leur propre maître, Bouhen comptait les siens. Bien souvent, seuls et sans aide, ils se débattaient plus misérablement encore pour vivre du produit que leur laissait un malheureux lopin de terre et, si le rapport de leurs légumes demeurait leur possession, après en avoir déduit la part qui revenait à l'impôt, il leur restait si peu qu'ils pouvaient à peine nourrir leur famille.

Curieux mélange qui s'agitait dans ce brouhaha indescriptible. Séchat s'arrêta devant un vieux pêcheur qui présentait ses poissons frais enfermés dans des nasses d'osier tressé. Une Egyptienne vieille et ridée, tenant deux enfants par la main, lui présenta ses objets d'échange qui consistait en une série d'ustensiles en écorce de papyrus.

A côté, un marchand offrait à une jeune

femme des onguents aux relents de poisson qui provenaient du pêcheur voisin. La femme lui présenta une coupelle de bois, sans doute faite en roseau, que le marchand saisit nonchalamment. Il la soupesa, l'examina minutieusement, la retourna, la réexamina et la tendit à la femme en hochant la tête dans un signe de négation. Mécontente, la femme brandit sa coupelle, cria des injures au marchand, attendit et comme l'homme reprenait la coupelle et recommençait son examen d'un air dubitatif, la femme se calma.

Le marchand saisit un flacon d'onguent et le lui tendit. Aussitôt les injures reprirent, la femme réclamait deux flacons. A son tour, le marchand l'invectiva et leurs voix se couvrirent, puis il réfléchit et s'empara d'un minuscule pot de terre qui devait enfermer une vulgaire crème de beauté. Il présenta les deux objets à sa cliente et, cette fois, elle fut d'accord et tout rentra dans l'ordre.

Ce genre de scène amusait toujours Séchat. Plus loin, une matrone, camouflée sous une immense tunique incolore qui la recouvrait presque entièrement, tendait un foulard de grosse laine à un marchand de céréales qui la lui refusa. Elle tenta sa chance auprès d'un marchand voisin qui la lui prit pour quelques têtes de gros oignons rouges. Derrière elle, un homme emportait des pois chiches et des lentilles pour un collier de pierres grossières.

Le bijou lui fit penser à celui qu'elle portait. Si elle le troquait contre un poisson séché et une galette d'orge au miel, voilà qui pourrait rassasier la faim qu'elle commençait à ressentir, d'autant plus qu'elle ne devait retrouver Yahmose que lorsque le soleil rejoindrait la ligne de l'horizon.

Elle porta les mains à son cou et détacha son collier de quartz. Puis, l'observant attentivement, elle le trouva trop luxueux pour un échange aussi maigre qu'un poisson et une galette. Elle le remit à son cou et en décida autrement. L'un de ses bras s'entourait de fins cercles d'argent. Rapidement, Séchat réfléchit. Oui, c'était encore trop bien payé.

Elle ôta de son bras gauche un mince bracelet de cuir ciselé et se mit en quête de quelque chose à manger. Tombant sur un étalage de fruits secs et de gâteaux aux amandes, elle tendit son bijou. La marchande plissa ses petits yeux futés et calculateurs, tordit sa bouche édentée en un sourire empressé et lui tendit sans attendre un gâteau fourré de miel et d'amandes. Séchat en réclama deux, la vieille pointa son doigt sur la rangée de fins anneaux d'argent qui entourait l'autre bras de Séchat.

— Deux cercles, ma belle, deux gâteaux !

— Eh là ! tes gâteaux ne sont pas en argent, il me semble.

— Et tes bracelets, le sont-ils ? rétorqua la vieille, montre pour voir.

Séchat lui tendit celui qu'elle avait préparé. La vieille le porta à sa bouche.

— Que peux-tu ressentir, pauvre vieille, dit Séchat en riant, tu n'as plus de dents.

— Je n'ai plus de dents, mais j'ai encore un nez, je sens et je renifle. Ton bracelet n'est pas du toc, petite. Prends les deux gâteaux.

Mais la vieille s'entêtait pour acquérir un autre bracelet, elle regarda Séchat, sans se départir de son sourire édenté.

— Si tu m'en laisses un autre, dit-elle en repointant son index à l'ongle sale sur le bras de la jeune fille, je te donne deux poignées de raisins secs et quelques figues, les plus belles et les meilleures de tout ce marché.

Ici, à Bouhen, comme sur tous les autres marchés, on troquait les denrées entre elles selon les caprices et la fantaisie des acheteurs et des marchands. Bien souvent, le plus fort remportait. A Thèbes, si le système était identique, chaque objet se pesait et se calculait à son juste prix sur la valeur du dében.

Son appétit s'étant accentué, Séchat ne mit guère de temps à absorber ses gâteaux, ses raisins et ses figues. Elle cherchait un peu d'eau pour se désaltérer et se laver les mains lorsqu'elle entendit des petits cris à peine perceptibles. Ils provenaient du sol. Prêtant plus attentivement l'oreille, elle les localisa là, près de ses pieds. Elle baissa les yeux. Un cageot rempli de paille, posé sur la terre séchée, attira son regard. Elle n'eut pas le temps de distinguer. Déjà une voix dans son dos la fit se retourner.

Une femme grande, élancée, au teint sombre que surmontaient des cheveux noirs et crépus s'approchait d'elle.

— Regarde. N'est-ce pas un trésor ce qu'enferme mon cageot ?

Cinq ou six chatons, serrés les uns contre les autres, miaulaient énergiquement en se léchant avec toute l'ardeur que leurs petites langues roses leur permettaient. Séchat engagea doucement une main sur cet amas de chatons bien éveillés. L'un d'eux se détacha aussitôt et, de ses petites griffes encore à peines sorties, s'accrocha au bras de la jeune fille.

— Aïe ! cria-t-elle en riant. Viens plutôt contre moi.

Sortant le chaton du cageot et l'approchant de son visage, il se blottit instinctivement au creux de son cou. Séchat l'écarta un instant afin de l'examiner. Il portait un pelage doré mêlé à de multiples petites taches brunes.

— Un ocelot, tu ressembles à un bébé ocelot, dit-elle d'un air joyeux.

— Il est à toi, si tu le désires.

Séchat pensa que cette femme avait de la

classe. Elle ne lui réclamait rien de façon cupide et impatiente.

Le chaton qu'elle avait reposé près de son cou se mit à lui sucer l'oreille.

— Bon ! Tu veux que je t'emmène. C'est vrai que tu m'as séduite de façon irrésistible. Es-tu une fille ou un garçon ?

— Ce petit-là est une femelle. C'est la plus vigoureuse de la portée.

— Je prends ton chaton, car il me plaît. Que veux-tu en échange. Un ou deux bracelets ?

Elle réfléchit et ajouta :

— Tiens, si tu le désires, je t'offre mon collier.

La jeune femme ne disait rien. Elle paraissait gênée.

— Tu n'en veux pas. Rien ne te plaît ? Je n'ai pas de dében sur moi. La jeune femme fixait les pieds de Séchat.

— Quoi ! Mes sandales, tu veux mes sandales ?

— Jeune fille, dit la Nubienne, tu sembles de bonne famille. Tu dois posséder des dizaines de sandales comme celles-ci et tu sais que dans nos campagnes, il est rare de trouver d'aussi jolis articles sans posséder une petite fortune. Depuis très longtemps, je rêve d'enfermer mes pieds dans du cuir souple.

— Ce chaton mérite deux ou trois gîtes, mais je n'ai jamais d'argent sur moi. Je te donne mes sandales avec plaisir.

Les yeux de la Nubienne s'éclairaient de joie.

— Je ne veux pas un seul gîte. A quoi cela me servirait-il si avec deux gîtes ou trois je ne peux acquérir de sandales ?

L'affaire conclue et serrant le chaton contre elle, Séchat s'apprêtait à quitter le marché lorsque, lui barrant le chemin, un homme à la peau sombre et vêtu d'une tunique sale et déchirée dont les couleurs étaient devenues pratiquement inexistantes, l'interpella familièrement :

— Ton chaton est très beau, petite !

Surprise, Séchat le regarda. Son visage n'était pas rasé et sa peau semblait aussi crasseuse que sa tunique. Un Egyptien ambulant, sans doute, car il n'avait ni les traits d'un Nubien, ni ceux de l'Ethiopien ou du Libyen que l'on rencontrait fréquemment à Bouhen. Oui ! Un Egyptien comme ceux que l'on voyait parfois, attirés par les marchés des campagnes, souvent des voleurs ou des violeurs de tombes. Mais celui-ci semblait vendre quelque chose. Les deux paniers qu'il s'apprêtait à remporter pouvaient en être la preuve. Il les coinça sous ses bras.

— Mon chaton me plaît, c'est vrai ! Mais, toi, marchand ? Que vends-tu ? questionna-t-elle.

L'homme sembla ignorer la question. Il la regarda en coulisse et fit observer :

— Tu es arrivée au bout du marché. T'apprêtes-tu donc à rentrer ?

Puis, sans lui laisser le temps de la réponse, il cala ses paniers confortablement sous ses bras et poursuivit d'un ton naturel :

— Mon logis est assez loin, là-bas derrière les champs, entre Bouhen et les premiers marais du Nil.

— C'est précisément de ce côté que je me dirige, répliqua Séchat. On m'attend justement près des bosquets de papyrus, ceux qui débutent les marais. Là où se trouve le vieux sycomore séculaire.

— Je connais bien. Nous pouvons faire route ensemble, si tu le veux.

Séchat accepta. Son chaton enfermé entre ses deux bras repliés, elle quitta le marché et s'engagea sur le chemin qui menait aux marais. L'homme marchait à son rythme. Lorsque les derniers étalages s'estompèrent dans leur dos, la curiosité la reprit. Elle tenta de se renseigner :

— Ils sont vides tes paniers ?

— Hélas, je n'ai vendu que la moitié de mes œufs. Ils sont superbes. Tiens, veux-tu les voir ?

Sans attendre la réponse, il s'arrêta, posa son chargement à terre et tira une targette au-dessus de l'un des paniers. Celui-ci s'ouvrit. Reposant sur de la paille fraîche, de gros œufs de caille ocrés mouchetés de brun s'alignaient.

— Ils sont curieux tes œufs, ils ressemblent au pelage de mon chaton, fit-elle observer en riant.

— Tu vois, je n'en ai vendu que la moitié. J'aurais pourtant bien voulu vider mes deux paniers.

— Ne pouvais-tu rester plus longtemps sur le marché ? Il me semble que tu aurais fort bien pu les vendre.

— Oh ! J'y retournerai demain.

L'air se rafraîchissait sur la tombée du jour. Au trois quarts de sa course, le soleil diffusait des rayons dont l'intensité se voilait d'une couleur délicatement rosée.

— Tiens, je connais un raccourci, dit l'homme. A travers ces touffes et ces racines, nous gagnerons du temps. Peut-être l'as-tu déjà emprunté, car tu sembles bien connaître ce pays.

— C'est exact, je peux même t'assurer qu'en prenant cette direction, le soleil sera encore assez haut lorsque nous atteindrons le gros sycomore.

— Hé ! Ralentissons un peu, petite. J'ai un cœur en mauvais état et tes jambes sont jeunes et rapides.

Séchat stoppa un instant. L'homme s'arrêta derrière elle. Son chaton entre les bras, la jeune fille leva les yeux au ciel. En ces fins de journées d'Akhit, il changeait rapidement de teinte. Du rosé qui le colorait presque à l'instant, il passait à une sorte d'orangé qui virerait très bientôt au carmin dès qu'il aurait rejoint la ligne de l'horizon. Mais sa clarté restait encore violente et elle porta l'une de ses mains en visière au-dessus de ses yeux. Le vieux sycomore ne devait plus être très loin. Elle rabaissa son bras pour mieux y enfermer le chaton et se retourna vers le marchand.

Tout se passa vertigineusement. Face à elle, un énorme cobra vert et or la scrutait. Debout, enroulé juste à sa base, ses yeux luisants et rouges fixaient le regard agrandi de Séchat. Le grand serpent pointait sa langue sifflante et acérée en direction de son visage.

Le chaton qu'elle tenait serré contre elle, en se dégageant avec une brusquerie violente et inattendue, lui griffa le cou et le bas de la joue. Ce fut sa chance.

Le cobra, que le saut inopiné du chat avait perturbé dans son attente meurtrière, prit peur, s'enroula et disparut dans les herbes hautes et les racines de papyrus.

Le cœur de Séchat battait et résonnait jusque dans ses tempes. Encore pétrifiée, elle n'osait bouger. La peur de revoir surgir le reptile venimeux lui dictait de courir à toutes jambes, mais la tristesse d'abandonner son chaton l'empêchait de fuir.

Pâle et tremblante, Séchat n'arrivait plus à fixer sa raison et des frissons glacés commençaient à lui parcourir le dos. Elle sentait ses jambes ramollir, se dérober insidieusement sous le poids de son corps devenu soudainement très lourd.

Brusquement, pourtant, elle pensa au marchand qu'elle avait oublié. Disparu avec ses paniers, elle restait seule dans la campagne, encore loin de Yahmose et du gros sycomore. Elle recula lentement et se mit à l'écart des feuillages et de toute végétation. Puis, elle posa les pieds sur une plaque de terre séchée.

L'angoisse de voir surgir le cobra la paralysait. De là, elle attendit que les battements de son cœur reprennent un rythme plus régulier, mais ils s'obstinaient à poursuivre cette cadence effrénée qui résonnait à travers toute sa poitrine. Résignée, elle scruta les alentours.

Pouvant apercevoir la base des racines et des herbes avoisinantes, elle observa attentivement. Comment pouvait-elle contourner les parages sans s'enfoncer dans les hautes touffes végétales ? De part et d'autres, les papyrus l'entouraient. Le serpent venimeux l'attendait, sans doute, dissimulé dans les racines.

Son cœur battait encore violemment, mais les pulsions de ses tempes s'étaient calmées. L'appui de ses jambes se raffermissait et la blancheur de son visage disparaissait.

Une idée lui vint. Quelle erreur de rester, là, silencieuse et terrorisée ! Ne fallait-il pas plutôt faire du bruit pour épouvanter le reptile ?

— Chaton, chaton ! cria-t-elle d'une voix qu'elle s'efforça de rendre très aiguë.

Des larmes lui montaient aux yeux. « Les nerfs, se dit-elle, je suis sans doute sauvée, mais l'angoisse demeure encore. » Elle arracha avec autant de violence que de difficulté une racine de papyrus afin de s'en servir comme bâton pour se frayer un chemin.

— Chaton, chaton ! hurla-t-elle.

Se cachait-il dans les feuillages ou avait-il pris le parti désespéré de s'enfuir ? Comment le trouver sans risquer de tomber sur le cobra ? Elle reprit lentement son chemin.

A l'aide de son bâton de fortune, elle abaissait, relevait, écartait, selon les exigences de l'instant, les herbes et les branches qui s'élevaient au-devant d'elle et posait scrupuleusement et attentivement les pieds, là où elle dégageait le sol.

L'œil aux aguets, le bosquet de papyrus passé, la voie se trouvait plus ouverte. Une fois de plus, elle scruta l'horizon. Le sycomore ne devait plus être loin. Elle s'apprêtait à repartir lorsqu'un frôlement sur sa jambe la fit tressaillir. A nouveau pétrifiée, avec une lenteur infinie, elle posa son regard sur ses pieds.

Le chaton miaula et se frotta contre sa cheville nue. Il avait dû, comme elle, se faufiler dans les herbes et attendre, là où le passage se faisait plus net. Avec un soulagement extrême, elle prit la petite boule de poils tachetée, l'embrassa fougueusement et la serra contre elle. Alors, sans plus penser à autre chose, elle se mit à courir et ne ralentit que lorsque le gros sycomore fut en vue.

Dans la frêle embarcation qui la ramenait à Bouhen et que Yahmose conduisait, Séchat ne prononça pas un mot. Surpris de son mutisme, le vieux serviteur s'interrogea, mais ne lui posa pas de question. Depuis longtemps, déjà, il respectait les silences de la jeune fille comme il en acceptait les exubérances. Habitué, cependant, à ce qu'elle rapportât un animal du marché de Bouhen, il ne s'inquiéta pas. Que ce fût un chat, une chèvre ou un mouton, que ce fût un coq ou une poule, cela renforçait toujours le cheptel de la maison. Il ne lui parla donc pas du chaton, même lorsqu'il remarqua la longue estafilade rouge qui lui barrait la joue droite et le cou.

Calée dans la barque légère et tournant le dos à Yahmose, il l'entendit murmurer à l'oreille du chaton :

— Je t'appellerai Papyrus.

Le vieux serviteur remua imperceptiblement les lèvres, mais ne répliqua rien.

CHAPITRE V

Isis accueillit Hatchepsout avec tous les égards que sa condition de princesse exigeait.

Depuis la mort d'Aménosis, le chagrin d'Hatchepsout était à son comble. Non pas qu'elle sombrât dans une mélancolie excessive — car elle n'avait pas cette nature timorée et morose qui rompt sans cesse tout espoir — mais pour la première fois, elle se penchait sur la portée et la conséquence des aléas de la vie terrestre, ce qui l'amenait à comprendre pourquoi son père préparait, non loin de Thèbes, dans la vallée sacrée, sa demeure d'éternité.

Si Hatchepsout, après le drame qui avait entraîné Aménosis dans une noyade inexplicable, nourrissait une amertume passagère, c'est que Néférourê, sa pâle sœur à la fois triste et douce, affaiblie par un organisme sans ressources depuis sa naissance venait, elle aussi, de rejoindre son demi-frère au royaume des morts. Un malheur qui avait encore alourdi les épaules du pharaon et affecté le joyeux moral de la reine Ahmosis.

La jeune princesse passait donc, depuis peu, de longues journées accompagnées de prières et d'offrandes, au temple qui l'accueillait dans les plus intimes et les plus reculées de ses multiples chapelles.

Depuis qu'elle était à Karnak pour y faire son apprentissage de future épouse d'Amon, avant d'être celle de son demi-frère Thoutmosis, Hatchepsout allait de surprise en surprise.

Elle découvrait des trésors d'art égyptien qu'elle n'avait jamais eu l'occasion de voir jusqu'ici.

Même autrefois avec sa mère, elle n'observait pas avec autant d'attention le détail des sculptures, la portée des textes, la précision des peintures qui figuraient sur les bas-reliefs et les colonnes des temples.

Contempler les multiples poteries dans leurs chaudes couleurs d'ocre et de carmin, effleurer du doigt les urnes sacrées, élever au niveau de ses yeux émerveillés les vases et les coupelles qui ornaient les nombreux sanctuaires de Karnak devenait un plaisir chaque jour décuplé davantage qu'Hatchepsout saisissait avec une avidité sans cesse croissante.

On eût dit que les divinités s'offraient à elle pour qu'elle puisse comprendre chaque parcelle de leur vie et s'y intégrer mieux encore.

Avec Isis, elle peaufinait sa culture religieuse et fortifiait son éducation spirituelle. La jeune danseuse sacrée était son guide indispensable, le bâton vert et vigoureux sur lequel la princesse appuyait les espoirs qu'elle plaçait dans les dieux.

Si Hatchepsout et Isis conjuguaient le même âge, les mêmes aspirations, à l'exception de celles qui reposaient sur la courte vie terrestre et qui ne concernaient que la princesse, elles avaient aussi en commun ce violent désir de plaire, de séduire, de conquérir le dieu de Thèbes.

Certes, elles réclamaient chacune des faveurs bien dissemblables et, si l'une sollicitait du tout-puissant dieu les bienfaits qu'exigeait le pays qu'un jour elle devrait commander, l'autre revendiquait une quiétude éternelle qui, jusqu'alors, semblait nécessaire à son bon équilibre.

Les bases spirituelles sur lesquelles s'appuyaient Isis se communiquèrent rapidement au travers d'Hatchepsout et celle-ci s'aperçut bien vite que sa compagne vénérait Amon tout en laissant son esprit ouvert au-devant de bien d'autres concepts religieux dont sa nature ardente avait besoin.

Elle priait la déesse Mout, génératrice de la vie terrestre, brûlait de l'encens pour Horus dont le bec acéré de faucon se profilait à l'horizon, écoutait les prudents conseils de Thot à tête d'Ibis, apportait des offrandes à la déesse-mère Isis et, surtout, dansait pour Hathor en lui dédiant des hymnes qu'elle recopiait soigneusement en hiéroglyphes bien dessinés sur de fins papyrus.

Ce n'était donc pas par inadvertance qu'Isis ouvrait l'esprit d'Hatchepsout aux multiples dons qu'Hathor déversait sur Karnak et l'Egypte entière. Maîtresse de l'amour terrestre, des femmes et des filles nubiles, dame de l'ivresse, de la gaieté, de l'exultation, déesse de la danse et de la musique, Hathor n'en était plus à un bienfait près.

Pour Isis, toutes les divinités descendaient de Rê, le dieu solaire, celui qui donnait la vie sur terre et rendait les hommes satisfaits de ce qu'ils y accomplissaient.

Dans ce jugement un peu hâtif que nourrissait Isis, Hatchepsout n'y voyait aucune faille. Bien au contraire, n'était-ce pas là une façon d'amorcer une vie éternelle dans toute sa perfection ?

Mais, ce qu'ignorait la princesse de Thèbes, confrontée sans cesse aux agitations du palais, du harem, de la ville entière avec son port, ses rues, ses maisons et ses jardins, c'était qu'enfermée entre les hautes colonnes du temple, Isis parfois suffoquait.

Certes, trop cloîtrée pour cerner les mesquineries et les hypocrisies qu'offrait impitoyablement une seule et courte vie terrestre ou, pire encore, comprendre les nécessités d'un monde besogneux, exclu, pauvre et souvent sans ressources, encore moins concevoir l'éventualité d'une existence médiocre ou méprisable, Isis voyait la vie terrestre comme un merveilleux pain de miel dont on déguste une bouchée chaque jour.

Et ce n'était certes pas Hatchepsout, fille du pharaon, qui pouvait lui apprendre les misères d'un monde qu'elle ignorait dans toute son amplitude.

Isis ignorait tout des réalités quotidiennes, des besognes matérielles, des contraintes qui, chaque jour, apportent à la vie son lot de tourments et d'épreuves.

Là, s'arrêtait la similitude entre les deux jeunes filles. Le temple d'Amon en avait ainsi décidé : Isis consacrerait sa vie à la solitude des grands espaces que lui offraient les sanctuaires silencieux et ombragés de Karnak, délimités par les portes et les colonnes monumentales qu'elle ne pouvait dépasser. Le grand Sétoui veillait farouchement à ce que l'adolescente ne s'écartât point du chemin.

Jusqu'ici, l'état rêveur d'Isis n'avait pas été plus loin que ces quelques considérations et la jeune fille s'était toujours plu à vivre au rythme qui était le sien. Apprendre, se cultiver, lire, écrire, respirer les fleurs des multiples jardins du temple, se reposer au bord des lacs, contempler les voiles blanches qui descendaient et remontaient le Nil, prier et danser pendant des heures qui n'en finissaient plus, emplissaient les journées d'Isis.

Mais, il était écrit que le destin d'Isis devait s'enrayer par un grain de sable imprévu. Tout aurait pu être simple si, depuis quelque temps, la jeune fille n'avait refoulé ses secrets, ses désirs d'indépendance, ses envies d'explosion, ses flambées d'amour, son besoin soudain d'éclatement, de liberté.

Non pas qu'elle souhaitât l'indiscipline ou l'insoumission, mais elle aspirait à d'autres volontés, d'autres énergies qui pouvaient faire d'elle un être que l'on ne dirigeât plus à sa place.

Isis remit ses réflexions à plus tard. Pour l'instant, elle devait consacrer tout son temps à la princesse Hatchepsout, venue au temple de Karnak pour y parfaire son instruction religieuse.

La journée était chaude. Pas un souffle ne venait en distraire la pesanteur qui stagnait depuis l'aube. Les deux amies qui, depuis quelques jours, dormaient, mangeaient et vivaient ensemble, mêlaient leur corps dans l'eau fraîche des bassins qui parsemaient les jardins, partageaient opinions et avis, semblaient bien éloignées des exigences de Thèbes.

Ce matin-là, déjà échauffées par les rayons brûlants qui tombaient sur le temple, elles décidèrent de monter au sommet du grand pylône pour y admirer ce chaos merveilleux d'édifices, cet enchevêtrement gigantesque que formaient les portiques, les sanctuaires, les nécropoles et les obélisques. Il faut dire que chaque fois, elles en restaient le souffle coupé tant elles étaient subjuguées.

Les portes de l'Est et du Sud qui s'ouvraient sur les vastes palmeraies, le lac sacré, les temples d'Opet et d'Amon, ceux de Mout et de Ptah, les amenaient au-devant d'un site qu'elles ne pouvaient oublier.

Les bords du Nil doucement en pente où passaient les bateaux, les chalands, les barques que survolaient les oiseaux aquatiques achevaient de saturer harmonieusement leurs yeux que tant de splendeurs fascinaient.

Tout au nord, une série de chapelles s'égrenaient comme des perles de granit dans le ciel doré qu'allumait Râ dès l'aube.

La vaste enceinte de Montou qui conduisait à la porte monumentale s'étalait sans fin, telle une liane de pierres ocrées indescriptible. N'avait-elle pas, durant des siècles, préservé le temple des envahisseurs et des profanateurs ?

Enfin à l'ouest, l'allée des gigantesques béliers, les sphinx plus loin et le quai où s'amarrait la barque sacrée filaient comme un ruban qu'éclairaient les rayons trop crus du soleil et que l'ombre menue des pierres essayait d'adoucir. Hatchepsout et Isis rêvaient.

La prochaine fête serait celle d'Opêt. Isis, vêtue de son pagne long laissant son buste découvert, y danserait au centre des musiciennes et des chanteurs aveugles, alors qu'Hatchepsout, en future Grande Prêtresse, vénèrerait ce grand soleil, géniteur de la vie.

Juste avant que se déroulent les processions divines, Sétoui devait entretenir longuement la princesse sur les grands mystères de la vie. Il devait éduquer son esprit et lui apprendre combien le Verbe était à la source de chaque chose. Et, gravement, Hatchepsout l'écouterait, l'esprit en alerte, afin de retenir l'essentiel de cet enseignement.

La journée s'écoulait calme et tranquille pour les deux jeunes filles qui, après leur descente du promontoire et leur promenade sur le chemin des processions, s'accordèrent un repos prolongé.

Piwy, le petit singe africain qu'Isis avait adopté le soir de sa naissance, vint, bondissant à leur rencontre. Il sauta dans les bras de sa maîtresse en poussant des petits cris aigus et, léchant son visage avec une ardeur toute comédienne, sembla se plaindre du désintéressement que celle-ci lui témoignait depuis quelques jours en faveur de sa compagne.

Un soleil de plomb écrasait le temple et ses environs. Assises sous un sycomore, non loin d'un lac où roseaux et feuillages exotiques s'entremêlaient avec une harmonie toute naturelle, bien qu'ils aient été plantés par l'homme, les jeunes filles regardaient s'épanouir les fleurs de lotus en se passant à tour de rôle le petit singe qui les amusait fortement par ses innombrables facéties.

Elles n'étaient guère éloignées de la porte centrale, là où deux immenses murailles enveloppaient de leur puissance le sanctuaire d'où elles venaient de sortir.

Entre les deux rangées de sphinx, elles aperçurent soudain une silhouette haute, dégagée, athlétique, recouverte d'un pagne immaculé, long et blanc.

L'homme arrivait à pas lents. Il avait des hanches étroites, un torse dénudé, musclé et vigoureux, des épaules puissantes et rondes qui roulaient comme des boules bien huilées, accoutumées aux exercices physiques.

Il tenait entre ses mains un papyrus enroulé. Isis eut un sursaut et se leva précipitamment. Piwy se mit à geindre. Hatchepsout qui, intriguée, fixait la silhouette tourna brusquement le visage vers celui de sa compagne et vit une rougeur subite l'envahir.

— Qui est-ce ? chuchota-t-elle.

Isis ne répondit pas tant elle était troublée. Hatchepsout observait avec intérêt la forme de l'homme qui s'avançait et, soudain, évoqua un profil, un visage, une attitude qu'elle connaissait.

A nouveau, elle regarda sa compagne qui, de ses doigts tremblants, lissa la toile de son pagne comme pour en faire disparaître des plis inexistants. Mécontent, Piwy prit le parti de crier.

Silencieux, ondulant, l'homme s'approchait.

Maintenant, Hatchepsout reconnaissait cette dégaine pour l'avoir tant de fois regardée. Ce grand corps souple et puissant, habile aux jeux et aux combats guerriers, aux sports les plus complets, aux exercices qui ne demandaient que force, maîtrise et compétence.

Isis remonta l'épaule de sa tunique sur le bras qui devait être recouvert. L'autre restait nu. Elle se baissa, attrapa Piwy qui se calma aussitôt et avala péniblement sa salive. Sa gorge était sèche et ses yeux subitement brûlaient ses paupières.

Enfin, le jeune homme fut devant elles. Hatchepsout s'approcha, mais Isis recula de quelques pas.

— Ouadjmosis ! s'exclama joyeusement la princesse, si ce n'avait pas été toi, je crois que mes pas m'auraient conduite vers ta demeure. Je n'aurais pas quitté Karnak sans te voir. Crois-moi.

Le jeune homme s'approcha d'Hatchepsout, mais ce fut elle qui lui tendit les bras. Il la serra contre lui, écrasant avec plaisir ses épaules et son buste. Elle respira son odeur et sentit son cœur battre. Cette odeur d'absinthe qui chatouillait ses narines lui plaisait.

Un petit cri la fit se retourner. Isis s'enfuyait en courant, tenant serré contre son corps le petit singe exotique. Hatchepsout observa un instant l'ombre de sa compagne disparaître entre les grands acacias qui ombrageaient le parc, lâcha son demi-frère et ne chercha pas plus longtemps la cause de cette soudaine fuite.

— Ouadjmosis ! Que tu as changé !

En fait, Hatchepsout ne reconnaissait guère le jeune homme si ce n'était sa silhouette d'athlète. Son crâne était rasé, son visage paraissait plus carré et ses mâchoires plus proéminentes. Son large front révélait un pli tout en longueur qu'elle n'avait jamais remarqué sous ses perruques ou sa vraie chevelure.

Et plus encore, ses grands yeux aux reflets

sombres et veloutés portaient l'immense détresse qui l'habitait depuis la mort de son frère. La jeune fille n'était pas sans ignorer qu'Aménosis et Ouadjmosis s'entendaient comme les deux mains d'un même corps.

Certes, avant que l'aîné disparaisse dans les flots d'un Nil qui n'était même pas tourmenté, ce jour-là, le cadet s'était déjà retiré du monde. Toutefois, le fait qu'Ouadjmosis s'isolât au temple n'empêchait pas Aménosis de venir fréquemment lui rendre visite.

Hatchepsout s'écarta de son frère. Dans ses yeux, une lueur discrète, mais appuyée soutint son regard.

— Pourquoi cette brusque décision ? questionna la jeune fille. Rien ne laissait supposer que tu veuilles à ce point t'isoler.

Il ne répondit pas.

— Je n'ai jamais pu te voir avant ton départ, poursuivit-elle. Me fuyais-tu ?

Comme il restait toujours immobile, sans rien dire, la regardant d'un œil à la fois lucide et hésitant, elle insista :

— Pourquoi ? Ouadjmosis, pourquoi t'es-tu retiré ainsi ?

Il eut un lent mouvement d'épaule, presque désabusé.

— La vie ici-bas est ainsi faite, jeta-t-il avec détachement.

— Mais, j'aurais pu t'épouser...

Crispant ses lèvres charnues et rouges, elle eut un souffle léger, discret. C'était comme un soupir imperceptible où pointait un soupçon d'agacement. Hatchepsout était loin d'être soumise.

— Enfin ! Si je n'avais pu t'épouser, du moins, serions-nous restés dans le même sillage, précisa-t-elle en hochant la tête.

Il eut un air plus désabusé encore et jeta tranquillement :

— Pourquoi insistes-tu, Hatchepsout ? Tu

sais bien que c'est le fils de Moutnéfer qui doit ceindre la couronne.

Ce fut elle qui ne trouva rien à redire. Une pause pesante alourdit la chaleur qui oppressait leurs corps. Sans doute, pour meubler le silence, Ouadjmosis poursuivit d'une voix basse, mais suffisamment passionnée pour qu'Hatchepsout y puise un élément d'intérêt.

— Ne préférais-tu pas mon frère ?

— Je vous aimais tous les deux.

Il eut un geste presque las.

— Le sang de mon frère et le mien n'étaient pas nobles. Nous ne pouvions rien faire avec toi.

Une subite colère empourpra le visage de la jeune fille.

— Tu es le fils de mon père. L'aurais-tu oublié ?

Ouadjmosis leva les yeux au ciel, puis les abaissant sans la moindre hâte, il observa quelques instants le jeu des libellules au-dessus de l'eau calme du lac. L'ombre des acacias les protégeait d'un soleil ardu, intense, impitoyable.

— Nous ne pouvions nous battre contre Moutnéfer, jeta-t-il toujours tranquille. Et, malgré notre habileté et notre expérience dans les exercices des jeux et des combats, malgré l'admiration que notre père nous portait et le fait que nous soyons porteurs de gènes pharaoniques, notre mère nous a élevés en toute humilité.

— Ouadjmosis ! Ce n'est pas une raison, s'emporta violemment Hatchepsout. Je t'aurais aimé mille fois plus en pharaon que le fils de Moutnéfer.

Un court instant, Hatchepsout revit l'adolescent encore fluet qu'on lui destinait et sentit une pesanteur dans sa tête. Ouadjmosis la regardait, attachant son regard mélancolique sur son corps souple, délié, gracieux.

— Tu es belle, Hatchepsout. Les deux pays d'Egypte t'adopteront et t'aimeront.

Elle eut un vertige. Il saisit sa main et la pressa doucement, soutenant éperdument son regard.

— Sois sincère, dit-il tout à coup. Avais-tu quelque estime pour moi ?

Elle retira sa main presque brusquement. Puis, subitement regretta son geste trop hâtif et le délia sur des mots onctueux et tendres.

— Cette question est inutile. C'était toi l'aîné, c'était toi que je devais épouser.

Ouadjmosis respira longuement. Ils se tourmentait et pour ne pas laisser subsister entre eux une nouvelle pesanteur, elle libéra son esprit.

— On dit que ta mère a quitté le harem et qu'elle est venue te rejoindre.

— C'est vrai.

— Veut-elle vivre au temple ?

Il esquissa un léger mouvement d'épaule et joua quelque temps avec le papyrus qu'il tenait, le passant et le repassant nerveusement d'une main à l'autre.

Hatchepsout remarqua que la belle tranquillité dont il s'enveloppait au départ se muait imperceptiblement en un léger trouble qu'elle arrivait difficilement à analyser.

— Elle y aura sa place, désormais, jeta-t-il avec une gravité qu'il semblait, dorénavant, savoir cultiver.

— Craint-elle encore Moutnéfer ?

Il eut un léger sursaut, mais ses lèvres esquissèrent un sourire incertain. Moutnéfer ! Qu'il était loin désormais de cette femme sans scrupule, sans morale, guidée essentiellement par l'ambition et le calcul !

— Ma mère ne craint personne, dit-il. Mais elle n'aspire plus qu'à vivre dans mon sillage, même si nous ne nous voyons pas.

— Je comprends, Ouadji.

Le jeune homme jeta distraitement ses yeux sur le lac. Les libellules qui folâtraient sur les lotus formaient un nuage translucide. Pourquoi l'avait-elle appelé « Ouadji », comme au temps de leur enfance où il lui apprenait à maîtriser les chevaux attachés à son char, comme aux jours lointains où il tenait avec elle l'arc et la flèche pour qu'elle réussisse à percer le centre de la cible.

— Ouadji, prends garde à toi. Cette femme est redoutable. Si ce n'était la mère du futur pharaon, je crois que je la ferais chasser du harem.

— Que veux-tu dire ? Que veux-tu qu'il m'arrive ?

Elle hocha la tête. Son regard évita celui de son compagnon. Elle le porta, elle aussi, au-delà du lac, sur la ligne d'horizon qu'offrait la suite des sanctuaires à moitié cachés par les grands arbres.

— Je ne sais pas, fit-elle, hésitante. Mais, les murs du palais sont remplis d'oreilles et d'yeux malveillants.

— Que m'importe ! fit Ouadjmosis en prenant son bras. Viens ! A présent, faisons quelques pas et dis-moi ce que tu apprends, ici, en ces murs sacrés du temple d'Amon.

*
* *

Séchat poursuivait ses cours à l'Ecole d'Administration de Thèbes et s'efforçait d'y réussir chaque examen.

Thèbes vivait ses jours de gloire. Depuis la XIIe dynastie où la ville était sous la domination des Hyksos, toute une lignée thébaine avait réussi à reprendre le pouvoir. Mais ce pouvoir restait bien mince. Lors de la XVIIIe dynastie, les découvertes archéologiques des tombes de rois, nécropoles situées sur la rive gauche du Nil, au flanc de la colline de Frah Aboul Neggah, contribuèrent à l'épanouissement de la ville.

Depuis cette époque, le petit royaume thébain, en dépit des difficultés diverses et fréquentes, s'efforçait de conserver non seulement le patrimoine culturel, mais les usages des grandes traditions égyptiennes. Ainsi les princes thébains régnaient sur leur maigre royaume. Mais lorsque Ahmosis et Aménophis chassèrent définitivement les Hyksos d'Egypte, ils rétablirent le pouvoir pharaonique dans toute sa puissance.

Si les princes thébains perdaient peu à peu de leur importance, le clergé, lui par contre, en gagnait. La charge de Grand Prêtre fut créée. Grand Pontife, Premier serviteur du dieu Amon, ce personnage se voyait muni de nombreux pouvoirs et instruisait les jeunes nobles de Thèbes. Parenefer, actuellement, en supportait les responsabilités.

Thèbes, cité bruyante, chaude et cosmopolite, capitale somptueuse d'un grand empire, centre politique et administratif, brillait tel un bijou dans son écrin du Nil. Le port où s'amarraient les navires en provenance de tous les pays de l'Orient y voyait tant d'événements que l'on pouvait en compter plus d'un par jour.

Sur la rive droite, la splendeur des palais, la richesse des villas, la floraison et la senteur des jardins rivalisaient de grandeur, jusqu'aux ruelles étroites, non pavées, bordées d'échoppes et de tavernes où s'entassait le petit peuple de Thèbes, qui semblaient prospères de vivres et de denrées les plus diverses.

Dans un quartier où s'alignaient des maisons basses aux étroites fenêtres, la classe moyenne des artisans s'activait. Potiers, sculpteurs, peintres, joailliers, orfèvres, tous dignes de respect et d'attention, se passaient souvent la charge de pères en fils. Ils recevaient un salaire et, parfois, on les dotait même d'un lopin de terre qu'ils administraient à leur guise.

Les scribes, zélés, instruits, cultivés, indispensables serviteurs de l'Etat, souvent d'origine noble, occupaient des places de dirigeants ou de hautes fonctions administratives. Les scribes dont les origines ne ressortaient pas de la noblesse tenaient des postes plus obscurs, perdus dans les provinces, voire même les campagnes.

Les architectes et maîtres d'œuvre, très peu nombreux, se situaient hiérarchiquement en dessous du pharaon. S'ils jouaient un rôle prépondérant à la Cour du Palais, cela n'étonnait personne car, bien souvent, ils tenaient aussi le rôle d'ami et de confident du pharaon.

Les médecins et chirurgiens, souvent astrologues réputés, tenaient eux aussi un rôle essentiel dans la vie de la société pharaonique. Ainsi vivait Thèbes sous le règne de Thoutmosis Ier.

L'Ecole Administrative de Thèbes, bel établissement en pierre des carrières d'Assouan, jouissait d'une excellente réputation. Y entraient tous ceux qui voulaient tenir un poste dans le commerce, les finances, la gestion, l'architecture ou l'artisanat. Ces matières regroupaient, avec la littérature, toute la culture de l'Egypte.

Les garçons issus de la noblesse ou de l'aristocratie s'y voyaient acceptés d'emblée, mais ceux dont les parents n'étaient que simples commerçants ou paysans devaient fournir une preuve de leurs dons d'intelligence et de leurs capacités exceptionnelles.

Cette marque de différence de classe sociale, toujours excessive lorsqu'il s'agissait de poursuivre des études, révoltait Séchat qui, malgré elle, se sentait dans un cas presque identique. Non pas que son propre cas ressortît d'un manque de noblesse, car ses hérédités étaient loin d'être contestables, mais son handicap se révélait aussi redoutable puisque sa naissance en avait fait une fille. Seul le sexe masculin, du moins à cette époque égyptienne, avait droit à l'instruction des écoles.

Enfermée dans cette structure abusive et bien

établie, n'avait-elle pas subi, elle aussi, des tests plus poussés que ceux de ses compagnons d'étude et d'une incroyable complexité pour être admise à cette grande école.

Si sa réussite indéniable lui avait valu des propos admiratifs, elle lui compliquait tout autant la vie. Complots, intrigues ou conspirations ne manquaient pas de lui être glissés au passage, ce qui l'entraînait, parfois, dans d'inextricables difficultés qu'elle devait, elle seule, démêler. Mais, Séchat savait depuis longtemps déjouer un plan, sentir le coup monté ou mener une campagne avec la stratégie nécessaire pour gagner la cause qu'elle se promettait de mener à bien.

Ses examens passés brillamment à la fin de ses deux premiers semestres lui avaient permis de suivre, avec un succès total, les six années suivantes.

Elle savait exécuter un bilan général des recettes de l'Etat et de ses dépenses. Elle connaissait très précisément les détails d'une extraction de mines d'or en Nubie, d'une carrière d'albâtre en Egypte ou de grès en Libye. Elle alignait aussi bien les chiffres d'une gigantesque coupe de bois du cèdre du Liban que ceux d'un entassement colossal de grains de blé dans un grenier de l'Etat. Elle pouvait dessiner les perspectives des colonnes du temple de Louqsor ou celles des pyramides de Saqquarah. Son savoir était égal à celui des plus grands.

Arrêtés dans la grande cour d'entrée du bâtiment de l'école, où d'énormes dalles de granit jouaient de symétrie avec des vasques de marbre que les jets d'eau agrémentaient avec harmonie, Néhésy et Hapouseneb discutaient avec une véhémence telle qu'ils ne pouvaient dissimuler leur désaccord. Néhésy soutenait que Pharaon délaissait la politique extérieure de l'Etat alors qu'Hapouseneb assurait qu'il traitait avec sûreté les affaires de l'intérieur, il n'en négligeait pas pour autant les pays étrangers.

— Les pays du Sud sont maintenant complètement annexés, affirma-t-il, et Pharaon tente, à présent, d'approcher le Nord par l'envoi de ses ambassadeurs.

Soudain, l'arrivée de Mériptah brisa net leur ardeur.

— Il se désintéresse du Nord et les Hittites sont mécontents. La délégation qui devait se rendre auprès du roi de Byblos a été annulée, un soulèvement se prépare à Damas et le peuple de l'île de Chypre vient de signer un accord avec la Syrie. Cet accord devait être passé avec l'Egypte.

— C'est faux, jeta Hapouseneb que sa ferveur à défendre le pharaon rendait presque agressif, de qui tiens-tu ce renseignement calomnieux ?

— Ce n'est ni de la calomnie, ni de la diffamation, ni même une légère accusation, et vous savez fort bien que Pharaon est, actuellement, trop préoccupé par le mariage de sa fille, la princesse Hatchepsout, pour se consacrer aux affaires syriennes.

— Certes, admit Hapouseneb, il l'a beaucoup présentée durant ces saisons dernières. Son temps s'est partagé entre la foule, Thèbes, Karnak, Louqsor, les provinces du Nil et le pays tout entier. Cet emploi du temps l'a sans doute accaparé plus qu'il ne le souhaitait, mais le dieu Amon semble être satisfait. Les ressources de l'Egypte ne sont-elles pas excellentes, actuellement ?

— C'est un point de vue discutable !

— Vas-tu réprouver cette tentative de rapprochement entre la future reine et son peuple, Mériptah ?

Néhésy hocha la tête. Mériptah en profita pour placer un argument à son avantage.

— Et le futur roi ! Pourquoi n'en parlez-vous pas ?

— Thoutmosis a placé sa confiance en sa fille, reprit Hapouseneb.

— Crois-tu donc son frère incapable ?

— Je n'ai jamais avancé de tels propos. C'est toi qui les jettes.

— Oui, je jette, je lance, j'affirme, reprit Mériptah de plus en plus agressif, je certifie que je ne m'abaisserai jamais devant une reine qui usurpe les droits de son roi.

— Son roi ! Quel roi ? s'écria Hapouseneb dont le ton devenait aussi emporté que celui de son compagnon. Hatchepsout est fille de sang royal, petite-fille du grand Pharaon Aménophis et fille de la grande Epouse Royale Ahmosis. Le futur roi dont tu parles, Mériptah, n'est que le fils d'une concubine du harem.

— Du calme, lança subitement Néhésy qui se taisait depuis quelque temps et dont les idées s'orientaient plus volontiers vers celles d'Hapouseneb que vers celles de Mériptah. Séchat m'a affirmé que...

Croyant atténuer les propos véhéments des deux hommes, le prénom de Séchat déclencha, chez Mériptah, une véritable explosion.

— Séchat, cette garce ! Elle sait tout avant les autres, vociféra-t-il.

La violence de son exclamation ne surprit personne, car l'animosité de Mériptah envers Séchat, depuis leur enfance, devenait presque légendaire.

— Ses sources de renseignements sont plus sûres que les tiennes, je t'assure, objecta Hapouseneb.

— Ravale ça immédiatement, veux-tu ?

S'approchant d'Hapouseneb, il le saisit aux épaules.

— Allons, jeta Néhésy qui connaissait bien le tempérament querelleur et vindicatif de Mériptah, vous n'allez pas vous battre. Que Séchat soit au courant des déplacements du Premier

Ambassadeur Inéni, père de son futur époux, c'est probable. Mais elle ignore tout des futures intentions du pharaon. La princesse Hatchepsout et elle ne se voient plus, il me semble.

— Elles seront appelées à se revoir. Séchat obtiendra, de toute évidence, un poste important.

— N'en obtiendras-tu pas un également ?

Mériptah s'apprêtait à une nouvelle attaque, plus cinglante, plus malveillante encore. Mais l'arrivée d'Ouser l'arrêta net.

Le jeune Egyptien Ouser, pourvu d'une chevelure noire très frisée, d'un teint basané et d'un nez fortement busqué, arborait une allure dégingandée presque ondulante qu'un pagne court et plissé faisait paraître encore plus souple.

Il marchait comme un chat, d'une façon élastique. Si ses yeux petits et plissés n'avaient pas eu cette lueur de ruse et sa bouche ce sourire dissimulateur, on aurait pu dire qu'il ressemblait encore à un adolescent.

Ouser était pratiquement le seul ami de Mériptah. Leur tempérament retors, toujours à la recherche d'un piège à tendre ou d'une manœuvre illégale à peaufiner les rapprochait. Mais Ouser se révélait plus fin et plus subtil. Son intelligence, plus aiguë que celle de son camarade, se teintait d'humour et de bonne humeur. Son jeu cependant plus dissimulé lui permettait de réussir là où Mériptah échouait.

Mériptah aimait s'entourer d'intrigues malsaines et détestait, tout comme Ouser, la clarté et la simplicité, prenant plaisir à compliquer, embrouiller le fait le plus banal pour en tirer un jeu d'éléments inextricables. A l'inverse d'Ouser qui n'avait aucun complexe avec les femmes, bien que phallocrate à l'extrême, Mériptah ne les appréciait guère. Elles ne l'attiraient que lorsque ses sens s'excitaient par un excès de boisson inhabituel, ce qui le portait tout naturellement vers les prostituées du port ou les filles de petite vertu des cabarets de Thèbes.

Misogyne, il se plaisait à dire qu'il classait les femmes en trois catégories, les lapines ou mères de famille, les vicieuses ou prostituées, et dans la troisième, il rassemblait toutes celles qui avaient de l'esprit en les nommant des illuminées incapables.

Néhésy, petit-fils d'esclave, ne reniait pas ses origines nubiennes. Son grand-père avait été ramené d'une expédition par Aménophis Ier. Homme d'une intelligence remarquable et d'une sagesse à toute épreuve, il s'était distingué auprès du pharaon pour avoir révélé une stratégie d'approche lors d'une expédition guerrière et favoriser ainsi l'entente entre les deux pays.

Depuis longtemps, Néhésy avait compris que s'il n'avait pas hérité de la noblesse d'un grand-père, il en avait du moins pris son esprit, son intelligence et son sens équilibré de l'ambition.

Quant à Hapouseneb, il appartenait à une famille cléricale. Son père, prêtre d'Amon, mais de classe moyenne dans la hiérarchie de Karnak, avait su transmettre à son fils toute la noblesse de sa profession. Très jeune, Hapouseneb s'était montré particulièrement doué pour les sciences, la chimie, le goût des formules et l'envie de créer de nouveaux alliages. N'avait-il pas donné un curieux collier à Séchat fait d'un mélange de faïence bleue et de grès rouge dont il était le maître d'œuvre ?

Modelé, ciselé de ses mains, les médaillons du collier se reliaient entre eux par une curieuse chaîne de bronze patinée de vert.

Hapouseneb se sentait attiré par la création et, contrairement à Néhésy, fait pour être un diplomate, il s'employait aussi bien dans les exercices intellectuels que dans les travaux créatifs et manuels. Que l'administration ne lui donnât pas un poste suffisamment haut pour ses compétences ne lui importait guère s'il ne pouvait se mouvoir dans la recherche scientifique ou artistique. A l'inverse de ses compagnons, son ambition ne prenait pas le pas sur ses rêves.

Ouser qui n'avait pas suivi le début de la conversation de ses camarades plissait ses yeux qu'il avait extraordinairement petits par rapport à son nez fort et busqué. Un nez qui semblait constamment détecter les ressentiments des autres sans qu'il ait à leur poser de question. Un nez toujours en alerte ! Ouser parlait peu. Sa voix basse et traînante retentissait comme un écho.

— Qu'Hatchepsout soit notre reine et qu'elle commande, je le conçois, mais que Séchat devienne notre égale dans de hautes fonctions, je le tolère moins, jeta-t-il calmement.

— Bravo !

Mériptah lui jeta une joyeuse tape dans le dos. Ouser ondula du torse pour s'écarter, mais ne put éviter l'attouchement.

— Bravo, répéta Mériptah, je t'approuve. C'est toi qui as raison. Que les femmes restent à leur foyer et qu'elles nous fassent des garçons pour renforcer l'Egypte !

— Quels arguments puérils, constata Hapouseneb avec un brin de mépris.

— Puérils ! Pauvre insensé.

A nouveau Mériptah s'échauffait.

— Mes arguments sont logiques, cohérents, rationnels, reprit-il d'un air assuré. Ouser a raison. L'hérédité royale qui nous impose Hatchepsout, soit ! Mais de là à donner des pouvoirs à une...

— La politique, mon vieux, articula Hapouseneb, ne se pratique pas avec des idées, mais avec des faits, des expériences, des actions concrètes. Toi, tu veux l'appliquer avec de vieux préjugés. Encore est-il que dans nos dynasties anciennes, les femmes occupaient souvent des postes administratifs.

Ouser releva son grand nez, flaira l'air, le rabaissa vers le sol et, du pied, dessina un cercle sur le dallage.

— Cela n'a pas toujours donné des résultats convaincants.

— Et nous, mon vieux, tu crois qu'on est infaillibles ?

— Nous, on se comprend, objecta Mériptah.

— Que oui ! reprit Ouser. On pisse de la même façon. Non !

Hapouseneb ne sut que répliquer, mais voyant Néhésy approuver dans un éclat de rire, il prit le parti de plaisanter à son tour.

— Toujours à détendre l'atmosphère pour cacher ce que tu penses. Tu n'es qu'un hypocrite Ouser ! Sympathique, certes. Mais, un hypocrite.

Ouser s'esclaffa et, relevant les yeux les dirigea en direction d'un nouvel étudiant qui, d'un pas souple et agile, arrivait à leur rencontre.

— Cette hilarité peut-elle se communiquer ? lança le jeune homme prêt à attraper au vol la conversation de ses camarades.

— Pouyemrê, mon frère, mon ami, blagua Néhésy, nous ne reprendrons pas notre débat incendiaire, tu serais capable de donner une troisième opinion qui compliquerait davantage la conclusion.

Pouyemrê sourit. Il semblait plus âgé que ses compagnons d'études. Son attitude désinvolte, une physionomie rieuse et affable dissimulaient une parfaite maîtrise de lui-même et un sérieux à toute épreuve. Ses cheveux noirs, qu'il coiffait en vrai scribe, coupés au carré, tombant au ras de ses épaules avec la frange épaisse qui arrivait juste au-dessus de ses sourcils sombres et abondants, contrastaient avec l'allure plus moderne de ses camarades.

Soudain, Mériptah se détacha du clan. Toute agressivité disparue, mais l'expression du visage désenchantée et le regard toujours affûté, il tapa légèrement l'épaule d'Ouser et lança :

— On se retrouve au port, ce soir à la « Taverne de Min ». La bière et les filles y sont excellentes !

Et, sans attendre la réponse de son compagnon, il s'éloigna du groupe.

Mériptah était si suffisant qu'il ne se retourna même pas.

*

* *

La saison passa, déversant sa crue, inondant les champs, apportant le limon fertile, quand les étudiants de l'Ecole Administrative de Thèbes se virent attribuer un poste à la mesure de leurs études. Sur les suggestions de son père, Hatchepsout avait appuyé deux propositions, celle de nommer Néhésy Chef de toutes les polices d'Egypte et celle de donner à son amie Séchat un titre correspondant à ses compétences, celui de Grand Scribe des Potiers.

Concernant Mériptah, Hapouseneb et Pouyemrê qu'elle connaissait à peine et Ouser dont elle n'avait entendu parler que par sa brillante et honorable famille, elle ne s'opposa pas aux brillantes nominations que son père avait décidées.

Si le sort de Néhésy et de Séchat paraissait plus ambigu, il n'en était pas pour autant plus compliqué.

Le premier était seulement dû aux sentiments que Néhésy, ce fougueux et turbulent admirateur, éprouvait pour elle. La réflexion logique qui en découlait ne pouvait être que l'apport d'une sécurité dont elle aurait besoin dans l'avenir.

Le second qui concernait son amie Séchat se révélait d'un ordre plus affectif. Femme comme elle, son amie d'enfance saurait toujours la comprendre dans chacun de ses comportements ou la plus ténue de ses idées. Toute la structure même de ses pensées faisait aussi partie des jugements de base de Séchat et il y avait trop de compréhension entre elles pour qu'il y ait le moindre soupçon, le moindre doute possible sur une intervention, bénigne ou d'envergure.

Quant à Hapouseneb, qu'il soit nommé aux côtés du Grand Prêtre Sétoui pour accéder plus tard à la haute charge d'intendance au Temple d'Amon ou que Pouyemrê soit affecté au Trésor Royal, lui paraissait logique. Elle se portait garante de la sincérité et de la fidélité des deux jeunes technocrates.

La seule contrariété, et bien qu'elle fût légère, qui ressortait de ses appréhensions résidait dans les affectations de Mériptah et d'Ouser.

De Mériptah, elle se méfiait. Non qu'elle doutât sérieusement de lui, mais la mesquinerie qu'il affichait la gênait.

Consciente de sa position inaltérable, Hatchepsout savait que Mériptah ne pourrait jamais l'atteindre et que, repu de titres et de nominations, ce genre d'homme n'opposerait plus de résistance à son égard.

Le cas d'Ouser lui paraissait peut-être plus complexe, car elle ne le connaissait guère. Elle le savait brillant en toutes matières, conquérant et capable au-delà de toutes critiques. Son père l'avait imposé comme jeune et brillant sujet. Fils de l'Ambassadeur des Pays du Nord, Ouser jetait pourtant un doute sur sa personne. Il semblait avoir les dents aussi longues que son nez aux narines perpétuellement en marche.

Quant à Menkh, le futur époux de Séchat, elle n'avait pas à le promouvoir, ni à l'évincer. Inéni, le Grand Scribe Royal de feu son Grand-Père Aménophis pourvoyait largement à son avancement dans une carrière militaire qui s'annonçait brillante.

Allongée sur les couvertures moelleuses de son lit, Hatchepsout réfléchissait. Elle prit un coussin luxueusement brodé de fines turquoises et le posa sous sa tête. Puis, elle appela Yaskat, l'une de ses servantes.

— Apporte-moi des galettes d'orge grillées aux amandes, dit-elle nonchalamment en glissant l'un de ses bras sous la chevelure noire qui encadrait son visage mat et fin.

Comme Yaskat se courbait bas devant sa maîtresse, elle reprit en relevant son buste mince, à peine arrondi par deux seins menus à demi-découverts :

— Après, je prendrai un bain, tu diras à Keny que je ne veux pas d'elle. Elle ne sait pas me détendre et ne fait que m'exaspérer.

Rose de plaisir, Yaskat se courba de nouveau.

— Tu es dix fois plus douce et vingt fois plus prévenante qu'elle et tu sembles comprendre chacun de mes états d'âme.

Yaskat se tenait droite. Le rose de ses joues délicates s'empourpra davantage.

— Va et reviens vite. J'ai besoin de partager cet instant avec toi.

Le corps souple de Yaskat s'estompa dans le reflet de la porte.

*
* *

La « Taverne de Min », faiblement éclairée de quelques lampes à huile, s'enfouissait dans un brouhaha indescriptible. De chaque table sortait une fumée à travers laquelle on distinguait le visage des occupants. Si Nakht, le patron, avait baptisé son échoppe « La Taverne de Min », c'est qu'un soir de fêtes consécutives à celles d'Opêt, débarquant de Coptos, là ou l'on vénère le dieu Min, il s'y était installé et l'avait confortablement aménagée avec des finances dont l'origine restait obscure.

Certains affirmaient que Nakht s'était mêlé dans sa jeunesse à une bande de pilleurs de tombes et que, ni pris et ni dénoncé, on ne sait d'ailleurs par quel hasard inexplicable, il obtint le droit d'exercer sa profession d'aubergiste et de payer ses impôts.

Quoi qu'il en soit, la police, toujours à l'affût de quelques représailles ou quelques inégalités entraînant un irrespect de la loi, surveillait étroitement son échoppe qui, comme tous les établissements de ce genre, ne jouissait pas d'une excellente réputation.

Néanmoins, jamais encore la « Taverne de Min », depuis son ouverture, n'avait suscité le moindre soupçon auprès de la police. Les clients venaient y boire un excellent vin réputé pour sa qualité qu'il faisait venir de Magahrah, au nord de la Mer Rouge.

Puis, le gosier bien abreuvé, ceux qui en acceptaient la dépense assouvissaient leurs désirs ou leurs fantasmes entre les bras des plus jolies filles de Thèbes. La renommée de la « Taverne de Min » se passait de tout scrupule sur ce point, le commerce des prostituées étant toléré en Egypte.

Ce soir-là, Knoum, Chef des Potiers de Thèbes, se trouvait installé à l'une des tables en face d'un personnage dont l'allure et le maintien ne reflétaient rien de noble.

Il ne portait pas de perruque et ses cheveux noirs et frisés, assortis d'une barbe mal taillée autour d'un visage maigre et anguleux, révélaient la présence d'un vagabond à la recherche d'une forfaiture. Ses ongles sales terminaient des mains hâlées et non entretenues et sa tunique, d'une couleur délavée, s'effilochait aux manches.

Que Nakht l'ait accepté à l'une de ses tables

pouvait paraître étonnant vu la qualité des clients qu'il exigeait. Mais, il existait quelques exceptions à cette règle lorsqu'un client, honorable, fortuné et de surcroît un habitué, se portait garant de l'individu. Nakht ne s'immisçait pas dans les affaires de ses clients et tout se passait sans désordre.

Le vis-à-vis de Knoum paraissait silencieux. Il buvait avidement le vin à même la chope et s'essuyait la bouche d'un revers de manche. Knoum semblait être dans l'expectative. Il buvait à petits coups rapides et réguliers et fixait tantôt la porte d'entrée, tantôt celle qui communiquait avec les autres pièces toutes en enfilade, d'un regard qui, déjà, s'embuait de fumée et de vapeurs d'alcool.

L'homme qui lui faisait face, plus attentif, mais aussi plus agacé, jetait de furtifs regards obliques du côté où arrivaient les clients. Inquiet, tendu, il buvait toujours bruyamment, semblant assimiler parfaitement la quantité d'alcool qu'il absorbait.

Soudain, Knoum s'approcha davantage de son visage et lui glissa quelques mots. L'homme hocha la tête et l'hésitation qu'il marqua fit réfléchir l'autre. Sur cette indécision qui semblait inattendue, Knoum lui jeta quelques autres mots et cette fois, l'homme acquiesça. Il regarda brièvement son vis-à-vis à la tunique effilochée et appela le patron.

Nakht attendait ses clients derrière une longue table qui constituait son bar où des chopes s'alignaient.

De grande stature, un visage carré où le nez fortement épaté prenait une large place, deux énormes bras dont il faisait inconsciemment rouler les muscles comme s'il s'apprêtait à entamer une compétition de lutte, il s'approcha de la table et y déposa deux cruches de vin. Puis, sans mot dire, regagna sa place derrière son bar.

L'entrée de Mériptah ne passa pas inaperçue. Debout, les jambes écartées plantées solidement sur le sol, son pagne court lui tombant légèrement entre les cuisses, il jaugea la salle entière d'un air fat et suffisant. Ses yeux perçants et interrogateurs s'arrêtèrent sur Knoum un temps trop bref pour que l'on puisse détecter une anomalie. Rien d'autre n'intervint entre eux, et Mériptah s'engagea avec sûreté vers l'arrière de la salle où s'ouvraient les autres pièces.

Cette attitude de maître-possesseur des lieux plaisait à Nakht, surtout lorsqu'il s'agissait d'un client d'importance comme Mériptah. Ils longèrent la pièce contiguë, celle des musiciens. Habituellement, ils n'arrivaient qu'au soleil couchant, quand les premiers rayons rougeâtres tombaient langoureusement dans le Nil, à l'heure où les activités nocturnes commençaient.

Aucune porte ne séparait les pièces. Seule une grande ouverture permettait la communication. Dans quelque temps, les premières mesures des flûtes, hautbois et petits tambours entameraient la soirée déjà bien amorcée.

Plus loin, des barils de bière fraîche posés à même le sol, des caisses de dattes et de figues sèches à peine entamées se mêlaient aux sacs de poissons séchés entassés avec soin.

Une autre salle faisait suite. Séparée par une alcôve d'où tombaient des tentures colorées, elle recelait une forte odeur de myrrhe et d'encens qui prenait légèrement à la gorge.

— Attends-moi là, dit Nakht à Mériptah en pénétrant avec lui dans la salle.

Quelques tables basses, disséminées çà et là, à côté desquelles plusieurs nattes tressées se dissimulaient sous des coussins moelleux, invitaient les couples à s'étendre. Un large paravent assez bas fait d'ajoncs et de papyrus séparait chacune des couches.

Si les couples allongés ne pouvaient se voir, du

moins s'entendaient-ils, bien que soupirs, rires ou cris étouffés se mêlassent aux sons de la musique qui traversait chaque pièce avec une résonance digne d'une parfaite acoustique. L'odeur de myrrhe et d'encens s'amalgamait savamment à celle des vins fins et des huiles parfumées dont les pots regorgeaient sur les tables.

Parti quelques instants qui parurent traîner en longueur pour la patience exacerbée de Mériptah, Nakht revint avec cette allure d'importance indispensable qu'il affectionnait en de telles circonstances. Une jeune Egyptienne le suivait.

— Je te présente Néseth, regarde ! Elle est belle, sensuelle et te donnera tous les plaisirs que tu attends.

La jeune personne devait atteindre environ vingt ans. Sa beauté, loin d'être subtile, tombait au contraire dans une agressivité provocante qui exacerbait assez vite la virilité des hommes. Mériptah sentit aussitôt son sexe frémir.

— Suis-moi susurra Nakht dans un clin d'œil complice, j'ai mieux encore à te proposer. Je sais que tu seras généreux.

Contre l'un des murs, un coffre de cèdre surmonté du dieu Min camouflait une ouverture exiguë qu'il dégagea aussitôt d'une pression du doigt. Il fallut courber l'échine pour traverser le mince passage.

De l'autre côté, une pièce éclairée de deux lampes à huile diffusait une sombre clarté laissant à peine la possibilité de distinguer l'ensemble du lieu.

Le mobilier à peine visible décelait une aisance confortable. L'unique natte tressée et jonchée d'une multitude de coussins colorés et la table basse sur laquelle bière fraîche, grenades et raisins noirs attendaient qu'on les y goûte, ne s'éclairaient que faiblement.

— Néseth, soigne mon client, veux-tu. La récompense, tu le sais, suivra !

Puis, Nakht salua Mériptah et se retira.

Le visage mat de Néseth, aux yeux soigneusement bordés de khôl et aux paupières recouvertes savamment d'un fard vert intense accentuant les paillettes d'or de ses grands yeux bruns, la rendait semblable à ces anciennes reines sensuelles et majestueuses qui imposaient les modes de leur temps.

Sa coiffure, par contre fort simple, retombait sur son dos en nappe sombre, ce qui du reste lui seyait à la perfection. Un gorgerin de perles et de turquoises entourait son cou gracieux et renforçait, avec de lourds pendants d'oreilles, l'agressivité de sa personne.

Vêtue d'un fourreau blanc transparent laissant deviner aisément tout ce qu'elle possédait de plus intime, elle ne paraissait aucunement émue, ni même troublée à l'idée de distraire, avec ses charmes évidents, un haut dignitaire, si jeune soit-il et même nouvellement nommé.

Elle se planta hardiment devant le jeune homme, releva d'un bras alangui son opulente chevelure noire et, la maintenant quelque temps au-dessus de son visage, la laissa subitement retomber dans un geste résolu, non moins empreint de grâce et de souplesse.

Son corps entier embaumait la pièce, dégageant une odeur de myrrhe. La musique attaquait ses premières notes. Tambourins, castagnettes, grelots et timbales commençaient à recouvrir tous les bruits.

Mériptah, déjà collé à Néseth, cherchait avidement sa bouche en écrasant ses lèvres sur son visage dont la peau mate et satinée prenait des teintes de fruits mûris par le soleil. D'un geste brusque, mais sans violence, elle l'écarta.

— Ton poignard a de merveilleuses sculptures, Seigneur, murmura-t-elle. Le manche est d'électrum, me semble-t-il et la lame est de cuivre.

Mériptah, qui sentait déjà son membre viril se pointer impérativement contre le bas-ventre de Néseth, le lui tendit.

— Il est à toi, même si j'ignore encore ce que tu vaux. Tu pourras l'échanger contre un bijou de ton choix.

Puis, il déchira la légère tunique de lin blanc et, découvrant la nudité parfaite de Néseth, la jeta sur la natte recouverte de coussins. Ignorant toutes considérations tendres d'approche, il lui écarta sans ménagement les jambes.

Avec la brutalité qui caractérisait toujours l'accomplissement de ses actes sexuels, il lui ouvrit les cuisses et la pénétra sauvagement. Néseth sentait sa substance tiède et poisseuse recouvrir son sexe. Déjà, elle pensait à celui qui, quelques instants plus tard, suivrait ce fat et prétentieux Mériptah. Il y avait bien longtemps qu'elle n'attachait plus d'importance à ce genre d'incident.

*
* *

L'œil aux aguets et le cœur battant la chamade, Séchat entra précipitamment dans la pièce principale de l'annexe où vivait son personnel et celui de son père. Le bâtiment consacré à cet effet, situé à l'arrière de ses propres appartements et jouxtant la lingerie, la boulangerie et les réserves alimentaires, se détachait loin des sycomores du grand jardin qui leur était alloué.

— Où est Reshot ? questionna-t-elle en s'adressant à l'un des serviteurs qui entassait des sacs de blé. Où sont Wadjmose et Kaméni ?

Elle venait à peine de poser la question que Reshot accourait, essoufflée, rouge et le front en sueur.

— Wadjmose est parti chercher ton char et tes chevaux. Es-tu sûre, Séchat que tu ne préfères pas prendre la barque et remonter le Nil ?

— Non, Reshot, nous perdrons trop de temps. Par le Nil, nous serions obligés de traverser tout Thèbes et puisque c'est à la « Taverne de Min » que je dois rencontrer Ouser et Ptahor, mieux vaut prendre directement par l'intérieur de Thèbes.

— Mais, pourquoi veulent-ils te voir à la « Taverne de Min ? »

— C'est un des lieux favoris d'Ouser.

— A mon sens, Ouser cherche à te déstabiliser en t'imposant un lieu que tu ne fréquentes pas.

Séchat haussa imperceptiblement les sourcils.

— Peut-être.

Ptahor, simple scribe de la corporation des potiers, chargé de recenser l'albâtre et le marbre déjà extraits des carrières disponibles en atelier, passait pour faire son travail très correctement. Employé efficace, sérieux. Séchat ne le connaissait pas et le rendez-vous, fixé par Ouser à « La Taverne de Min », devait servir de lieu de rencontre.

Depuis plus d'une saison, la jeune fille amorçait une carrière de Grande Scribe des Potiers de Thèbes, espérant devenir très vite Intendante des Artisans. Hatchepsout, que le désir d'accroître un patrimoine artistique déjà bien commencé rendait exigeante en ce domaine, passait commande de cent cinquante gigantesques urnes pour le temple et les jardins d'Amon. Le travail devait être exécuté d'urgence.

Amon, le seul grand dieu parmi les dieux, ne pouvait attendre. A Séchat, maintenant, de prouver ses compétences, car il lui incombait la bonne réalisation de ces travaux. Bien placée pour connaître l'amour que portait la reine envers son dieu, il lui fallait exécuter cette tâche rapidement et parfaitement. Le travail devant se réaliser en coordination avec ses subalternes, seul Ouser, Grand Scribe des Potiers du Nord et hiérarchiquement l'égal de Séchat, avait droit de regard sur le résultat de ce travail.

Wadjmose arrivait, conduisant le char de Séchat. Jeune Egyptien d'origine paysanne, il portait le pagne court et droit des serviteurs et se coiffait avec la frange sur le front et les cheveux tombant sur les épaules. Sa force imposait plus que son adresse. Wadjmose savait combattre les adversaires les plus redoutables et les plus tenaces. S'il n'arrivait pas toujours à la victoire, du moins se battait-il jusqu'à bout d'épuisement. Au service de Sobek depuis dix ans, il avait pris le jeune Kaméni sous sa protection.

Kaméni avait été engagé pour remplir la fonction de coursier chargé de rapporter les denrées alimentaires en provenance des bateaux qui accostaient au port de Thèbes.

Jeune esclave ramené du pays de Mitanni, lors de la dernière incursion de Thoutmosis dans le nord, il sortait à peine de l'adolescence. A l'inverse de Wadjmose, Kaméni, petit, fluet, mais tout en nerfs et en agilité, connaissait les moindres ruelles de Thèbes, les dédales les plus sombres et tous les coins cachés et obscurs de la ville. Du port et des docks avoisinants, rien ne lui échappait. Toujours à l'affût de l'événement, de la péripétie ou de l'aventure prête à surgir.

— Reshot, préfères-tu rester ? s'enquit Séchat.

— Tu sais bien que je t'attendrai la nuit s'il le faut, s'indigna Reshot. Alors, autant que je t'accompagne.

— Très bien, alors viens. Tu es suffisamment au courant de mon travail et je me porte garante de toi.

Comme Reshot n'en attendait pas moins de sa maîtresse, elle parut soulagée et regarda en direction de la grande cour d'entrée. Wadjmose approchait le char et les chevaux et invitait les deux jeunes femmes à monter. Déjà installé, Kaméni se faisait invisible.

— Conduis, Wadjmose, ordonna Séchat.

Pour lui rappeler la dextérité avec laquelle il s'appliquait à cette tâche, Wadjmose fit tourner, puis se cabrer Jour et Nuit, les deux chevaux arabes, dans un hennissement sans que le char s'ébranlât d'un pouce.

Serrés les uns contre les autres, car l'espace où se tenaient les passagers ne pouvait pas contenir plus de deux personnes, ils prirent la direction du port, longeant le fleuve, qui, depuis peu, venait de perdre le rougeoiement que lui imposait le soleil couchant.

L'allure que Wadjmose ordonnait à Jour et Nuit convenait à Séchat. Elle affectionnait particulièrement ce petit trot rapide et régulier que rarement Menkh faisait prendre à ses attelages. Sa conduite sportive plus heurtée, plus rapide, demeurait cependant maîtrisée au-dessus de toute critique.

Lorsqu'ils quittèrent les abords du port pour entrer dans le centre, les ruelles mal pavées qu'ils empruntaient faisaient cahoter le char, et les passagers se tenaient fermement à la rambarde latérale.

A cette heure, seule une circulation de nuit marquait Thèbes de son empreinte de vie et de mouvance. Wadjmose arriva dans un petit trot parfait devant la porte de la taverne et stoppa les chevaux.

Au bout de la rue sombre, juste éclairée d'une lampe à huile placée au-dessus d'un pilier de brique, deux policiers à pied tenaient chacun en main un énorme chien noir semblable au grand chacal du désert.

Chaque soir, ils patrouillaient les environs du port et des tavernes. Lorsqu'ils aperçurent le char et qu'ils virent les jeunes filles en descendre, Séchat ne put expliquer l'impression qui la frôla, mais elle se sentit bizarrement troublée. Sur le point de renvoyer ses deux serviteurs, la jeune servante lui coupa l'ordre qu'elle s'apprêtait à donner.

— Non, tu entres et tu nous préviens.

— Bien, capitula Séchat qui, finalement, ne se voyait guère attendre seule son rendez-vous.

Lorsqu'elle entra dans la taverne, la grande pièce d'entrée au dallage de briques rouges emplie d'un monde assez hétéroclite dégageait une épaisse fumée qui empêchait de distinguer les visages. Le patron s'approcha aussitôt d'elle.

— La plus spacieuse de mes tables t'attend, jeune fille !

Mais voyant le visage de Séchat scruter le fond de la salle sans prêter attention à sa proposition, il ajouta en plissant ses petits yeux inquisiteurs :

— Peut-être désires-tu simplement goûter un peu de mon vin le plus fort dans une arrière-salle ?

Il la narguait. Séchat n'ignorait pas que la présence d'une jeune femme seule dans une taverne devenait aussitôt douteuse et critiquable. Elle rectifia de suite le jugement erroné du patron en lui lançant d'une voix nette et assurée :

— Je suis Séchat, Scribe des Potiers. Ne te dérange pas pour moi, je dois voir deux de mes collaborateurs de travail. Peut-être peux-tu me dire s'ils sont arrivés.

Le visage de Nakht changea subitement d'expression. Après tant d'années passées dans sa taverne, comment pouvait-il encore faire de telles bévues ? Lui qui se flattait de distinguer du premier coup d'œil un homme d'importance d'un homme du tout-venant, différenciait avec peine une fille « légère » d'une femme de classe.

— De qui s'agit-il, noble dame ?

— Ouser et Ptahor de la corporation des potiers au service de Sa Majesté Hatchepsout.

Nakht se prosterna plus bas et répliqua :

— Il ne me semble pas les avoir vus. Mais veux-tu les attendre ? Tiens, j'ai une excellente table, un peu retirée où tu seras tranquille.

Il désigna l'opposé de la pièce, près de l'alcôve qui menait à l'arrière de la taverne. A travers l'opacité d'une fumée tenace, Séchat ne distingua aucun des personnages qu'elle attendait. Traversant la grande salle bruyante derrière le patron, elle le suivit de table en table.

Soudain, ses yeux qui s'habituaient à l'atmosphère enfumée restèrent plaqués sur la barbe noire et négligée d'un homme qui écoutait son vis-à-vis, un grand gaillard à la peau sombre et aux allures directes. Interdite, elle resta sans bouger à le détailler. Cette barbe qu'elle connaissait, cette tunique sale et déchirée qui enveloppait l'homme qu'elle avait déjà vu ne lui laissaient aucun soupçon. Séchat ne se trompait pas, son esprit tournait vertigineusement, sa mémoire filait à toute allure. Elle se trouvait en présence de l'homme de Bouhen, l'homme au cobra.

Sans doute mû par un instinct protecteur, l'homme barbu tourna la tête et la regarda. Puis, poussant violemment la table qui se trouvait devant lui, renversa le pichet de vin qui se répandit sur le ventre de son vis-à-vis. D'un bond, il rejoignit la porte, bousculant ceux qui entravaient son passage. Se ressaisissant, Séchat voulut l'accrocher au passage, mais il la repoussa si durement qu'elle faillit perdre l'équilibre. Derrière lui, elle prit promptement la sortie.

Reshot l'attendait, mais Wadjmose et Kaméni attachaient le char et les chevaux plus loin, à l'autre bout de la rue.

— Vite, poursuivons-le.

— Qui est-ce ? Il va nous échapper, nous ne connaissons pas assez bien les ruelles de Thèbes.

— Essayons quand même, insista Séchat. Il ne faut pas en parler aux coursiers, je ne suis pas assez sûre d'eux. Ils croiront que nous sommes à la taverne.

La silhouette filait en direction du port, prenant les impasses obscures et étroites qui n'étaient pas éclairées. De ses grandes jambes, l'homme quittait déjà les ruelles pour atteindre les abords du Nil. Bien que les jeunes filles sveltes et agiles comme des chats gagnassent du terrain, la silhouette avait disparu.

Séchat et Reshot arrivaient près de l'embarcadère Nord du port de Thèbes.

— Viens, souffla Séchat à sa compagne, nous pouvons peut-être le retrouver de l'autre côté.

Elles contournèrent le grand bâtiment de briques qui enfermait les bateaux en réparation et se retrouvèrent à l'opposé de l'embarcadère.

— Il a disparu, murmura Reshot, nous ne le retrouverons pas.

— Attendons un instant, il est peut-être caché sachant que nous sommes là.

Le Nil, devenu noir par l'obscurité complète, s'éclairait juste de quelques fils d'argent qu'une lune pâle lui renvoyait. La rive invisible ne se percevait que par endroits où quelques lampes à huile diffusaient une clarté jaune et scintillante qui ne permettait pourtant pas d'observer très loin la situation périlleuse.

Dans un pays où le territoire ne s'étend que sur les rives étroites d'un fleuve, celui-ci constitue, tout naturellement, l'unique voie de communication. Bateaux, felouques, radeaux, simples coques de papyrus jonchaient jour et nuit, les bords du Nil.

Les jeunes filles s'accroupirent derrière un large radeau qui attendait sa cargaison prochaine avant de suivre le lent fil du fleuve. Sans bordages, tressé en bottes de tiges de papyrus étroitement liées entre elles, plus larges et plus creuses au milieu pour permettre aux denrées d'être solidement tenues sans risque de glissement, le radeau constituait, en cet instant d'attente, la cachette idéale des deux jeunes filles. Une natte épaisse en jonc recouvrait le fond pour éviter l'humidité qui endommageait rapidement les produits alimentaires.

— Je suis persuadée qu'il n'est pas loin. J'en ai le pressentiment, Reshot.

— Le vent se lève, regarde, le radeau oscille.

— Je connais bien ces petites embarcations, elles sont nombreuses à Bouhen. Jamais elles ne se retournent. Si elles restent légères, c'est tout simplement pour être faciles à manier et glisser dans les voies d'eau les plus inaccessibles, là où les marais touffus des bosquets et l'étroitesse du fleuve rendent impossible le passage des plus gros bateaux. Tu vois, cette gaffe terminée par deux dents, elle sert à accrocher les fonds vaseux et permet d'avancer.

— Crois-tu que ce soit bien d'attendre ? chuchota Reshot consciente que les explications avancées de sa maîtresse, sur les frêles embarcations du Nil, servaient plus à endormir sa crainte qu'à en traduire la véritable utilité.

Soudain, un bruit galvanisa l'atmosphère qui se tendait de plus en plus. Elles se turent. Un glissement sur l'eau, puis un clapotis les immobilisa dans une extrême attention. Séchat, que la position accroupie cachait intégralement dans l'embarcation, releva la tête. Une barque approchait. Instinctivement, elle se rabaissa et s'approcha plus près de Reshot. L'homme amarra la barque, l'enjamba et mit pied sur la rive.

— Je l'ai vu, souffla Séchat, ce n'est pas l'homme barbu.

— Ils sont peut-être ensemble, chuchota Reshot à l'oreille de sa compagne.

Séchat se releva à nouveau, aussi lentement qu'elle put afin de ne déclencher aucun acte qui les eût mises en péril. Seuls, son front et ses yeux dépassaient du bord de l'embarcation. Elle vit que la silhouette, légèrement éclairée par un rayon lunaire, portait un pagne court. L'homme s'assura une dernière fois de la bonne tenue de sa barque et s'apprêta à quitter le port. Elles le perdirent de vue dans la nuit et pourtant un pressentiment les avertissait qu'il était là et qu'il les surveillait étroitement. Toujours avec cette extrême prudence qui ne pouvait que les dissimuler aux yeux les plus attentifs, les deux jeunes filles se relevèrent à nouveau et s'apprêtèrent à suivre ce nouvel indice lorsqu'elles furent violemment projetées à l'intérieur de leur cachette.

Un homme les y jetait avec force et brutalité et à la même seconde, un javelot sifflait au-dessus de leur tête et se plantait à l'avant du bateau, restant solidement figé dans l'écorce de papyrus. L'inquiétude et l'angoisse décuplaient pourtant leur curiosité. Elles restèrent un instant à demicouchées l'une sur l'autre, n'osant ni bouger ni respirer. A quelques pas, les pieds dans l'eau du Nil, au ras de la berge, deux hommes se battaient.

— Partons, murmura faiblement Reshot, partons avant qu'ils nous aperçoivent.

— L'un d'eux nous a sauvées, souffla Séchat, mais tu as raison, si ce n'est pas lui qui en réchappe, nous sommes perdues.

A peine relevées, les jeunes filles distinguèrent une troisième silhouette qui saisissait le javelot planté dans l'écorce et, l'arrachant précipitamment, s'écarta dans la pénombre.

A nouveau, elles s'abaissèrent et se recroquevillèrent. Que faire d'autre ? Le temps leur parut interminable. Elles ne disaient plus un mot. Le bruit sourd de la lutte entre les hommes les tenait abasourdies. Pourtant, les coups cessèrent, un pas précipité s'éloigna et, enfin, le silence reprit ses droits dans une obscurité de plus en plus dense.

— Je crois que nous pouvons sortir.

Rassurée, Reshot leva la tête.

— Il n'y a plus personne, vite, partons.

— Attendons encore un peu, suggéra Séchat. Je pense qu'un manque de prudence pourrait être fatal.

Mais, comme le silence persistait, elles décidèrent de quitter leur refuge. Bien qu'elles soient pleinement rassurées de la disparition des trois hommes, leurs jambes restaient tremblantes et leurs têtes bourdonnaient encore des événements précipités et inattendus qu'elles venaient de suivre.

Lorsque Reshot fut debout et qu'elle enjamba le bateau pour mettre pied au sol, elle buta sur quelque chose à la fois rigide et mou. S'abaissant, elle vit un corps allongé.

— L'un d'eux est mort, s'exclama-t-elle d'une voix étouffée.

Les deux jeunes filles se penchèrent sur le corps étendu. La tête et le buste immergés, l'homme semblait être mort étouffé ou à demi-noyé. Le bas de son corps sortait de l'eau et le javelot, non loin de lui, brillant de sa longue lame effilée, traînait sur le sol. Si le meurtrier n'avait pu se servir du javelot, il avait, du moins, réussi à maintenir la tête de son adversaire sous l'eau jusqu'à l'expiration de celui-ci.

— Vite, il faut partir, la police patrouille souvent dans cet endroit.

Quittant le port en courant, elles se retrouvèrent rapidement dans les ruelles de Thèbes qui les conduisaient à la taverne. Dans l'artère principale où, à cette heure, les échoppes de vin et les tavernes offraient leurs ouvertures faiblement éclairées, elles reprirent leur totale assurance.

Ralentissant considérablement leur course, elles soufflèrent un instant et l'allure de leurs pas se fit quasiment naturelle.

— Le javelot t'était destiné, avertit Reshot. Quelqu'un veut te supprimer, Séchat !

— Il aurait pu aussi bien t'atteindre, répliqua sa compagne.

— Non, crois-moi, le meurtrier savait tirer. Pourquoi refuses-tu toujours d'en parler à Menkh ?

— Tu sais fort bien que Menkh me ferait justice et s'attirerait des ennuis. Je ne veux, sous aucun prétexte, compromettre sa carrière. J'ai fait un choix, Reshot, j'ai acquis un poste administratif important que d'autres convoitent. Je dois en assumer seule les conséquences et résoudre mes problèmes sans l'intervention de quiconque. Même toi, Reshot, je ne t'oblige pas à me suivre dans des situations dangereuses.

— Hé là ! entendirent-elles dans leur dos. Ce n'est guère une heure de sortie pour deux jeunes Egyptiennes.

Se retournant, elles virent les deux policiers qui s'avançaient. Chacun tenait par le collier son chien qui, langue sortie, haletait non de fatigue, mais d'impatience. Ces grands chiens, croisés entre le lévrier dont ils détenaient la souplesse et la rapidité et le chacal dont ils possédaient l'instinct de férocité agressive, étaient dressés à la poursuite des malfaiteurs, voleurs et rôdeurs divers par la police. Ils ne ressemblaient en rien à Zéphyr, le grand lévrier arabe doux et attentif que Menkh et elle se plaisaient à caresser.

— Je suis Séchat, Scribe des Potiers au service de la princesse Hatchepsout.

Le plus grand des policiers se tourna vers son collègue et suspicieux, s'approcha de la jeune fille.

— Et qui est l'autre ? dit-il avec un visage soupçonneux, en désignant Reshot.

— Ma servante et mon amie. Et voici Wadjmose et Kaméni, mes coursiers, ajouta-t-elle en pointant sa main vers les deux jeunes Egyptiens qui attendaient toujours aux abords de la taverne, ahuris de voir les deux jeunes filles déboucher de l'extérieur.

— Faut-il vous dire l'objet de ma présence ? interrogea-t-elle dans un franc sourire qui dut rassurer les policiers.

Et sans attendre le signe de dénégation qu'ils s'apprêtaient à lui faire, elle poursuivit imperturbablement :

— Je dois rencontrer l'Intendant des Scribes Ouser et le chef-potier de Thèbes Ptahor pour discuter de l'avancement d'une mission que nous a confiée la Grande Hatchepsout.

— Très bien, articula l'un d'eux avec emphase et suffisance, entre à la taverne et si tu as besoin de quelque chose, fais-nous signe, nous ne serons pas loin.

— Merci, jeta prudemment Séchat en décochant un sourire aux deux hommes. Et, salut à vous.

Tranquillement, elle entra sans tourner la tête.

*
* *

La « Taverne de Min » était généreusement éclairée.

La salle principale n'avait pas désempli et la fumée, toujours aussi dense, occultait encore les visages. Les deux jeunes femmes se tenaient dans l'embrasure de l'entrée. Le patron s'approcha.

— Mais, c'est notre jeune dame de tout à l'heure, souffla-t-il à voix basse.

Il scruta curieusement la jeune femme. S'il paraissait gêné de l'incident, il ne le fit pas remarquer.

— Connaissez-vous cet homme ? questionna-t-il d'une voix doucereuse.

— C'est un voleur que j'ai parfaitement

reconnu, mentit Séchat sans se démonter. La saison dernière, il a dérobé un cheval à mon grand-père. Je n'ai pas réussi à le rattraper.

— C'est un chenapan et je m'en doutais, jeta subtilement Nakht. Mais puisqu'il se trouvait en compagnie du noble Seigneur Knoum, Intendant des Potiers, je ne m'en suis guère inquiété.

Marquant un temps de surprise au nom de Knoum, mais craignant que l'esprit aiguisé de Nakht ne soupçonne quelque ruse, elle ne lui posa aucune question, se contentant d'apprendre que l'Intendant des Potiers de Thèbes et l'homme au cobra avaient ensemble des projets dirigés contre elle. Un indice de poids sur lequel elle devait réfléchir sérieusement.

— Bah, fit-elle d'un air blasé, nous arriverons bien à le surprendre. Un voleur récidive toujours ses mauvais coups et mon grand-père possède une excellente garde de surveillance.

Puis, innocemment, elle se tourna vers l'intérieur de la salle.

— Peux-tu me dire si mes amis sont arrivés ? Il s'agit d'Ouser et de Ptahor avec qui je dois traiter une affaire professionnelle, comme je te l'ai expliqué tout à l'heure.

Reshot lui jeta un rapide coup d'œil et elles scrutèrent la salle tout en suivant le patron qui s'arrêta devant une table où deux hommes buvaient de la bière fraîche. Aussitôt, Séchat reconnut le grand nez d'Ouser. Son attitude décontractée, son allure dégingandée, ses gestes efféminés semblaient dérouter le vis-à-vis avec qui il discutait. Pourtant, celui-ci l'écoutait avec attention.

Lorsque Ouser aperçut Séchat, il vint à sa rencontre.

— Nous t'attendions, Ptahor et moi.

Se tournant vers la compagne de la jeune femme, Séchat le renseigna.

— Voici Reshot en qui j'ai une confiance totale. Elle m'accompagne toujours dans mes déplacements nocturnes et professionnels. De plus, elle est au courant de tous mes travaux en tant que conseillère et amie et s'acquitte fort bien de toutes ces tâches.

— Je vois ici l'accouplement de deux perles, railla Ouser.

— Si tu le vois ainsi, pourquoi pas, consentit Séchat.

Puis, se tournant vers l'homme qu'elle ne connaissait pas :

— Ptahor, je suppose, fit-elle avec une assurance qui ne faiblissait pas. Ouser t'a-t-il parlé de moi ? Sais-tu que je suis ton chef ?

— Bien entendu, rétorqua Ouser devant l'étonnement subit de Ptahor.

— Alors, pour en révéler davantage, répliqua Séchat, je suis ton chef et nous allons travailler ensemble. Nous sommes ici pour entreprendre nos premiers contacts et...

— Que bois-tu, Séchat ? interrompit Ouser sans lui laisser le temps de poursuivre son explication. Nakht a fait venir un excellent sirop de figues que les jeunes dames ont pour habitude d'apprécier.

Séchat jeta un coup d'œil appuyé sur le pichet de vin entamé posé entre les deux hommes.

— Pourquoi du sirop de figues ? Je vois que vous goûtez, l'un et l'autre, ce bon vin qui nous arrive de Syrie. Et je sais que c'est la spécialité de cette taverne. Le bon vin serait-il uniquement réservé aux hommes ?

Le grand nez d'Ouser frémit. Il claqua dans ses mains.

— Nakht, apporte du vin syrien pour ces deux dames. Il paraît qu'elles apprécient.

Négligeant la réplique enveloppée de sous-entendu, Séchat se tourna vers Ptahor. L'homme paraissait sur ses gardes. Visiblement, il craignait de commettre un impair.

Ouser coupait déjà :

— J'ai expliqué à Ptahor ce que j'attends de lui.

Cette fois, la jeune femme perdit son ironie et exposa calmement les faits comme s'il n'y avait qu'une légère méprise à son détriment.

— Non, Ouser, ne mélangeons ni les hiérarchies, ni les responsabilités, ni les rôles. Que les choses soient claires entre nous. Tu n'es pas le chef de Ptahor. Tu es seulement responsable de la mission que nous a confiée la princesse Hatchepsout. Mais c'est à moi d'en diriger la bonne exécution et d'en donner les ordres.

Ces paroles jetées avec autant d'assurance que de fermeté, elle prit l'un des deux pichets de vin qu'apportait Nakht et le porta à ses lèvres. Instinctivement, Reshot l'imita. Ouser figeait sur son visage un sourire mince, très étiré qui effaçait complètement ses lèvres. Etait-ce un signe de colère, de vexation ou de calcul ? Séchat buvait lentement quelques gorgées de vin. Reshot fit de même, mais reposa plus vite son pichet sur la table.

— Tu as raison, acquiesça subitement Ouser, ne mêlons pas tout. Les femmes sont d'excellentes organisatrices. De plus, elles ont toujours raison.

— Ta réplique ne veut rien dire, Ouser. Il n'est pas question d'hommes ou de femmes et encore moins de qui doit avoir raison. Il s'agit simplement d'un travail que nous devons mener à bien. Tu devais me présenter à Ptahor. Voilà chose faite. Maintenant, mon travail commence et tu n'es plus en jeu. Par contre, tu peux rester avec nous, si tu en éprouves le désir.

Dissimulant parfaitement son échec, Ouser saisit de suite la subtile manière de sa compagne pour l'évincer et rester seule à poursuivre son entretien avec Ptahor. Mais la jeune femme maîtrisait parfaitement la situation ambiguë dans laquelle voulait la plonger Ouser. Imperturbable, elle poursuivit, bien que le ton qu'elle prit se révélât définitivement professionnel.

— Ne perdons pas plus de temps. Ptahor, tu sais que tu dois inscrire tous les stocks d'albâtre disponibles en ateliers. Tu sillonneras tout Thèbes, tu inspecteras la plus petite des échoppes. Lorsque tu auras terminé d'en recenser tout l'albâtre, tu feras, ville après ville, le même travail sur Abydos, Thinis, Hermopolis, Badari, Tasa, Beni-Hasan, tu suivras le nord du Nil jusqu'au fayoum. Le delta sera repris par un de tes collègues ainsi que le Sud jusqu'aux frontières du Soudan.

Ptahor se taisait. Il acquiesça de la tête.

— Pour le Sud, il s'agit de Nenmki. C'est un jeune scribe nommé tout récemment. Je l'ai vu deux fois. Il me semble sérieux, tout comme toi, Ptahor. Car j'ai entendu d'excellents éloges sur ton travail et j'ai lu de très bons rapports sur toi. Vous devriez faire du bon travail ensemble. Pour le delta, je ne connais pas encore celui qui a été nommé.

— Sakmet ! jeta Ptahor, soulagé de parler enfin. Il vient de Bouhen. Il était affecté aux greniers à blé.

Bien que surprise, Séchat ne le montra pas. Elle savait depuis longtemps, et c'était l'une des stratégies que son grand-père lui avait inculquées, que la surprise entraînait toujours une position inférieure.

— Je le connais, lui aussi fera un excellent travail, dit-elle simplement

Elle ne put, cependant, s'empêcher de penser au jeune scribe de Bouhen dont elle avait fait la connaissance lors de cette promenade qui avait eu pour issue l'incident du cobra. Sakmet ! qu'elle n'avait jamais revu, mais dont Nekbet s'était occupé. Elle eut une pensée de joie pour le jeune scribe. Ce poste lui apporterait de bonnes appréciations si le travail se révélait parfaitement exécuté.

Un sourire de satisfaction se creusa sur le visage de Séchat. Elle regarda Ouser. Celui-ci se levait.

— Et bien, je crois que ma présence ne se révèle pas indispensable. Aussi, je vais te laisser. Nous nous retrouverons à l'issue de cette mission.

Il ne prit pas la sortie de l'extérieur et Séchat le vit se diriger vers la pièce contiguë, à l'arrière de la grande salle. Un pressentiment lui souffla que Mériptah s'y trouvait déjà.

Ses doutes étaient justifiés.

*
* *

Mériptah et Ouser se regardaient.

Assis en tailleur, l'un en face de l'autre, ils réfléchissaient. Le grand nez d'Ouser frémissait et le sourire affable qu'il arborait tout à l'heure venait de faire place à une moue enfantine et dubitative. Mériptah, plus suspicieux que son ami, plissait sensiblement le front et portait sans cesse une main nerveuse dans ses cheveux noirs et abondants.

— Laisse tomber, jeta Ouser, nous ne pouvons rien faire tant qu'Hatchepsout n'est pas sacrée reine. Tu la connais méfiante, elle avancerait les fêtes. Ne peut-on, au contraire, empêcher ce sacre ? Pourquoi attendre ?

Mériptah paraissait contrarié et jetant un regard méprisant à son ami, il rétorqua :

— Aurais-je eu tort de te confier mes projets ?

Ouser para le coup agressif de son compagnon.

— Je suis de ton côté et tu le sais, mais mon opinion diverge de la tienne dans le sens où je ne veux pas m'exposer avant de voir comment les événements vont tourner.

— Ah ! Toujours ambigu et équivoque. Mais ne serait-ce pas là une échappatoire dont tu as l'art de contourner tous les angles ?

— Tu te trompes, Mériptah.

— Lâcheur ! C'est encore une façon de te détourner pour te tirer d'embarras.

— Prends-le comme tu veux, je t'assure que tu te trompes.

Mériptah se leva brusquement et saisit Ouser par l'épaule :

— Prouve-le.

Les yeux d'Ouser se plissèrent en un long sourire et s'étira sur ses lèvres charnues.

— Néseth, la prostituée que, tout à l'heure, tu as tenue dans tes bras, ne l'as-tu pas soudoyée ?

— Non.

— Crétin ! jeta Ouser, à son tour méprisant.

Remarquant qu'il prenait insensiblement l'avantage sur la discussion, Mériptah choisit la solution de l'écouter sans plus intervenir.

— Néseth est une fille sans scrupules, sans conscience. Elle agit pour celui qui la paye bien. Mieux, elle réclame plus qu'il ne faut en échange de services hasardeux. Ne l'as-tu pas remarqué ?

Mériptah rougit imperceptiblement. Pour lui, une prostituée ne représentait qu'une fille vicieuse, avide des plaisirs de la chair et corruptible pour des choses matérielles, insignifiantes à ses yeux. Ouser poursuivit :

— Néseth est une fille intelligente, fine, subtile.

Il regarda Mériptah en coulisse, prêt à parer la moindre contestation.

— Mais l'intelligence des femmes te dépasse, poursuivit-il. Sais-tu que si l'une d'elles associe le sexe et la tête, il faut l'éviter farouchement si tu n'as pas les moyens de l'écraser...

Il s'arrêta. Mériptah prit un air vaguement

étonné et le fut plus encore lorsque son ami affirma :

— Sinon tu l'insères dans tes projets en prenant soin, toutefois, de lui laisser la bride sur le cou.

— N'existe-t-il pas des femmes qui refusent de se laisser enserrer par cette bride ?

— Alors, tu ruses, tu joues, tu déjoues, tu contournes, tu laisses croire.

— Quel programme ! jeta Mériptah avec arrogance.

— Plus subtil que tu ne le penses.

— C'est ce que tu fais avec Séchat ?

De la main, Ouser fit un signe vague.

— Séchat ne sera jamais une femme influente ! dit-il dédaigneusement.

— Elle en prend le chemin et je constate que tu la laisses faire.

Mériptah regardait son ami avec cet air de mépris qu'il savait si bien doser d'importance et de fatuité.

— Chaque chose en son temps, répliqua Ouser. L'histoire nous le prouve et puisque j'ai vu Néseth après toi...

— De quoi as-tu parlé avec elle ? coupa Mériptah.

— Rien de très précis. Sur mes questions, elle répondait tout d'abord prudemment, vaguement, ne précisant aucun détail, se bornant seulement à contourner des généralités sans intérêt.

— Alors, selon toi, à quoi peut-elle nous servir ?

Ouser se leva, s'étira tel un grand chat souple sortant et rétractant ses griffes pour les planter là où il fallait.

— Chaque chose en son temps, je te dis. Peu à peu, Néseth s'est confiée et lorsqu'elle a compris que je la paierai, elle s'est mise à parler très librement.

Il contourna le grand coffre de bois, saisit une cruche de vin et remplit la coupe qu'il tournait depuis un instant entre ses doigts aux ongles parfaitement soignés.

— Le milieu qu'elle fréquente nous sera fort utile. Sans être des bandits de grands chemins, ce sont des gens qui paraissent cultivés, munis d'un certain vernis qui leur permet de se faufiler sans trop se faire remarquer. Nous les utiliserons le moment venu.

— Donc, rien de concret pour l'instant. Mais je me range à tes idées.

Etonné de cette brusque soumission de la part de son ami, Ouser jeta sur lui un œil qui, sans vouloir se montrer inquiet, restait du moins suspicieux.

Certes, Mériptah devait se sentir fort et capable d'agir seul, avec ses espions qu'il avait dû probablement soudoyer et installer à son service.

Le regard d'Ouser, posé sur son ami, se fit plus détendu. N'avait-il pas, lui aussi, ses propres acolytes, prêts à surgir à sa moindre demande. Ne travaillait-il pas souvent dans l'ombre sans que quiconque ne soit au courant de ses agissements ? Il savait que l'amitié que lui apportait Mériptah ne se concrétisait que par des à-coups dont, seule, la ruse était l'enjeu.

— Le fils de Thoutmosis ne sera pas sans appui, assura Mériptah.

— Nous ne connaissons pas ses alliés. Nous sommes de la génération d'Hatchepsout.

— Nous formerons un clan d'amis ? Nous avons des postes importants. Dans quelque temps toute l'Egypte se reposera sur nos idées.

Mériptah se rengorgea. Bombant le torse, relevant son menton carré et proéminent, il ressemblait à un grand jars de basse-cour qui se félicite d'exister. Ouser le dévisagea avec cet air de dédain teinté d'ironie.

— Bien que tu aies franchi les premières marches, ne t'érige pas en souverain.

Il détendit souplement ses jambes que le pagne court d'une blancheur impeccable rendait mates et sombres malgré l'absence de tout système pileux qui, au contraire, chez son ami foisonnait en abondance. Mériptah affichait des jambes noires et velues qui contrastaient étrangement avec son visage glabre.

— Tu es trop sûr de toi, Mériptah, reprit Ouser. Cela te jouera des tours dont tu ignores l'importance.

Mériptah ravala sa colère, mais ses joues s'empourprèrent.

— Je suis plus ambitieux que toi.

— Non, tu es plus pressé et bien que tu sois soupçonneux, tu demeures moins méfiant.

— C'est ton point de vue, trancha-t-il buté.

— Une preuve, blâma Ouser. Qui connais-tu parmi les amis du jeune Thoutmosis ?

— Certes, aucun, je te l'ai dit, ils sont trop jeunes. Ce ne sont, pour l'instant, que des gamins apprenant à tirer à l'arc, à lancer le javelot, à conduire le char de la façon la plus experte qui soit, mais dans quelques années, ceux-là mêmes seront les ennemis d'Hatchepsout.

— Alors, il faut s'incruster dans leur milieu, les flatter, les considérer comme des personnages déjà importants.

— As-tu des projets ?

— Fréquentons un peu plus les stades sportifs, nous les y rencontrerons tous.

— Ne pourrions-nous pas nous glisser parmi les parents et leur laisser entendre que leur fils sera sous notre protection ?

— Excellente suggestion.

Ouser jubilait. Enfin, Mériptah semblait s'associer à ses points de vue. Il reprit sa posture de scribe accroupi et poursuivit d'un ton qui restait pondéré, toujours un peu flegmatique :

— Bien insérés dans le milieu de ces jeunes, nous garderons toutes les garanties nécessaires pour œuvrer dans le sillage de Thoutmosis.

— C'est un premier point de départ qui exigera plus d'une année de travail. Après les amis, nous aurons le jeune roi. Lorsqu'il partagera le pouvoir avec sa sœur et épouse, il ne pourra refuser l'appui de protecteurs.

Ouser l'interrompit avec impatience :

— Protecteurs ! Tu vas beaucoup trop vite. Disons... serviteurs.

— Ce n'est qu'une question de vocabulaire, rétorqua hargneusement Mériptah.

— La dialectique et le vocabulaire sont indispensables dans notre profession. L'aurais-tu oublié ?

A nouveau, Mériptah s'emporta et agita ses bras dans l'espace comme s'il voulait chasser quelques insectes volants invisibles.

Déjà, Ouser reprenait :

— Les amis du jeune roi ! Voici un excellent préambule. Nous nous préoccuperons d'Hatchepsout plus tard. Désires-tu formuler une objection ?

Le front de Mériptah se rembrunit et ses yeux noirs jetèrent des étincelles.

— Il ne faut pas que la reine s'installe dans des habitudes que nous ne pourrons plus défaire.

— Exact. Hélas, nous ne pouvons rien y faire. Patience, mon ami. Patience. Nous arriverons à notre but.

Mais, Ouser et Mériptah n'avaient pas encore compris ce que Séchat avait pressenti depuis longtemps. Thoutmosis était fragile, vulnérable, inconsistant. Sa grande faiblesse de caractère favoriserait, sans aucun doute, les grands desseins d'Hatchepsout.

[illegible]

CHAPITRE VI

Isis serra le pagne autour de ses reins. Ce soir, elle dansait presque nue. Son buste libre se mouvait entre ses bras sinueux. Mais, jamais encore, elle ne les avait sentis aussi lourds.

Groupés autour du grand maître de musique, les chanteurs aveugles avaient cessé leurs mélopées que le temple d'Hathor avait recueillies comme une offrande, prometteuse de bienfaits terrestres et de plaisirs ici-bas. Qu'un chant soit aussi pur était un bon présage pour Pharaon.

A présent, Isis dansait au son grave qu'égrenait la harpe dorée d'Amenhotep entrecoupé par le cristallin des notes que la flûte d'Aména laissait tomber une à une.

Depuis l'aube, Karnak vibrait de tous ses bruits. Les gongs, les cris, les clameurs, jusqu'au souffle discret du vent dans un petit matin qui s'annonçait pourtant brûlant, alternaient leurs sons dissonants avec de grands silences entachés par le clapotis douceâtre des bords du Nil.

Les obélisques à la pointe d'argent se dressaient presque agressifs, les colonnes s'érigeaient puissantes et somptueuses, les nécropoles s'effaçaient dans l'ombre, plus discrètes, plus apaisantes. Au fond de chaque sanctuaire, le plus menu des silences devenait souffle d'attente.

Isis ne sentait plus ses pieds. Dans sa poitrine, des coups précipités surgissaient. La moiteur envahissait son front, et son esprit fuyait les accords qui parvenaient presque saugrenus à ses oreilles.

Tout devenait divagation, délire, fantasme et la jeune danseuse broyait d'effroyables soupçons quant à l'intérêt que portait Ouadjmosis à Hatchepsout.

Privée de son principal atout, la sagesse qui l'eût sans doute replacée en de meilleures dispositions, la jeune danseuse sentait que ses gestes n'obéissaient plus à sa tête. Que pouvait-elle faire pour attirer le regard de celui qui, désormais, obsédait ses nuits, ses jours, chaque instant de sa vie ?

Ouadjmosis ne la regardait pas et semblait peu préoccupé par la danse qu'elle avait amorcée sur un rythme, certes, plus langoureux qu'il n'eût fallut.

Tourné vers le visage radieux d'Hatchepsout, le jeune prêtre ne se laissait distraire que par les gestes et attitudes de la princesse. Elle portait si bien, ce jour-là, sa coiffure rehaussée d'or et de turquoises, elle se redressait si parfaitement sous l'immense collier d'argent et de cornaline, qu'aucune autre ne pouvait rivaliser avec elle.

Isis se mit à trembler. Ce temple l'enserrait de plus en plus dans un étau impitoyable et tout l'amour dont le Grand Sétoui l'enveloppait ne pouvait atténuer sa douleur. Sétoui la protégeait, la berçait, l'accompagnait du regard, sans cesse inquiet, sans cesse à la recherche d'un idéal qu'elle devait atteindre pour le satisfaire.

Mais cet excès d'amour engendrait le trop-plein qu'Isis ne pouvait plus tolérer. Le Grand Prêtre l'observait, l'épiait, la lâchait pour la reprendre aussitôt partout où elle posait les pieds, les mains, les yeux, l'ouïe et en tous lieux où elle tentait d'être seule.

Impuissante devant tant d'incompréhension, la jeune fille étouffait de douleur. C'était un mal aussi lancinant qu'une plaie dont les lèvres tuméfiées s'écartaient.

Pour éviter les lueurs sombres et obsédantes qui venaient à ses yeux, elle les tenait fermés et lorsqu'il lui prenait de les ouvrir, c'était Ouadjmosis qu'elle voyait devant elle. Un Ouadjmosis qui ne tournait que rarement ses regards en direction de la danseuse dont chaque geste, qui lui était dédié, l'épuisait davantage.

— Je ne reconnais plus Isis, chuchota Amenhotep. Qu'a-t-elle donc ? Elle n'a jamais dansé de cette façon.

— Ce matin, je l'ai vu boire une curieuse tisane faite avec une plante des oasis que lui a donnée Nébeth, répliqua la douce voix d'Aména. Je crois qu'elle est amoureuse.

— Amoureuse ! Mais de qui peut-elle être amoureuse ?

La pause qui s'ensuivit permit aux deux jeunes filles de poursuivre à voix basse leurs propos.

Amenhotep posa sa petite harpe devant ses genoux croisés. Aujourd'hui, elle jouait en l'appuyant sur son épaule. Ces harpes légères, de petit format, se développaient beaucoup à cette époque qui débutait le nouvel empire et, seuls les grands prêtres encore vêtus à l'ancienne de leurs grandes robes larges et plissées jouaient debout, le corps appuyé contre le bois décoré de la grande harpe à vingt cordes.

Les musiciennes du temple n'étaient pas attachées, du moins à vie entière, aux dieux exigeants de Karnak. Leur apprentissage musical terminé, époque qui s'étalait sur six à huit crues du Nil, elles pouvaient quitter Karnak et se marier.

A l'exception de la belle Amenhotep qui jouait de la harpe pour en tirer des mélodies aussi graves que l'haleine chaude du désert, et de la douce Aména qui jouait de la flûte en bois de sycomore, les musiciennes entrechoquaient leurs sistres et agitaient les grelots de leurs crotales.

C'étaient en partie des jeunes filles nobles qui attendaient qu'on leur trouvât un époux digne de leur condition sociale.

Comme sa compagne, Aména jouissait de la courte pause, sa flûte calée entre ses genoux. L'heure était venue de réciter les hymnes sacrées. Dans quelques instants Isis s'arrêterait de danser.

Sétoui, grave jusqu'à l'austérité, l'œil plissé dans des rides qu'il ne comptait plus tant il était vieux, enroulé dans sa peau de léopard, tendit un document au maître musicien qui, du bras, allait désigner dans un instant celle qui devait lire à voix haute l'hymne consacrée à la déesse Hathor.

Aména s'approcha de l'oreille d'Amenhotep et lui chuchota quelques mots. Les deux jeunes filles étaient assises en scribe et avaient ramené leur pagne sous leurs cuisses. Elles se détendirent, plièrent leurs bras contre leur buste et posèrent leur instrument de musique entre elles.

— De qui peut-elle être amoureuse ? murmura Amenhotep.

— Elle n'a d'yeux que pour Ouadjmosis. N'as-tu pas remarqué comme son esprit est ailleurs depuis quelque temps ?

— Comment peut-elle être aussi inconsciente ! Ouadjmosis ne regarde que la princesse Hatchepsout, chuchota Amenhotep, dissimulant ses lèvres derrière sa main.

Sétoui jeta un regard autour de lui. Il ressentait comme un malaise, un pressentiment qui lui dictait de ne pas lâcher Isis du regard. Elle dansait de façon inhabituelle. Son buste découvert semblait trembler à chaque mouvement, chaque pas, chaque geste. Elle dansait sans même se rendre compte qu'elle dépassait sur le sol la zone tracée qui lui était impartie.

On eût dit qu'elle voulait se fondre dans la foule, se jeter au travers des rangs serrés qui, tout à l'heure, suivaient encore la longue procession se déroulant invariablement des bords du Nil au sanctuaire d'Hathor.

— Regarde, jeta Amenhotep d'un ton de plus en plus bas, car les sistres et les crotales venaient de cesser leurs bruits aigrelets. Regarde, Isis n'est pas détendue et ne semble plus en accord avec elle-même.

Aména n'osa répondre, car le soudain silence qui tombait dans la grande cour du temple d'Hathor risquait de la trahir. Mais elle observa les tremblements du corps d'Isis qui n'étaient plus en harmonie avec l'offrande qu'elle devait faire aux dieux.

L'inquiétude de Sétoui grandissait, se développait de seconde en seconde. Jamais encore, il n'avait ressenti ce doute qui assaillait ses esprits, mordait soudainement dans une sécurité qu'il croyait immuable. A présent, certain que la jeune fille ne communiquait ni avec les dieux ni avec aucune autre divinité, un frisson désagréable parcourut sa vieille échine que recouvrait la peau de léopard.

Dans un silence qui venait brusquement de faire suite au duo musical où harpiste et flûtiste venaient de donner la pleine mesure de leur talent, le maître de musique s'approcha des musiciennes.

Le corps alourdi, petit, trapu, enveloppé cependant dans les plis volumineux d'une robe longue et suffisamment ample pour en dissimuler la rondeur excessive, il désigna Amenhotep qui, surprise, se leva et saisit le papyrus que lui tendait le prêtre.

Pharaon et la Reine se tenaient au premier

rang. Le Grand Scribe Inéni côtoyait Thoutmosis.

Un peu plus loin, mais dans son proche sillage, les grands généraux, le Trésorier du Temple, le Maître des travaux d'Amon, les vizirs de la Haute et de la Basse Egypte, les Intendants des greniers à blé, ceux des artisans et des potiers, les capitaines de la Flotte Royale, suivaient avec respect le déroulement de la manifestation sacrée.

Tous les jeunes notables de Thèbes en passe d'obtenir de hauts postes administratifs, Néhésy, Ouser, Mériptah, Hapouseneb, Pouyemrê, Séchat, se tenaient sur les rangs à l'arrière.

Entre ses deux demi-frères, Ouadjmosis et le jeune prince Thoutmosis, Hatchepsout observait l'étrange comportement d'Isis. C'est ainsi qu'elle remarqua — mais qui ne l'avait pas vu ? — les yeux de Sétoui qui ne lâchaient plus la silhouette de sa jeune nièce dont les gestes et l'attitude n'étaient plus ceux d'une danseuse sacrée.

Hatchepsout s'interrogeait. Isis voulait-elle attiser le désir d'un homme plutôt que celui d'un dieu ?

La procession qui, tout à l'heure, avait quitté les bords du Nil pour s'engager au centre du temple d'Hathor, s'était arrêtée dans l'allée pavée bordée de sphinx qui menait au sanctuaire où les dons avaient été déposés en abondance.

Moutons, bœufs et autres bétails, oies grasses et volatiles des marais, jarres d'huile et de vin, cruches de bière, lait et fromages de chèvre, rivalisaient avec les offrandes de luxe que composaient en partie les parfums, les encens, les bijoux de cornaline et de turquoise, les anneaux d'or et les inestimables fourrures.

Debout, le papyrus déroulé entre ses mains, Amenhotep regarda les prêtres que séparait une hiérarchie bien établie. Puis, son regard se tourna vers le pharaon et sa famille. Elle vit

Ouadjmosis qui, le visage dirigé vers Hatchepsout, semblait porter ses yeux au-delà de toute vision matérielle. Comment Isis pouvait-elle ne pas remarquer l'admiration silencieuse que ressentait Ouadjmosis envers sa sœur ?

De sa main aux ongles manucurés, Amenhotep tenait le papyrus avec assurance. Elle lâcha le visage d'Ouadjmosis pour le porter un peu plus loin sur le bel Hapouseneb qui, sans arrogance, le regard plutôt rêveur, l'allure noble, juste assez altière pour que son image sortît du commun, l'avait remarquée à l'aube du premier matin de la fête sacrée.

Plus chavirée qu'elle ne voulait se l'avouer, la séduisante Amenhotep avait aussitôt décidé qu'Hapouseneb serait à elle. Quand ? Elle ne savait au juste. Mais la certitude s'ancrait déjà profondément dans son esprit.

Dès la fin de ces fêtes sacrées, Amenhotep et sa compagne Aména devaient réintégrer leur famille. Amenhotep regarda distraitement le papyrus. Avant même de lire la prière consacrée à la déesse, elle avait déjà trouvé l'alibi qui devait la jeter au-devant de celui qu'elle s'était subitement choisi.

Hapouseneb avait suffisamment suivi du regard les doigts agiles de la jeune fille sur la petite harpe dorée, pour qu'Amenhotep se laisse convaincre de l'intérêt qu'il lui portait.

Certes, il n'était pas question pour Amenhotep de se laisser plus longtemps emporter par des considérations d'ordre affectif quand elle devait, dans quelques secondes à peine, lire devant Pharaon la prière sacrée.

Les prêtres musiciens, les prêtres-lecteurs et les porteurs d'offrandes se prosternèrent, annonçant la prière. C'est ainsi qu'Amenhotep put, quelques instants encore, distraire son esprit sur le bel Hapouseneb qui dirigeait ses yeux vers les siens.

Comme son père, Hapouseneb se destinait au temple d'Amon. Mais, ce dernier n'avait pas atteint un échelon très élevé dans la hiérarchie religieuse. Son fils, bien qu'ayant suivi les hautes études sacrées qui devaient lui permettre de mieux s'élever, aurait-il la chance d'Ouadjmosis ? Grimper à vol d'oiseau et brûler les étapes d'une formation subalterne fastidieuse ?

Après une courte période d'adaptation, Ouadjmosis avait été nommé directeur des travaux du temple et des transports fluviaux. Ainsi, mettait-il au service d'Amon ses compétences d'athlète et de marinier. Car de toute évidence, si Ouadjmosis avait voulu embrasser la carrière religieuse, il n'était pas fait pour les longues heures de prières et d'abstinence.

Amenhotep porta de nouveau son visage au loin, en direction du jeune étudiant qui l'observait toujours.

Certes, Amenhotep ne pouvait réfléchir en cet instant où tous les regards allaient se poser sur elle, dès que Isis aurait fini sa danse et dès que les prêtres relèveraient leurs bustes pliés. Trop de visages allaient la soupeser, la juger, la consacrer ou la rayer, pour qu'elle fasse le même faux pas que sa compagne.

Amenhotep se reprit rapidement. Elle avait ce don de pouvoir conjuguer plusieurs forces intenses. Son cœur battait fort, mais elle se sentait trop sûre d'elle pour fléchir, même si c'était la première fois qu'elle lisait en public une hymne consacrée à la déesse. Allait-elle plaire à cette foule attentive ? Peu importe si Hapouseneb, lui, savait apprécier.

Trop aborbé par le comportement étrange d'Isis, le grand Sétoui qui lui avait accordé cette faveur ne la regardait pas. Les prêtres s'étaient relevés, mais Isis tremblait encore dans des gestes de plus en plus désordonnés.

Dans quelques instants, Amenhotep lirait la

prière qui ferait d'elle la grande inspiratrice des lieux du temple.

Elle connaissait sa voix claire, vibrante, haute et bien timbrée. Elle savait qu'on écouterait les mots qu'elle devait prononcer. L'hymne consacrée à la féminité divine. Mythe complexe où se jouait le récit de plusieurs légendes ayant des siècles d'âge.

A présent, les yeux d'Amenhotep étaient rivés sur les derniers gestes d'Isis qui tendait les bras en direction de la foule. Intrigués, tous la regardaient. Ses mains appelaient non le ciel, non les dieux et les déesses. Elles se tendaient frémissantes, implorantes, vers le premier rang d'un public hypnotisé par le côté irréel de leur aspect.

Soudain, elle leva un visage crispé, livide, ferma les yeux. Ses bras se détendirent et s'affaissèrent, ses jambes s'amollirent et, sans plus se rendre compte, elle tomba inerte sur le sol.

Il y eut un cri général. Sétoui se précipita, mais déjà Ouadjmosis avait franchi le barrage des chanteurs et des musiciennes pour apporter son secours. Se baissant, il saisit la jeune fille inanimée dans ses bras pour l'emmener vers le sanctuaire où les offrandes avaient été déposées à l'aube.

*
* *

Hatchepsout se tourna vers Thoutmosis, son demi-frère. Il conduisait son char avec une dextérité qu'elle lui reconnaissait loyalement comme l'un de ses meilleurs atouts. Il en avait si peu qu'il fallait bien apprécier ceux qu'il exerçait avec art.

Thoutmosis savait aussi chasser et pêcher comme nul autre jeune homme de son âge. Qu'il attrapât oiseaux et volatiles au filet ou au boomerang, qu'il piégeât les poissons du Nil à la perche ou à la ligne, personne ne pouvait vraiment rivaliser avec lui.

Là s'arrêtaient ses compétences. Du moins celles qu'Hatchepsout lui accordaient. Jamais encore le jeune homme ne s'était passionné pour l'écriture, la lecture ou autres activités intellectuelles qui enthousiasmaient si fort la jeune princesse.

— Ne veux-tu pas me laisser conduire ? proposa Hatchepsout en lançant sur le jeune homme un regard trop hardi.

— Non ! fit Thoutmosis, tu connais aussi bien que moi l'interdiction.

— Quelle interdiction ? fit la jeune fille d'un ton sec.

Il cravacha ses chevaux.

— Il n'y a aucune censure pour une princesse de sang royal, reprit-elle avec hargne.

Les deux chevaux blancs agitèrent leur crinière que le vent enveloppait fougueusement dans un même halo de lumière et, dans une allure qui prenait celle d'un petit trot rapide, heurtèrent de leurs sabots nerveux le pavé du chemin.

Thoutmosis tourna son visage vers celui de sa demi-sœur.

— C'est ainsi ! fit-il d'un ton tranquille.

— Fort bien, jeta Hatchepsout en haussant les épaules avec agacement, c'est une interdiction qu'un jour je saurai supprimer.

— Pourquoi n'as-tu pas demandé ta litière ?

Hatchepsout redressa son buste mince, puis rejeta en arrière les nattes de sa perruque qui, bientôt, serait surmontée de la coiffure au vautour.

— Je déteste les litières.

— Il faudra bien que tu les utilises.

Elle se mit à rire, prenant le parti de se détendre. A quoi bon se disputer avec son frère ? Elle savait que la chance de sa naissance lui donnait souvent le privilège d'avoir raison. Que pouvait donc faire cette banale histoire de litière, quand on bouillonnait de vie et d'enthousiasme ?

— Le plus tard possible, rétorqua-t-elle en égrenant un rire cristallin.

Thoutmosis fit claquer son fouet et entreprit d'accélérer l'allure encore trop lente à son avis.

— Certes, fit-elle condescendante. J'aurais pu prendre une litière. Mais, en fait, je voulais te parler. Nous nous rencontrons si peu au palais.

Le jeune homme fit à nouveau claquer son fouet. Les chevaux attachés au char prirent aussitôt l'allure d'un galop régulier en direction du palais. Thoutmosis parut satisfait. Encore une fois, il montrait à Hatchepsout la parfaite maîtrise qu'il avait de ses chevaux.

Petit, assez carré, trapu, à l'exception de ses épaules qui semblaient être celles d'un adolescent, il avait un buste bien développé, des jambes courtes, mais solides et une assise assez ferme.

Bien que sa constitution fût fragile — il avait essuyé dans son enfance plusieurs maladies infantiles que d'autres n'avaient jamais eues — il passait tout son temps à l'extérieur du palais.

Habile — on l'a dit — au tir à l'arc sur les grandes étendues de sable qui entouraient Thèbes de part en part, où il chassait aussi les gazelles et les antilopes, il était trop peu hardi, cependant, pour suivre avec acharnement le lion ou le rhinocéros aux fins fonds d'un désert menaçant et périlleux.

C'était bien ce manque de courage que lui reprochait Hatchepsout.

Dans les étangs, Thoutmosis s'amusait à poser le filet, manier le harpon ou le petit javelot dont la pointe embrochait les poissons les plus avertis. Mais, là encore, ses exploits n'allaient pas plus loin que la prise d'un petit gibier aquatique, laissant aux pêcheurs de grande envergure le soin de capturer le crocodile ou l'hippopotame.

Par contre, sur les eaux calmes des marécages, installé inconfortablement dans sa nacelle faite de tiges de papyrus, il brandissait comme personne le boomerang qui, vigoureusement lancé, fendait l'air en sifflant et tuait net en plein vol les oiseaux de calibre moyen.

Si chasse et pêche passionnaient le jeune Thoutmosis, à condition que le danger en soit exclu, la guerre non plus ne semblait guère le préoccuper.

Il est vrai que son père avait assis l'Egypte en une confortable position et que les pays voisins, à l'exception du Mitanni qui s'agitait toujours, se tenaient depuis quelques années assez tranquilles.

— Que veux-tu me dire ? questionna Thoutmosis en contournant habilement la route qui déviait sur l'extérieur de la ville.

— Que notre père me paraît fatigué. Qu'il parle de terminer sa demeure éternelle et qu'il m'a donné son plein accord pour faire sculpter une inscription sur le 8e pylône de Karnak.

— Celui qui est situé au sud du temple d'Amon-Rê ?

— Celui-là même, répliqua la jeune fille. Il est vierge de toute inscription. Y vois-tu un inconvénient, mon frère ?

Il eut un geste dubitatif et fit la moue.

— Non.

— Alors, reprit Hatchepsout, j'y ferai graver un bas-relief qui glorifiera la Majesté du Pharaon Thoutmosis Ier.

— A-t-il besoin de toi pour cela ? questionna le jeune homme en haussant les sourcils.

— Oui. Car le texte dira qu'il fait don des deux Egyptes à sa fille royale bien-aimée et qu'en retour, les dieux de Karnak devront lui accorder toutes les faveurs que doit recevoir Sa Majesté, la fille toute-puissante du dieu Amon et de la déesse Hathor.

— Comme tu veux, répliqua Thoutmosis. Je sais que c'est toi qui détiens tout le sang royal.

A son tour, elle haussa les sourcils. Thoutmosis reprit :

— Ce n'est donc que par toi que je serai Pharaon.

Sa soumission, son manque d'énergie qu'elle voulut soudain tourner en bienveillance, non en générosité, sembla néanmoins l'attendrir. Elle posa sa main sur celle de son jeune frère et pressa ses doigts minces.

Que ferait-elle s'il montrait plus d'agressivité ? Les dieux l'exauçaient, la comprenaient, l'aidaient. Hatchepsout tiendrait les rênes du pouvoir et, dans l'ombre du royaume, son époux se tiendrait.

— Nous règnerons ensemble, fit-elle. C'est ainsi que mon père Thoutmosis, maître tout-puissant de l'Egypte et ma mère, la reine Ahmosis, détentrice de la sève des pharaons, le veulent. C'est ainsi que je l'écrirai sur le bas-relief du 8e pylône de Karnak.

*

* *

Les roseaux des alentours bruissaient et les brindilles s'agitaient doucement.

Les sycomores abritant Séchat et Menkh diffusaient un ombrage qui atténuait considérablement la chaleur torride de cette journée du mois de Thot. Séchat respira profondément. Cette curieuse impression qui la dominait toujours lorsque Menkh lui faisait l'amour revenait à nouveau. Elle ressentait comme un sentiment de ne plus posséder son propre corps.

Ce moment où tout basculait en elle représentait pour Séchat un phénomène étrange qui échappait à sa compréhension. Docile, pourtant, en ces longs moments d'épanchements amoureux qui se déroulaient souvent en barque le long du Nil ou dans les bosquets de papyrus, Séchat prenait conscience de son abandon total et vivait ces heures non pas comme une passion instinctive à assouvir, mais plutôt comme le déroulement normal d'un amour marqué depuis l'enfance.

Séchat aimait Menkh tendrement, avec l'immense fidélité qu'elle lui réservait depuis toujours, comme une sœur, une amie intime, une sensible épouse. Quant à Menkh, n'ayant jamais envisagé une autre compagne, il la comblait d'un amour empli d'attentions, de prévenances et d'empressements à satisfaire tous ses désirs.

Zéphyr, le lévrier arabe dormait nonchalamment allongé aux côtés de son maître. Superbement musclé, élancé, de couleur fauve clair, le chien ouvrit un œil et renifla l'atmosphère. Son museau vint se poser sur les genoux de Séchat. il passa un coup de langue rapide sur son visage, montrant qu'il appréciait les dernières détentes amoureuses du couple. Comme un enfant né de leur union, Zéphyr aimait les tendres accouplements de ses maîtres.

Séchat, dans son intégrale nudité cachée par les ajoncs et les papyrus qui bordaient le Nil asséché suivant la saison du Périt, se leva, étira les bras au-dessus de sa tête et, d'une profonde respiration, bomba le torse en faisant ressortir des seins menus aux pointes brunes que Menkh regardait encore avec admiration.

Perdu entre ses cuisses longues, minces, brunies par le soleil, car Séchat portait souvent des pagnes et des tuniques courtes, le triangle noir de son pubis se dessinait si harmonieusement que Menkh, dans un élan que la jeune fille n'attendait pas, se leva d'une brusque détente, la retint fortement dans ses bras et se laissa glisser à terre.

Le couple roula quelques instants dans les herbes. Séchat en riant essaya de se dégager, mais son compagnon l'enserrait trop puissamment. Zéphyr, que manifestement ce jeu attirait, se jeta ravi entre eux et, à grandes lapées incontrôlées, prit part à la joyeuse bataille. Entre Zéphyr et Menkh, Séchat ne se débattait plus. Elle le regarda. Son large front droit s'arrêtait à la naissance d'une chevelure frisée et noire.

Comme beaucoup de jeunes, Menkh portait rarement de perruque. Son nez n'était pas fort et busqué, mais fin et court. Sa mâchoire carrée et son menton volontaire dévoilaient une énergie qu'il accumulait depuis longtemps et lorsque Séchat regardait son torse musclé, ses bras et ses cuisses puissamment développés comme ceux d'un sportif, elle savait que seule elle en connaissait l'extrême douceur.

Zéphyr vint mettre fin à leurs ébats qui risquaient de prendre une allure imprévue. Il sautait entre les deux jeunes gens, poussant des jappements réguliers qu'il n'avait pas l'air de vouloir cesser.

— Et ! Zéphyr. Que t'arrive-t-il ?

Soudain, le chien sauta prestement par-dessus Menkh et détala à toute allure.

— C'est un canard qu'il vient d'apercevoir entre les roseaux.

— S'il ne revient pas bredouille, dit Séchat en riant, nous allons rapporter le déjeuner à ta mère. Allons, viens, le charme est rompu maintenant, ajouta-t-elle en passant rapidement sa tunique.

Tiré de sa torpeur amoureuse, Menkh se leva et le couple prit la direction du chien disparu dans les ajoncs.

— Il ne rentrera, sans doute, que dans quelques heures.

Ils l'appelèrent à plusieurs reprises, mais Zéphyr, trop occupé dans ses poursuites inespérées, ne répondit pas.

La vaste propriété où Menkh vivait avec ses parents se situait à quelques centaines de pas. Séchat la connaissait pour y avoir été invitée de nombreuses fois.

Inéni, Grand Scribe Royal, architecte du pharaon, diplomate important et ambassadeur des pays du Sud, avait repris les fonctions de Nekbet. Juste, équilibré, d'excellent conseil, il savait discuter avec les dirigeants, les chefs et les rois des pays limitrophes. Que ses conseils, judicieux, avisés, prudents ou hardis, fussent écoutés de Thoutmosis, l'Egypte ne s'en trouvait que renforcée, enrichie, grandie. Inéni, de sa haute position hiérarchique sociale, apparaissait comme l'homme indispensable du pharaon.

Néphren, son épouse et mère de Menkh, de souche noble et aristocratique, s'engonçait dans des principes bourgeois de bonne morale égyptienne que Séchat exécrait.

Femme droite, loyale, exigeante, ni injuste ni malveillante, simplement pourvue d'une éducation à l'éthique stricte et scrupuleuse, elle ne concevait la vie d'épouse que dans la recherche d'une parfaite organisation de l'administration de sa maison.

Il ne manquait jamais d'approvisionnement chez Néphren. Le blé s'y entassait dans un vaste grenier qu'un serviteur surveillait en permanence. Le vin et la bière y coulaient en abondance et les barils s'alignaient, serrés les uns contre les autres.

Dès que l'un d'eux en diminuait le nombre, un autre venait le remplacer. Les approvisionnements de fruits séchés, de viandes, de poissons ne manquaient pas. Néphren engageait un scribe pour noter le va-et-vient des provisions.

Les domestiques ressortaient de la meilleure

éducation et dès que l'un d'eux ne remplissait pas ses fonctions, elle le remplaçait. Les meubles et la décoration, riche et luxueuse, se voulaient de bon goût. Jusque dans l'administration des dépendances du parc, des terrasses, de la vigne, de la palmeraie, de l'étang et des bois, Néphren donnait ses ordres et en assurait le bon fonctionnement.

Depuis quelque temps, Néphren suggérait à Séchat, de façon pesante et autoritaire qu'elle pouvait avantageusement remplacer cette mère inconnue qui, supposait-elle, devait lui manquer. Mais Séchat, à son tour, lui laissait entendre que son entourage proche lui suffisait et que si, par le mariage, elle devenait sa belle-fille, elle désirait conserver la liberté d'esprit dont elle jouissait depuis sa petite enfance.

Plus proche d'Inéni, Séchat le sentait assez complice. Autant Menkh avait échoué dans sa tentative de la rapprocher de sa mère, autant il avait réussi à imposer à son père les qualités de sa compagne. Menkh portait une confiance sans limite à Séchat et cela seul lui suffisait.

Dans la grande maison où le jeune couple s'apprêtait à rentrer, Séchat frissonna légèrement. Elle n'affectionnait guère ces immenses pièces où l'intimité faisait défaut. Elle préférait le grand parc des alentours, cerné d'un mur en briques séchées et recouvert de plâtre d'un blanc immaculé qu'aucune craquelure n'atteignait.

L'immense domaine, où se disséminaient des arbres de toutes espèces aux odeurs de jasmins, de tilleuls, de tamaris, d'acacias, attirait favorablement Séchat. Elle prenait du plaisir à longer le bassin couvert de lotus, semblable à celui de l'annexe du Palais Royal où, enfant, elle aimait s'arrêter et rêver lorsqu'elle suivait les cours de l'école des Scribes. Celui-ci, aussi vaste, regorgeait de nénuphars blancs et roses et de poissons qui venaient à la surface happer les insectes volants.

Une grande volière longeait l'étang, du côté sud. Elle enfermait des pigeons, des colombes, des loriots, quelques ibis et un couple de perroquets. Contiguë à la volière, de grandes cages espacées s'étalaient spacieuses et aérées. Des singes petits et noirs poussaient de légers cris aigus et s'amusaient en se poursuivant ou en se grattant réciproquement. La villa luxueuse impressionnait dès l'arrivée.

Sur la première terrasse où deux rangées de palmiers invitaient à poursuivre la marche, s'emboîtait la seconde terrasse de marbre rose, moins ombragée. Elle tournait au nord-ouest pour éviter les chaleurs insupportables dues au soleil de midi. Enfin, la troisième terrasse, celle qui amenait à la grande salle de réception, se décorait de tables basses en pierre qu'encastraient des fontaines où jets d'eau et plantes aquatiques apportaient une fraîcheur bienfaisante, dispensatrice de détente et de bien-être.

La grande salle où ils recevaient, soutenue par huit colonnes d'albâtre ciselé, se meublait de confortables divans entre lesquels les tables basses en bois de cèdre semblaient attendre les convives. Derrière, se trouvaient les locaux de la domesticité qui comprenaient les cuisines et les réserves d'eau, d'huile et de grains. A l'étage, côtoyant une terrasse en hauteur soutenue par d'énormes piliers de pierre, les appartements privés s'étalaient dans le luxe, l'espace et la clarté.

En Egypte, le confort du mobilier et la décoration intérieure variaient en importance et en qualité selon la richesse des habitants. Rien ne manquait en luxe et en abondance chez les parents de Menkh, ce qui prouvait bien la célébrité du personnage Inéni.

Les coffres de bois d'ébène et de cèdre, les tentures en fibres du lin le plus précieux, colorées d'ocre et d'indigo, les décorations murales où, oiseaux, gibier d'eau, scènes de chasse et de pêche regorgeaient richement dans les teintes les plus variées et les plus vives se faisaient concurrence dans un faste des plus somptueux. Il est certain qu'Inéni avait eu recours aux peintres et aux décorateurs les plus célèbres de l'Egypte.

Que le Grand Architecte de Thoutmosis ait construit sa propre demeure, on le comprend aisément. Il s'agissait, d'ailleurs, de la plus belle construction de Thèbes, après le palais du pharaon lui-même.

Mais, tout en regrettant que son épouse se dispersât trop dans le choix de ses décorations, Inéni lui laissait, depuis bien des années, la charge intégrale et le soin de s'en occuper. Il aurait, de toute évidence, préféré un intérieur plus simple, plus sobre, typiquement à base d'architecture et de sculptures.

Néphren attendait son fils et Séchat au bout de la seconde terrasse.

— Mes enfants, vos escapades et vos fugues sont de plus en plus longues. Quand viendras-tu t'installer ici, Séchat ? dit-elle en embrassant la jeune fille.

Séchat ne répondit pas. Elle rendit un baiser léger à Néphren et entra dans la maison. Par une porte latérale, large, recouverte d'une tenture colorée, ils accédèrent à un vaste escalier qui menait aux appartements de l'étage. Séchat s'allongea sur le premier sofa rencontré. Tressé d'osier, recouvert de coussins épais et moelleux, elle s'abandonna à une rêverie que la voix de Néphren brisa aussitôt.

Elle revenait à la charge pendant que son fils s'inquiétait pour trouver un pichet de bière fraîche.

— Séchat, quand viens-tu t'installer chez nous ?

— Il n'en est pas question, Mère.

— Allons, dans quelques jours, vous serez inscrits au registre des unions. Tu dois envisager une solution.

— Quelle solution, Mère ?

Séchat détestait entamer ce genre de discussion avec sa future belle-mère. Cela se terminait toujours par des aigres paroles et des insatisfactions de part et d'autre.

— Pour l'amour des dieux, tu ne vas pas poursuivre cette profession.

— Cette profession est ma vie, mon entreprise, mon souci et mes espoirs, jeta Séchat avec une conviction qu'elle aurait aimé faire partager à Néphren.

Mais à quoi bon, elle ne voulait jamais rien entendre au sujet des idées avancées de la jeune fille.

— De plus, poursuivit Séchat, et puisque tu m'en parles, Néphren, il n'est pas question de vivre ici, même lorsque nous serons mariés.

Lorsque Séchat appelait la mère de Menkh Néphren, c'est qu'elle voulait lui imposer un point de vue irréfutable. Elle regarda la mère de Menkh et rétorqua :

— Père nous fait construire une annexe contiguë à la maison. Trois grandes pièces et une salle de réception qui donneront directement sur le grand jardin, à l'arrière. Nous partagerons les communs et je garde mon personnel et celui de mon père.

— Alors, lui et toi en avez décidé ainsi ?

— Oui, Néphren ! Je dois vivre à l'intérieur de Thèbes pour faciliter les communications entre mon domicile et mes lieux de travail.

— Et Menkh ? Y as-tu songé ?

— Néphren, tu sais fort bien que, dans un tout proche avenir, Menkh partira en expédition guerrière au Mitanni puis chez les Hittites. Nous repenserons à la question dès son retour.

— Une femme mariée doit rester chez elle, articula-t-elle butée.

A son tour, Séchat s'obstina.

— Tu sais fort bien que ce ne sont là que des préjugés arriérés avec lesquels je ne suis pas en accord.

— Mais, par quel dieu peux-tu parler ainsi ! s'exclama Néphren. Que cherches-tu vraiment à vouloir diriger ces artisans, toi, une femme ! Dorénavant faite pour enfanter et organiser ta maison.

— Je ne vois pas la vie ainsi.

— Et comment la vois-tu ?

Se plantant face à Séchat, elle la regarda dans les yeux.

— Il me semble, de toute façon, que mon fils a son mot à dire.

— Mère, abandonne ce sujet, veux-tu ? jeta fermement Menkh qui arrivait avec deux pichets de bière fraîche et mousseuse. Tu sais bien que vous n'êtes pas en harmonie sur ce point.

Néphren soupira et, vaincue, capitula avec tristesse. Elle ne put tout de même s'empêcher de murmurer en s'esquivant :

— Epouse, certes, tu poursuivras ton métier. Mère d'un enfant, le pourras-tu encore ?

Néphren disparut en maugréant une nouvelle récrimination contre Séchat. Menkh tendit à sa compagne un pichet de bière qu'elle prit mélancoliquement. Puis, elle le replaça sur la table basse et, se relevant, s'approcha du jeune homme, l'enserra dans ses bras et lui posa un délicat baiser sur la bouche.

— Menkh, mon gentil mari, mon époux bien-aimé, mon conseiller, mon défenseur. Tu es le seul à me comprendre et c'est ainsi que je t'aime. Je veux vivre à tes côtés quoi qu'il advienne.

*

* *

Le mariage, en Egypte, n'était qu'une formalité administrative. Dès l'aube, Menkh et Séchat se présentèrent au Bureau du Grand Chancelier chargé d'enregistrer les unions. Un scribe notait les biens personnels de chacun des deux partis.

Le vieux scribe qui inscrivait devait être usé par une vie difficile de travail. Il existait toujours ce genre de scribe qui n'arrivait jamais à monter l'échelle sociale et qui la vie durant, stagnait dans un coin obscur de l'administration.

L'acte fut plus long à remplir pour Séchat que pour Menkh. Celui-ci, malgré les richesses et la haute position de son père, ne possédait qu'un serviteur qui lui faisait office d'intendant, de scribe et de héraut et une écurie de chevaux. Il fallait avouer, tout de même, qu'un cheval de pure race comme l'étaient tous ceux de Menkh, équivalait à une vraie fortune. Quant à l'immense patrimoine il ne lui serait attribué qu'à la mort du Grand Inéni, son père.

L'acte de Séchat prit beaucoup plus de temps. Le vieux scribe n'en finissait pas d'inscrire les noms, les origines, les provenances de son personnel. Reshot tout d'abord, Yahmose ensuite, puis sa vieille nourrice restée à Bouhen ainsi que deux autres servantes et trois serviteurs que lui avaient donné son grand-père.

Lorsque le vieux scribe entama la notification de ses biens, les deux jeunes gens crurent qu'ils resteraient plantés devant lui la journée entière.

Nekbet avait légué à sa petite-fille une partie du domaine de Bouhen, champs, vignes, palmeraies. S'y ajoutait une annexe au domaine, constituée de vastes pièces où Séchat alignait ses collections de poteries et de sculptures.

Quelques sculpteurs et potiers de Thèbes, invités par Nekbet à venir se reposer, y séjournaient parfois tout en travaillant la pierre et l'argile du pays.

Enfin le vieux scribe entama les biens dont Séchat avait hérité de sa mère morte à sa naissance et qui consistaient en plusieurs maisons situées au sud de Thèbes que son père administrait en les louant à des artisans.

Le scribe, péniblement penché sur son papyrus, terminait d'inscrire les quatre chevaux de Séchat, des pures races d'Arabie dont Menkh connaissait parfaitement la fougue, l'énergie et la vitesse à la course.

Les textes, copiés en deux exemplaires, furent relus attentivement par le scribe qui ne laissait rien passer. Puis, les yeux plissés, la tête baissée, le dos voûté dû sans doute à d'affreux rhumatismes qui lui bloquaient le cou et les épaules, il remit un exemplaire aux jeunes époux et conserva l'autre. Désormais, le mariage préservait chacune des deux parties.

*
* *

L'air regorgeait des multiples senteurs de la nuit.

La salle de réception d'Inéni et de Néphren s'emplissait déjà des premiers invités. Les huit colonnes d'albâtre, toutes ciselées de feuilles d'or, entre lesquelles les tables et les sofas s'espaçaient, montaient de façon magistrale jusqu'au plafond moulé de dorures et de dessins passés à la poudre de turquoise.

Sur les murs blanchis à la chaux, les oiseaux aux plumages colorés s'ébattaient dans des vols audacieux, des ibis à tête rouge scrutaient des horizons lointains, des perdrix et faisans guettaient, dans les roseaux, un chasseur imaginaire et des poissons mêlés aux lotus rivalisaient de couleurs.

Sur des grands coffres démesurément allongés, les mets les plus variés côtoyaient les cruches en grès emplies des meilleurs vins d'Israël et de Syrie.

Des bouquets de lotus diffusaient une agréable odeur parmi les invités et de temps à autre, une main brune et gracieuse cueillait une fleur et la piquait dans la chevelure noire de Séchat.

Vêtues de leurs tuniques de fêtes, servantes et domestiques apportaient les mets et les boissons. Les cuisiniers travaillaient depuis plusieurs jours pour préparer le banquet du mariage.

Dans la seconde pièce qui attenait à la salle de réception, disposés sur de longues tables, les plats de viande regorgeaient de variétés les plus diverses, oies farcies d'olives, canards truffés, gibiers aux poivrons. Les légumes faisant suite, pois chiches, fèves, lentilles, concombres, céleris, macéraient dans des sauces compliquées et les fruits amassés dans de larges coupelles offraient autant de parfums que de coloris différents, grenades, raisins noirs, dattes et figues fraîches ou sèches, pignons. Quant aux gâteaux d'amandes et de miel, ils attendaient, rangés les uns contre les autres, sur de vastes plateaux d'argent.

Le jardin le plus proche de la terrasse, illuminé de torches disséminées à travers les feuillages et tout au long de la grande allée bordée de palmiers, menait à l'entrée du parc où des porte-flambeaux allumés éclairaient presque comme en plein jour. Toutes les pièces d'eau, fontaines, vasques, fonctionnaient dans un clapotis que seul l'arrêt des rumeurs aurait permis d'entendre.

Eclairées, elles aussi, jusqu'aux bosquets qui abritaient la grande volière et les cages des singes, elles apportaient la fraîcheur nécessaire à la brûlante soirée qui s'annonçait. Le large perron fermé, habituellement, par une double porte de bronze qui abritait la maison des vents et pluies de la saison du Périt, se tenait largement ouvert.

Le héraut annonça, sur un bref coup de trompette, les personnalités qui s'apprêtaient à entrer. Il citait tous les titres et nominations.

Les hommes arrivaient vêtus de leurs tuniques longues ou courtes suivant leur âge, les épaules recouvertes d'une grande cape qu'un serviteur leur ôtait aussitôt. Les femmes entraient dignes, mondaines, vêtues de tuniques amples et blanches pour certaines, de fourreaux étroits jaunes ou rouges pour d'autres.

La plupart arborait toute une panoplie de bijoux en turquoises, perles, cornalines ou lapis-lazulis. Chaussées de fines sandales de cuir agrémentées de boucles d'argent, elles montraient, par ce luxe indéniable, leur origine de haute noblesse.

Soudain, la voix du portier cria :

— Héraut, Hello, Héraut.

Un homme s'empressa de passer. Il se tint à l'entrée de la troisième terrasse. Grand gaillard au torse entièrement nu, de couleur pain brûlé, les hanches ceintes d'un pagne rouge, court et plissé, Ramose, l'ami et le héraut de Menkh, porta la trompette à ses lèvres et en sortit quelques accords avant d'annoncer :

— Djéhouty, Grand Trésorier de Thoutmosis Ier, Grand Intendant des Sculpteurs et des Orfèvres, nouveau Gouverneur de Bouhen et Vizir de la Basse-Egypte.

La mère de Menkh apparut aussitôt et s'avança d'une allure quasiment royale, balançant majestueusement ses hanches arrondies et faisant bruisser la soie de sa tunique couleur d'or qui tombait en plis savants autour de ses cuisses larges, mais encore fermes.

Le pectoral de cornaline et d'ivoire qu'elle portait sur son torse était assorti à ses nombreux bracelets, pendants d'oreilles, boucles et sandales. Sa perruque aux longs cheveux relevés en un édifice compliqué avait été brossée avec des huiles et des parfums qui dégageaient une suave odeur d'encens et de myrrhe.

Inéni la rejoignit aussitôt. Vêtu d'un large pagne de lin blanc, transparent comme la mode masculine l'exigeait à cette époque, il portait en dessous un autre pagne plus court. Son pectoral d'électrum, finement ciselé de bronze, constituait une pièce d'orfèvrerie remarquable.

Agé de cinquante ans, sa fière allure, sa prestance indiscutable et le maintien de toute sa personne malgré un léger embonpoint forçaient encore l'admiration de tous. Menkh discutait avec l'un de ses amis militaires et Séchat se tenait un peu à l'écart, regardant avec intérêt le nouvel arrivant. Les premières congratulations faites, Inéni prit le bras de celui-ci et se dirigea vers la jeune femme.

Séchat les regardait s'avancer. L'homme qu'on avait annoncé Trésorier du Pharaon, Vizir de Basse Egypte, Intendant des Sculpteurs et des Orfèvres, paraissait plus âgé que Menkh, mais beaucoup plus jeune qu'Inéni.

Très grand, mince et distingué, il devait avoir une trentaine d'années. Il ne portait pas de perruque et ses cheveux noirs frisés, comme ceux de Menkh, étaient cependant coiffés plus longs et descendaient sur sa nuque brune. Aucun pectoral, aucun bijou ne venait encombrer son cou, ses bras ou ses chevilles. Ses yeux, extraordinairement gris pour un Egyptien, semblaient durs au premier regard et pourtant Séchat crut y distinguer une lueur de curiosité et d'amusement lorsqu'ils croisèrent les siens.

— Séchat, je te présente Djéhouty dont les titres t'ont été annoncés, il y a peu de temps.

Puis, se tournant vers l'Egyptien et lui prenant le bras, il jeta d'un ton bienveillant :

— Djéhouty, voici non seulement la toute nouvelle épousée de mon fils, mais aussi ta future collaboratrice, nouvelle Intendante des Artisans. Elle travaillera à tes côtés pour tout ce qui est du domaine de la sculpture.

L'Egyptien la toisa plus qu'il ne la dévisagea. Mais Séchat n'y trouva nulle prétention, nul dédain, plutôt une sorte de curiosité qui, sans être agressive, restait du moins dubitative. Habituée à ce genre d'examen que l'on procédait sur sa personne lorsqu'on ne la connaissait pas encore, elle décida de lui plaire et lui tendit la main en souriant.

— Est-ce bien la tendre gazelle de l'Ecole d'Administration qui s'évertuait à réussir parmi tous ces incorrigibles jeunes chasseurs ? lança-t-il un peu narquois.

— Djéhouty, Intendant des Sculpteurs ! Ce soir, je ne retiendrai que ce titre, puisqu'il nous mettra en présence l'un de l'autre, tôt ou tard. Cependant, laisse-moi te dire que d'une part, je ne m'évertuais pas à réussir, car j'y parvenais sans mal et que d'autre part, les jeunes chasseurs n'ont jamais rien attrapé de ma personne si ce n'est des réparties bien ajustées !

Inéni, qui envisageait déjà la réplique hardie de la jeune femme, intervint aussitôt :

— Séchat est brillante et empreinte d'idées bien à elle. Ses projets ne coïncident, d'ailleurs, que rarement avec ceux de mon épouse. Mais, dieu merci, Menkh les comprend et j'avoue que, moi aussi, je pense que les dons exceptionnels, même s'ils viennent d'une femme, ne doivent pas être sottement gâchés.

Djéhouty observait la jeune femme. Ses yeux reflétaient une indéfinissable impression, celle d'un homme qui juge, discerne et analyse. Il arrivait rarement à Séchat de rougir et pourtant elle sentit ses joues s'empourprer sans qu'elle en ressente vraiment la raison. Le vin devait aussi faire son effet. Elle en avait absorbé plus que de coutume, mélangeant les breuvages âcres et forts aux boissons fraîches et sucrées.

— Je suis ravi d'avoir fait ta connaissance, divine Séchat, lui souffla Djéhouty d'une voix basse, mais bien timbrée.

— C'est réciproque, Grand Djéhouty et j'espère avoir très prochainement le plaisir de travailler à tes côtés, bien que la sculpture ne fasse partie que d'une minorité des tâches qui m'ont été assignées. J'ai postulé pour toute la branche artisanat, celle qui regroupe la poterie, sculpture, peinture, cordonnerie, menuiserie, métallurgie et maçonnerie.

Puis, elle s'écarta et reprit avec une indolence étudiée :

— Excuse-moi. Cette chaleur m'incommode légèrement et je vais aller respirer, à l'extérieur, un peu de cet air frais qui commence à nous arriver.

A nouveau Ramose annonçait un invité :

— Méri-Amon, Grand Intendant de l'Armée du pharaon Thoutmosis, et Chef de la Grande Charrerie Royale.

Avant de sortir, Séchat vit que Menkh venait au-devant de son chef hiérarchique. Que Méri-Amon ait enrôlé Menkh pour le prochain départ en guerre contre le pays du Mitanni, vaste royaume au nord-est de l'Egypte, ne surprenait personne compte tenu des qualités exceptionnelles dont il disposait pour tirer à l'arc, conduire un char et diriger les autres.

Séchat aperçut Néhésy, son compagnon d'études, Intendant du Trésor des Armées qui, lui aussi, faisait partie de la prochaine expédition guerrière. Lorsqu'elle vit les amis et connaissances de Menkh se regrouper autour de lui, en compagnie de Méri-Amon, elle décida de prendre la sortie latérale, celle qui ne ferait pas trop remarquer son départ.

Souple, elle s'apprêtait à sortir lorsqu'on lui prit le bras. Elle eut un sursaut. Reshot, devant elle, la mettait en garde.

— Tu ne vas pas sortir maintenant, tu n'as pas salué tous tes amis.

— Mais si Reshot, je les ai tous vus, Thoutment, Knosis, Hapouseneb, Pouyemrê, mes amis et ceux de Menkh. J'ai trop chaud, je t'assure, j'ai besoin de prendre l'air.

— Alors, ne t'éloigne pas trop. On pourrait avoir besoin de toi et il faut, dans ce cas, que je te retrouve très vite.

— Ne sois pas si inquiète, je ne serai pas longtemps absente. J'ai besoin de sentir l'eau de l'étang, le feuillage des sycomores et des acacias, j'ai besoin de marcher et de respirer.

Elle jeta un regard en arrière. Dans la grande salle, elle ne voyait plus Menkh, caché par le groupe de ses amis. Elle porta rapidement son regard sur Inéni qui, aux côtés de son épouse Néphren, discutait avec des notables de Thèbes. Elle ne les connaissait pas tous.

Certains, d'un âge avancé, céderaient bientôt leur place aux plus jeunes. Ainsi allait la vie. En quittant des yeux les parents de Menkh, son regard rencontra Djéhouty. Il se tenait debout, seul auprès d'un grand coffre de bois, une coupe de vin à la main. Assez loin d'elle, Séchat ne pouvait distinguer son regard, mais elle eut le sentiment profond qu'il l'observait, la suivait comme pour connaître ses moindres faits et gestes.

Elle ramena sur ses épaules le bord de son vaste manteau de lin rouge, fit un signe amical à sa servante et traversa la terrasse.

L'air frais la fit revivre. Le soleil, disparu depuis longtemps, faisait place à de grands rayons de lune pâle qui se mêlaient agréablement aux lueurs des lampes à huile disséminées dans le parc.

Elle s'avança de quelques pas dans le jardin

attenant à la terrasse, puis disparut dans une petite allée du jardin qui rejoignait l'allée centrale du grand parc. Elle marcha quelque temps jusqu'au bout de la grande allée bordée de palmiers. Les éclairages permettaient de voir le moindre détail. Lorsqu'elle quitta la lumière pour entrer dans une zone d'ombre faite de bosquets touffus non loin de l'étang, plus rien n'était visible.

Soudain, avant qu'elle ne réagisse, une forme agile jaillissait d'un bosquet de tamaris. La silhouette dont le visage se dissimulait derrière le pan d'une cape sombre s'arrêta brusquement devant elle.

— N'aie pas peur, ne crains rien.

— Mais... commença Séchat abasourdie.

— Ne crains rien, je viens juste t'avertir. Ne bois plus rien à partir de cet instant. N'absorbe plus aucune boisson.

— Mais... objecta à nouveau la jeune femme, qui es-tu ? Pourquoi cet avertissement ?

— Je ne peux t'en dire davantage, car mon temps est compté.

Avant que Séchat posât une nouvelle question, la silhouette disparaissait dans les feuillages touffus et sombres.

Si Séchat trembla un peu, ce ne fut qu'un bref instant. Elle se ressaisit promptement et réfléchit. Pourquoi n'était-ce qu'à partir de cet instant que toute boisson lui était interdite ? Qui était cet homme qui la mettait en garde ?

La scène du cobra dans les papyrus lui revint et celle du javelot lancé au-dessus de sa tête la replongea dans une vague angoisse. Qui tentait ainsi de la supprimer et pour quelles raisons ?

Elle reprit lentement le chemin du retour sans réussir à élucider les questions qu'elle se posait. Arrivée sur la terrasse, Djéhouty semblait l'attendre.

— Avais-tu donc si chaud pour désirer, à ce

point, prendre l'air ? questionna-t-il en plongeant hardiment son regard dans celui de Séchat.

Les yeux de la jeune femme s'agrandirent de stupeur lorsqu'elle le vit avancer sa coupe et la lui tendre.

— Qu'as-tu, divine Séchat, tu sembles nerveuse ? tiens, bois ce vin, il te remettra en quelques secondes. Il est fort, âcre, c'est un excellent vin de Syrie.

« Pas lui, c'est impossible », pensa-t-elle. Ses mains tremblaient légèrement. Elle tenta de les cacher, mais le regard perçant de Djéhouty l'observait trop pour ne pas remarquer cette marque d'intense émotion.

« Lui, un homme que toute l'Egypte respecte, c'est impossible, c'est insensé ! » Séchat le regardait fixement. Ses mains ne s'agitaient plus et son regard reprit une expression normale.

— Non, merci, je n'ai pas soif.

— Vraiment !

— Je n'ai pas soif, répéta la jeune femme obstinément en plongeant ses prunelles sombres et déterminées dans les yeux gris de Djéhouty.

— Alors, je bois ce vin à ta place, rétorqua-t-il en portant la coupe à sa bouche.

D'un geste rapide, il but le tout en une seule gorgée.

Séchat collait littéralement son regard à celui de Djéhouty, puis, elle respira fortement. Un instant, elle ferma les yeux. Soulagée, presque heureuse. Comment avait-elle pu soupçonner cet homme ?

Les questions se bousculaient dans son esprit sans qu'elle pût en trouver les réponses. Pourquoi ce hasard de coupe tendue et cette insistance à la faire boire ? Pourquoi cette façon qu'avait eue Djéhouty d'avaler goulûment ce vin fin qui méritait les égards et les appréciations d'un goûteur averti tel que devait être cet homme ?

Elle rouvrit les yeux. Il lui sembla que ses paupières devenaient lourdes. Djéhouty la scrutait d'un œil impassible et elle sentit le bleu sombre de ses prunelles la traverser imperturbablement comme s'il tentait de la percer à jour. Essayant d'adopter, elle aussi, un air insouciant et dégagé, elle s'écarta.

— Excuse-moi, je dois retrouver Menkh. A bientôt Djéhouty.

Un orchestre à cordes, entièrement féminin, charmait depuis peu les oreilles qui se tendaient aux sons mélodieux des luths et des lyres. En cette dix-huitième dynastie, on venait de lancer une petite harpe que la musicienne appuyait sur son épaule.

Que Séchat ait demandé à son ami Thoutmosis de venir jouer de la flûte provoqua une dérogation qu'elle obtint avec difficultés, car les coutumes de l'époque ne favorisaient guère le sexe masculin de la corporation des musiciens. Thoutment avait choisi le long roseau qui se tient incliné obliquement vers l'arrière. Les notes qu'il en sortait cristallisaient l'espace.

Seul musicien masculin, hormis deux chanteurs aveugles comme c'était la coutume, il figurait en artiste compétent et Séchat lui fut reconnaissante, ce soir-là, d'avoir su charmer la foule qui, pour son plaisir, l'écoutait. Entre deux airs de flûte, les chanteurs aux crânes rasés et vêtus de peaux de léopards psalmodiaient et scandaient les paroles nostalgiques dont eux seuls connaissaient le secret.

Reshot arrivait près d'elle. Séchat l'écarta des invités auxquels elle présentait des plats et des coupes.

— Viens, j'ai quelque chose à te dire.

S'esquivant dans une petite pièce attenante, à l'arrière, elle la tint au courant de l'avertissement que l'homme rencontré dans le parc lui avait fait.

— Mais tous les vins servis dans les coupes sortent directement des cruches et celles-ci sont remplies aux barils.

— Ne bois pas non plus, Reshot.

Séchat ne parla pas de ses soupçons sur le personnage de Djéhouty.

— Ecoute, la rassura Reshot, ouvre l'œil, regarde tout et si tu aperçois quelque chose d'étrange, fais-moi signe. Je serai près de toi.

Elles revinrent vers les invités. Menkh discutait fébrilement de la prochaine expédition au Mitanni. Quelques-uns de ses amis s'étaient éclipsés. La salle, sans pour autant se vider, semblait pourtant moins emplie.

Soudain, un gros homme chauve, portant une ample tunique bariolée vint à elle.

— J'ai salué ton époux, noble Séchat et il me tardait de te connaître. Je suis maître-potier au nord de Thèbes, près des carrières d'albâtre. Mais je tiens une échoppe dans le centre de Thèbes.

Il lui tendait une main grasse et si potelée que des bourrelets se formaient au poignet. Ses yeux rieurs la scrutaient impunément, mais Séchat ne lui trouva pas un air antipathique.

— Je suis heureux de te connaître, nous serons, sans doute appelés à nous revoir. Je travaille avec Ptahor que tu connais, il me semble.

— En effet, Ptahor a été chargé d'une mission de recensement d'albâtre disponible en atelier.

Il l'inspecta de ses petits yeux plissés et étroits.

— Une mission suivie par le grand Ouser, dit-il. Il avait la voix aiguë et aigrelette.

— Ce n'est pas tout à fait la réalité, précisa Séchat, la mission m'incombe et Ouser ne doit que conclure par un rapport clair et détaillé.

— Ah, ah ! Tu as raison, belle Séchat de te défendre telle une tigresse. Le monde est empli de ces hommes-crocodiles qui ne pensent qu'à dévorer les plus faibles et plus encore lorsque ce sont de jolies filles.

La jeune femme ne sut s'il se moquait ou s'il s'agissait là d'un mot d'esprit dû à un humour dont la médiocrité s'avérait évidente. La voix aiguë du gros homme résonnait un peu comme un écho lointain. Elle remarqua la main grasse de son compagnon qui allait et venait, traçant des cercles et des volutes imaginaires dès qu'il parlait.

— Je ne crains pas les hommes-crocodiles, rétorqua Séchat d'un air de défi en laissant traîner son regard dans les petits yeux plissés de l'homme grassouillet.

— Pardonne-moi, noble Séchat. Il arrive si rarement que nous soyons commandés par une femme.

Ses yeux toujours rieurs se fermaient à demi. Séchat observa son visage avec attention. Ce triple menton dans ce visage glabre et lunaire ressortait d'une anomalie physique et pourtant elle n'éprouvait pas de malaise à le regarder.

— Je ne t'ai jamais vu, Chef-Potier de Thèbes. Veux-tu me communiquer ton nom ?

— Je m'appelle Kaptah. Pour tous, je suis Kaptah, le potier.

— Et bien, Kaptah, le potier, comment se fait-il que tu sois ici ce soir, au repas de mes noces ?

— J'ai travaillé à Bouhen, pour ton noble Grand-Père. C'est de lui que me vient cette invitation.

Au seul nom prononcé de Nekbet, Séchat eut un soupir de déception.

— Le Grand Nekbet, mon grand-père, a été pris d'une attaque de rhumatismes assez soudaine et imprévue qui le fait souffrir, expliqua-t-elle. Il n'a donc pu venir ce soir, à son grand regret et au mien, bien entendu. Mais, demain, je pars pour Bouhen et je lui dirai que je t'ai vu.

Ils discutaient tout en se déplaçant. Une servante arrivait à leur rencontre, tenant un plateau avec plusieurs coupes emplies de vin.

En ces cas de réception extraordinaire, les servantes se recrutaient dans une maison du centre de la ville qui fournissait ce service pour les grandes familles nobles thébaines. Séchat ne s'étonna donc guère de ne pas connaître celle qui, dans un sourire lumineux, le buste mince et dénudé, lui tendait le plateau.

La cohue de la réception diminuait d'intensité. Menkh et son père discutaient avec quelques amis regroupés à l'extérieur sur la première terrasse.

Voyant que Séchat ne saisissait pas la coupe qu'on lui destinait, la jeune servante, armée de son sourire enjôleur, s'adressa au gros homme en lui présentant le plateau. Kaptah, le potier, saisit les deux coupes et en tendit une à Séchat. Un instant, elle faillit la prendre. Puis, se ravisant, elle jeta négligemment :

— J'ai décidé de ne plus boire, ce soir. J'ai déjà trop absorbé d'alcool. Les couleurs commencent à empourprer mon visage.

— Allons, fit gaiement Kaptah le potier. Buvons. Cela me portera chance. Si tu n'en a pas besoin, illustre Séchat, pense un peu à moi. Un bon chef ne doit-il pas favoriser le sort de ses subalternes ?

L'argument si bien amorcé était de poids. Comment Séchat pouvait-elle y échapper ? Cet homme représentait-il vraiment un danger ?

Elle regarda dans la direction de Reshot. Celle-ci discutait avec Menkh. Avant qu'elle ne prenne la coupe sans trop savoir comment elle pourrait se dérober pour ne pas boire, Menkh était auprès d'elle et joua l'époux jaloux.

— Séchat, s'écria-t-il, ma belle épouse. Mon adorable invisible. Nous nous sommes rarement vus depuis le début de cette soirée. Excuse-moi, fit-il en se retournant vers le gros homme. Je t'enlève ma femme pour ne plus te la rendre.

Puis, passant son bras autour de la taille de la jeune femme, il l'entraîna loin de Kaptah, le potier. Celui-ci resta interloqué, la coupe de vin à la main. Reshot l'observait et vit qu'il se dirigeait précipitamment vers la terrasse. Elle le suivit avec prudence et respira fortement lorsqu'elle le vit s'approcher d'une coupelle de lotus et y jeter le contenu de la coupe. Puis, sans bruit le gros homme disparut.

— Que t'a dit Reshot ? souffla Séchat à l'oreille de Menkh.

Etonnée et vaguement inquiète, elle appréhendait la réponse de son époux.

— Reshot m'a dit que cet individu t'importunait un peu et qu'il ne voulait plus te lâcher.

— C'est tout ?

— Pourquoi ? questionna Menkh étonné. Elle m'a aussi avoué que tu avais absorbé trop d'alcool et que, pour la réussite de notre nuit conjugale, je ferais bien de t'emmener de suite.

Rassurée, Séchat se mit à rire.

— C'est vrai, tu m'as sortie d'un mauvais pas. Mais que veux-tu, un tel jour, on ne peut rien se refuser.

Ils ne purent encore s'esquiver, car Inéni venait à leur rencontre en compagnie d'une jeune homme d'allure très simple.

— Mon fils, jeta-t-il de loin, ne t'éclipse pas avant que je t'aie présenté Senenmout.

Le jeune Egyptien paraissait à peine adulte. Petit de taille, il portait une perruque dont les cheveux arrivaient au niveau des épaules et son pagne plissé tombait juqu'à ses chevilles. Son torse nu ne portait aucun bijou.

— Senenmout est scribe. Il vient pour étudier l'architecture avec moi. Les dons qu'il enferme dans son esprit le feront très vite devenir un éminent architecte.

Le jeune homme rougissait comme un adolescent. Pourtant, son front haut, son menton carré et volontaire, ses yeux bleus et froids, dénotaient une énergie hors du commun. Malgré la rougeur qui envahissait ses joues, Séchat décela, chez le jeune homme, un regard ambitieux, une volonté très ferme de réussir. Elle eut le curieux pressentiment, comme un avertissement de bon augure, que ce jeune Senenmout irait très loin.

— Senenmout fera un très grand architecte, poursuivit Inéni. Ses idées sont fécondes, peu communes et brillantes.

Séchat tendit la main au jeune homme.

— Je te souhaite beaucoup de réussite, jeune architecte. Je suis sûre que tu feras une belle et grande carrière.

Senenmout s'inclina bas devant Séchat. « Il n'est pas noble, pensa-t-elle, un tel geste ressort d'une origine modeste. »

Puis, se tournant vers Inéni, elle soupira :

— Maintenant, Père, Menkh et moi aimerions nous retirer. Je suis un peu lasse.

En réalité, l'image du gros homme l'obsédait. Alors que ce visage glabre, ces petits yeux plissés, cette silhouette imposante ne l'avaient guère impressionnée tout à l'heure, ils agitaient, maintenant, ses esprits.

Elle se concentra pour oublier l'image troublante de Kaptah le potier et celle de la silhouette diffuse de l'homme drapé du jardin. Tandis que, d'un pas lent, son époux l'emmenait là-haut dans les appartements privés, elle sourit et se fit consentante aux caresses que celui-ci amorçait déjà autour de sa taille.

Alors qu'ils montaient les marches pour se rendre à l'étage, Menkh lui embrassait le cou par petits baisers rapides et réguliers. « Dieu, pensa Séchat, comment vais-je faire pour vider mon esprit, le soir précis de notre mariage ? » Mais, le jeune homme ne la bouscula pas. Sa tendresse habituelle semblait prendre le pas sur son violent désir. Les servantes s'approchaient déjà pour préparer le corps de la jeune maîtresse.

Quelque temps plus tard, elle sortit de la salle des onctions qui attenait à la grande chambre nuptiale. Menkh l'attendait, les bras repliés sous sa nuque. Il n'avait pas retiré son pagne et seul, son vaste poitrail recouvert d'un duvet brun s'offrait, dénudé, au regard de la jeune femme.

Ce soir-là, les deux jeunes gens se sentirent étrangement attirés par la nudité complète de leurs deux corps accouplés qu'ils n'avaient jamais encore goûtée dans un grand lit aux draps fins, blancs et parfumés. Ils purent enfin apprécier leur solitude. Séchat décida de ne penser qu'à son nouvel époux et vivre pleinement les longues heures à venir.

Les parfums capiteux dont les servantes l'avaient ointe troublèrent Menkh. La journée s'était révélée si pleine et si absorbante qu'à peine avait-il pris le temps de détailler sa jeune femme, l'irrésistible envie de la prendre dans ses bras et de faire vibrer intensément ce corps souple et gracieux le prit, cette fois, comme une folie exacerbante. Ils se regardèrent pétrifiés par ce désir réciproque.

Aucun mot ne paraissait nécessaire. Il dégrafa lentement sa tunique qui ne réclama aucun effort pour tomber à terre. Après avoir déposé un baiser sur sa nuque chaude, il la dégagea des lourds colliers qui lui entouraient le cou et dont l'ensemble formait un large bijou ressemblant à un pectoral. Il prenait la base du cou et s'étalait en rangées serrées de perles nacrées reliées par de l'or incrusté de turquoises jusqu'à la naissance des seins.

Elle se blottit contre Menkh et comme elle lui offrait sa bouche encore sucrée des vins qu'elle avait absorbés, il lui murmura des mots qui lui frôlaient l'oreille. Ils restèrent longtemps immobiles, l'un contre l'autre, avides de se rencontrer, de se retrouver dans leur intimité.

Au-delà de leurs bouches soudées l'une à l'autre, la sensation de s'appartenir les envahit tout comme le vent brûlant du désert s'empare et absorbe la moindre racine qu'il rencontre. Il fallait tout prendre, tout déraciner, tout replanter. La vie s'offrait à eux. Lorsque Menkh la pénétra, leurs peaux devinrent étrangement complémentaires, leurs corps se frôlaient dans une ondulation lente et précise, puis, Séchat, prise dans un tourbillon insensé de plaisir, activa la cadence.

La nuit fut apaisante. Séchat s'endormit après un bain que Reshot lui prépara avec des huiles et des onguents qu'elle lui passa sur tout le corps afin de la détendre.

Lorsque la clepsydre la réveilla le matin suivant, les premiers rayons du soleil commençaient à poindre dans un ciel lumineusement bleu. Son époux dormait, il lui enlaçait la taille d'un bras puissant qu'elle dégagea doucement pour ne pas l'éveiller. Quelque chose d'irrésistible lui commanda de sortir.

Elle se leva, prit son ample manteau rouge pour cacher sa nudité encore chaude de la veille et prit la petite sortie latérale qui donnait directement sur l'escalier descendant au jardin.

De là, ses pas la guidèrent directement près de l'étang. Les poissons dormaient encore, car aucun clapotis ne signalait leur dérangement. Les nénuphars commençaient à s'ouvrir lentement. Les oiseaux de la volière criaient à peine. Un calme étrange la prenait à la gorge. Les acacias diffusaient une odeur légère et parfumée qui devenait vite lourde et parfois insupportable sous les rayons solaires de midi. Une sensation curieuse lui dictait de poursuivre.

Elle contourna l'étang, bifurqua sur sa gauche, en direction de la palmeraie. Là, où les bosquets de tamaris commençaient à s'étoffer, elle s'arrêta de stupeur.

Entre deux arbrisseaux que le feuillage rendait volumineux, un homme étendu sur le ventre gisait, mort, un poignard enfoncé dans son dos, entre les deux omoplates. Du sang séché traversait une tunique grise et sale, effilochée aux manches. Le cœur de Séchat tapait à grands coups dans sa poitrine. Elle reconnaissait cette tunique. Le désir de voir le visage de l'homme fut plus fort que son angoisse. Elle s'approcha. Il fallait qu'elle sache.

S'agenouillant près du mort, elle vit que le visage, profondément enfoncé dans les racines des arbrisseaux, ne lui permettait pas de connaître la question qu'elle se posait. Elle frissonna, ferma les yeux pour tenter de se concentrer, détendit ses doigts qu'inconsciemment elle tenait crispés depuis l'instant où elle avait vu l'homme à terre. Son corps agenouillé frôlait celui du mort. Séchat ne pensa plus à rien. Seule, la réponse s'imposait.

D'une main ferme, elle saisit une épaule, de l'autre elle agrippa la taille et d'un coup sec retourna l'homme. Il portait une barbe crasseuse, il n'avait ni les traits d'un Nubien, ni ceux d'un Ethiopien ou d'un Libyen. La même constatation qu'elle s'était faite sur le marché de Bouhen.

Une sorte de froid l'envahit, sa tête se remit à bourdonner, mais sans plus s'écouter, elle retourna le corps à nouveau pour le remettre dans sa position initiale, le visage à terre, le dos à découvert avec le poignard enfoncé jusqu'à la garde.

L'homme qui l'avait avertie de ne plus boire l'avait peut-être tué. Comment le saurait-elle ? Pourquoi ne voulait-elle pas en parler à Menkh ? Un instant, elle revit le gros homme au triple menton lui proposer la coupe de vin. Reshot lui avait appris qu'après avoir jeté la boisson parmi les lotus, il s'était rapidement esquivé.

Inexorablement, l'imbroglio se refermait sur elle. Séchat s'immobilisa, la gorge sèche, le regard fixe.

*
* *

Ils avaient l'un et l'autre le teint coloré.

Kaptah le potier et Knoum l'intendant se faisaient face avec une mine qui, inquiète chez l'un, paraissait détachée et insouciante chez l'autre.

— Le charmeur de serpent est mort !

— Et alors, reprit Knoum, ce n'est ni le premier ni le dernier tué dans l'exercice de ses fonctions.

Il rit grassement de sa répartie et se frotta la barbe noire qui entourait tout le bas de son visage.

— Ce souci ne t'assaille guère !

— Ne m'as-tu pas dit toi-même qu'elle ne semblait pas être au courant du poison et que si elle n'a pas pris la coupe que tu lui tendais, c'est parce que son époux l'a tout simplement soustraite à tes propos dissuasifs.

— Mais, qui a bien pu le tuer ? reprit Kaptah, toujours soucieux.

— Laisse choir cette affaire. Reprenons plutôt un autre indice.

— Il m'est impossible de me représenter devant elle, rétorqua Kaptah.

— Tu m'assures qu'elle ne te soupçonne pas, jeta Knoum suspicieux.

— Je ne veux pas courir ce risque, tu as d'autres acolytes.

— Très bien, tu n'auras aucune part dans l'affaire, jeta froidement son complice.

L'autre lui jeta un regard en coulisse, ouvrit la bouche pour rétorquer un alibi, mais la referma aussitôt conscient sans doute de l'inefficacité de son propos.

— Dans ce cas, nous n'avons plus rien à nous dire, lâcha Knoum.

Puis, il fit mine de se lever.

— Attends, fit l'autre mécontent de la tournure des événements. Attends, tu oublies que je suis au courant de tes complots.

— Tu n'es pas le seul. Bien d'autres le sont, affirma froidement Knoum.

— Je puis t'être utile autrement.

— Et comment ?

— Je connais tous les faits et gestes de l'Intendante. Je suis au courant de tous ses emplois du temps, de chacun de ses déplacements, de ses lieux de travail et de repos. Qui peux-tu trouver d'autre possédant cet atout majeur ?

— C'est exact.

Knoum prit son menton entre ses mains velues et caressa longuement sa barbe, faisant remonter ses doigts dans l'épaisse toison.

— Ton échoppe est-elle sûre ?

— L'endroit où nous sommes ici, actuellement, est un lieu à nœuds inextricables à côté de mon échoppe, sombre peut-être, mais inaltérable, assura Kaptah.

— Ce lieu est hors de toute atteinte fulmina Knoum avec des yeux colériques et des bras qu'il bougeait en tout sens.

Incontestablement, il semblait perdre son sang-froid et répliqua vertement, à l'adresse de son complice :

— Cet endroit est le plus dissimulé qui soit. A l'abri de tout regard des curieux, masqué par les anciennes mines, désaffecté depuis longtemps, et il offre une sécurité complète.

— Comme tu voudras.

Dans toute la région, aux alentours de Thèbes, il n'existait pas, en effet, de lieu plus dissimulé que les mines de Coptos, devenues inexploitables par l'absence d'albâtre sur les couches supérieures.

Depuis plus d'une dizaine d'années, un dispositif de mise en chantier devait s'installer pour exploiter la mine plus en profondeur, mais rien n'avait été entrepris jusque-là. La mine restait fermée, et si quelques endroits représentaient d'excellents repaires à brigands, d'autres restaient dissimulés, inaccessibles et se dérobaient parfaitement à la vue de tout personnage indésirable.

Un bruit se fit entendre et Knoum, d'un bond léger malgré le poids conséquent de son corps, se leva en direction de l'ouverture mince qui servait de porte à l'abri de terre séchée dans lequel les deux hommes se trouvaient.

Deux individus à la sombre allure arrivaient.

Forts, musclés, râblés, l'un portait des cicatrices qui lui couturaient le visage. L'autre ouvrait en permanence des yeux démesurés. Ses gestes ne paraissaient pas assurés. Ses pas fléchissaient.

— C'est là le complice dont tu m'as parlé ? questionna Knoum en regardant l'homme aux cicatrices. Il a bu ?

— Il a fumé !

— Tu sais que je ne veux ni alcoolique ni fumeur. Pourquoi m'as-tu amené cet homme ?

L'autre ne se départissait pas de son assurance.

— Quoi ! Un complice est un complice, fit-il en haussant les épaules.

— Tu l'as mis au courant ?

— Ben oui, harangua l'autre.

— Il fume souvent ?

— Je ne sais pas.

— Tu ne sais pas, rugit Knoum et bien, tu vas comprendre tout de suite ce que je veux. Tue-moi cet homme. Il ne nous servira à rien.

L'autre apeuré se réfugia contre la paroi du mur en terre séchée.

— Tue-moi cet homme, reprit Knoum implacablement.

Kaptah ricanait.

— Et bien moi, insinua-t-il, de son air hilare, je ne suis ni alcoolique ni fumeur.

Knoum ignora la réplique de Kaptah et tonitrua :

— Tue-le.

L'assurance de l'homme aux cicatrices perdit considérablement du poids lorsqu'il se rendit compte de la détermination de l'ordre.

— Il ne m'a rien fait, ânonna-t-il.

Knoum le dévisagea froidement, puis porta la main à sa ceinture et retira un poignard court, au manche d'ivoire ciselé.

— Je t'envoie ce couteau en pleine cervelle si tu n'exécutes pas mon ordre.

Toujours plaqué au mur de la pièce qui s'assombrissait avec la tombée du jour, l'homme apeuré, dont les esprits ne tournaient qu'à demi, sembla se rendre compte de la situation. Il prit lamentablement son élan vers la sortie, offrant son dos aux autres.

Le poignard effilé de Knoum, lancé avec une force et une violence étrangement calculées, se colla entre les deux omoplates du fuyard.

— Je suis d'excellente humeur, aujourd'hui, jeta imperturbablement Knoum, à l'égard de l'homme aux cicatrices. Un autre jour, tu subiras un sort identique. Ne l'oublie pas. Rappelle-toi.

CHAPITRE VII

Amenhotep n'avait pas plus la certitude de séduire Hapouseneb que Isis n'avait celle d'attirer l'attention d'Ouadjmosis. Pourtant, depuis qu'il l'avait emportée dans ses bras, molle et inanimée, pour la déposer dans le sanctuaire où affluaient les offrandes de la déesse Hathor, il la regardait avec plus de sollicitude, allant parfois jusqu'à lui faire un signe de reconnaissance lorsqu'elle passait dans les jardins du temple.

Certes, dans la chapelle silencieuse et paisible, il l'avait allongée avec précaution sur une natte d'osier et n'avait pu que caresser deux ou trois fois le contour de son visage pâle, avant que n'apparaisse une véritable cohorte de gens, le vieux Sétoui en tête. Après un dernier geste où rêveusement, il avait ramené le pan de sa robe sur sa cuisse dénudée, il l'avait laissée aux soins de son oncle et était parti sans un autre regard.

Depuis, Isis n'osait tourner dans son sillage. Elle n'était pas de celles qui, comme sa compagne Amenhotep, cherchaient à séduire en imposant sa présence.

Mais, ce matin-là, elle avait assisté au départ des hommes qui devaient assurer le déchargement des bateaux. Ouadjmosis commandait les deux équipes qui se relayaient matin et soir. Plus habile en homme de terrain qu'en homme de tête, il s'entourait d'une pléiade de scribes qui, chaque jour, devait rendre compte du déchargement des chalands.

A chaque crue nouvelle du Nil, le pharaon Thoutmosis voyait sa demeure éternelle avancer. Le puits avait été creusé, on achevait les décorations et les peintures de la salle basse qui conduisait à la chambre mortuaire. On sculptait les bas-reliefs qui devaient orner les murs et, bientôt, on élèverait la stèle dédiée à Osiris.

Les blocs de pierres entassés dans les embarcations provenaient de la carrière de Tourah. Chaque jour, elles étaient déchargées par les prêtres subalternes affectés à ce travail. Quand la main-d'œuvre du temple était insuffisante, on engageait directement sur le chantier des ouvriers ou des esclaves venant de Thèbes ou des régions avoisinantes.

Conduits par Ouadjmosis, les hommes avaient quitté tôt le temple, une ligne bleuâtre esquissant encore à peine l'horizon, pour rejoindre les bords du Nil où les chalands étaient accostés.

Quand la silhouette d'Ouadjmosis disparut aux yeux d'Isis, elle prit la ferme décision, contrariant ainsi sa nature trop réservée, de se trouver le soir même sur le passage de son retour. S'ils ne se parlaient pas, du moins pourrait-elle croiser son regard. « Parfois, se dit-elle, des ondes étranges passent entre les yeux qui se rencontrent » et, ce matin-là, Isis se plut à rêver sur cette image.

La saison d'Akhit s'annonçait très mouvementée. Malgré la chaleur qui, en pleine journée, était insoutenable, des pluies diluviennes tombaient depuis plusieurs jours, inondant les bords du fleuve devenus dangereusement glissants pour le déchargement des chalands.

Il fallait pourtant profiter de cette saison creuse et de la disposition des hommes qui, pour labourer et semer, devaient attendre que le limon fertile se déposât abondamment sur la terre.

L'équipe des ouvriers du temple avait depuis longtemps rejoint celle de la ville de Thèbes, engagée pour le déchargement des bateaux, que l'on devinait la journée harassante. Une de ces journées non dépourvues d'aléas qui désorganisent la bonne structure d'un emploi du temps scrupuleusement organisé.

Ouadjmosis surveillait ses hommes qui, à coups de « hans » transportaient les lourdes pierres du pont des chalands jusqu'au quai. Le calcaire avait beau être le plus fin de celui qu'on trouvait en Egypte, il était d'un poids considérable lorsqu'il s'agissait de ces énormes blocs faits pour être entassés les uns sur les autres.

Depuis que le chantier de Tourah était ouvert, les ouvriers creusaient d'immenses galeries dans la roche. Le calcaire était aussi blanc et fin qu'il était dur et résistant. La carrière semblait inépuisable. On en retirait des quantités colossales. Ouadjmosis était satisfait, la nouvelle section ouverte depuis quelques jours permettait d'extraire le volume suffisant à la construction du nouveau sanctuaire.

Le travail avançait vite. Il n'exigeait pas, comme dans les carrières de granit rouge d'Assouan, de faire sauter les blocs en creusant des cavités profondes dans lesquelles on enfonçait du bois qu'on faisait gonfler en le mouillant. Le bois trempé jusqu'à saturation faisait éclater la roche.

Aux côtés d'Ouadjmosis qui distribuait ses directives, les architectes et les chefs d'équipes criaient des ordres plus impératifs.

Moins bienveillant que le fils du pharaon qui n'employait jamais la violence ni la brutalité pour se faire obéir, les surveillants du chantier ne cessaient d'harceler les pauvres dos courbés sous le poids de leurs charges.

Tous des gaillards à la puissante musculature, ils travaillaient sans relâche. En cela, Ouadjmosis ne dépareillait pas. Pas un instant, il ne s'arrêtait. Pas plus qu'il ne réclamait une cruche de bière qui, parfois, eût bien volontiers rafraîchi sa gorge. Quand le zénith était en plein ciel, il prenait une pause, juste un peu plus longue que celle de ses hommes, pendant laquelle il se restaurait et se désaltérait.

Ses hommes ! Ouadjmosis les connaissait bien. Tous avaient la peau brune, le dos solide, les reins carrés et, s'essuyant le front dès qu'une rigole de sueur apparaissait, ils reprenaient le travail au rythme des « hans », courbant l'échine, bandant leurs muscles et, lorsqu'ils soulevaient la charge, stoppaient leur souffle pour le relâcher en un grand bruit chuintant.

Chaque soir, les hommes d'Ouadjmosis recevaient une ration supplémentaire d'eau fraîche, de pain et de poisson séché. Les équipes supplémentaires, souvent composées d'esclaves et dirigées par l'intendant des travaux de Thèbes, recevaient dès le matin une cruche de bière forte. Mais, Ouadjmosis ne s'y trompait guère, c'était pour les stimuler davantage et obtenir un meilleur rendement, quitte, bien souvent, à ce que l'un d'eux périsse sous la charge qu'il transportait.

Hormis les carriers et les tailleurs de pierres professionnels qui bénéficiaient d'un régime de faveur, les hommes étaient presque tous des esclaves ramenés par le pharaon lors des conquêtes précédentes. On les propulsait dans toute l'Egypte et ils étaient enrôlés sur les divers chantiers, car là où se terminait l'un, en commençait un autre.

Il fallait dire que Thoutmosis Ier poursuivait assidûment une époque de restauration de temples et de sanctuaires qu'avait déjà entamée son prédécesseur Aménophis.

Dans cette gigantesque mêlée d'hommes, restaient les ouvriers-paysans qui, lors de la saison du Périt, labouraient tranquillement leurs champs et durant celle du Chemou en récoltaient la moisson. La saison d'Akhit leur offrait la possibilité de travailler en attendant que leurs champs prospèrent.

— Tirez ce bloc à l'envers, cria Ouadjmosis à ses hommes. Sinon, il ne sortira jamais du chaland.

Une équipe de dix hommes peinait sur le sol glissant que la pluie de la veille avait rendu boueux. Tirant avec difficulté le bloc de calcaire, les hommes tentaient de s'accrocher au câble qui les soutenait.

— N'enlisez pas vos pieds, leur cria Ouadjmosis, avancez ! Avancez !

— C'est guère facile, répondit un homme le dos courbé, l'échine suintante, le pied englué dans la boue du Nil.

Ouadjmosis s'approcha de l'ouvrier et tira le câble avec lui. Le bloc bougeait à peine.

— Pour l'amour d'Amon, hurla Ouadjmosis, si vous laissez vos pieds s'enliser, le bloc va suivre et nous ne pourrons plus le récupérer.

Un surveillant apparut, fouet en main qu'il fit claquer au-dessus de la tête des hommes. Ouadjmosis bondit. En un tour de main, il saisit la lanière de cuir par son extrémité, la fit tournoyer dans l'air et la lança par-dessus bord.

— Qui t'autorise à menacer ainsi mes hommes ? vociféra-t-il. Fouette tes esclaves si cela te chante, mais laisse mon équipe travailler selon mes rythmes et mes méthodes.

— Tes hommes n'avancent pas, ricana le surveillant en louchant vers le Nil qui venait d'engloutir son fouet.

— Mes hommes sont aussi rapides et compétents que les tiens, nous aurons débarqué ces pierres avant que le soir ne se couche.

— Cela m'étonnerait fort, persifla l'autre.

— Je n'ai que faire de ton jugement, s'écria Ouadjmosis en se glissant périlleusement sous la charge que tenait ses hommes.

Maugréant, le surveillant partit à la recherche d'une autre verge et d'une autre section d'hommes à mater selon son bon plaisir.

Les lourdes épaules d'Ouadjmosis roulaient en cadence sous l'effort qu'il accomplissait. Voyant qu'il s'adonnait à la tâche comme un simple ouvrier, ses hommes redoublèrent leur intensité au travail. Quand les chalands d'Ouadjmosis furent à moitié vides, la pluie se mit à tomber.

Les esclaves des autres équipes, ceux qui travaillaient toujours quatre fois plus, mangeaient quatre fois moins et recevaient en prime coups de bâton et coups de fouet, semblaient se régénérer au contact de ce ruissellement qui jaillissait sur eux. Une eau chaude, certes, mais un bienfait du ciel qui apaisait les reins endoloris et les dos striés des marbrures du fouet.

Deux capitaines de chalands haranguèrent une douzaine d'esclaves qui n'arrivaient pas à remonter les blocs à quai. Ils étaient alignés le long du câblage et deux forts gaillards étaient campés aux extrémités, essayant d'orienter le halage.

— Il nous faut de l'aide ! cria l'un d'eux. Cette boue nous empêche de remonter tout chargement.

— Accrochez-vous au câble ! vociféra l'autre. Vous patinerez moins.

Les fonctionnaires subalternes accompagnés de scribes toujours en quête des menus incidents qui venaient rompre l'harmonie du travail tournèrent la tête en direction de l'appel et virent l'équipe en péril.

Le trésorier des travaux héla Ouadjmosis.

— Il nous faut tes hommes, cria-t-il. Nous

sommes en nombre insuffisant pour venir à bout de cet énorme bloc. Détaches-en trois ou quatre et qu'ils viennent nous aider.

Le fils du pharaon regarda l'homme qui l'interpellait. S'il l'apostrophait ainsi, c'est qu'il pressentait un danger imminent. Mais Imouthès n'était pas un manuel. Trésorier du temple, il n'avait été formé que pour aligner les recettes et les dépenses plus que pour analyser la gravité d'un péril incertain.

Le dos des hommes luisaient de sueur. Ils tiraient, soufflaient, crachaient et s'embourbaient les pieds dans la boue du fleuve. Ouadjmosis lâcha le câble qu'il retenait avec ses hommes et vit qu'ils n'arrivaient pas à soulever le bloc sur lequel ils peinaient depuis près d'une heure.

Il fit un signe à Imouthès et s'approcha de l'équipe en péril. Le chaland basculait dangereusement. L'un des bords recourbés semblait glisser dans l'eau.

— Reprenez la pierre, elle s'enfonce trop. Faites-la glisser jusqu'au rivage, dit-il après avoir inspecté la tournure des événements.

Ouadjmosis prit le relais du maître d'œuvre qui paraissait épuisé et qui, pour se ragaillardir, réclama un pot de bière forte. Un surveillant le lui apporta. Il en but la moitié et tendit l'autre à Ouadjmosis, mais le jeune homme refusa et saisit de ses deux mains le câble qui retenait les hommes en péril.

S'apercevant qu'ils ne pouvaient plus coordonner leurs efforts ni lever les bras en cadence pour signifier que tout était prêt et que le câble pouvait glisser afin de soulever le bloc, il prit la décision de prendre la place de file.

— Retenez la pierre, elle tombe, cria-t-il en s'accrochant au câble.

— C'est impossible. Elle s'embourbe, rétorqua Imouthès. Nous n'y arriverons jamais. Je crois qu'il vaut mieux sacrifier ce bloc plutôt que de perdre douze de ces gaillards-là.

— Attention, elle lâche, s'écria le maître d'œuvre qui venait de terminer sa bière.

Ereintée, l'équipe d'Ouadjmosis s'était arrêtée. Leur bloc était enfin à terre. Ils observèrent quelque temps l'équipe en difficulté et, bien qu'ils soient en droit de prendre quelques secondes de repos, ils s'approchèrent des hommes en danger et tentèrent de retenir la lourde charge.

Le sol était de plus en plus menaçant.

Ouadjmosis soupira, non de colère, mais d'impuissance et de lassitude. Il passa sa main sur son crâne rasé. Lorsqu'il était sur un chantier, il revêtait sa tunique courte qui découvrait ses jambes puissamment musclées.

Son torse nu n'avait ni bijou ni pectoral et ses mains ni bague ni ornement coûteux. Seuls, ses pieds étaient toujours chaussés de luxueuses sandales en cuir fauve, lesquelles en cet instant se recouvraient de la boue noire du Nil.

— Attention, la barque glisse. Retenez-la ! cria le maître d'œuvre.

Aussitôt, ils furent plusieurs à vouloir s'emparer de la pointe de l'embarcation qui oscillait de plus en plus, mais ils ne réussirent qu'à l'enfoncer davantage.

Bientôt, il fut trop tard pour retenir quoi que ce soit, le chaland descendait dans le fleuve et Ouadjmosis se prenait les pieds dans les roseaux bourbeux du fleuve. Le bloc de pierre était resté attaché au câble et, tendu par la torsion au moyen d'un bâton enfoncé dans le sol, le câble lui-même entraînait le chaland.

L'eau tombait à verse, amollissant davantage la terre déjà trempée.

Tout céda. Ouadjmosis fut projeté la tête contre le bloc.

Un affreux craquement se répercuta dans tout

son corps. Sa pensée se tourna vers l'image sereine d'Hatchepsout, celle qui deviendrait reine sans lui, celle qu'il aurait pu épouser pour devenir pharaon des deux Egyptes. Certes, pour concrétiser cette hypothèse, il n'aurait pas fallu que marche une Moutnéfer, avide et ambitieuse, sur le paisible chemin de sa mère.

A l'esprit, lui vint aussi la pure silhouette d'Isis dont les gestes rituels de la danse sacrée lui étaient destinés. Par tous les dieux qui allaient prendre son âme pour la restituer dans le pays immortel, que le vieux Sétoui ne la laissât pas s'étioler au fond de son temple. Isis était faite pour vivre un amour sur terre et non pour accomplir le désir d'un dieu.

Ouadjmosis eut un ultime soubresaut. Il sentit qu'il allait rejoindre son frère Aménosis au royaume des pharaons morts. Le Nil en avait décidé ainsi après que Pharaon eut fait son choix sur le successeur qu'il destinait à son pays.

Un éclair lui traversa la tête. Puis, le bloc de calcaire fracassa le bois du chaland, écrasant impitoyablement le reste du corps et emportant définitivement le fils aîné du pharaon dans l'au-delà qu'il n'avait pas encore eu le temps de préparer.

*

* *

Aménosis et Ouadjmosis morts, Moutnéfer avait la voie libre. Ses yeux luisaient de joie et son esprit bouillonnait d'espoirs les plus fous. Ce jour-là, son fils épousait Hatchepsout.

Il y avait longtemps que Thèbes n'avait vu, en ses murs, une foule aussi dense. L'intensité de l'atmosphère, presque irrespirable, ne s'atténuait un peu que grâce à l'aube qui soufflait encore son vent léger, soulevant les pans des tuniques et frôlant l'eau du Nil qui frémissait encore.

Dans quelque temps, le vent ferait place aux insoutenables rayons du soleil, mais la foule n'y prendrait pas garde, seul l'événement du jour importait.

Esclaves, artisans, commerçants, nobles, cavaliers, rôdeurs et voleurs, marchands ambulants, s'amoncelaient dans les artères principales de la ville, surgissaient des rues qui débouchaient sur les places et descendaient dans les ruelles les plus étroites et les plus sombres, s'installaient dans les jardins, se serraient sous les kiosques, s'entassaient sur les bords du Nil, les pieds dans l'eau encore fraîche. Le peuple était en délire. Les représentants des provinces les plus éloignées se mêlaient, choisissant les places de choix où l'ombre les attendait.

Hatchepsout quittait son titre de princesse pour prendre celui de reine et épousait son demi-frère Thoutmosis II, âgé de seize ans. Tous deux devenaient co-régents et devaient régner à égalité. Hatchepsout savait, et elle ne s'en cachait guère, qu'elle l'emporterait sur ce jeune frère peu ambitieux, plus préoccupé, du moins pour l'instant, de jeux et de plaisirs que de gouvernement.

Précédée des clameurs, des sons de tambourins, des cris stridents, des rythmes saccadés de musique, la jeune reine se tenait droite aux côtés d'un adolescent de petite taille qui, pour se grandir, s'efforçait de bomber le buste, d'élever le menton et de rejeter les épaules en arrière. En dépit de ses efforts, tous remarquaient l'apparence fragile du garçon comparée à l'allure volontaire de la jeune reine.

La lente procession défilait, s'allongeait interminablement, prit toute sa mesure lorsqu'elle arriva dans l'enceinte de Thèbes, près des tribunes aux sièges serrés et tous occupés. Hatchepsout, les bras tendus, le buste en avant, s'offrait au dieu Amon par l'intermédiaire de son peuple. Le dieu du temple de Karnak, la protégeait. Les chauds rayons d'Amon se fondaient en elle pour lui transmettre la vie.

Vêtue d'une longue tunique blanche plissée retenue sous les seins par une boucle d'or sertie de turquoises, coiffée d'une perruque aux cheveux longs et tressés, entremêlés de perles et de lapis-lazulis, elle chatoyait tel un bijou serti de son écrin pour s'y faire admirer. A ses oreilles pendaient des boucles d'or et de turquoises.

Ses bras nus recouverts de bracelets d'or et d'argent et son cou cerclé du plastron royal de bronze ciselé, Hatchepsout, sous les yeux admiratifs de la foule, s'enivrait d'un plaisir qu'elle ne connaissait pas encore. De ses chevilles, dont les bracelets retombaient sur des sandales d'argent, émergeaient deux pieds fins qui scandaient en silence le bruit des ovations.

Consciente du nombre considérable d'ornements qu'elle portait et qui prouvait à son peuple l'apport du sang royal qu'elle enfermait en elle, Hatchepsout se sentait authentique et confiante. Aucune femme n'avait le droit de porter, en public, plus de bijoux qu'elle.

Le char d'Hatchepsout et de Thoutmosis, somptueusement décoré, tiré par quatre chevaux blancs venus d'Arabie, avançait lentement, au rythme de la musique. Hatchepsout se sentait soustraite au monde des humains.

Elle entrait dans le domaine des dieux, Amon-Rê, qu'elle vénérait pour l'amour, le soleil, la vie qu'il dispensait à son pays. Hathor, Isis, Horus, les dieux ancêtres. Toth, le dieu qui la rendrait capable de mener les hommes puisqu'il lui avait donné l'intelligence, la culture et l'esprit.

Hatchepsout, dans un geste de bienveillance étendait les bras, haut levés. Thoutmosis saluait. Précédant le char royal des jeunes époux, celui du pharaon avançait lentement. Ahmosis, Première et Grande Epouse Royale, mère d'Hatchepsout, se tenait debout, à ses côtés, distribuant de larges gestes gracieux destinés à la foule.

Soudain, le rythme de la musique devint moins rapide. Du groupe des musiciens se détacha un jeune homme en pagne court. La lenteur des mesures s'accentua jusqu'à l'arrêt complet. Le jeune Egyptien avançait, se détachant nettement de l'ensemble. Lorsqu'il fut entièrement isolé, flûte en bouche, il joua l'hymne au dieu Amon. Même Hatchepsout se laissa bercer par la mélodie qui montait en elle et l'absorbait tout entière.

Les derniers accords tirés de l'instrument de Thoutment déchirèrent avec délice toutes les oreilles tendues. La dernière note de l'hymne monta si haut qu'elle dut s'accrocher au ciel et ne retomba que pour déclencher un air dédié à Horus, dieu à tête de faucon, dont le rythme agile et soutenu appelait les danseuses restées à l'arrière.

Elles s'avancèrent, ondulantes, presque nues, vêtues simplement d'une large ceinture découvrant leurs hanches et le haut de leurs cuisses. Leurs pieds, chaussés de fines sandalettes blanches, s'élevaient et retombaient en décrivant de gracieuses volutes au rythme aéré des notes.

Lorsqu'elles commencèrent à esquisser de lents mouvements, à l'aide de leurs épaules, elles se trouvaient entièrement détachées du reste de la file. Puis au son des tambourins et des crotales qui venaient s'ajouter à la flûte de Thoutment, le mouvement des épaules s'accéléra et descendit jusqu'au ventre.

Dans un accord plus saccadé, l'ondulation descendit sur les hanches des danseuses et tomba, rapide, vertigineuse, jusqu'aux pieds. Par groupe de quatre, elles scandaient de plus en plus vivement le rythme des tambourins. Les danseuses se pliaient, se tordaient, se disloquaient. Leurs épaisses chevelures noires et lustrées s'élevaient, retombaient, tourbillonnaient et giclaient autour d'elles.

Leurs bras et leurs jambes se mêlaient. Par instants, elles se fondaient entre elles pour se séparer dans un accord au rythme plus délassant. Des acrobates vinrent se confondre aux jeunes danseuses. Ce fut un joyeux panache étourdissant de couleurs et de mouvements. Brusquement, les trompettes prirent la relève, les danseuses s'éloignèrent. Au loin, approchait la cavalerie légère.

Hatchepsout et la famille royale descendirent de leurs chars et prirent place sous le dais bleu et or pour regarder les jeux qui s'annonçaient. Le premier rang de la tribune, occupé par Pharaon, la Grande Epouse Royale, la nouvelle reine Hatchcpsout ct Thoutmosis, sc couvrait d'ombre grâce aux immenses palmes disposées en éventail sur une toile tendue à l'effigie du dieu Amon.

Tout en bout du rang, assise avec fierté et arborant un sourire de dédain sur des lèvres savamment peintes en rouge, Moutnéfer, seconde épouse du pharaon, devait sa présence, toute exceptionnelle, à l'événement du mariage de son fils Thoutmosis.

Séchat eut une délicate pensée pour la jeune Néférourê, sœur d'Hatchepsout, morte de maladie pulmonaire, l'année passée. Elle se rappelait la faible constitution de la jeune fille et ses épuisements constants. Néférourê, si douce, si complaisante, si gracieuse.

Au second rang, les notables de Thèbes, Ambassadeurs, Sénateurs, Ministres, Grands Intendants et Grands Scribes se serraient aux côtés de leurs épouses qui paradaient dans des tenues toutes plus compliquées les unes que les autres.

Seuls, leurs bijoux n'entraient pas en concurrence par crainte d'égaler ou même de dépasser ceux que portait la famille royale.

Séchat aperçut Nekbet, son grand-père qui, malgré son grand âge et la faiblesse qui commençait à le consumer, s'était déplacé sur la demande expresse du pharaon. Lui, qui n'avait pu venir au propre mariage de sa petite-fille, ne pouvait se dérober le jour d'un tel événement. Ses épaules commençaient à se voûter et des crises violentes de rhumatismes l'empêchaient bien souvent de pouvoir marcher comme il l'avait tant fait sa longue vie durant.

Les Grands Prêtres Parenefer et Sétoui scrutaient de leurs yeux agiles la grande scène où se déroulaient les jeux.

Sur sa droite, Inéni se tenait droit, l'œil exercé par ce genre de manifestation, il cachait son inquiétude quant au bon déroulement de la fête. En ces jours de grandes représentations festivales où le pharaon et sa famille se montraient plusieurs jours durant à la foule, on pouvait toujours craindre d'éventuelles représailles et, si la police se sentait la première concernée, le second homme du peuple, Inéni en l'occurrence, comme l'avait été Nekbet au temps d'Aménophis, devait assurer un maximum de responsabilités.

Karès, Trésorier de Basse Egypte, Ahotep, Vizir de Thoutmosis et Djéhouty qui, avec Sobek, Nekbet, n'étaient pas accompagnés de femmes, se tenaient dans la rangée privilégiée des notables du pays. Le rang arrière était occupé par toute une jeunesse nouvellement promue à des postes administratifs élevés. Séchat y figurait aux côtés de Menkh et de ses amis Hapouseneb, Néhésy et Knosis.

Derrière eux, la classe moyenne faite d'une multitude de scribes, protégés du soleil par les grandes toiles tendues, scrutaient les rangs précédents avec l'espoir d'y faire quelque connaissance que seules les grandes manifestations publiques pouvaient favoriser.

Séchat reconnut Senenmout qui, debout, semblait porter son regard au loin, tout au-devant de la piste. Les chefs-artisans et chefs de postes agricoles se trouvaient encore plus à l'arrière.

Autour de la grande piste, la foule se serrait dense. Des milliers d'Egyptiens, de toutes conditions, venus assister aux débats, jeux et divertissements en l'honneur du sacre de la reine Hatchepsout et de Thoutmosis II, criaient des vivats scandés d'applaudissements.

Des lutteurs exercés commencèrent le spectacle. Dans de savants combats, ils effectuaient des exercices de souplesse, d'adresse et de rapidité. Bientôt, la foule sembla se concentrer davantage et les bruits divers s'atténuèrent, laissant flotter un silence qui préparait toujours une suite à suspens.

L'un fit un croc-en-jambe à son adversaire qui trébucha. Mais, agile et rapide, celui-ci l'attrapa par les épaules, le souleva et le jeta à terre. L'autre, avec une adresse parfaitement calculée et d'un coup de reins savamment dosé, attrapa son adversaire par la taille et le lança sur le sol. Ils ne se donnaient aucun coup, le jeu consistait à soulever l'autre et à le jeter le plus violemment à terre.

Soudain, l'un d'eux vola, retomba brutalement sur le sol et ne put se relever. Dans les cris quasiment hystériques de la foule, deux Egyptiens vinrent enlever de la piste le perdant qui gisait brisé et disloqué. L'autre, les bras tendus, suant et crachant, respirait à grands coups le délire de la foule.

Vinrent les escrimeurs. Ils se battaient avec des sortes de gourdins, larges bâtons plus effilés à la pointe qu'à la base. Chacun se préservait des coups de l'adversaire au moyen des courroies liées autour de son bras gauche.

A l'instant où le bâton devait atteindre l'autre, la courroie de l'adversaire sifflait, volait et venait s'abattre de plein jet sur son visage. Il fallait non seulement éviter le coup de gourdin sur la tête qui, souvent se révélait fatal et ensanglantait le visage de l'adversaire, mais se préserver de la courroie meurtrière.

A nouveau, lorsque la foule se mit à crier, l'un des hommes gisait à terre, le crâne fendu pendant que l'autre, du sang coulant sur ses yeux, s'enivrait de sa gloire.

Les acrobates qui suivaient apportèrent un peu de répit. Les jeux de gymnastique amenaient toujours de l'apaisement et de la pondération à la foule en délire. Jeux de balles, bras croisés et bras levés, bras au sol, jambes en l'air, à califourchon les uns sur les autres, jeux du corps et jeux de maintien, détendirent un public qui atteignait un degré d'exaltation arrivé à son paroxysme. Les balles se croisaient, se multipliaient, s'élevaient, retombaient.

Les jongleurs, de plus en plus experts, trouvaient des astuces toujours plus compliquées pendant que d'autres acrobates arrivaient en renfort. Ils se courbaient, se disloquaient, se tordaient, jonglant de leurs pieds, de leurs têtes, du bout d'un doigt en position couchée. Un des acrobates réussit, dans cette position, à soulever une de ses compagnes et à la faire tourner telle une toupie qui semblait ne plus vouloir s'arrêter.

Les danses prirent la relève, cadencées, rythmées. Il ne s'agissait plus des figures de parade qui suivaient le cortège du char royal. Les danses qui s'organisaient, maintenant, sur la piste, s'apparentaient plus à une sorte de théâtre où chaque danseur avait un rôle à tenir.

Une danseuse simulait l'angoisse qui la prenait face à un mauvais maître. Elle reculait, apeurée, dans des contorsions inimaginables qui, peu à peu, prenaient des allures cadencées et la danseuse s'avançait soumise et dominée devant son maître qui commençait une parade extraordinaire de mouvements sveltes et compliqués.

Une autre danseuse restait figée devant un bel Egyptien qui tentait de la séduire par des sauts acrobatiques jusqu'à ce qu'elle décide de répondre à ses appels par des ondulations sensuelles. Très lentes, celles-ci se faisaient plus rapides au son de la musique pour devenir effrénées lorsque l'acrobate, dans un double saut périlleux, venait retomber sur les épaules toujours ondulantes de la danseuse.

D'autres acrobates simulaient les attitudes des félins : un chat hérissé sortait ses griffes, un léopard bondissait sur sa victime, un lynx s'approchait, oscillait sur sa branche, se propulsait dans un vaste espace. Les idées se décuplaient. L'animation de la foule battait son plein.

Pour terminer, vinrent les courses de chars. Il fallait exécuter dix tours complets de piste. Le premier tour était celui du prestige. Chaque occupant de char tenait droit ses rênes.

On annonça, après un air tonitruant de trompettes, le nom des conducteurs. Egyptiens, Syriens, Hittites et Cananéens formaient un mélange de nationalités qui, dans une course de char, apportait toujours un intérêt supplémentaire devant le public effréné. Ils tenaient tous leurs rênes avec fermeté. Les chevaux, harnachés des mêmes couleurs que les tuniques et les décorations des chars, s'avançaient à petite allure.

Lorsque le premier tour fut terminé, les chars s'alignèrent dans un ordre impeccable, les uns à côté des autres, puis, au cri du départ, démarrèrent dans un soulèvement tel de poussière que toute vision fut impossible et qu'il fallut attendre qu'un demi-tour soit effectué pour commencer à distinguer les occupants des attelages.

Au second tour, deux chars se renversèrent et les conducteurs furent piétinés et tués par les chevaux en délire qui leur passaient impitoyablement sur le corps.

Au quatrième tour, l'essieu en lame de scie d'un conducteur égyptien cisailla la roue de deux chars conduits par des Hittites. Ceux-ci ne purent freiner leur monture et ils furent projetés rapidement sur la piste. On arriva, de justesse, à sauver l'un que le vol instantané avait projeté loin du centre. L'autre fut piétiné par les sabots des chevaux.

Au sixième tour, sur les douze partenaires en piste à l'origine, il ne restait plus que cinq conducteurs, nerveux, tendus, l'œil aux aguets, la sueur coulant sur leurs visages rougis par le soleil.

Au huitième tour, seuls deux adversaires s'affrontaient. Le front, les yeux et le cou ensanglantés par les coups de fouet destinés aux chevaux ne permettaient plus de les distinguer et si ce n'avait été leur tunique que l'un portait à l'égyptienne et l'autre à la syrienne, il aurait fallu attendre la fin de la course pour les différencier.

Les chevaux s'épuisaient, écumaient. L'Egyptien tentait d'accrocher le Syrien par l'essieu destructeur de sa roue, mais ce dernier qui chevauchait à ses côtés réussissait, par de brusques écarts, à échapper à la mortelle astuce et parvenait, avec peine, à s'écarter de son rival. Il cinglait de son fouet, non plus ses chevaux, mais le visage de son adversaire. Ne parvenant pas à distancer l'Egyptien, il tenta de s'écarter encore.

Le dixième tour s'entamait. Le public ne criait plus, les souffles retenus attendaient, anxieux, tendus. Les deux chars se trouvaient à égalité dans une course effrénée et dangereuse.

La piste entière résonnait des bruits sourds

des sabots et des claquements secs des fouets. Quand soudain, un des chevaux de l'Egyptien se cabra, son char se porta aussitôt à la verticale, le déséquilibra. Il réussit à le rétablir rapidement à l'horizontale. Le cheval reprit de l'assurance, mais son adversaire avait pris de nombreux tours de roues d'avance. Il arriva vainqueur dans une ovation générale. La foule cria son enthousiasme et l'acclama comme un dieu en personne.

Les jeux terminés, la famille royale regagna son palais. Le pharaon Thoutmosis, affaibli depuis son dernier retour de guerre et qui ressentait des signes de fatigue, réclama sa litière. Il y monta, accompagné d'Ahmosis, la Grande Epouse Royale. La reine Hatchepsout se tourna vers son jeune époux et frère.

— Thoutmosis, dit-elle d'un ton affable, veux-tu repartir dans ton propre char, je souhaiterais, pour mon compte, rentrer au palais dans le mien.

Si la proposition de la jeune reine était aimable, Thoutmosis y sentit une injonction. Il capitula de bonne grâce et réclama son char. Sur un geste d'Hachepsout, un Egyptien s'approcha. Se courbant très bas devant elle, il attendit qu'elle lui parle.

— Senenmout, je désire que tu conduises mon char et que celui de mon époux soit mené par Néhésy, mais qu'il reste aux côtés du mien.

Par ces ordres, Hatchepsout montrait au peuple sa volonté de commander. Tous remarquèrent aussi son désir d'imposer Senenmout à la cour. Aucun ne devait discuter.

Senenmout, à peine connu et de surcroît simple scribe sans noblesse qui, depuis quelque temps, se tenait toujours dans le sillage de la reine, fut accepté.

— Que ma suite prenne place et que le char de mon époux, conduit par Néhésy, soit aux côtés du mien. Senenmout restera près de moi.

Aussitôt Néhésy, qui se tenait à proximité de la reine, prit les chevaux de Thoutmosis en mains et approcha le char de celui d'Hatchepsout.

Derrière les deux chars royaux, écartés l'un de l'autre de quelques dizaines de mètres, avançaient les chars des notables, puis ceux du futur entourage de la reine. Rapidement, Senenmout les observa. Il s'arrêta particulièrement sur Hapouseneb, Néhésy et Séchat. Venaient Ouser et Mériptah qui n'étaient arrivés qu'à mi-spectacle.

L'œil vif et déjà exercé de Senenmout remarquait tout. Il donna un coup leste aux rênes et fit avancer lentement les chevaux de la reine, à la cadence du char de Thoutmosis. Il ne devait faire aucun faux pas. La moindre erreur lui serait fatale et le ramènerait au rang de simple scribe. Les chars avançaient. Les chevaux prenaient une allure calme et mesurée sous les ovations et les vivats de la foule.

Arrivés aux approches du palais, là où le mur d'enceinte commence à border les jardins, et là où s'élève une guérite d'observation à deux étages surplombée d'un guet de pierre, Hatchepsout et Senenmout passaient. Le sourire de la reine engageait la foule à délirer de cris et de gestes. Senenmout, imperturbable, scrutait les alentours avec une méfiance aiguisée.

Soudain, comme si un pressentiment le poussait à agir, il écarta brusquement le char d'Hatchepsout de celui du roi, le déséquilibrant au risque de le coucher à terre.

La reine heurta violemment le rebord. Les chevaux se cabrèrent et hennirent. Un bloc de pierre, détaché du mur d'enceinte, tomba lourdement là où, la seconde précédente, la reine passait souriante et détendue. L'un des cavaliers qui entourait la suite royale fut touché, entraînant deux de ses confrères dans sa chute. Les cris de joie se transformèrent en cris d'angoisse et de panique. Senenmout ne perdit pas son sang-froid.

— Que l'on monte à la guérite, cria-t-il, hors de lui, et que l'on me ramène le fautif.

Aussitôt la police à cheval qui encadrait le char d'Hatchepsout se dissémina à l'intérieur du palais. Néhésy sauta à terre, enfourcha un cheval libre, toujours prévu à cet effet et, s'adressant à Hapouseneb, ordonna :

— Prends ma place, conduis le roi au palais, et toi, Séchat, mène le char d'Hapouseneb et laisse le tien à ton conducteur.

Se tournant vers Menkh qui s'apprêtait à proposer ses services, il ajouta :

— Tu es le plus rapide, viens avec moi.

Son char redressé, la reine s'efforça de ne pas montrer son inquiétude et reprit gestes et sourires qu'elle distribua de nouveau à la foule. Elle savait que la peur, mise à jour sur un visage, ne pouvait qu'empirer la situation. Elle poursuivit tranquillement ses congratulations face au peuple qui ne savait plus quelle attitude prendre.

— Trouvez le meurtrier, cria Senenmout. Trouvez-le, et ramenez-le mort ou vif.

On ramassa le cavalier inanimé pour lui prodiguer les soins nécessaires, mais son état comateux ne présageait rien de bon. Les deux autres s'étaient remis en selle.

Les chevaux de la police, accompagnés de Néhésy et de Menkh, se dispersaient à l'intérieur de l'enceinte royale. Le char de Thoutmosis, conduit par Hapouseneb, reprenait son allure cadencée sur celle du char d'Hatchepsout, dont la grâce et la majesté n'avaient pas été altérées !

Hapouseneb, trop modéré et trop équilibré pour montrer une quelconque nervosité, arborait un air digne et rassurant. Senenmout l'admira pour cette force tranquille. « Cela cache toujours quelque chose », pensa-t-il.

Nerveux, impulsif, Néhésy lui paraissait plus proche et pourtant cet empressement toujours plein de charme qu'il déployait auprès de la reine ne l'incitait guère à la sympathie.

Quant à Séchat, il ne savait qu'en penser. Elle tournoyait, très à l'aise, dans le sillage d'Hatchepsout. La reine, elle-même, l'appelait son amie. Si elle ne lui paraissait pas dangereuse, il fallait, du moins, s'en méfier. Elle semblait plutôt fidèle et sincère, mais conscient qu'une cour royale n'est jamais sans faille, il se tenait sur ses gardes et les idées trop réformatrices que la jeune femme-scribe tentait d'imposer ne le prédisposait pas à l'indulgence.

Ouser et Mériptah, plus éloignés de la reine tout en faisant partie de ses sujets les plus proches, le laissaient sans jugement précis. Restait Djéhouty qui semblait plus près du vieux pharaon que de sa fille.

Lorsque Séchat s'apprêta à prendre les rênes du char d'Hapouseneb, un homme sauta à ses côtés et les saisit avec dextérité. Déjà, souriant et très à l'aise, Djéhouty s'expliquait :

— Excuse mon intrusion, Séchat, mais ce char est très différent du tien et je connais les chevaux d'Hapouseneb, ils sont fougueux et agressifs. Néhésy est imprudent à vouloir te les confier.

— Je connais le tempérament des chevaux. Ils sont rarement agressifs avec moi, protesta la jeune femme.

— Séchat, je t'en prie, ne compliquons pas les choses. Ne vois-tu pas qu'elles sont déjà très tendues. La foule se tait. Elle n'est prête à se sécuriser que si notre comportement leur apporte ce qu'elle souhaite. Donc, calme et sérénité. Allons, fit-il presque avec tendresse, laisse-moi conduire ce char.

Séchat dut se rendre à l'évidence. « Il a raison, pensa-t-elle, la tension est sous-jacente. On a tenté de tuer la reine et la foule vient de s'en rendre compte. »

Djéhouty cravacha légèrement les chevaux qui prirent une allure tranquille. L'ordre paraissait reprendre son droit.

Arrivés à l'arrière de la résidence royale, près des grandes colonnes qui formaient l'une des entrées du palais, là où se terminait le mur d'enceinte, une autre guérite surplombait les dernières hauteurs. Le char de Djéhouty et de Séchat passait.

La foule qui avait repris ses ovations et ses vivats, bien que moins délirants, s'arrêta net dans son tumulte. La pierre qui se détacha de la guérite heurta le front de Djéhouty qui, durement touché, lâcha les rênes et bascula sur Séchat. Affolés, ne sentant plus aucune maîtrise sur eux, les chevaux se cabrèrent.

Le char en position verticale déséquilibra les deux passagers qui tombèrent violemment à terre. Inconscient, Djéhouty fut projeté loin du char, mais Séchat roula plusieurs fois sur elle-même et les roues arrière du char lui passèrent sur le corps.

La police à cheval de Néhésy, accompagnée de Menkh et de ceux qui recherchaient le premier coupable, ne pouvaient assumer la prise en mains de la nouvelle situation. Restaient en liste le tranquille Hapouseneb et le bouillant Senenmout.

— Qu'on apporte la litière royale sur-le-champ, vociféra Senenmout. Altesse, rentrez avec Thoutmosis, votre époux. Cette affaire me regarde. Je trouverai les coupables pour votre sécurité et l'assurance de votre bien-être.

Il sentit la reine troublée. Etait-elle assurée de son plein dévouement et de sa constante présence protectrice ? Elle saisit brusquement la main de Senenmout.

— Je te fais confiance, Senenmout, et je te récompenserai.

Une lueur, qu'Hatchepsout remarqua, brilla dans les yeux sombres du jeune homme telle une luciole qui dansait dans sa pupille noire. Celle-ci fut, pourtant, de courte durée, car voyant les corps inanimés de Déjhouty et de Séchat joncher le sol, il reprit aussitôt ses ordres.

— Que l'on dise à un praticien...

— Non, coupa Hatchepsout, qu'on leur donne les premiers soins et que l'on aille chercher le médecin de la famille royale.

L'ordre fut jeté sans brusquerie et Senenmout ne fit aucune remarque. Lorsque le médecin arriva quelque temps plus tard, Djéhouty avait repris ses esprits, mais son visage baignait dans une flaque de sang que la terre séchée buvait peu à peu.

— Ce n'est pas grave, dit le praticien qui l'examinait attentivement. Le front saigne toujours abondamment. Je vais te faire un point de suture et la cicatrisation fera le reste.

Djéhouty tenta de se relever, mais le médecin le força à reprendre sa position allongée.

— Séchat, balbutia-t-il. La jeune femme...

— Elle est encore inanimée, mais je pense qu'avec les essences qu'on lui fait respirer, ses esprits reprendront très vite. Elle n'a aucune blessure, aucune plaie, rassure-toi.

— Les chevaux ! Où sont-ils ?

— On les a repris, calmés, ils se reposent et sont plus en forme que toi ! Et si tu continues à poser toutes ces questions, ta tête va éclater dans peu de temps. Allons, calme-toi.

— Le char ?

Le médecin soupira :

— Il est indemne. Sauf l'essieu d'une roue qui s'est cassé.

La litière bleu et or dans laquelle était monté le couple royal, porté par les quatre sujets royaux, s'estompait maintenant à l'intérieur du palais. La foule avait été écartée par la police à pied, mais on ne pouvait empêcher les plus curieux de s'entasser, là, près de ce qui constituait l'événement.

*
* *

A l'intérieur du Palais, près de la grande cour qui menait aux jardins royaux, dans un bruit de galop effréné, Néhésy et le Maître de Police s'avançaient, traînant un homme derrière leurs chevaux. Menkh, prévenu de l'accident survenu à Séchat s'inquiétait et se préoccupait plus de l'état de son épouse que de la capture accrochée au cheval, mais en aucun cas, il ne pouvait s'esquiver, compte tenu de l'extrême gravité de sa mission.

L'homme que traînait Néhésy à son cheval cahotait sur le sol dur et poussiéreux. Son corps recouvert d'une tunique brune, semblable à celle des esclaves qui travaillaient dans les carrières de pierre, se déchirait davantage à chaque cahot que le cheval et son cavalier lui imposaient. Sa tête qu'il tentait de soulever et de laisser hors du sol laissait voir son visage buriné avec une longue cicatrice qui le balafrait de l'œil gauche à la pointe du menton. Ses cheveux décolorés par la poussière qui s'accrochait à chaque parcelle de sa peau étaient frisés et courts.

De temps à autre, son visage retombait et touchait le sol. Lorsqu'il réussissait, péniblement, à le relever, le sang mêlé de terre durcie coulait sur son cou dégarni, mais séchait presque instantanément tant la chaleur de la journée était intense.

Sur l'ordre d'Hatchepsout, la litière royale s'arrêta. Le silence ne laissait aucune équivoque sur la suite des événements.

— Très bien, jeta la reine. Compliments à mes valeureux sujets. Je vois qu'on a trouvé l'homme.

— Majesté, il fuyait de l'autre côté des remparts.

Senenmout se courba devant la reine, les yeux durs et déterminés.

— Il faut l'interroger, Majesté.

— Soit ! Qu'on l'interroge !

On détacha l'homme qui roula aussitôt sur le ventre. Du pied, Senenmout le retourna sur le dos.

— Qui es-tu ? vociféra-t-il.

Le fugitif se taisait. Le maître de police lui cingla le visage de son fouet.

— Parle, on te demande qui tu es.

L'homme se souleva légèrement et retomba de faiblesse. Un second coup de fouet l'atteignit, cette fois, plus profondément, entailla la peau en laissant une traînée rougeâtre.

— Qui es-tu, pour la troisième fois ?

Toujours du pied, Senenmout le retourna à nouveau sur le ventre, se baissa et arracha sa tunique, découvrant son dos aussi basané que son visage.

— Fouettez-le jusqu'à ce qu'il parle.

Le nerf de bœuf s'abattit sans relâche sur son dos, le striant de longues estafilades sanguinolentes laissant la chair à vif. L'homme refusait de parler.

Soudain, Néhésy qui remarquait la rage s'inscrire sur le visage de Senenmout, s'approcha de la reine.

— Majesté, je crois qu'il est inanimé.

— Qu'on le ranime, jeta Senenmout. De l'eau, apportez de l'eau.

— Non, coupa énergiquement la reine. Il ne dira plus rien. Qu'on l'enferme et qu'on le fasse parler sous une torture qui ne l'évanouisse pas.

Elle s'apprêtait à donner l'ordre à ses porteurs de repartir lorsque, dans un sursaut d'énergie que personne ne put prévoir, l'homme se rua sur Senenmout, lui arracha le poignard qu'il portait à la ceinture de sa tunique et se l'enfonça en plein cœur.

— Il n'était donc pas inanimé, jeta furieusement Senenmout.

De colère, Néhésy arracha le fouet des mains du maître de police et le jeta à terre. Puis, remarquant que l'homme agonisait, il se baissa et approcha son visage du sien.

— Tu peux encore sauver ton Kâ. Dis-nous qui tu es et les dieux te seront favorables dans l'au-delà.

L'homme le regardait de ses yeux devenus vitreux. Il entrouvrit ses lèvres desséchées.

— Qu'on lui donne à boire, cria Néhésy.

Après avoir versé sur sa bouche quelques rasades d'eau fraîche que l'homme n'arrivait plus à absorber, Néhésy s'approcha de nouveau. Il tentait de desserrer sa mâchoire fermée.

— Parle, parle, criminel les dieux t'atteindront dans leur clémence.

L'homme respirait péniblement et sa mâchoire s'ouvrit. Néhésy eut beau coller son oreille à la bouche du mourant, il n'entendait plus rien. L'homme, dans un dernier sursaut, trépassait.

— C'est terminé, il ne me parlera plus, jeta Néhésy d'un ton bas.

*
* *

Le soleil diffusait ses rayons à travers la grande fenêtre.

La chambre royale d'Hatchepsout, vaste pièce aux tentures de lin recouvertes de peintures d'oiseaux multicolores et de fleurs de lotus ne s'encombrait pas d'un mobilier riche et pesant. Deux immenses coffres ciselés en bois d'ébène et deux tables basses étaient symétriquement disposées. L'une était recouverte d'articles de parfumerie et de coiffure, l'autre d'un service à rafraîchissements composé de cruches et de coupelles finement ciselées. Le grand lit se dissimulait sous d'épais coussins brodés bleu et or.

Hatchepsout appela Yaskat.

— Prépare ma tunique rouge, Yaskat, j'ai porté assez de blanc ces derniers temps. Et coiffe mes cheveux tressés devant.

— Votre Altesse désire-t-elle un bain ?

— Tu as raison, cela me détendra. Tu me masseras le corps ensuite. Il n'y a que toi qui le fasses habilement et sans m'agacer.

Yaskat rougit de plaisir et, se prosternant devant sa maîtresse, la quitta pour préparer le bain.

Quelques minutes s'écoulèrent, puis Yaskat réapparut. Hatchepsout la suivit dans la salle de bains. Elle se sentait tendue, irritée, l'esprit curieusement préoccupé par cette récidive d'attentats qui, fort heureusement, n'avait pas atteint sa personne. On agressait sa vie le jour où on la consacrait reine. Elle réfléchit quelque temps.

L'attaque portée à Djéhouty et Séchat l'intriguait. S'obligeant à ne plus y penser, elle se laissa glisser dans l'immense vasque d'albâtre rose. Des fleurs de lotus en fleurissaient le pourtour et, à l'extrémité, creusée dans une vasque de taille plus petite, jaillissait une eau mousseuse bleue spécialement préparée pour ses bains de pieds.

Deux servantes versèrent de l'eau fraîche et des sels de bains qui la recouvrirent d'une mousse odorante, puis Yaskat frictionna lentement la reine, partant de la nuque et passant par les seins, le dos, le ventre. Le corps entièrement recouvert de cette douce écume légère et vaporeuse, Hatchepsout se leva afin que la servante puisse achever sa toilette le long de ses cuisses et ses jambes.

Elle fermait les yeux et ressentait le bienfait du bain comme un arrêt total à sa vie de reine. Il lui arrivait souvent lors du bain de penser qu'elle devenait une femme ordinaire et que ses responsabilités incombaient à d'autres. Yaskat faisait glisser la mousse entre ses cuisses, insistant doucement sur son pubis. Hatchepsout pensa à cette énorme pierre jetée de la guérite.

Le bain terminé, Yaskat l'enveloppa dans un drap fin de lin qui, aussitôt, la sécha. Puis, elle se courba jusqu'au sol, se releva et Hatchepsout la suivit dans la pièce contiguë qui dégageait une odeur de sonte et qu'on appelait la salle des onctions. Une grande natte d'osier, disposée sur un large banc de marbre attendait la reine.

Sur un coffre de bois précieux s'étendaient les plus jolis petits récipients qui soient. Il y avait de minuscules pots d'ivoire aux formes les plus variées venant de Nubie et du Soudan. Ceux en verre multicolore et translucide provenaient d'Israël. Ceux d'albâtre, d'onyx et de bois précieux où crèmes et pommades se mêlaient les unes aux autres sortaient directement des ateliers de Thèbes. Les boîtes de fards et d'onguents recouraient, elles aussi, à des formes imagées de fruits, de canards ou d'oiseaux.

Les peignes et démêloirs, tous décorés finement, s'alignaient dans un ordre de grandeur impeccable. Au centre, un grand miroir, surmonté d'un disque d'or qui représentait la déesse Hathor, déesse de la femme, semblait donner un avis favorable sur le corps nonchalamment étendu devant elle. Hatchepsout s'allongea sur la natte, offrant son dos blanc et lisse aux mains expertes de sa servante. Sa nudité parfaite appelait les massages. Les doigts agiles de Yaskat commençaient à courir de sa nuque et lui descendaient sur le dos. Energiques et doux, ils glissaient jusqu'à la chute de ses reins, remontaient et descendaient sur ses longues cuisses, revenaient à son dos, son cou, ses épaules et la reine se laissait aller à ce subtil attouchement comme d'autres s'abandonnent à de plus violents plaisirs.

Les massages de Yaskat apportaient à la reine une détente systématique. Les doigts longs et fins de sa servante connaissaient les zones érogènes d'Hatchepsout et Yaskak ne manquait pas de le lui rappeler. La reine soupirait doucement de bien-être.

Enfin, elle goûtait la détente, l'oubli de soi et des autres. Elle resta longtemps béatement heureuse. Yaskat poursuivait ses caresses attendant que l'état de grâce dans lequel elle plongeait sa maîtresse diminuât et que la reine se rappelât, soudain, son emploi du temps chargé.

— Cesse, maintenant, Yaskat, sinon, nous allons prendre du retard. Passons au maquillage.

Yaskat, attentive, lui dessina, à la poudre de khôl, un pourtour d'œil superbement allongé allant jusqu'à la pointe de ses tempes, surmonté d'un fard vert qui lui agrandissait le regard.

— Voilà, je crois que je suis parfaite, poursuivit-elle. Habille-moi, maintenant.

Elle se leva et enfila la longue tunique de lin rouge que lui tendait Yaskat. Le frais tissu prolongea un instant l'effet de bien-être. Puis, Yaskat brossa longuement ses cheveux et, soigneusement, se concentrant sur son travail, les tressa de façon compliquée entremêlant des fils de perles de nacre.

Enfin prête, celle-ci se regarda dans le grand miroir au disque d'or. Son physique ne manquait ni de grâce ni de charme. Hélas, il n'était remarqué, dans sa nudité complète, que des servantes et esclaves employées à son service. Son frère et époux, si jeune encore, s'intéressait plus aux jeux et divertissements qu'au corps de son épouse.

Lorsqu'elle arriva dans ses appartements de réception, Séchat l'attendait. Hatchepsout s'approcha, les bras tendus :

— Séchat, faut-il de telles circonstances pour se voir en toute intimité ?

Séchat s'inclina.

— Votre Altesse, commença-t-elle...

— Séchat, dieu que tu es belle ! Tu n'as pas changé.

— Votre Altesse, récidiva Séchat d'un ton tranquille.

— Je t'en prie. Séchat, nous sommes seules, agissons sans manières et sans contraintes. Je suis heureuse de te voir, isolée des autres. Oublierais-tu le temps où tu m'appelais Haty ?

— C'est si loin et tu n'étais pas reine.

— Oui, je suis reine. C'est exact.

Elle saisit amicalement son amie aux épaules et les serra légèrement, faisant imprimer à celles-ci une oscillation de sympathie.

— Te souviens-tu Séchat, tu m'as assuré que je serais sacrée Pharaon. Restes-tu toujours aussi convaincue ?

— Tu le seras, j'en suis sûre. Mon sentiment n'a pas changé.

Hatchepsout eut un sourire illuminé.

— Je ferai mes preuves de Grande Reine, et ensuite je serai sacrée dieu des Hommes. Amon le veut et il en sera ainsi.

Hatchepsout saisissait maintenant la taille de Séchat, l'emmenant près d'un sofa moelleux décoré de teintes vives.

— Pourtant, je doute parfois et je ne suis plus si sûre. Mon allure est si femme parmi tous ces hommes, lorsque je siège aux conseils. Tu me comprends, toi qui as essuyé si souvent les bancs de l'école en compagnie d'eux tous !

— Ne laisse en aucun cas tes esprits aller au-devant de telles idées.

— Tu as raison, mais n'as-tu donc jamais envie d'être un homme, toi la femme-scribe ?

— Non, je m'assume bien en tant que femme.

Hatchepsout soupira, se tourna vers son amie, lui coula un regard en biais et dessina sur ses lèvres un sourire involontaire.

— Il est vrai que Menkh t'apporte l'équilibre et il t'aime tant, ce Menkh !

— L'amour que Menkh me porte n'efface pas pour autant mes difficultés et mes problèmes.

Oubliant ses propres tourments, Hatchepsout se pencha sur ceux de son amie.

— Es-tu heureuse, au moins, d'être scribe ?

— Je ne conçois pas la vie autrement. Plus encore, Haty, j'espère devenir Grande Intendante et assumer de plus vastes responsabilités.

Sensible au diminutif d'Haty que venait de prononcer Séchat, la reine lui saisit précipitamment la main et la garda dans la sienne.

— Mais tu le mérites, répliqua Hatchepsout d'un ton si ardent que les deux jeunes femmes sourirent ensemble, amusées de leur violente passion à vouloir accéder au pouvoir.

— Tu le mérites, récidiva Hatchepsout et tu montres que tu es capable. Comment se passent tes occupations professionnelles ?

— En général, les choses se déroulent assez bien. Quelques difficultés, cependant, avec certains qui ne m'admettent pas et...

— Je ne peux pas t'aider dans ce domaine, Séchat. Tu le sais. Je dois me battre tout comme toi. Et ceux qui te gênent me sont peut-être fidèles...

L'arrêt qu'elle marqua ne fut pas long. Séchat précisa rapidement :

— Parce que tu es reine.

Consciente que cette banale réplique fermait une discussion personnelle qui ne se renouvellerait pas de sitôt, Séchat se remit en mémoire l'argument si juste d'Hatchepsout : « Ceux qui te gênent me sont peut-être fidèles. » Elle frémit à cette idée qui, pour l'instant, ne pouvait être développée.

La reine la regarda pensivement et hocha la tête. Une servante annonçait l'arrivée de Djéhouty.

Séchat marqua habilement sa surprise. Hatchepsout qui se doutait fort bien de l'étonnement que dissimulait la jeune femme expliqua :

— J'ai demandé à te voir en présence de Djéhouty puisque vous avez été tous deux l'objet du même attentat que le mien.

Djéhouty, par contre, voyant Séchat en compagnie de la reine, ne put réprimer sa surprise. Il avançait, cependant, sûr de lui. Ayant fait ses premières armes auprès du pharaon, Thoutmosis Ier, il ne craignait pas Hatchepsout comme ses autres sujets Hapouseneb, Néhésy, Senenmout, Ouser ou Mériptah. Assuré de sa démarche, de son maintien, de son allure tout entière, certes, mais déférent et respectueux devant la reine.

Djéhouty s'approcha des deux jeunes femmes. Sa tête et son front entièrement bandés ne semblaient pas le faire souffrir.

— Votre Altesse, prononça-t-il dans un salut très bas qui n'était pas pour autant une prosternation à terre. Je suis parti dès que j'ai su que vous me demandiez.

Le protocole qui interdisait à Séchat et Djéhouty de se parler sans que la reine les y autorisât amena un silence que seule Hatchepsout put rompre.

— Je te remercie d'avoir fait si vite. Comment va ta blessure ? On m'a dit qu'elle n'était que bénigne.

— Votre Altesse a subi, elle aussi, des instants bien perturbants !

— La seule différence est que moi je n'ai pas été touchée. Je vais renforcer ma garde. Mais nous en reparlerons ultérieurement, lors d'une séance du conseil où tu seras convié, d'ailleurs.

Elle se tourna vers Séchat et la désigna à Djéhouty de la main.

— Mais je vois aussi que Séchat se porte bien et que son coma ne lui a pas ôté ses facultés d'entendement.

Djéhouty plongea enfin ses prunelles grises dans les yeux sombres de Séchat et comme Hatchepsout frappait dans ses mains pour appeler Yaskat, les deux jeunes gens semblèrent profiter de ce court répit pour prolonger l'attention soutenue de leur regard, comme si chacun tentait de savoir ce que l'autre pensait réellement.

Yaskat apportait des rafraîchissements. Prenant place sur des sièges bas garnis de confortables coussins, les deux invités attendirent le bon plaisir d'Hatchepsout.

— Djéhouty, commença la reine, je te sais courageux, honnête, intelligent. Tes bons et loyaux services envers mon père Thoutmosis Ier l'ont maintes fois démontré. J'espère que tu le seras également envers moi. Ta puissance n'est pas encore à son apogée. Tu es l'Intendant du Trésor des pays du Sud et Grand Intendant des Sculpteurs et des Orfèvres. Je compte te nommer Vizir de la Haute Egypte. Tes responsabilités couvriront Thèbes jusqu'à la troisième cataracte, au sud de Bouhen. Il faudra renforcer notre frontière du Soudan.

Elle regardait Djéhouty droit dans les yeux.

— J'officialiserai cette proposition en ta faveur au prochain conseil.

— Tous mes remerciements, Majesté. Je ne saurais vous décevoir. Mon dévouement et mes compétences vous sont acquis.

Hatchepsout lui sourit et lui tendit la main qu'il prit aussitôt. Pour une reine d'Egypte, prendre la main d'un de ses sujets était un signe de grande reconnaissance.

— Djéhouty, te connais-tu des ennemis ?

Bien qu'Hatchepsout ne s'adressât pas à Séchat, celle-ci eut un sursaut. Il allait de soi que, dans un instant, la reine lui poserait cette même question. Qu'allait-elle lui répondre ? Il lui était désagréable de mentir. Par contre, certaines confidences la mettraient dans un nouveau péril qui risquait à tout jamais de la laisser s'engourdir dans une obscure place administrative ou de la reléguer dans un coin sombre de bibliothèque, sans promotion possible. La reine pouvait se heurter devant des considérations phallocrates qui, par l'intermédiaire de Séchat, pouvaient dangereusement la toucher. Avec un frisson, elle se remémora l'argument si juste d'Hatchepsout : « Ceux qui te gênent me sont peut-être fidèles. » Non, mieux valait se taire, même si pour la quatrième fois, on attentait à sa vie.

Elle entendit Djéhouty répondre.

— Majesté, je ne me connais pas d'ennemis au point de me supprimer, mais cela ne veut pas dire que je n'en ai pas.

— Et toi, Séchat ?

Le front de Séchat transpirait légèrement. Ses doigts se crispèrent un peu, mais elle se força à paraître détendue et souriante.

— Votre Altesse, vous savez que je suis une femme et que, disposant d'un poste à responsabilités, certains hommes sont contraires à cet état de fait. Vous n'ignorez pas non plus que cela m'attire, parfois, de farouches adversaires.

— Au point de vouloir ta perte ?

— Ma perte ! Je ne pense pas, Majesté, mais ma place, certainement, répondit hardiment Séchat.

Satisfaite de sa réponse, elle venait, comme le

dit un vieux proverbe égyptien, de ménager la chèvre et le chou.

— Et pourtant, l'un de vous a été ciblé lors de ces deux attentats consécutifs !

— Si l'homme découvert par votre police s'est tué pour ne pas subir la torture, je pense, Votre Altesse, qu'il existe un autre coupable, avança Djéhouty.

— Ainsi, tu crois que deux hommes étaient en jeu.

— J'en suis persuadé.

— Pourquoi cette affirmation ?

— Majesté, cet homme a jeté une pierre de la guérite sud du mur d'enceinte de l'entrée de votre palais. Votre police s'est lancée à sa poursuite juste après. Le temps de changer les conducteurs de chars n'a pas été assez long pour permettre à l'homme de courir à la guérite nord et d'y lancer un second projectile, puis de revenir côté sud pour s'y échapper. N'oubliez pas, Votre Majesté, que l'homme n'a pas été retrouvé côté nord, mais côté sud.

— Ton discernement me paraît juste. Il y aurait donc un second meurtrier. Mais à qui en voulait-il puisque mon char était passé ?

— Je conteste ce que dit Djéhouty, Votre Altesse, jeta Séchat qui préférait ne pas attirer l'attention de la reine sur cette hypothèse. Il se peut qu'il n'y ait eu qu'un homme.

— Explique-toi, jeta la reine soudain soupçonneuse.

— Selon le dicton « Mieux vaut deux fois qu'une », l'homme craignant manquer sa première tentative, côté sud où vous êtes passée la première, a récidivé côté nord où vous arriviez à l'entrée du palais.

— Mais tu oublies, Séchat, que le premier projectile a été lancé côté nord et non côté sud !

— A Bouhen, j'ai regardé maintes fois les maçons fabriquer un mur de pierres. Ils les cèlent les unes aux autres par un ligament de boue séchée mêlée à de la poudre de pierres taillées. Le niveau le plus haut se descelle plus vite que les niveaux inférieurs. Parfois, les pierres supérieures sont en équilibre si instable que, même un bruit peut les déstabiliser et l'une d'elles tombe fatalement. Il peut donc s'avérer que l'homme, ayant remarqué deux pierres du mur d'enceinte qui se descellaient à sa partie supérieure, ait activé ce processus au point qu'une des pierres devait automatiquement tomber lors du passage du défilé royal et de surcroît au son tonitruant des trompettes.

Voyant que la reine et Djéhouty demeuraient sceptiques sur l'énoncé de cette hypothèse, elle reprit :

— C'est une tactique pour tromper l'ennemi. En s'imaginant que deux coupables sont en jeu, l'homme semait le trouble et mettait une double chance de son côté. Lorsqu'on est à la poursuite d'une erreur, Votre Altesse, cela fait perdre beaucoup de temps.

Dubitative, la reine hocha la tête.

— Il est vrai que Nekbet, ton grand-père, t'a appris certaines stratégies guerrières. Mais, bien que tu aies raison, l'argument de Djéhouty me semble également valable. J'en parlerai à Néhésy et à Senenmout.

Elle se leva de son siège, arpenta de quelques pas la grande pièce et revint à ses sujets.

— Je vous ai fait venir pour cette affaire d'attentat qui me préoccupe, certes, mais aussi pour vous entretenir d'un projet qui m'est cher. Seul le Grand Inéni est au courant. Cette mission doit rester encore secrète. C'est à vous que je vais la confier. Nous allons donc en décider ensemble et vous me donnerez votre point de vue.

Elle tapa dans ses mains.

— Qu'on dise à Senenmout de venir.

« Ce scribe, pensa Séchat, est décidément dans les bonnes grâces d'Hatchepsout, elle le tient au courant de tout, va-t-il œuvrer pour ou contre moi ? »

La reine se taisait, scrutant ses sujets à la dérobée.

Pendant que Séchat échafaudait ses idées, Djéhouty réfléchissait aux siennes.

« Cet homme, pensa-t-il, semble plaire à la reine plus que de raison. Elle est jeune, belle, attirante. Senenmout serait-il son amant ? » La minute suivante absorba sa question.

Senenmout arriva. Il se prosterna très bas devant la reine.

« Cette manière de s'abaisser au sol, pensa Séchat, dévoile l'attitude d'un serviteur ou d'un paysan. Jamais un noble ne se prosternerait ainsi devant son roi ou sa reine. »

Les sujets d'Hatchepsout, lorsqu'ils étaient de haute noblesse, inclinaient le cou, les épaules, légèrement le buste et se relevaient droits et attentifs. Senenmout se courbait tant que sa tête arrivait à toucher ses genoux. Puis il restait dans cette position, quelques secondes, avant de se relever.

— Senenmout, je te fais venir, car toi aussi, tu dois être au courant. Sachez tous qu'en rêve, le dieu Amon m'a ordonné d'agrandir son temple. Je commencerai par d'immenses colonnes qui soutiendront une vaste terrasse au fond de laquelle se tiendra le nouveau temple. Senenmout, tu en surveilleras l'architecture dont Inéni sera maître d'œuvre. Tu te chargeras des plans de la chapelle, des colonnes et de la nécropole. Séchat, tu mettras en place les équipes nécessaires et recenseras toute la matière première, marbre, albâtre, bois précieux, or, argent, électrum ainsi que tous les métaux et bois utilisés. Je veux aussi des peintres de grands talents. Djéhouty, sans abandonner ta charge de Vizir de

Basse Egypte, tu en superviseras la bonne exécution.

Elle se tourna vers Séchat. Surprise, celle-ci questionna :

— Et les grandes urnes royales, seront-elles destinées au temple ? reprit-elle. Tout le stockage d'albâtre a permis, Votre Altesse, d'effectuer le travail très rapidement. Seules, les décorations restent à exécuter.

— Je veux des scènes quotidiennes de ma propre vie, de mon règne, de mes occupations.

— C'est noté, Majesté.

— Bien ! Se présente-t-il des difficultés ?

— Il s'en est présenté lors du recensement des villes de Memphis et d'Abydos. Les chefs-potiers de ces deux villes sont sous le joug de Knoum, un tortionnaire et un fou. Il vole ses ouvriers et je le soupçonne de s'enrichir à leurs dépens.

— C'est un cas courant. Ne le sais-tu pas ?

Craignant un faux pas, Séchat changea aussitôt de sujet.

— Et Ouser, Votre Altesse, ne supervise-t-il plus ce travail ?

— Je le nomme à d'autres fonctions.

Séchat se tut. L'heure n'était pas à montrer sa satisfaction ou son doute.

Hatchepsout eut un plissement de paupières.

— Revenons à Knoum, tu n'as pas de preuve ?

— Aucune.

— Votre Altesse, je propose mon aide à Séchat, jeta Djéhouty, s'il faut lui prêter main-forte, je reste à sa disposition.

Senenmout paraissait soupçonneux. Etait-ce là une attitude calculée ?

Mais Séchat tranchait déjà :

— Merci, Djéhouty, je connais tes relations, mais j'accepte sans discuter toutes les missions que me donne Son Altesse, avec les risques qu'ils comportent. Dangers et périls font partie de tous travaux quels qu'ils soient. J'y suis habituée depuis que je suis jeune. Alors, tu comprendras que je refuse ton aide. Mais, crois-moi, je saurai me souvenir de ton appui.

*
* *

Deux ans plus tard, Néférourê naquit dans la liesse et la grandeur que sa condition de fille royale imposait. Rien ne fut trop beau en ce début de saison du Périt pour la nouvelle princesse de Thèbes. Le peuple célébra la venue au monde de la fillette dans la somptuosité depuis les frontières nubiennes jusqu'au delta.

Le plaisir que ressentit Hatchepsout à tenir sa fille dans ses bras fut identique à celui que sa mère, la grande reine Ahmosis, avait éprouvé envers elle au jour de sa naissance.

Certes, un héritier n'était pas né du ventre d'Hatchepsout, et dans les coins reculés du pays, dans l'ombre éloignée des riches villas thébaines, on chuchotait qu'encore une fois, ce n'était pas un petit mâle.

Néanmoins, Hatchepsout décidait de ne pas s'en soucier et, si les dieux ne lui avaient pas accordé de fils, du moins avait-elle une enfant aux yeux vifs et à la bouche rieuse et, surtout, détenant comme elle-même, le sang divin des pharaons.

Ainsi qu'elle l'avait décidé, Hatchepsout avait fait graver sur le 8e pylône de Karnak les instructions et les rappels que son père lui avait dictés et qu'elle entendait bien ne pas oublier. En aucun cas, le peuple ne devait rester inattentif à ses désirs enfouis et à ses vastes ambitions.

Si le temps devait travailler pour elle, il n'en restait pas moins que Thoutmosis avait remis les deux couronnes à sa fille, lui recommandant de maintenir la paix et l'unité des deux Egyptes, de continuer les travaux entamés à Karnak, d'y élever des obélisques et de poursuivre la remise en état des multiples sanctuaires pillés et détruits par l'invasion des Hyksos.

Au nom de son père et d'Horus, le dieu vivant, Hatchepsout avait été investie de toutes les charges et de tous les honneurs. Ceci était inscrit sur le huitième pylône. Séchat en avait personnellement surveillé la perfection des textes. Tous gravés par les meilleurs sculpteurs que lui avait donnés Djéhouty. Le bas-relief était un vrai chef-d'œuvre et déjà la reine Hatchepsout pensait à en graver un autre.

Ces inscriptions qui justifiaient l'authenticité de son titre en même temps qu'elles légitimaient son pouvoir, asseyaient confortablement son autorité et l'influence qu'elle devait requérir auprès de ses conseillers. De telles manifestations sécurisaient ses esprits quant à l'importance des décisions qui devaient être les siennes.

Les pylônes gravés et quelques sanctuaires élevés non loin de Thèbes, elle entreprit d'ériger une paire d'obélisques, de rénover le temple lui-même par l'apport de statues, de vasques et de poteries, de bas-reliefs peints et sculptés et, enfin, de s'attaquer à la réfection des sanctuaires des régions avoisinantes.

C'est ainsi qu'elle avait demandé à Djéhouty d'élever un temple à Koumeh, aux portes de la Nubie, d'où une expédition répressive de courte durée venait d'être conduite par son époux.

Son jeune mari avait acquis quelque maturité, même s'il n'avait pas les pleins pouvoirs dont s'était emparée Hatchepsout. D'année en année, son armée s'étoffait, assez bien équilibrée par l'apport d'une équipe de jeunes soldats, ses anciens compagnons d'adolescence, issus de la plus haute noblesse de Thèbes.

Le pharaon, son père, lui ayant fermement recommandé de ne pas rejeter les vieux soldats qui composaient les anciennes forces militaires, le jeune roi se les était donc attachés. Pas un seul instant, il ne le regrettait, car ceux-ci palliaient bien souvent les inexpériences du jeune homme.

Cependant, pour restructurer cette armée, le jeune Thoutmosis n'avait pas été sans distribuer titres et honneurs aux soldats en herbe qui, depuis leur jeunesse, le soutenaient dans ses jeux et ses combats sportifs.

Certes, les époux royaux fonctionnaient sur des bases bien dissemblables. Alors qu'Hatchepsout se tournait volontiers vers une spiritualité qu'on lui avait inculquée depuis son enfance — n'était-elle pas la Grande Epouse d'Amon, avant d'être celle du jeune roi Thoutmosis ? — le jeune monarque ne se préoccupait guère de sa future condition dans l'au-delà. C'est donc avec une insouciance toute immature qu'il remettait à plus tard la construction de sa tombe funéraire.

Le temple de Koumeh élevé, la reine exigea sans plus attendre que l'on fît creuser un caveau funéraire à la hauteur de ses aspirations. Avertis des ambitions d'Hatchepsout, les sculpteurs de Djéhouty le taillèrent dans un splendide quartz jaune provenant d'un oued dans lequel il venait d'ouvrir un chantier, à l'ouest de Thèbes, le Sikkat Taget Zeit.

Au flanc d'une haute falaise, à quarante mètres environ du lit de la vallée, le Sikkat Taget Zeit offrit à la reine la plus belle pierre de quartz ocrée qui sortait de son sein. Le caveau fut orienté de telle façon que les derniers rayons du soleil pouvaient y pénétrer directement à l'équinoxe d'automne.

Par cette construction, Hatchepsout s'élevait déjà à la dimension de son père. Sa grandeur s'en trouvait rehaussée, sa puissance n'était plus à discuter, son prestige se valorisait sous une forme indestructible.

Thoutmosis regardait son épouse évoluer

dans la pleine certitude de ses pouvoirs. A le voir aussi timoré, certains pensaient qu'il souffrait d'une comparaison inévitable avec un père qui se profilait à l'horizon comme un rappel constant à son infériorité.

Depuis la cérémonie qui les avait mariés, Hatchepsout s'était promis de ne pas s'opposer au tempérament de son mari. Des perpétuelles frictions auraient affaibli sa façon de gérer les affaires du royaume. Affronter continuellement son époux n'apparaissait pas comme la solution idéale et, même s'ils ne parvenaient pas à une complicité réciproque, du moins ne se heurtaient-ils que rarement.

Ni Hapouseneb, ni Djéhouty, ni même Néhésy ou Senenmout n'auraient pu relater la moindre dispute entre Thoutmosis et la reine.

Epoux unis pour des raisons d'Etat, ils avaient chacun l'intelligence de vivre dans la meilleure harmonie possible. D'ailleurs, le couple n'habitait pas ensemble. Chacun d'eux avait ses appartements privés, ses conseillers, ses fidèles et favoris, ses serviteurs et, pendant que Thoutmosis II accomplissait la seule tâche honorable qui lui fût assignée, celle de battre tranquillement la campagne avec son armée et ses compagnons-soldats de jeunesse, Hatchepsout gouvernait.

L'énergie et la robustesse du jeune roi restaient cependant assez faibles et ses ressources s'épuisaient vite. La vie mouvementée des expéditions nubiennes qu'il entreprenait, les unes après les autres, conjuguée à celle non moins perturbée des nuits qu'il passait au harem — depuis qu'il en connaissait les bienfaits voluptueux — n'était pas faite pour ménager sa délicate santé.

En cela, Hatchepsout n'y voyait aucun inconvénient, bien au contraire. Elle poursuivait sereinement, de son côté, ses multiples tâches protocolaires et religieuses, ses travaux de réfection et de construction, ses embellissements de Karnak et, surtout, ses déplacements dans un pays qu'elle voulait conquérir, aimer et dont elle voulait se faire accepter dans toute sa plénitude.

Un avantage d'un poids considérable, dont la reine restait, d'ailleurs, consciente, résidait dans la paix du pays que son père avait installée depuis les portes de la Nubie jusqu'aux embranchements du delta. Il était donc aisé pour la reine de reprendre le pays en mains, en toute sérénité.

Si Hatchepsout appréciait le maintien, l'équilibre et l'harmonie du pays, elle restait toujours la première à en restituer l'histoire par des textes racontant les exploits de son père et de son grand-père. Pas un seul bas-relief dédié aux deux grands pharaons ne négligeait les récits du lent travail de leurs conquêtes.

Entre deux retours de Nubie, d'où il ne ramenait d'ailleurs jamais de prisonniers guerriers, le jeune Thoutmosis rêvait aux exploits insensés de son père, sachant que jamais il ne pourrait atteindre la hauteur de son épaule ou connaître le bouillonnement de son esprit.

Alors, le soir, quand le crépuscule s'étendait gigantesque et pesant sur les toits du palais, le petit roi se révélait lui-même en oubliant ses rêves de grandeur dans les bras tendres et frais de ses concubines, attendant patiemment que l'une d'elles lui fît l'héritier que son épouse ne lui donnait pas.

Hatchepsout aurait pu faire la grimace en le voyant déserter si fréquemment la couche conjugale. En réalité, cela la gênait peu et seule, l'idée qu'à ces heures tardives, il se croyait l'unique dépositaire de la grandeur égyptienne, la contrariait. Mais, que dire lorsque ni l'amour, ni l'ardeur, ni même la complicité n'étaient au rendez-vous !

Lorsque Hatchepsout acceptait de partager

son lit avec son jeune époux et d'unir son corps au sien, seule, la pérennité du trône la poussait à des ébats dont la fougue n'était pas toujours au meilleur de sa forme. Une fille en était née, une autre peut-être prendrait le relais, car un curieux pressentiment lui faisait entrevoir qu'il n'y aurait jamais d'héritier mâle provenant de son ventre.

Thoutmosis pouvait bien déserter la couche conjugale, privilégiant les chauds endroits du harem où il ne trouvait que détente, plaisirs et bonheur sensuel.

A quoi pouvait bien penser la royale épouse entre les bras d'un homme qu'elle n'admirait ni pour ses éclats guerriers, ni pour sa culture, ni pour son corps ?

Alors, dans sa solitude extrême, dont elle ne faisait qu'aborder les angles, Hatchepsout rêvait, elle aussi. Elle s'échappait vers d'étranges contrées, au-delà du Nil, du Delta, au-delà même des mers lointaines et inconnues.

Le soir, accoudée à la loge de son palais, elle tendait son regard oblique sur les vertes frondaisons des palmiers, battus par le vent sec du désert ou cambrés par le souffle plus discret du fleuve.

Durant des heures entières, avant de s'endormir d'un sommeil lourd et peuplé de son isolement, elle songeait à ces terres étranges, là où parfois les bateaux se perdaient, sombraient, mais aussi là où la victoire était celle de n'importe quel pharaon revenant de guerre, chargé du butin traditionnel.

Les immenses voiliers blancs, aux coques en bois de sycomore qu'Hatchepsout voyait en songe, croulaient sous le poids des trésors qu'elle rapportait précautionneusement de ces pays fantômes que les vieux marins évoquaient avec mystère. C'est ainsi que la reine rêvait à ses voyages et le roi à ses amours.

CHAPITRE VIII

C'était presque une entrée dans le monde que vivait Amenhotep depuis qu'elle avait quitté les murs du temple d'Amon. Reconnaissante envers sa mère qui venait d'influencer Péribsen, le riche armateur, constructeur des bateaux de la flotte royale, la jeune fille respirait l'odeur dense des premiers marais que l'on trouvait dès la sortie de la ville, au sud de Thèbes.

A vrai dire, Amenhotep n'avait eu que peu d'efforts à fournir pour convaincre sa mère.

Quant à Thouty son père, souvent absent, car la place d'un armateur était plus volontiers sur les mers lointaines qu'en sa paisible maison, Péribsen avait prétexté qu'elle s'ennuyait trop sans sa fille pour qu'Amenhotep poursuivît plus longtemps sa réclusion au temple.

Certes, Péribsen avait aussi argumenté que leur fille était suffisamment fine et cultivée pour interrompre son éducation et qu'à présent il était temps de lui chercher un mari.

Amenhotep en avait aussitôt déduit qu'il fallait jouer serré pour qu'elle amenât Hapouseneb dans le sillage familial. A première vue, la chose n'apparaissait pas si simple, car si le jeune homme était de bonne famille, sortait de l'Ecole de Thèbes et possédait toutes les dispositions pour devenir un personnage haut placé dans la hiérarchie administrative, ses origines restaient simples.

Mais, comme dans toute sage hypothèse, deux arguments contraires se balançaient. L'un résidait dans le fait que le père d'Hapouseneb était prêtre d'Amon et qu'il avait su donner à son fils toutes les qualités d'intégrité et de morale nécesssaires à un futur courtisan du pharaon. L'autre, malheureusement, appelait un parti plus brillant pour la jeune fille qu'un simple prêtre attaché à l'une des plus basses classes du temple.

Mais, qu'importe ! Amenhotep connaissait suffisamment sa mère pour savoir que si elle réussissait à la fléchir, Thouty finirait aussi par se plier aux exigences des deux femmes.

En ce matin donc, alors que, dans les marais, l'aube promettait une belle journée et qu'Amenhotep avait décidé de commencer ses investigations amoureuses, la chasse était ouverte.

Ces petites chasses aux oiseaux et aux volatiles d'eau restaient bien souvent privées, réservées aux jeunes nobles de Thèbes et des proches environs. Elles commençaient dès l'aube et ne se terminaient qu'à la nuit tombée. Parfois, lorsque les plus hardis chassaient l'hippopotame, quelques tentes dressées dans les marais permettaient de rester plusieurs jours. La chasse devenait alors un sport dangereux, un lieu périlleux où la femme, certes, n'était pas de mise.

Comment avait fait Amenhotep pour y être invitée ! A vrai dire, elle tremblait un peu à l'idée du subterfuge qu'elle devait utiliser pour assister à cette journée de traque. Et, maintenant qu'elle se trouvait sur les lieux, il lui fallait convaincre les autres pour ne pas se trouver seule et ridicule dans l'agitation qui commençait à se faire sentir auprès des marais.

Hapouseneb ne devait plus être loin. Qu'allait-elle lui dire ? Amenhotep n'en savait encore rien. Certes, elle était belle et grande, avait particulièrement soigné sa tenue, sa coiffure et Hyttis, la servante, avait peaufiné un maquillage dont elle avait su maîtriser le moindre détail.

Et, pourtant ! La jeune fille avait une beauté si troublante, si parfaite que l'absence d'un maquillage aurait su effacer une défaillance qui, chez une autre, eût été fatale.

Un peu nerveuse, enfiévrée par les instants qui allaient suivre, la foule s'agitait de plus en plus. Les roseaux des alentours bruissaient doucement et, par un bienheureux hasard, ce jour-là, un vent léger soufflait sur le fleuve.

Seul, un bruit manquait au décor. Car, pressentant le danger imminent de la chasse, le clapotis des gibiers d'eau et des oiseaux aquatiques sur l'eau du Nil s'était tu.

En regardant autour d'elle, Amenhotep eut un frisson d'inquiétude. Quelle serait la réaction d'Hapouseneb ? Il n'y avait eu, après tout, que quelques regards échangés entre elle et le jeune homme, à diverses manifestations sacrées du temple où Hapouseneb ne manquait jamais de se rendre pour y voir son père.

Rapidement, presque honteuse, Amenhotep avait renvoyé ses deux serviteurs. L'idée de la chaise à porteurs pour se rendre sur les lieux de la chasse était stupide. Mais, comment pouvait-elle savoir ? Sitôt arrivée, elle ne vit que des rangées de chars accolés les uns aux autres contre les acacias qui bordaient les alentours.

Soudain, un petit homme s'approcha d'elle. Il avait un gros visage que d'affreuses cicatrices rendaient plus laid encore. Il portait une courte perruque coupée au carré et tenait sa tablette de scribe entre les mains. Le calame dont il se servait de temps à autre pour cocher un nom était coincé au-dessus de son oreille droite.

— Qui es-tu ? dit-il à la jeune fille.

Amenhotep le toisa. Juste suffisamment pour montrer que malgré sa solitude, elle n'était pas intimidée. Elle devait cependant rester courtoise car, après tout, ce petit scribe pouvait l'aider si elle savait s'y prendre.

— Je cherche l'ami qui m'a invitée à cette chasse.

Il la dévisagea avec prudence.

— Pourquoi n'est-il pas avec toi ? Cette chasse est réservée aux étudiants de l'Ecole de Thèbes. Lorsqu'ils sont accompagnés, ils le signalent au départ.

Elle sentit qu'elle devait employer cette vieille ruse de femme qui réussit fréquemment.

— Regarde sur tes tablettes. Mon nom y est inscrit. Je m'appelle Amenhotep. Je suis harpiste au temple d'Amon tout comme le père d'Hapouseneb y est prêtre et j'accompagne son fils.

Le simple nom cité du temple d'Amon apaisa les soupçons du vilain petit scribe, mais sa prudence persista.

— Pourquoi n'es-tu pas avec lui ?

— J'ai été retardée, minauda-t-elle, tu sais comment sont les femmes. Une robe qui déplaît au moment de la passer, une coiffure trop longue ou trop épaisse, un maquillage... Ah ! n'en parlons pas du maquillage ! Le mien ne résistait pas. Il a fallu trois fois le refaire.

Elle le regarda et cligna légèrement de l'œil. Puis, elle regretta aussitôt ce geste familier. Une harpiste d'Amon devait rester digne, même si elle devait jouer à la femme fatale.

— Trouves-tu que celui qui est posé sur mon visage est correct ?

Il rougit et ne répondit pas. Cependant, il parut plus affable à la jeune fille lorsqu'il proposa :

— Je vais t'accompagner. Suis-moi.

Ils contournèrent la boucle d'un marais. Les maîtres de chasse regroupaient les chiens dressés. Des jeunes gens agitaient leur boomerang servant à attraper les oiseaux, d'autres vérifiaient leurs filets, tendaient leurs arcs, essayaient leurs flèches, redressaient leurs carquois.

Quelques-uns soulevaient d'une main connaisseuse le harpon qui servait à chasser l'hippopotame. Ces harpons étaient munis d'un crochet de fer enfoncé dans une lance de bois réunie à une corde par un chapelet de flotteurs. Qui ne rêvait pas, dans cette tribu de jeunes Egyptiens athlétiques, de capturer un bel hippopotame ou mieux encore, pour celui que le dieu Seth accompagnait de ses grâces, traquer un féroce crocodile ?

A cette époque, le fleuve était rentré dans son lit. A la lisière du terrain, des nénuphars poussaient par centaines, cachés par les roseaux, les papyrus et autres plantes aquatiques. Les racines baignaient dans l'eau tiède et les ombelles se balançaient gracieusement. S'y fourvoyaient toute une faune de petits carnassiers qui, par leurs cris apeurés, attiraient les chiens et les chasseurs.

Ils dépassèrent un endroit où les papyrus étaient si hauts et si serrés qu'ils ne laissaient pénétrer ni homme ni lumière. C'était une véritable forêt flottante. Amenhotep n'avait jamais vu d'endroit aussi dangereusement touffu sur les rives du Nil.

A vrai dire, elle ne connaissait que les tranquilles bords du fleuve où les barques étaient attachées au pied des larges et rassurantes terrasses ensoleillées.

Ici, tout vivait, respirait, tremblait. Le danger était à chaque tournant, chaque branche du Nil, chaque nappe d'eau retirée où pouvait dormir un crocodile ou se glisser un cobra fugueur.

Trop absorbée par cette flore intense qui cachait tant d'imprévus, la jeune fille ne disait mot. Bientôt, le scribe s'arrêta dans une sorte de petite clairière, dépourvue complètement d'arbres. Seules, les herbes qui y poussaient laissaient un sol humide et un peu bourbeux.

Un groupe de jeunes gens discutait. Ils élevaient la voix sur la façon dont ils devaient s'y prendre pour tendre les filets à oiseaux. A côté, les chiens humaient la terre moite et chaude.

Hapouseneb se tenait écarté du groupe. Lorsqu'il vit arriver le petit scribe boutonneux que suivait cette splendide jeune fille, il eut un sursaut étonné et laissa presque tomber le filet qu'il retenait entre ses mains.

Surpris aussi par une telle apparition, les autres se retournèrent. Comment ne pas la voir ? Elle avançait, majestueuse, assurée de son maintien, de sa prestance, de sa beauté, malgré la peur qui tenaillait son ventre. Elle regardait devant elle, posant délicatement ses pieds, là où l'herbe lui laissait de l'espace pour ne pas qu'ils s'enlisent.

— Enfin, je t'ai trouvé, s'écria-t-elle en se dirigeant vers Hapouseneb qui ouvrait des yeux ahuris. Sans l'intervention efficace de ce scribe, je crois que je serais repartie. Hélas, sans pouvoir apprécier les joies campagnardes de cette fête.

Le cercle formé par les jeunes chasseurs se taisait. Plus muet encore que les autres, Hapouseneb l'observait.

— J'ai le salut affectueux de ton père à te transmettre, reprit la jeune fille avant que l'un d'eux glissât une parole malencontreuse. Tu devrais passer le voir, il prétend que ta dernière visite est assez éloignée.

Par tous les dieux ! Cette fille avait de l'aplomb. Elle réagissait comme devant sa harpe, commentant l'aigu ou le grave des notes qui en sortaient.

Il fallait qu'Hapouseneb réagisse car il commençait à se sentir ridicule. Mais, comme il ne savait que dire à l'impudente créature, il se tourna vers le scribe.

— Merci, fit-il brièvement. Nous n'avons plus besoin de toi. Tu peux repartir cocher sur tes tablettes les autres arrivants.

Avant de s'éloigner, le scribe salua le groupe non sans oublier de regarder une dernière fois Amenhotep qui lui décocha un avenant sourire.

— Cachottier, roublard ! Vas-tu nous la présenter ? fit Ouser en s'approchant de la jeune fille, la frôlant de près, un sourire ironique aux lèvres, son grand nez flairant déjà quelque chose de suspect.

— Je suis Amenhotep, la harpiste du temple d'Amon. Hapouseneb ne vous a donc jamais parlé de moi ? reprit-elle avec une insouciance si parfaite que cela jeta aussitôt le doute.

— J'ai toujours pensé que ce gars-là était un hypocrite, persifla Mériptah, vexé qu'un tel cadeau échût à son ami plutôt qu'à lui.

Il s'approcha d'Hapouseneb et lui décocha un coup de poing dans le dos qui fit basculer celui-ci et heurter l'épaule de la jeune fille.

Elle crut bon ne pas souligner la brutalité du coup et se contenta de jeter à Mériptah un sombre regard. D'emblée, Amenhotep trouva ces jeunes gens déplaisants. Sauf, peut-être, Néhésy, ce grand garçon au faciès nubien et à la stature géante et musclée qui, de suite, s'approcha d'Hapouseneb et lui conseilla :

— Ne veux-tu pas te retirer quelques instants ?

Mais, toujours gouailleur, Ouser reprit :

— Va donc faire un tour dans les marais pour montrer à cette belle amoureuse les oies sauvages, les cailles et les poules faisanes. A cette heure, elles commencent à sortir de leurs tanières.

— Elles ne sont pas les seules, plaisanta grassement Mériptah. D'autres aussi sortent imprudemment de leurs tanières.

Ouser ricana.

— Mais le filet n'est pas loin.

— Belle harpiste, fit Mériptah en se piquant devant la jeune fille, le filet d'Hapouseneb est peut-être mal tendu. Le mien est neuf et dur. Veux-tu que nous allions le voir ?

— Hé ! s'écria Ouser, après le tien, elle peut jeter un coup d'œil sur le mien. Peut-être ai-je un matériel plus tentateur que le tien.

Hapouseneb qui commençait à trouver les plaisanteries de ses camarades un peu lourdes saisit brusquement le bras d'Amenhotep et rétorqua :

— Ne crains rien, mes camarades sont des idiots.

Il l'entraîna vivement hors du groupe. Cette fille était peut-être trop audacieuse, mais elle ne méritait pas les sarcasmes grossiers de ses compagnons. Une harpiste du temple ne pouvait être une putain.

— Si ta jolie naïade n'est pas prise dans ton filet, attention que les crocodiles ne l'avalent !

Ils n'entendirent pas les railleries suivantes, car il l'emportait déjà hors de leurs atteintes.

Lui tenant le bras, ils se turent jusqu'à ce qu'ils atteignissent un bras du Nil qui s'étalait comme une eau morte et stagnante, un marécage où le jeune homme avait tendu son filet. Les papyrus y étaient luxuriants. Entre les fourrés, une nacelle se balançait, refoulant les ombelles qui tentaient de l'agresser.

— Les nids sont abondants ici et les oiseaux sont à la recherche de nourriture.

Soudain, Amenhotep poussa un cri. Un grand oiseau échassier passait devant eux, courant à petits pas précipités.

— C'est une grue cendrée, fit-il simplement.

Elles ne passent que rarement. Habituellement, elles préfèrent les régions plus désertiques.

Puis, il s'immobilisa et planta son regard dans le sien.

— Pourquoi es-tu venue ? Qui es-tu ? Je ne connais que ton visage et nos yeux n'ont fait que se croiser.

— Je voudrais que tu m'aimes.

Sidéré, il eut un geste de recul. Une harpiste du temple ! Comment pouvait-elle être aussi directe, osée, sûre d'elle ?

— Mais, je ne te connais pas.

— Si, fit-elle en lui présentant sa bouche entrouverte sur des dents petites, éclatantes, superbement rangées et ourlées de lèvres rouges et fraîches.

— Parce que je t'ai vue et entendue jouer de la harpe au temple ? Parce que mon père qui est prêtre d'Amon te connaît ?

— Oui.

Comme il lui avait lâché le bras, elle s'approcha de lui. Ses yeux brillèrent de cette petite lueur étrange qui ne s'éteignit que plus tard, apaisée, assouvie. L'une après l'autre, ses épaules frémirent et, inconsciemment, le crut-elle du moins, l'une de ses jambes s'encastra entre celles du jeune homme.

Elle avança ses lèvres.

— Toi ! Une fille du temple ! Veux-tu donc que je t'aime comme une fille facile ?

— Oui, dit-elle encore.

C'était si simple de dire oui. Oui à tout, sans penser à rien d'autre qu'à cet instant dont elle avait rêvé depuis si longtemps.

Il l'allongea sur le sol humide que recouvraient quelques roseaux coupés et l'aima tel qu'elle le souhaitait.

*
* *

Un an plus tard, la Grande Epouse Royale venait d'accoucher de sa deuxième fille, Mérytrê.

Déçue, elle ne l'était qu'à peine. Trop nourrie des idées de sa mère, la reine Ahmosis, Hatchepsout se persuadait qu'une fille de sang pharaonique pouvait aisément légitimer sa position par un mariage bâtard.

Hatchepsout poursuivrait, avec ses filles, le destin qui lui était échu.

Néférourê avait à peine deux ans. C'était une enfant vive et éveillée qui ressemblait à sa mère. Certes, la naissance de la cadette avait été fêtée et célébrée aussi pompeusement que celle de l'aînée, mais on disait aux alentours que Mérytrê était de constitution si fragile qu'elle ne pouvait passer les portes du palais sans effrayer les nourrices qui portaient en permanence un œil inquiet sur elle.

Alors que Néférourê avait été présentée au peuple comme Hatchepsout lors de sa propre naissance, Mérytrê poussait au rythme de sa faible conformation, enfermée précautionneusement entre les murs du palais.

Quelques mois plus tôt, la reine avait donné de grandes fêtes à Thèbes, Denderah, Abydos, Hermopolis. Puis, partant du fayoum, la cour de Thèbes avait repris les eaux du Nil et, dans la barque sacrée, regagné Thèbes pour rejoindre, par les routes du désert les bords de la Nubie où Hatchepsout avait fait élever un temple.

Sa fille aînée avait fort bien supporté le long voyage du Delta aux cataractes du Sud et les contraintes que lui avait imposées une société en liesse ne s'étaient terminées que dans la joie et le délire.

Les fêtes passées, lorsque s'était tu le son des sistres et des crotales et que les louanges des agapes royales avaient cessé leur tumulte, chacun était retourné à son travail, oubliant la richesse des viandes et des poissons qui s'était accumulée et l'extravagance des mets les plus divers qui n'avait fait que s'accroître.

Hatchepsout ne s'inquiétait nullement. Pourtant, danses, offrandes et processions terminées, l'Egypte commença à s'inquiéter sur l'absence d'un héritier mâle.

Mais la reine regardait sereinement ses filles grandir en même temps qu'elle dirigeait, d'une main de maître, les affaires de l'Egypte. Hormis la guerre, Hatchepsout s'entretenait sur tous les points délicats du royaume. Qu'un problème justiciable, économique ou commercial intervînt, elle en soupesait aussitôt l'importance et prenait les mesures qui s'imposaient sans attendre.

Quant au côté conjugal, si Hatchepsout n'acceptait que rarement de partager son lit avec Thoutmosis, c'est que les étreintes infligées par son époux en de telles occasions ne la motivaient guère.

Partager la couche du pharaon lui demandait un effort qu'elle supportait avec agacement. Alors qu'enfoui dans son harem, Thoutmosis aimait ce mouvement souple et régulier de la femme sous la pesée de son corps, Hatchepsout se cabrait chaque fois davantage sous le poids que lui imposait son époux.

Par un curieux pressentiment, Hatchepsout craignait trop qu'une troisième fille vînt couronner de nouveaux ébats. Et, dans l'ombre du palais, chacun se désolait en silence.

Les vieux fidèles de Karnak, ces piliers du royaume que son père avait mis en place au temps de sa plus grande puissance voyaient tristement l'absence d'un héritier mâle et si leur loyauté envers Hatchepsout n'eût pas été en cause, ils auraient dirigé un œil malveillant en direction des deux princesses.

Le clan des jeunes nobles qui régénérait l'atmosphère du palais, empêchant que l'Egypte ne croulât sous le poids du passé, avait beau prendre le parti de la reine, les inquiétudes du pays alimentaient les rancœurs les plus obstinées.

Par des propos assourdis, parfois détournés, chacun lui faisait comprendre que la naissance de ses filles ne devait pas entraver l'arrivée d'un fils de bonne souche, un fils de seconde épouse qui éclairât l'avenir du pays. Faute d'un héritier mâle, elle devrait indubitablement asseoir sa renommée sur les pas de ses fidèles courtisans.

Et lorsque l'un d'eux venait déposer à ses pieds un bijou de cornaline ou un vase de grès précieux, lorsqu'un autre rapportait à ses oreilles attentives un bruit qui mettait en alerte ses esprits, Hatchepsout oubliait la terrible rivalité face à l'héritage paternel.

Un fils ! La reine fardée, parfumée, couverte de lourds colliers d'or, rêvait à l'éventualité de tomber enceinte une nouvelle fois. Certains matins, elle se levait avec le fervent désir de faire appeler son pâle époux pour lui proposer de tenter à nouveau l'aventure.

Mais quelle aventure pouvait-elle envisager ? Ce n'était certes pas celle qui hantait sa tête depuis si longtemps. Celle de partir au loin sur des mers inconnues et mystérieuses. Certes, non ! L'aventure qu'elle se proposait d'amorcer avec Thoutmosis se dissipait aussitôt. Elle ne voulait plus se coucher sous son corps pesant et dominateur. Le pharaon n'était vraiment impérieux et conquérant qu'allongé sur une femme.

Hatchepsout voyait les crues défiler comme elle voyait ses filles pousser, telles des racines de papyrus. L'éternel recommencement ! Parfois, elle se remémorait ses années d'enfance où elle se rendait à l'école du palais. Dans quelques années, ses propres filles iraient s'instruire auprès du scribe de l'école. Certes, le vieux Parenefer était mort depuis longtemps, remplacé par un maître-enseignant plus jeune. Mais, les principes étaient restés identiques.

Comme la reine Ahmosis, sa mère bien-aimée, Hatchepsout croyait en ses filles.

*
* *

Bien que le royaume d'Hatchepsout reposât sur les victoires de son père Thoutmosis et que la paix dominât en ses années de règne, le royaume du Mitanni, vaste étendue à l'est de l'Euphrate, ayant pour capitale Kadesh, était convoité par tous.

Plus au nord, aidé par les Hittites que la côte méditerranéenne privilégiait, le Mitanni cherchait à agrandir une autonomie déjà acquise depuis quelques siècles et, bien que les Egyptiens eussent tenté une invasion sous Aménophis, cela n'avait été qu'une simple incursion ne leur permettant ni prises d'otages ni même une quelconque victoire. Egypte et Mitanni, en accord avec leurs voisins syriens, avaient alors conclu des accords commerciaux plus sages et plus prudents.

C'est ainsi que les deux pays se partageaient l'excellent vin de Syrie, cultivé dans les plaines littorales au climat méditerranéen.

Mais, ces accords passés sous Aménophis laissaient aux Egyptiens d'autres privilèges que le Mitanni, essentiellement agricole, leur accordait faute de ne pouvoir faire autrement. Ainsi l'orge, le blé et le tabac, qu'il cultivait largement en bordure des reliefs et le coton que l'on trouvait auprès de ses oasis, leur constituaient un important apport.

Sous la dix-huitième dynastie, depuis le pharaon Ahmosis, l'armée égyptienne se composait d'une infanterie restant l'unité principale et d'une charrerie comportant les éléments d'élite, les hauts dignitaires guerriers et toute la hiérarchie gradée militaire du pharaon.

Les chars, souples et peu lourds, se maniaient facilement. Faits de bois léger pour ne pas gêner leur rapidité, conçus en des lignes sobres pour permettre le passage aisé à travers les lignes ennemies, les conducteurs devaient les mener avec agilité et maîtrise.

Chaque guerrier, debout sur son char, tirait l'arc ou le javelot. Le carquois attaché sur le rebord avant contenait la provision de flèches nécessaire à la bataille. Les Egyptiens se relayaient à deux. L'un effectuait la conduite pendant que l'autre tirait. Ce dernier devait assurer non seulement sa défense, mais celle de son compagnon pour éviter le désarçonnement des chevaux et le déséquilibre du char qui entraînaient, à coup sûr, la chute, le piétinement et la mort.

Caparaçonnés de cuir et de métal, les chevaux, eux aussi, étaient petits, rapides et légers, très souvent originaires d'Asie Centrale. Si la charrerie constituait l'armée d'élite, la cavalerie n'en restait pas moins importante.

Quant à la marine, elle ne jouait de rôle que pour le transport des troupes, des munitions et des denrées alimentaires et bien souvent se complétait des esclaves, des captifs et du butin acquis.

Qu'Ahmosis eût chassé définitivement les Hyksos de l'Egypte restait un point majeur pour le pays, mais il fallait rester en alerte sur tous les autres pays envahisseurs, même si certains d'entre eux, devenus alliés, s'étaient soumis intégralement ou en partie au régime de l'Egypte.

De nouveaux États se constituaient en Asie, comme le Mitanni, dans les hautes vallées du Tigre, la Phénicie qui, à l'est, devenait une ouverture vitale pour tous et le Hatti, au nord qui, depuis peu, prenait de l'envergure et de l'assurance. Luttes, intrigues, querelles jouaient sur la politique à suivre.

Thoutmosis, sans pour autant négliger le Nord, mais ayant plutôt continué la politique d'Ahmosis, réduisit les pays du Sud jusqu'au Soudan à une soumission totale, poursuivit la marche commencée par son père et renforça le royaume Nord et Sud, du delta à la limite de la troisième cataracte. Il soumit la Nubie et put graver ses conquêtes sur des stèles très avancées en Afrique. Hatchepsout prenait en mains un pays fort et puissant, parfaitement assis grâce aux actions guerrières de son père et de son grand-père.

Seul, le Mitanni, qui, aux côtés de la Syrie, acquerait d'indispensables débouchés maritimes, pouvait inquiéter l'Egypte. Il fallait donc y faire une incursion, sans pour autant y voir une intention guerrière et sanglante et sans engager plus avant un combat. Tous les nouveaux promus réclamaient cette expédition. Par le royaume des Hittites, on attaquerait le Mitanni.

Pour la première fois, l'expédition guerrière qui s'apprêtait à quitter Thèbes se voyait partir sans Pharaon. Habituellement, celui-ci, en première ligne, aux côtés de ses grands généraux et de ses tireurs d'élite, quittait la capitale sous les ovations de la foule.

Mais, Thoutmosis Ier, qui vieillissait, souffrant de maladie et de fatigue, ne pouvait plus suivre son armée. Son fils-roi, Thoutmosis II, trop jeune pour prendre des décisions politiques et guerrières, ne possédant encore ni bataillon ni troupe ni régiment personnel, s'en remettait à son épouse.

Il revenait donc à Hatchepsout de conduire son armée jusqu'aux portes Nord de Thèbes.

Tranquille et souriante, présentant à la foule l'assurance et l'autorité nécessaires pour compenser ce qui lui manquait de virilité masculine, elle avait accompagné son armée, aux côtés de Senenmout, d'Hapouseneb et de Djéhouty, jusqu'à la sortie de la capitale.

Là, s'étendait le début d'un désert de sable chaud que les rayons de l'aube ne brûlaient pas encore intensément.

Laissant à Néhésy la conduite de l'expédition et à Menkh l'organisation de l'éventuelle bataille, elle restait confiante sur la bonne exécution de cette expédition. L'organisation sensée et judicieuse de l'un ajoutée à la fougue et la hardiesse de l'autre lui laissaient présager les meilleurs augures pour emporter la victoire.

Les troupes suffisamment formées, les généraux en place, la cavalerie au point, l'armée des fantassins prête et la charrerie sur l'offensive, l'armée de la reine Hatchepsout partit un matin du mois de Méchir alors que le Nil commençait à descendre, laissant sa marée de limon fertile sur ses rives assoiffées.

Menkh, casqué, auréolé de gloires à venir, imperturbable sur son char, regardait l'horizon qui se teintait d'un azur volontaire et persistant. Depuis combien de temps attendait-il cet instant ?

Quelques faucons, lancés lors du départ, tournoyaient encore au-dessus des dernières lignes que constituait l'infanterie. Menkh portait, comme tous ses compagnons, un pagne court de lin léger qui leur permettait une facilité plus grande de mouvements. Son torse, recouvert d'une protection faite de cuir et de bronze, laissait juste ses deux bras nus et puissants prêts pour tirer les flèches. Un poignard et un glaive à lame recourbée s'accrochaient à sa ceinture qui lui tombait largement sur les hanches.

Néhésy, entouré des grands généraux et des tireurs d'élite dont Menkh faisait partie, dirigeait l'allure de la troupe. A leur suite, avançait la longue file de l'armée égyptienne. Chevaux derrière chevaux et soldats derrière soldats.

Plus de mille chars de combattants, plus de deux mille chevaux, plus de cinq mille hommes avançaient dans le désert de l'Est côtoyant la Mer Rouge. Immense vague ondulante et assoiffée, préoccupée d'un but précis calqué dans les esprits et que rien, ni même la mouvance d'une mer inconnue, ne pouvait déranger. A mesure qu'ils s'approchaient de la Méditerranée, l'air devenait moins brûlant et les gorges moins sèches.

Mais en contournant le Sinaï, il fallut délaisser les abords de la Méditerranée et s'enfoncer à nouveau dans le désert. Les haltes d'El Kantara furent silencieuses et pondérées, chacun se délassant d'une longue marche que la chaleur n'avait en rien ménagée. Celles de Gaza eurent les bienfaits d'un repos de courte durée pimenté d'espoirs les plus hardis, mais il fallut attendre l'entrée de Jéricho pour que la troupe entière puisse manifester son ardeur dans l'allégresse et la détente.

Le vin se faisait abondant et les distractions laissaient aux guerriers cette impression de liberté et d'indépendance dont ils ne bénéficiaient pas toujours lorsqu'ils se trouvaient cantonnés à leur base de Thèbes.

Quelques jours passés dans les réjouissances guerrières ne laissèrent pourtant pas un goût de relâchement dans l'esprit des soldats. Chacun connaissait le prix de cet avant-combat et savait mesurer l'ampleur de l'effort à venir. A Damas, l'attention des troupes se fit plus soutenue. Généraux et tireurs d'élite, disposés en première ligne, observaient l'horizon d'un œil suffisamment expert et critique pour y déceler la moindre anomalie qui eût pu faire basculer leur plan.

Lorsque l'armée égyptienne s'avança sur Palmyre, la tension commençait à monter, mais parvenue sans encombre jusqu'à la vallée de l'Oronte, en Syrie Septentrionale, sans se heurter aux Hittites, elle poursuivit silencieusement sa marche.

Soldat rompu à toutes situations et stratégies guerrières, depuis des siècles de batailles acharnées, l'Egyptien savait pressentir, avec une sorte d'intuition innée qui n'était propre qu'à lui-même, les prémices du combat.

C'est ainsi qu'atteignant les bords de l'Euphrate, aux portes du Mitanni, l'armée égyptienne sentit la puissance assyrienne lancer son souffle de défense. L'attente ne fut pas longue et les troupes s'installèrent très vite aux portes de Kadesh, la capitale du Mitanni. L'armée ennemie se tenait en embuscade dans le voisinage immédiat de Kadesh. Les chevaux harnachés et les chars avaient été disposés en rangs serrés sur de vastes espaces aménagés à cet effet, derrière les tentes.

— Il faut attendre et se préparer à l'attaque. Nous ignorons combien ils sont, jeta Méry, le Grand Intendant de la Charrerie Royale.

— Ils ne peuvent être nombreux, affirma Néhésy, ils ne s'attendent pas à une embuscade, mais à une simple incursion.

— Détrompe-toi, répliqua Menkh, les Syriens savent exactement ce que nous faisons et ce que nous allons faire. Espions et coursiers ont dû sillonner nos parages depuis le Sinaï jusqu'aux portes de Kadesh.

— Je maintiens que leur puissance doit se révéler inférieure à la nôtre.

— Qu'en sais-tu ? répliqua Menkh avec l'énergie d'une certitude qu'il ne pouvait dissimuler. Et si tel était le cas, le temps ne leur a guère manqué pour la renforcer.

— Cela me contrarie de penser que nous partons à force égale.

Menkh lança une bourrade fortement appuyée dans le dos de son camarade.

— Néhésy, tu n'as encore jamais combattu. Quant à moi, c'est la première fois que je me trouve confronté aux subtils agissements de la guerre. Cependant, je pressens que si leur armée est égale à la nôtre, ils conserveront l'inconvénient d'ignorer comment nous allons procéder.

— Dans ce cas, il faut user d'un subterfuge, fit observer Méry que les réflexions de ses subordonnés avait éveillé sur quelques méfiances mal enfouies. Nous ne pouvons risquer de ramener une armée affaiblie.

« Un subterfuge ! Un subterfuge ! » Ce mot résonnait à présent dans l'esprit de Menkh comme une massue sur un pieu qu'elle s'apprête à enfoncer. « Dieu Seth, pensa-t-il, dieu des puissances et des forces guerrières, quelle stratégie peux-tu me suggérer ? Nos guerriers sont nombreux, serrés les uns contre les autres, c'est à peine si le jour se remarque entre nos boucliers étendus. »

Menkh regarda la vague ondulante des guerriers. Les hommes se trouvaient en partie cachés derrière ce mur de boucliers étincelant sous un soleil torride.

Certains lançaient un éclat si violent qu'il fallait mettre sa main en visière pour ne pas être aveuglé. Au petit matin, Menkh fit placer en première ligne tous les boucliers d'électrum, séparés les uns des autres par un espace si menu qu'il ne pouvait en aucun cas se remarquer.

L'ordre transmis fut exécuté dans des délais incroyablement rapides. Admirant la précision et l'autorité de cette décision, Méry n'y fit aucune objection. Néhésy se contenta de recenser les hommes placés à l'arrière, avec l'aide de plusieurs scribes.

Puis, Menkh ordonna la tactique inverse, celle de se rapprocher, serrés les uns contre les autres afin qu'il n'y ait aucune fente de jour entre chaque bouclier et que le mur de métal soit compact, sans faille, restant parfaitement immobile.

Méry comprit aussitôt la ruse de Menkh. Le soleil levant, dans le dos des ennemis, projetterait aux yeux des assaillants un jet inattendu et fulgurant de lumière insoutenable et paralysante.

La panique installée dans le camp adverse, Menkh lancerait l'ordre de séparer les boucliers avec juste cet espace suffisant pour que la seconde ligne de guerriers assaillent de flèches et sans discontinuité leurs ennemis. Alors que d'un côté les projectiles n'atteindraient qu'un mur compact de boucliers, de l'autre côté, tout était permis. Méry ne fut guère surpris lorsque Menkh peaufina son stratagème en aménageant sur chaque côté de la ligne de tir de larges ouvertures pour lancer les projectiles nécessitant plus de recul comme le javelot.

Dans le camp opposé, près de la rive de l'Oronte, le chef des Hittites attendait. La première attaque n'eut lieu qu'après plusieurs heures d'attente. Comme Menkh l'avait prévu, les Hittites furent littéralement aveuglés par le soleil levant qui se reflétait sur le barrage des boucliers. Perdant une quantité considérable de flèches lancées au hasard de leurs possibilités et transpercés par celles du camp opposé que la lumière aveuglante ne leur permettait pas de voir venir, les Hittites, déséquilibrés par cette subtile tactique, perdirent le début du combat. Ils se retirèrent sous les cris de joie et de délire des Egyptiens.

Mais Menkh, que félicitaient déjà Méry, Néhésy et les grands généraux, savait que lorsque les Hittites reprendraient leur attaque, le soleil serait au-dessus de leur tête. Même si les troupes opposées étaient affaiblies en armes et en hommes, il faudrait se battre durement pour remporter la victoire. Moins ordonnés que les Egyptiens, les Hittites restaient, cependant, de farouches guerriers. Lorsque le soleil fut au plus haut du ciel, les Egyptiens guettaient le camp opposé. Soudain, l'ordre du combat fut lancé. Les Hittites débouchaient à toute allure sur eux. Le mur des boucliers, devenu un simple rempart de défense, n'offrait plus de protection. De plus, il fallait en élargir les fentes pour doubler, tripler la lancée des flèches afin d'atteindre le maximum d'ennemis.

L'Oronte, non loin, recevait chaque minute le bruit éclaboussant d'un homme tué qui s'ensevelissait aussitôt dans les remous du fleuve. Il arrivait souvent que, dans un bruit plus pesant, un cheval se noyât. Les fentes élargies des boucliers permettaient, maintenant, aux assaillants de se mêler aux guerriers égyptiens.

Char contre char, Egyptiens et Hittites mêlaient leur fureur de vaincre. Bien que très appauvrie, l'armée adverse se battait farouchement. Menkh, comme nombre de ses compagnons, ne tendait plus l'arc pour lancer ses flèches, mais tentait de se préserver tout en projetant son glaive sur ses assaillants.

Dans un corps à corps qui s'annonçait violent et sanguinaire, les hommes se battaient avec une virulence qui atteignait, sans aucun doute, l'inconscience. L'Oronte refluait parfois un corps inerte qu'un remous trop faible n'acceptait pas.

La chaleur, arrivée à son paroxysme, ne parvenait pourtant pas à abattre l'énergie des combattants. Menkh, depuis que son compagnon venait de tomber, tué par une flèche en plein cœur, avait abandonné son carquois de flèches pour se battre au glaive. Cette alternative ne lui laissait que peu de chances, car il devait à la fois maintenir son char et se défendre. Depuis longtemps, Méry n'était plus à ses côtés et il avait totalement perdu de vue les grands généraux qui, tout à l'heure, se battaient encore auprès de lui. Soudain, un ennemi sauta lourdement dans son char. Un instant déstabilisé, Menkh dut aussitôt rééquilibrer sa monture en tirant violemment sur les rênes.

Le glaive qu'il tenait dans sa main gauche ne lui laissait pas le recul nécessaire pour attaquer mortellement son adversaire. En une seconde, il le laissa tomber à terre et saisit le poignard pendu à sa ceinture. Juste avant que le char ne se rééquilibre et que son adversaire ait les deux pieds sur le sol, il le plongea résolument là où se trouvait le point d'attaque le plus proche. La lame acérée pénétra la gorge du Hittite qui tituba quelques instants.

Puis, sa tête dodelinant de gauche à droite se renversa en avant et vint heurter le dur poitrail de Menkh recouvert de son pectoral de bronze. Bien que les Hittites aient comptabilisé une perte très importante en armes et en hommes, la victoire, pour les Egyptiens, n'était pas encore décisive. Néhésy se battait, lui aussi, avec un déchaînement sans mesure. Pourtant, une tactique plus prudente semblait ne jamais le laisser dépourvu d'un coéquipier. Dans un crissement de métal, la chute de deux Hittites dans le char endommagé de Menkh projeta celui-ci hors de son attelage. Tentant péniblement de se relever, après quelques instants d'étourdissement, il ne trouva rien pour s'accrocher. L'une de ses jambes resta coincée entre l'essieu de son char et celui du véhicule qui combattait à ses côtés.

Le poids des deux hommes l'empêcha de se dégager. Réunissant toutes les forces qui lui restaient et, calculant le degré d'énergie qu'il lui fallait, il poussa ses épaules en avant et tira de tout son poids sur sa jambe enclavée entre les deux essieux. Il sentit comme un bruit de chair déchirée mêlé à l'écoulement du sang qui partait de sa hanche et retombait sur son pied. Réprimant sa douleur, il fonça au cœur d'une mêlée où il ne distinguait qu'avec peine ceux de son camp.

N'ayant plus que son poignard, la lame virevoltait, découpant à chaque envolée d'effrayantes blessures dans les chairs vives. Mais la sienne n'était pas pour autant préservée. Le sang lui tombait des yeux, coulait sur ses bras. Une flèche lui transperça l'épaule. Menkh ne sentait même plus la douleur.

Une rage affolante le saisissait tout entier. Il égorgeait, de son poignard ensanglanté, tous ceux qui s'opposaient à lui. Dans son irrésistible fureur, il entraînait à sa suite des corps meurtris, tués, agonisant avant que lui-même ne tombât, anéanti, victime d'une guerre qui aurait pu le porter en triomphe. Ses yeux ne lui permettait plus de voir. Mais, un pressentiment lui disait que les troupes rebelles reculaient. Avant que, pris de panique, les derniers assaillants aient pu fuir dans l'hypothétique chance que leur offrait l'Oronte, Menkh sentit qu'une lame s'enfonçait en plein milieu de son dos.

Sa dernière pensée fut autant pour Séchat que pour la victoire égyptienne que, dans la mort, il sentait à portée de main. Menkh, brusquement, cessa de respirer.

Le même jour, sans doute attristé que la bataille revienne sans lui, le pharaon Thoutmosis rendit l'âme en son palais de Thèbes.

*
* *

De même que Séchat était sans nouvelle des tristes suites de la guerre du Mitanni, Djéhouty était sans nouvelles de Séchat.

Il avait appris entre-temps, qu'élevée au harem en compagnie de la princesse Hatchepsout, celle-ci pouvait facilement profiter des grâces de sa souveraine. Il se refusait, cependant, de penser que, seul l'opportunisme pouvait guider la jeune femme et il se plaisait plutôt à croire que le fait d'avoir partagé enfance et adolescence avec Hatchepsout scellait une amitié et une fidélité bien tissées.

Arrivé chez Inéni, il fut accueilli par Néphren dont la grâce et l'humeur allaient toujours au-devant de l'invité. Dans un signe de bienvenue, elle lui tendit généreusement les bras.

— Salut à toi, Grand Djéhouty.

— Toujours aussi belle, dit-il en saluant son hôtesse d'une vaste inclinaison du buste.

Néphren, en parfaite maîtresse de maison, ne releva pas le compliment, mais se donna juste le droit de rougir de plaisir.

— Il me semble que tu n'as rien à envier aux autres, rétorqua-t-elle avec une lueur de malice dans les yeux. Toujours sans épouse ? Ne pourrais-tu pas...

Elle s'arrêta net sur l'arrivée de Séchat qui, s'apercevant de l'arrêt brutal de sa réplique, rétorquait à son tour :

— Djéhouty, tu n'as pas de retard, on t'avait annoncé pour la tombée du jour. Nous pourrons discuter lorsque Inéni, ajouta-t-elle se retournant vers Néphren, sera là.

L'épouse d'Inéni soupira discrètement, juste assez pour rester dans les limites de la politesse, mais suffisamment pour désapprouver le comportement de la jeune épouse de son fils.

Vêtue d'une longue tunique jaune dont l'ampleur dissimulait encore les premiers mois de sa grossesse, la jeune femme éclatait de fraîcheur. Quant au charme discret qui l'habitait à l'ordinaire, il semblait se transformer, ces temps-ci, en un rayonnement serein qui lui seyait à merveille. Un instant, la chaleur de son regard qui n'en était pas moins hardi croisa l'éclat gris et volontaire des yeux de Djéhouty.

Il la salua avec toutes les formes de bienséance

que le rituel exigeait, mais se refusa à prolonger l'insistance de son regard sur elle.

— Veux-tu te rafraîchir mains et pieds ? proposa Néphren. La chaleur est excessive à cette heure.

— Volontiers.

Déjà, une servante arrivait.

Dans une main, elle tenait un drap de bain et dans l'autre un flacon d'onguents. Elle s'approcha de l'invité et le conduisit vers la fontaine destinée à cet usage.

Lorsqu'il prit place sur le siège bas, face à la fontaine, elle délaça lentement ses sandales avec des gestes précis et savants. Pendant que Néphren assistait, discrète, à ce préambule de délassement, Séchat disparut quelques instants et revint, presque aussitôt, tenant une grenade mûre entre les mains. Djéhouty la regarda brièvement mordre dans le fruit rouge, puis se laissa complètement aller aux mains expertes et douces de la servante.

L'eau fraîche coulait en un mince filet. Détente et bien-être s'emparèrent aussitôt de Djéhouty. La jeune fille atteignait à peine l'âge de treize ans. Petite, souple, à peine vêtue, elle ne portait qu'une large ceinture qui lui couvrait les reins et les hanches. Le reste de son corps, nu et doré, s'offrait aux regards de ses maîtres. Djéhouty regarda ses jeunes seins encore menus, fermes et haut placés que deux aréoles brunes soulignaient à la fois de hardiesse et de candeur.

Lorsqu'elle jugea les pieds de l'invité suffisamment rafraîchis, elle les essuya, puis les massa soigneusement avec une huile embaumée qui diffusait une odeur de jasmin.

— L'invité de mes maîtres se trouve-t-il satisfait ? murmura-t-elle, sans oser lever les yeux sur lui.

— Tes soins attentifs me donnent une grande détente, assura Djéhouty en regardant la servante lui remettre précautionneusement ses sandales.

Inéni s'approchait de la fontaine. Séchat avait de nouveau disparu. Son absence n'étonna guère Djéhouty et il pensa aussitôt qu'elle attendait probablement ses interlocuteurs dans le bureau d'études du Grand Architecte. Peut-être devait-elle déjà préparer ses arguments de travail.

Néphren, consciente de son rôle d'hôtesse, regardait comme un agréable spectacle cette scène que, seule, une maison noble pouvait offrir à ses invités. Pleinement satisfaite, elle questionna d'un air assuré :

— Grand Djéhouty, désires-tu autre chose ?

— Je te remercie, Néphren. Je me sens un autre homme, plaisanta-t-il en se dirigeant vers Inéni qui le prit affectueusement par les épaules.

— Nous sommes heureux que ce rafraîchissement te plaise, Djéhouty. Après une boisson de ton goût, nous pourrons discuter en toute tranquillité, intervint l'architecte. Préfères-tu un vin ou de la bière ?

— De la bière, si tel est ton plaisir.

Néphren frappa aussitôt dans ses mains et une autre servante, d'une grâce analogue, cependant moins juvénile, apportait un pichet de grès empli d'une bière mousseuse et fraîche que Djéhouty porta à ses lèvres.

La servante devait compter quelques années de plus que l'autre. Son regard audacieux n'hésitait pas à se poser sur celui de Djéhouty, soulignant la désinvolture d'un visage bruni aux traits marqués d'un curieux métissage. Aussi peu vêtue que sa compagne, elle portait juste en plus un simple gorgerin qui, partant du cou, tombait à peine sur sa poitrine et ne réussissait pas à recouvrir de sombres seins parfaitement dessinés et harmonieusement galbés.

— Nous allons nous installer dans mes appartements privés, décréta Inéni. Les pièces sont à l'ouest, plus abritées et plus fraîches. Nous y serons à l'aise pour discuter.

Il se frottait doucement les mains, clignant un peu les yeux, ce qui accentuait les deux rides verticales placées juste au-dessus de l'arête de son nez fin, mais un peu long. Ce tic lui revenait souvent et traduisait chez lui les approches d'une intense réflexion. Il se tourna vers sa femme :

— Néphren, nous ne voulons être dérangés sous aucun prétexte, dit-il en jetant sur son épouse un regard qui, s'il n'était plus très tendre depuis des années de vie commune, restait du moins chaleureusement amical.

— Bien, bien, ironisa Néphren. Crois-tu donc qu'il soit dans mes habitudes de perturber tes heures de travail. O ! mon digne époux.

Et sur un rire léger, elle s'éloigna vers ses propres appartements.

Inéni et Djéhouty se retrouvèrent seuls, comme dégagés d'une présence futile. Ils s'attaquèrent sans plus attendre aux problèmes qui les concernaient.

*
* *

Un peu plus tard, lorsqu'ils entrèrent dans la vaste pièce qui servait de lieu de réflexion et de travail au Grand Architecte, Séchat se trouvait assise devant un large coffre, face à un cadran solaire en pierre. Le papyrus qu'elle venait de dérouler, étalé devant elle, révélait une récente étude. Elle mordait encore à pleines dents un fruit qu'elle termina rapidement. Puis, elle essuya ses mains sur un linge blanc resté à sa portée, se leva, saisit le papyrus qui s'enroula aussitôt et s'approcha des deux hommes.

La pièce, spacieuse et fraîche, se distinguait par des tentures sobres et de bon goût, moins colorées que celles qui recouvraient les murs des pièces de réception. Sur les coffres reposaient des souvenirs de voyages et d'expéditions. Masques et totems du Soudan, poignards et autres armes Hyksos. Objets de bronze et de cuivre se disséminaient aux quatre coins de la pièce. Djéhouty remarqua même une armure Hittite qui ornait l'un des murs.

— Asseyons-nous là, proposa Inéni.

Il prit place lui-même sur le siège qui faisait face à ses collaborateurs et précisa :

— J'ai refusé l'aide d'un scribe subalterne pour remplir la tâche d'un rapport, la mission devant rester encore secrète. Mais il faudra rendre compte de cet entretien à Senenmout.

Devant l'étonnement qui s'inscrivait sur les visages de Djéhouty et de Séchat, Inéni reprit :

— Sa Majesté Hatchepsout me l'a ordonné.

Un peu gêné, cependant, par ce préambule non prévu, il s'enquit aimablement des impressions de Djéhouty sur le nouvel intendant personnel de la reine.

— Je ne le connais guère, objecta Djéhouty avec prudence.

— C'est un loyal serviteur. Je pense qu'il sera bénéfique pour les affaires de votre reine. N'en doutez pas.

Conscient du doute qui s'emparait de ses interlocuteurs, Inéni, après une lente réflexion, les avertit :

— Je vous estime l'un et l'autre et je connais vos compétences réciproques. Je ne mets pas en doute votre fidélité vis-à-vis de votre pays.

Se tournant particulièrement vers Djéhouty, il reprit :

— Je termine, ici, ma longue carrière de Grand Intendant Personnel du Pharaon Thoutmosis Ier, et celle de Grand Architecte Royal. Tout comme Nekbet, ton grand-père, Séchat, proche et intime d'Ahmosis, tout comme moi, proche de Thoutmosis, Senenmout le sera d'Hatchepsout. Je n'ai plus à servir la reine.

Senenmout est appelé à me remplacer. Rappelez-vous bien ceci. Il viendra un temps où vous serez sous ses ordres directs. Ne le décevez pas.

Saisissant le papyrus que tenait tout à l'heure Séchat, il interrogea :

— Qui se chargera d'effectuer le rapport ?

Comme si la jeune femme attendait la question, elle rétorqua aussitôt :

— Ne t'inquiète pas, Inéni. Je m'occuperai de rédiger l'entretien intégral. Il parviendra en détails dans les délais exigés entre les mains de Senenmout.

Puis, se tournant vers Djéhouty, elle compléta dans un sourire qui n'attendait pas d'objections :

— Après t'en avoir soumis le texte, bien entendu, et si tu es d'accord.

— C'est parfait, admit celui-ci, espérons que nous soyons, l'un et l'autre, en parfaite cohésion.

— Nous ne pourrons pas être en désaccord, puisqu'il s'agit de relater cet entretien dans toute sa vérité.

— Très juste remarque, conclut Djéhouty. Nous sommes donc, dès le départ, sur un terrain d'entente.

Séchat lui lança un coup d'œil en coulisse et jeta, narquoise :

— C'est un plaisir que de travailler avec toi, Grand Djéhouty. J'ai rarement eu ce privilège.

Djéhouty la fixa de ses yeux froids et gris et Séchat ne sut s'il prenait sa remarque pour un compliment ou une provocation.

— Vous savez donc, commença Inéni, qu'Hatchepsout vient d'élaborer, en ma compagnie, les premières éventualités d'un agrandissement du temple d'Amon. Il faut en étudier, maintenant les suites possibles et concrètes.

— Quel en est l'endroit précis ? jeta Djéhouty.

— La reine désire un sanctuaire annexe situé sur l'axe général du temple orienté ouest-est. Là, où se déroule le culte actuel. Deux obélisques constitueront l'entrée principale du nouveau temple.

— Quel en sera le culte ? insista Djéhouty.

— Celui des temples solaires de la Ve dynastie associé au culte du dieu Râ, Hatchepsout veut y intégrer le dieu Amon et la déesse Hathor.

« Je reconnais là Hatchepsout, pensa Séchat, cette façon bien à elle de mêler le passé prestigieux et un futur qu'elle désire plus grandiose encore. »

— Comment veut-elle composer ce temple ? interrogea-t-elle, se doutant que la suite des instructions se révélerait exigeante et rencontrerait, sans doute, embûches et obstacles.

— Deux obélisques ouvrant sur l'entrée. Celle-ci prolongée par deux rangées de lions, la taille de chaque animal devra atteindre le quart de la longueur des obélisques. Au fond, une statue la représentant en déesse-Hathor. A droite, un autre dieu-Amon.

— Les dimensions ?

— Amon atteindra celle de deux lions réunis. Hathor viendra légèrement en-dessous, mais surpassera l'un des lions.

Inéni réfléchit quelques instants, puis reprit :

— Des stèles de remerciements, des bas-reliefs sculptés avec toutes les scènes du culte d'Amon. Il nous faut aussi des murs peints représentant les scènes du Livre de la Vie. Et, puisque Hatchepsout est l'épouse et la fille d'Amon, il faut en traduire les aspects sur toutes les surfaces disponibles.

— Les urnes, amphores, vases et récipients royaux sont prêts, précisa la jeune femme.

— Tous ?

— Oui, tous ! Ceux pour lesquels je me suis occupée en premier lieu sont destinés pour le sanctuaire d'Hathor et celui d'Anubis. Au départ, rien n'était prévu pour le temple d'Amon.

Djéhouty grimaça.

— Mais les colonnades, les bas-reliefs, les pylônes, les statues ? insista-t-il en haussant la voix. Nous ne les ferons pas qu'en pierre.

Inéni et Séchat se regardèrent sans parler.

— Nous ne trouverons pas suffisamment d'albâtre. Celui des stocks de Thèbes et des alentours a été réquisitionné, poursuivit Djéhouty.

Cette fois, Séchat se leva et arpenta lentement le long de la pièce.

— Beaucoup plus même ! objecta-t-elle. Nous sommes allés jusqu'à Abydos, Memphis, Hermopolis. Il n'y a plus d'albâtre disponible.

— Il faut l'extraire, insista Inéni.

— Certes, les carrières sont exploitables, expliqua Séchat, mais il faut ouvrir de nouveaux chantiers, les ouvriers sont trop peu nombreux. On ne peut engager les militaires, ils sont en guerre au Mitanni. Les esclaves sont, actuellement, insuffisants. Le dernier retour guerrier de Thoutmosis rapportant des prisonniers est, hélas, bien loin. Que suggères-tu, Inéni ?

— Ne pouvons-nous pas engager les paysans ?

— La crue dernière s'est révélée très médiocre et les récoltes, trop peu nombreuses, n'ont pas rempli suffisamment les greniers à blé de l'Egypte. Il va déjà falloir en importer de Syrie.

— A combien s'élève la somme des esclaves ? avança Djéhouty. Toi, Séchat, qui as tous les chiffres en tête, peux-tu nous le dire ?

— Prisonniers, esclaves et ouvriers-carriers ne pourront pas extraire la moitié de ce qu'il nous faut, compte tenu des colonnes qui doivent soutenir le nouveau sanctuaire. Ne peut-on utiliser un autre matériau ?

— Alors, jeta soudainement Inéni, faites des colonnes en marbre.

Séchat, qui ne connaissait pas les carrières de marbre et les disponibilités qu'elles offraient, se tut. Des yeux, elle questionna Djéhouty.

— Je crains, avança celui-ci, que l'extraction de marbre ne présente la même difficulté que celle de l'albâtre. Le stockage disponible est insuffisant et il faudra effectuer un travail de masse.

Inéni, que ces difficultés ennuyaient, s'épongea le front d'où une sueur perlait. « Mon dieu, pensa-t-il, j'ai besoin de prendre un repos définitif. Tous ces problèmes me fatiguent, maintenant. Je me fais vieux et ne suis plus concerné. » Il s'essuya à nouveau le front.

— Je suggérerais bien, jeta-t-il, le quartzite rouge qui nous vient du nord-est d'On. Mais la quantité sera insuffisante.

— Le problème reste donc inchangé, jeta Séchat que les craintes commençaient à ronger.

— Ne pourrait-on pas utiliser le calcaire de la montagne thébaine ? exposa Djéhouty. A Memphis, de nouvelles carrières viennent de s'ouvrir, elles ne sont pas grandes et l'extraction peut se faire avec le personnel déjà sur place.

— Non, Djéhouty, reprit Inéni en se frottant le front soucieusement, ce calcaire est trop friable et ne supportera pas le poids d'une charge excessive. Certes, les sculptures y apporteraient un effet incontestable et les peintures une lumière extraordinaire, mais le soubassement bougerait après plusieurs années, voire peut-être même dès l'achèvement des travaux. Vous ne pouvez risquer un tel projet.

— Alors, jeta Séchat, si l'on ne peut pas prendre le calcaire de Thèbes, prenons le granit de Memphis ou celui d'Assouan.

— Et au sud de Bouhen ?

— Pourquoi pas. Allons jusqu'à la limite de la troisième cataracte. Les frontières du Soudan nous offrent un calcaire dur et non friable comme le granit.

— Nous nous heurterons aux problèmes de

transport, précisa Djéhouty et la main-d'œuvre sera toujours insuffisante.

— Si nous commençons l'extraction juste à la saison d'Akhit où le fleuve déborde de son lit, assura Séchat, les paysans de toute la région du sud seront disponibles. Ils n'ont rien d'autre à faire que d'attendre la fin de l'inondation. Le transport peut se faire au fur et à mesure pour ne pas perdre de temps.

— Dans ces conditions, il faudrait commencer dès le mois prochain. N'est-ce pas un peu précipité ?

— Cela semble présenter la meilleure des solutions. Combien de paysans peut-on recruter pour ces trois mois ?

— Trois mille environ. Nous leur donnerons ration double de blé et de bière. Il faudrait également alléger leurs prochains impôts sur les céréales. Cela me paraît le juste prix de leurs efforts, affirma Séchat en reprenant place sur le siège qu'elle venait à peine de quitter.

— C'est en effet une solution acceptable, admit Inéni.

Djéhouty surprit le regard qu'il jetait sur l'épouse de son fils. Il y décela presque de l'admiration.

— Il n'y aurait plus que Senenmout à convaincre pour le démarrage rapide des travaux et le choix des carrières à exploiter.

— Nous avons le grès rose d'Assouan et le grès de Bouhen plus gris et plus dur, je le connais bien.

— N'as-tu pas parlé de celui qui se trouve à la limite du Soudan ? C'est du grès plus sombre, presque noir. Ne pourrions-nous pas profiter d'une main-d'œuvre soudanaise, déclara Djéhouty, du moins pour l'extraction ? Cela pourrait reporter à deux mois, et non plus trois, la durée de recrutement de nos paysans.

— Excellente idée, jeta précipitamment Inéni, comment n'y avons-nous pas songé plus tôt ?

— Et le trésor ? émit prudemment Séchat. Qu'allez-vous offrir au gouvernement soudanais ? Du blé ? Nous n'en avons pas suffisamment du moins, cette année. De l'or ! Ils en ont. Du vin ! Certes, ils l'accepteraient, mais l'Egypte est friande de son vin et ne veut pas s'en démunir. Nous sommes déjà obligés d'en importer.

— Nous pouvons discuter, ouvrir un débat ?

— Qui nous dit qu'ils vont accepter ? Ils ne sont pas nos esclaves et nous ne sommes plus en guerre contre eux.

— Je propose tout de même d'en parler avec Senenmout. Il doit y avoir un moyen.

Séchat réfléchissait. Lorsqu'une difficulté surgissait et qu'elle entrevoyait tout de même une solution, elle disposait d'une faculté de vivacité d'esprit extraordinaire.

— Nekbet, mon grand-père, qui fut très longtemps gouverneur de Bouhen, m'a souvent raconté les mœurs et les coutumes des Soudanais. C'est un peuple, comme beaucoup d'Africains, susceptible et ombrageux. Il faut être subtil et perspicace avec eux. Les honorer sera du meilleur effet. Nekbet a vu, sous les campagnes d'Aménophis, les Soudanais satisfaits lorsque le pharaon leur élevait une stèle gravée. Leur fierté égalait leur joie. Pourquoi n'élèverions-nous pas un petit temple en leur honneur ? Cela ne serait guère coûteux pour l'Egypte et nous disposerions de la main-d'œuvre souhaitée.

— C'est une suggestion très judicieuse, admit Djéhouty, nous pourrions la retenir.

Mais Inéni reprenait déjà :

— Calculons l'effectif au complet puisque la solution définitive semble, maintenant, se dégager.

— Elle me paraît s'imposer d'elle-même, Grand Inéni, répliqua Djéhouty avec une conviction que retint Séchat. L'Intendant des Scribes me proposera une dizaine d'équipes dont quatre suffiront pour l'extraction, deux pour le transport et la mise en place des travaux et les quatre dernières pour le déroulement et les finitions. Je prévois cinq cents carriers de profession et dix chefs de travaux, un pour chaque équipe. Les sculpteurs seront tous recrutés parmi les meilleurs.

— Bien. A toi Séchat de trouver les meilleurs artisans, peintres, ébénistes, orfèvres, potiers.

Inéni s'épongeait à nouveau le front. Ses rides semblaient s'accentuer davantage et ses yeux se plissaient tant que, par instants, ils paraissaient fermés.

— Allez chercher l'or à Coptos, dans les montagnes de Bekken. Ne prenez que la quantité nécessaire. Il ne faut pas alourdir les dépenses. Attention aux voleurs et aux réquisitionneurs. Il s'en trouve toujours parmi les ouvriers, esclaves ou paysans. L'or est la chair des dieux. Il ne faut pas le gaspiller ou l'utiliser outre ses besoins.

— Pouyemrê, Grand Orfèvre de la reine, trouvera les mêmes problèmes que pour l'albâtre. Nous avons réquisitionné toutes les turquoises venant du Sinaï. Sa Majesté a réclamé de nombreuses et importantes pièces d'orfèvrerie pour offrir aux dieux.

— Faites un nouveau marché, l'Egypte ne doit jamais manquer de turquoises, de cornaline ou de lapis-lazulis.

— Cornaline et lapis-lazulis, il en reste suffisamment dans le trésor de l'Etat. Mais nous manquerons de quartz, d'agates et d'onyx.

Inéni se tourna vers Déjhouty qui semblait réfléchir à la question.

— Prépare le marché de pierres précieuses avec Pouyemrê, mais demande à Séchat d'être présente lors des transactions, c'est une excellente gestionnaire, elle favorisera toujours son pays.

Puis, s'adressant à la jeune femme, il ajouta :

— Cherche aussi des scribes-écrivains qui composeront les hymnes aux dieux qui plairont à la reine. Ton père devrait pouvoir t'aider. En ce domaine, il est imbattable et connaît tous les grands hommes des siècles passés. N'oublie pas que c'est l'essentiel. Les bas-reliefs, stèles et inscriptions sur les obélisques doivent représenter tout ce qu'aime Hatchepsout.

— Merci, Inéni, souffla Séchat, sensible aux conseils du vieil homme.

— Vous formerez une excellente équipe avec Pouyemrê et Senenmout. Je le sais.

Il se leva et se dirigea vers un coffre, le soulevant délicatement, il en sortit un paquet de papyrus enroulés.

— Je suis âgé, je vous ai aidés, ce soir, du mieux que j'ai pu car je veux que vous réussissiez cette entreprise.

— Toute ma gratitude, Grand Inéni, prononça Djéhouty. Pour ma part, sois sûr que je t'en serai éternellement reconnaissant.

Le regard que lui jeta Séchat après ce chaleureux remerciement fut totalement complice. Un instant, leurs yeux s'accrochèrent et le même souffle d'enthousiasme sembla les recouvrir.

D'un pas lent, Inéni revenait vers eux et, déroulant l'un des papyrus, il dit tranquillement en s'adresssant à Séchat :

— Je te confie ce plan. C'est la base du temple d'Amon avec ses nécropoles que j'ai construit sous Aménophis. Tout y est indiqué. Si tu hésites quelquefois sur un point, regarde-le. Etudie-le. Sors tes compas, tes règles, fais tes calculs comme Parenefer, le Grand Scribe royal et moi-même te l'avons appris. Sois sans inquiétude, je dirai à Senenmout qu'il est en ta possession. Il en reste un classé aux archives royales qu'il peut, lui aussi, consulter à tout moment.

Les premiers rayons de Râ pointaient dans un ciel déjà bleu sombre. Inéni s'apprêtait à congédier les deux jeunes gens. Il se tourna vers Djéhouty.

— Ceci est strictement confidentiel et je te fais confiance, Djéhouty.

Encore une fois, les yeux de Djéhouty fixèrent intensément ceux de Séchat. Il répondit d'une voix basse :

— Je ne le voyais pas autrement, Grand Inéni.

Djéhouty eut un large sourire que l'architecte accepta comme un signe d'harmonie et de bonne entente.

*

* *

Hélas ! Le destin avait décidé de ternir la paisible vie d'Inéni et le bouillant enthousiasme de Séchat. L'expédition du Mitanni revenait. Il fallait consacrer les vainqueurs et honorer les morts. Quelques jours plus tard, on annonçait dans les rues de Thèbes le retour des armées égyptiennes.

Elles ne rapportaient ni esclaves, ni prisonniers. Les vaincus disparus dans le fleuve de l'Oronte n'avaient fait que décimer l'armée des Hittites, ce qui aux yeux des Egyptiens ne représentait pas une victoire totale.

A chaque retour de guerre, des coursiers chevauchant à toute allure le désert brûlant venaient annoncer dans les villes et dans la capitale la victoire ou la défaite.

Des scribes préparaient rapidement la liste des disparus, tués dans la bataille et l'annonçaient aux familles concernées.

Lorsque Inéni, les yeux embués de larmes qu'il ne pouvait contenir, annonça à Séchat la mort de son fils, celle-ci le fixa sans comprendre. Ses pupilles dilatées, qu'un grand cercle brun entourait, ne cessaient de battre nerveusement et les articulations de ses doigts, crispés par l'étonnement et l'incompréhension, devenaient tendus et blanches.

Inéni, les épaules rentrées et le dos courbé voyait à peine la jeune femme. Il fixait, face à lui, le mur recouvert de tentures tout en laissant couler des larmes sur son visage creusé par la douleur.

Après un long instant, interminablement lourd, Séchat ne se sentit pas le courage de prononcer une parole. Quel mot aurait-elle pu dire ? Quel réconfort pouvait-elle apporter ? Soudain, la souffrance qu'elle ressentit prit une proportion telle que jamais encore de sa vie, elle ne s'était trouvée aussi déroutée.

Les répercussions du drame furent tout aussi pénibles pour Néphren qui, depuis l'horrible nouvelle, restait enfermée dans ses appartements. Rien ne pouvait l'en faire sortir. Séchat ne chercha pas à la voir et Néphren ne la réclama pas. Un seul point lui semblait essentiel. Quitter Thèbes, partir rejoindre Nekbet à Bouhen. Oublier. Retrouver l'espace, la nature, la solitude et la réflexion.

*
* *

Bien qu'il s'agisse d'une victoire, mais sans le retour triomphant du pharaon, le délire des Egyptiens n'atteignait pas son paroxysme. Cependant, les traditions ne firent pas défaut. Lorsque l'armée se tint aux portes de Thèbes, Hatchepsout vint au-devant de Néhésy qui se courba presque jusqu'à terre, montrant ainsi le plaisir qu'il avait à retrouver sa reine. A gauche d'Hatchepsout se tenait Senenmout. Leurs regards se croisèrent presque froidement.

« Il semble avoir pris de l'ascendant sur la

reine » pensa Néhésy. « Il devrait se courber devant moi. Je lui suis hiérarchiquement supérieur. A moins qu'Hatchepsout ne lui ait conféré, en mon absence, un titre honorifique qui rehausse son prestige. »

— Bienvenue à toi, Néhésy. Je suis heureuse de ton retour. Si vous ne ramenez pas de prisonniers, du moins l'armée Hittite est passablement décimée. Elle n'osera pas tenter une attaque contre nous d'ici quelques années.

Légèrement en retrait de la reine, Hapouseneb et Djéhouty se tenaient avec autorité. Néhésy s'approcha de son ami Hapouseneb. Ils se serrèrent dans les bras l'un de l'autre, visiblement heureux de se retrouver. Plus en arrière, Mériptah, Ouser, Pouyemrê et les autres dignitaires s'avançaient.

Néhésy, quittant les bras d'Hapouseneb, se redressa et d'une voix dont il voulait cacher l'émotion, jeta :

— Que l'Egypte salue celui qui nous a aidés à gagner cette victoire, l'honorable et grand Menkh, tué dans la bataille.

Emue plus qu'elle ne voulait le laisser paraître, Hatchepsout, qui avait connu Menkh comme compagnon d'enfance et qui pensait à la douleur de Séchat, réclama un hymne à la mémoire du mort.

L'hymne fut joué par Thoutment, lui aussi compagnon de jeunesse de Menkh. Un silence court et pesant vint, ensuite, teinter l'atmosphère alourdie par une chaleur qui se refusait à tomber. Senenmout semblait impatient de la suite des événements.

— Que le défilé commence, tonna-t-il d'une voix forte et autoritaire.

La longue file ordonnancée commença son défilé entre une foule bruyante et joyeuse. Depuis l'attentat de la porte de l'enceinte royale, Sa Majesté ne voyageait plus dans les rues de

Thèbes en char mais en litière, précédée et suivie d'une armée de soldats. Sur les côtés chevauchaient Néhésy, Hapouseneb, Djéhouty et Senenmout dont le regard de lynx épiait chaque mouvement, chaque bruit, chaque lieu.

S'approchant de la reine, Néhésy chevaucha quelques instants à son côté. Elle avait relevé la tenture qui lui servait, parfois, de séparation entre elle et la foule.

— Néhésy, chuchota-t-elle, dans quelques jours, tu iras à Bouhen. Toi seul peux conter à Séchat la bravoure de son époux. Elle n'acceptera personne d'autre que le dernier compagnon de Menkh. Essaye de la convaincre de revenir à Thèbes. Vivre trop son deuil ne peut lui apporter que la ruine d'elle-même en la sclérosant du véritable but qu'elle s'est fixé.

— Dès la fin de ces fêtes guerrières, j'irai à Bouhen, Votre Altesse.

Djéhouty qui, inévitablement, avait entendu le dialogue, fit un brusque écart et son cheval prit, un instant, une allure plus rapide, rompant l'harmonie du défilé. Mais, d'une main sûre, il ramena promptement son cheval à une cadence normale, s'obligeant à côtoyer la litière de la reine. Lorsque celle-ci croisa son regard, elle trouva de larges yeux gris soudés aux siens qui semblaient la questionner.

« Cela ne lui ressemble pas, pensa Hatchepsout. Pourquoi a-t-il fait cet écart lorsque j'ai donné l'ordre à Néhésy d'aller voir Séchat ? Non, Djéhouty, Séchat n'est pas faite pour toi. Maintenant que Menkh n'est plus, elle doit se consacrer à moi. Oui, entièrement à moi. Fidèlement, jusqu'à la fin des missions dont je la chargerai. Séchat n'existera ni pour toi ni pour un autre homme. »

Les larges prunelles claires de Djéhouty quittèrent le regard brun d'Hatchepsout et se portèrent aussitôt sur Senenmout qui, de ses yeux inquisiteurs, cherchait déjà une solution à l'énigme qui se posait à lui.

Les chevaux allaient au petit trot, suivis de toute l'infanterie qui, elle-même, précédait la charrerie royale. Derrière les fantassins, la foule en liesse commença serrée, dense, à suivre le défilé.

Les morts absents veillaient déjà, dans l'au-delà.

CHAPITRE IX

Depuis plusieurs semaines, la douce Aména qui n'avait plus sa compagne Amenhotep à ses côtés, tentait avec difficulté de réconforter la douleur d'Isis.

Après quatre années de formation musicale au temple, Amenhotep avait réintégré sa famille pour tenir le rang qui lui était assigné au sein d'une société noble et de bon ton. Mais les deux jeunes filles étaient trop intimes pour ignorer les aspirations de l'autre et la jeune flûtiste savait que son amie harpiste jetait ses yeux dévoreurs sur le fils d'un prêtre du temple, Hapouseneb, dont elle l'avait déjà entretenu avec fougue.

Depuis l'absence de sa compagne, Aména ne quittait plus Isis. Désormais, la danseuse fuyait le jour, le soleil, la vie. La mort d'Ouadjmosis avait planté dans son cœur une écharde si venimeuse qu'elle en refusait de boire et de manger.

Cela s'était fait au fil des jours. L'épine était entrée et ne pouvait en sortir. Isis avait beau être jeune et belle, l'image du jeune prêtre qui avait si violemment bouleversé sa vie ne s'effaçait pas.

Le venin était en son âme et ne pouvait s'en expulser que celle-ci confrontée à d'autres envies, d'autres fantasmes que ceux de quitter le dieu pour lequel elle avait été bénie, formée, nourrie. A moins que le dieu lui-même soit moins cruel que les hommes.

Incapable, pourtant, de mettre le vieux Sétoui au-devant d'un odieux chantage, Isis se contentait de se laisser lentement dépérir.

— Il faut quitter ce temple, fit remarquer Améná à sa compagne en lui tendant un verre de lait coupé de miel. Sinon, tu vas mourir.

— Quitter ce temple ! Tu le peux, toi, répondit Isis d'une voix faible en repoussant le verre que lui tendait Améná. Tout comme l'a pu Amenhotep.

Améná soupira. En ceci, sa compagne avait raison. Elle approcha le verre des lèvres pâles de son amie qui, cette fois, se laissa faire et accepta d'avaler quelques gorgées du riche breuvage qui, à coup sûr, devait lui redonner quelques forces.

— Mon cas est si différent du vôtre, dit-elle tristement. Depuis ma naissance, je suis prisonnière de ces murs sacrés où Amon me retient comme une proie qu'il ne veut plus lâcher.

— Amon n'est pas un tortionnaire, c'est Sétoui qui refuse de te voir partir.

— Où est la différence ?

— Elle est énorme, crois-moi. Aussi grande que le Nil qui se jette dans le delta et qui, au-delà des mers, perpétue ses eaux alluvionnaires. De sa source à son embouchure, il y a la même différence.

Améná prit place à côté d'Isis et lui passa un bras autour de la taille. Un geste qu'elle voulait délicat pour lui témoigner sa profonde amitié.

— Sétoui n'est pas un monstre. Pourquoi ne veux-tu pas lui en parler ?

— Parce qu'il m'aime plus que tout au monde, qu'il a mis toute sa foi en moi et que cet attachement est devenu sa véritable raison de vivre.

— Mais, s'il t'aime ainsi, peut-il être heureux lui-même en te sachant si triste ? Ne peut-il pas te libérer ?

— Non ! Je crois qu'il préfère ma mort à une trahison.

Choquée par cette révélation, Améná eut un recul.

— Une trahison. Mais c'est insensé.

Un cliquetis leur fit lever la tête. L'air semblait s'agiter entre les quatre murs de la chambre où les jeunes filles étaient étendues. Elles écoutèrent. Le bruit leur arrivait en plein visage.

La porte s'ouvrit. C'était le nain du temple qui s'annonçait en agitant les grelots de ses crotales. Améná frissonna. Elle détestait ce prêtre ambitieux, ironique et qui, parfois, savait se montrer cruel.

Parfaitement conformé, mais de très petite taille, le nain n'avait qu'un fort raccourcissement des bras et des jambes. Son torse était normal et son visage ne montrait ni difformité ni laideur.

Prêtre lui aussi, mais prêtre serviteur, il avait le crâne rasé et portait la longue tunique blanche et ample qui lui dissimulait bras et jambes. Il ressemblait ainsi à un petit pot ambulant.

Ses pieds nus, bien que minutieusement manucurés, étaient un peu poussiéreux. Etait-il donc si pressé de leur parler pour en oublier de les laver avant de pénétrer dans la chambre des jeunes filles ?

Affecté exclusivement au service de Sétoui, Memphès se voyait doté de multiples privilèges que n'avaient pas tous les serviteurs du temple, ce qui le rendait fortement imbu de sa personne, dépassant même souvent les droits que lui octroyait son révérend maître.

Depuis quelque temps, le vieux prêtre l'envoyait chaque jour auprès d'Isis pour s'assurer qu'elle ne manquait de rien et que son rétablissement s'améliorait de jour en jour. En fait, Sétoui ne dépêchait-il pas Memphès auprès de sa nièce pour se convaincre de son entière soumission ?

L'œil ouvert, aux aguets, Aména se redressa. Et, comme si elle eût été piquée par un serpent, elle recula le buste d'un coup sec et le cala contre le cadrage en bois du lit.

Si Aména restait sur la défensive, Isis n'avait pas bronché, regardant à peine le nain qui s'avançait.

— Viens-tu voir si Isis est toujours vivante ? dit-elle de sa voix cristalline qui, néanmoins, cachait quelque agressivité.

Le nain fit mine de ne pas entendre. Il se courba, les épaules rentrées, la tête touchant presque le sol, mais se releva prestement. Il posa ses crotales sur une table basse recouverte de gâteaux et de fruits séchés et sortit des plis de sa robe un petit plateau en grès rose perforé de dix trous.

Puis, comme s'il comprenait soudain l'allusion d'Aména, il répliqua :

— Qu'Isis ne s'inquiète pas si elle ne veut plus danser. Mon maître, le Grand Sétoui, désire avant tout le repos de son corps. Celui de son âme viendra plus tard. Et la danse reprendra tout naturellement son cours.

Il tendit le plateau de grès rose aux jeunes filles. Comme Isis ne faisait aucun effort pour le saisir, Aména le prit et l'examina.

Memphès eut un sourire méprisant.

— C'est un jeu de « chiens et chacals », fit-il en cherchant dans les nombreux et vastes plis de sa tunique. Il en tira dix bâtonnets de bois peint et les tendit à Isis qui refusait encore d'accomplir le geste pour les prendre.

Cette fois, Memphès cessa de sourire. Sa mâchoire se crispa et ses yeux sombres s'allumèrent de cette braise incandescente qui ne s'éteint jamais.

— Prenez-le, dit-il sèchement. Sétoui vous en

fait cadeau pour vous prouver sa bonne intention de voir vos divertissements prendre le pas sur vos contraintes.

Aména eut un sourire ambigu, mais Isis resta impassible. Que lui importait ce jeu. Elle n'avait nulle envie d'entamer une partie de « chiens et chacals ». De plus, elle considérait sot et stupide ce jeu assez ancien, basé sur le hasard où il fallait réussir à introduire les bâtonnets dans les trous en suivant un ordre précis.

Comment son oncle qui l'avait habituée à plus d'esprit dans ses divertissements pouvait-il lui offrir un tel présent ?

— Remercie Sétoui pour moi, murmura Isis.

— Que dois-je lui dire d'autre ?

— Rien.

Sur l'air pincé du nain Memphès — cette mimique où les plis de sa bouche tombaient vers le bas semblait le raccourcir davantage — Aména crut bon d'ajouter :

— Dis-lui que je m'efforce de distraire Isis afin qu'elle ne sombre dans le plus triste des néants.

Memphès salua de nouveau et se retira.

— Ce nain m'espionne, murmura Isis. Mais, qu'importe ! Je crains fort, ma pauvre Aména, que tu n'aies plus besoin de me distraire longtemps.

— Nous allons trouver une solution et tu retrouveras tes forces et ton enthousiasme.

— En aurais-tu donc une à me proposer ?

Aména acquiesça de la tête. Si personne, dans ce temple d'Amon, ne pouvait approcher le pharaon à l'exception d'un de ses intimes et si, de surcroît, cet intime ne pouvait être que Sétoui, il allait de soi que la chose s'avérait impossible. C'était tourner irrémédiablement en rond.

Devant le silence de sa compagne, Isis se désola.

— Tu vois bien que rien n'est possible et que,

même si je sortais de cette enceinte, je ne saurais quoi faire.

— Mais il n'y a pas qu'au temple qu'on danse !

La jeune fille soupira plusieurs fois. Elle souleva doucement les épaules, les rabaissant aussitôt dans un triste sourire.

— Je ne sais exécuter que des danses sacrées.

— Tu en apprendras d'autres.

— Celles du harem ou des auberges clandestines !

Aména se mit à rire.

— Mais non ! Ne sais-tu pas qu'il existe des corporations de danseuses qui représentent toutes les régions de l'Egypte ? Elles dansent aux fêtes qui ne sont pas forcément sacrées.

Un cri pointu les détendit. C'était un appel strident, aigu, qui montait dans l'air comme les plus hautes notes qu'Aména tirait de sa flûte.

Un bond soudain les surprit. Le petit singe exotique de Isis sauta lestement sur leurs genoux. C'était un animal minuscule, tout noir, au pelage rêche, aux yeux rusés enfoncés profondément sous une touffe de poils hirsutes.

Il rentrait sans doute de sa promenade quotidienne où il ne manquait jamais d'aller voir ses congénères, de gros et puissants singes enfermés à l'intérieur des grandes grilles qui côtoyaient les volières.

A cette heure, le macaque venait chercher quelques caresses auprès de sa jeune maîtresse. D'un bond plus mesuré, il sauta dans les bras de Isis qui le reçut sans contrainte. Puis, il se mit à s'agiter, crier, sautiller et retomba enfin sur le sol pour filer aussitôt à l'autre bout de la pièce.

Quand les jeunes filles le virent ramener la tablette d'écriture d'Isis, elles éclatèrent de rire. Ce diable de petit singe était bien le seul, à présent, qui arrivât à détendre la jeune fille.

Il s'agitait en poussant des cris successifs,

s'attachant à y donner des intonations différentes, ce qui, pour lui, était le signe d'une extrême excitation. Puis, d'une main victorieuse, il brandit l'écritoire et de l'autre le calame.

— J'ai une idée, exulta soudain Aména.

— Une idée !

— Pour te faire sortir du temple.

Surpris par cette exclamation inopinée, le singe s'immobilisa et, voyant que les deux jeunes filles reprenaient leur conversation, il se mit à gribouiller sur l'écritoire, satisfait vraisemblablement que la qualité de celle-ci soit irréprochable.

— Ecoute ! fit Aména. Dans quelques semaines, je rendrai visite à un cousin. Il s'appelle Djéhouty. C'est un cousin éloigné de ma famille, mais je sais qu'il m'apprécie et, chaque année, il m'invite quelques jours dans sa villa.

Comme Isis semblait étonnée, ne sachant où voulait en venir sa compagne, Aména poursuivit :

— Il travaille en collaboration avec la scribe, Intendante des Artisans et des Potiers. Je crois qu'ils pourront faire quelque chose pour toi.

Isis l'écoutait. Le verre de lait accompagné de miel lui avait redonné quelques couleurs. Elle se redressa sur le coussin qui calait son dos.

— Où veux-tu en venir ? dit-elle en regardant le macaque qui, fatigué de tracer des signes imaginaires sur l'écritoire, venait de saisir le jeu de « chiens et chacals » pour le secouer fortement. Puis, saisissant les bâtonnets qui s'encastraient dans le jeu, il les observa minutieusement, un par un, et décida brusquement de les jeter en l'air.

De nouveau, Isis et Aména se mirent à rire.

Ravie de voir sa compagne se détendre et s'intéresser à sa proposition, Aména poursuivit, pleine d'entrain :

— Par l'intermédiaire de Djéhouty qui est en

rapport direct avec cette femme scribe, nous pouvons peut-être atteindre la reine Hatchepsout.

Isis haussa les épaules.

— Mais, je connais aussi bien Hatchepsout que cette femme dont tu me parles. Ne suis-je pas son amie d'enfance ?

— Le problème est que tu ne vois plus Hatchepsout trop occupée, hélas, par ses activités de reine et de Grande Epouse Royale. Elle ne vient plus te voir.

— C'est vrai, admit tristement Isis.

— Et puis, un porte-parole te servira mieux. Tu es incapable de défendre toi-même tes intérêts.

— Comment t'y prendras-tu ?

— J'expliquerai tout simplement ton cas à Djéhouty. Il peut en parler à Séchat, la scribe. Comme celle-ci est en rapport direct avec la reine, elle pourra solliciter ta liberté.

— Et pourquoi cette femme accepterait-elle de discuter en ma faveur ? Je ne la connais pas.

— C'est une femme libre. Je suis certaine qu'elle comprendra.

*
* *

Hatchepsout et Thoutmosis se défiaient. Non pas avec agressivité, car la reine ne supportait ni les heurts avec son époux ni les sujets épineux. Leur association conjugale restait toujours une relative harmonie que nul ne voulait briser inintelligemment.

Cette fois, pourtant, la question paraissait préoccupante.

Hatchepsout s'agitait. Sa voix se faisait plus sèche et un léger rictus — perceptible pour ceux qui la connaissaient bien — apparaissait sur le coin de ses lèvres.

Insensible à cet état nerveux chez son épouse

qui, d'ailleurs, ne le tourmentait guère, Thoutmosis restait calme. La reine se leva et fit un grand pas en direction du roi, frôlant presque son buste qu'un imposant pectoral de turquoises recouvrait. Puis, soutenant son regard, ses yeux se lancèrent à l'assaut d'un défi qu'elle savait pourtant gagné d'avance.

— Nos filles, Thoutmosis, ont un sang royal. Elles sont de la plus haute lignée qui soit, celle de leur grand-père Ahménosis.

D'un ton calme, Thoutmosis répliqua :

— L'Egypte n'a pas de fils.

Hatchepsout haussa les sourcils. Elle s'éloigna du roi, contourna le canapé d'osier qui leur faisait face et, caressant du doigt les bras polis que le fauteuil lui tendait, elle s'y laissa tomber avec un petit rire ironique.

— Ton harem est rajeuni, pourtant. Les vieilles concubines ne sont plus là depuis longtemps. Les jeunes ont pris la relève et tu ne t'en prives pas, il me semble. Alors, pourquoi n'as-tu pas encore de fils ? Mon père en a eu quatre. Tous, des bâtards, tu le sais, dont tu fus le seul à requérir la noblesse indispensable pour m'épouser.

Il caressa sa courte barbe postiche. Puis, comme il ne trouvait rien à répondre, il ramena ses deux mains dans son dos.

Elle regretta d'avoir jeté ces mots acerbes et voulut les rattraper par une plus douce parole, mais Yaskat apparut dans le cadre de la porte. Elle seule avait le droit de rompre le tête-à-tête conjugal devenu, d'ailleurs, de plus en plus rare.

— Apporte-nous un repas léger, Yaskat. Du poisson grillé aux herbes, une salade d'aubergines et des fruits frais.

Elle redressa le buste et, voyant Yaskat repartir, elle la rappela :

— Après, tu viendras me masser. Je veux être

gaie et détendue. Ce soir, Pharaon partagera ma couche.

La jeune servante parut étonnée, mais ne répliqua rien. Elle se courba devant Thoutmosis et disparut.

— Pourquoi n'as-tu pas encore pris une Seconde Epouse ? s'enquit Hatchepsout d'un ton plus aimable. Tu n'as que des concubines. Elle pourrait te donner un fils si notre union ne nous l'accorde pas.

Dans un haussement d'épaules, Thoutmosis déroulait déjà son pagne. Il semblait que la suggestion de la reine ne fût pas pour lui déplaire.

— Je n'ai pas envie de prendre une étrangère comme Seconde Epouse, dit-il en jetant son pagne à terre.

Seul, un linge intime recouvrait le bas de son ventre.

— N'as-tu donc pas d'autres femmes que tes concubines nubiennes ou hittites ? fit la jeune reine avec un ton qui devenait de plus en plus affable. Il me semblait que deux ou trois Syriennes cultivaient l'art de te plaire !

A nouveau, il haussa les épaules.

— Tu sais bien qu'elles sont toutes plus ou moins prisonnières de l'Egypte.

— Et les Egyptiennes ?

Il venait de laisser tomber son vêtement intime offrant au regard d'Hatchepsout sa nudité complète.

— Les Egyptiennes du harem n'ont pas la noblesse requise pour engendrer un fils de Pharaon.

— Pourquoi ne fais-tu pas appel au Grand Prêtre d'Amon ? Eux seuls peuvent t'apporter la solution. Parmi les musiciennes, j'en connais quelques-unes de pure souche noble qui accepteraient de vivre au palais. Veux-tu que je m'en préoccupe ?

Il posa son regard tranquille dans celui de son épouse.

— Comme tu veux, fit-il soulagé de voir qu'à nouveau un problème échappait à son esprit.

Il vint s'allonger aux côtés d'Hatchepsout, sur le canapé d'osier.

— Veux-tu que Yaskat te masse ? proposa-t-elle d'un ton aimable. Elle connaît toutes les subtilités pour détendre le corps et l'amener à plus de désir.

Il acquiesça dans un murmure.

— Mon époux, fit-elle en soupirant, te voici nu et, pourtant, je te vois enveloppé d'une pénible situation.

Ils avaient, certes, besoin l'un et l'autre de cette boisson étrange qui rendait les sens plus exacerbés. D'autant plus que les leurs, lorsqu'ils fonctionnaient ensemble, ne s'étaient jamais élevés au paroxysme.

Mais, Yaskat avait compris et dans quelque temps, après le massage bienfaisant que ses doigts habiles feraient subir à leur corps, elle leur tendrait la coupe emplie du vin euphorique.

*
* *

Djéhouty ne fut pas insensible à la demande d'Aména. Mais, il ne put en parler à Séchat qui, absente de Thèbes, ne pouvait débattre un problème qui ne la concernait pas, il préféra en parler lui-même à la reine Hatchepsout.

Ignorant les recherches conjuguées de la reine, et de Thoutmosis jointes à celles de Moutnéfer quant à la quête d'une Seconde Epouse Royale, la demande de Djéhouty tomba merveilleusement à pic.

Sans que personne n'en sache rien, il fut décidé qu'Isis viendrait s'installer prochainement au palais.

Djéhouty rapporta aussitôt les propos de la

reine à sa cousine. Il allait sans dire qu'Aména n'en croyait pas ses oreilles. Pour elle, Djéhouty avait réussi l'impossible exploit en un tour de main. Elle ignorait, bien sûr, le destin qui attendait sa compagne au tournant de cette prouesse.

Depuis le départ d'Aména, isolée dans sa chambre qu'elle refusait de quitter, Isis s'était à nouveau repliée sur elle-même. Elle n'acceptait que la compagnie de deux jeunes servantes et celle de son petit singe qui tentait par ses multiples facéties de la faire au moins sourire.

Parfois, elle prenait son écritoire, mais lorsqu'il fallait plonger le bout du calame dans l'encre, elle soupirait, une larme au coin des paupières et n'allait pas plus loin. Alors, les servantes s'inquiétaient, lui apportaient une collation qu'elle refusait, tapotaient ses oreillers, tentaient de la divertir en lui parlant des jardins qui descendaient jusqu'au fleuve et qui, dans leur extrême générosité, offraient leur abondante floraison et reflétaient un ciel démesurément bleu.

Mais, tout cela importunait l'esprit d'Isis et, à mesure que les jours passaient, ses joues pâlissaient, ses forces s'étiolaient, ses bras même n'arrivaient plus à serrer le petit diable de macaque qui se désolait de la mine triste et exsangue de sa maîtresse.

Pourtant, le temps travaillait pour elle. Un matin, Memphès, le prêtre-nain, apparut dans sa chambre. Son air contrarié traduisait un événement subit. Il en oublia de se courber devant la jeune fille et frappa dans ses mains pour appeler les servantes.

— Habillez-la, jeta-t-il sèchement, et conduisez-la chez le Grand Sétoui.

Assoupies contre la porte de la chambre qu'Isis ne quittait plus, les deux servantes se précipitèrent sur le coffre où elles rangeaient les vêtements de la jeune fille. L'une d'elles sortit une longue tunique blanche.

— Non, s'écria Memphès dont les yeux rougissaient de colère, il est hors de question qu'elle revête cette tenue destinée à la danse sacrée. Elle n'en est plus digne.

Il ricana à demi.

— Un pagne court. Sortez de ce coffre un vulgaire pagne court.

Surprise, la servante jeta son regard sur Isis qui, les yeux fermés, semblait étrangère à tout ce qui se passait autour d'elle. Voyant qu'elle n'obtiendrait aucun signe d'assentiment ou de contestation de sa maîtresse, elle prit en soupirant une tunique blanche, courte et plissée, qui s'attachait sur les reins avec un lien de cuir.

Memphès la saisit violemment et la jeta d'un coup sec à terre. Un geste de colère qu'il ne put réprimer.

— Le blanc lui est interdit désormais, un pagne de couleur suffira, cria-t-il avec hargne.

Apeurées, les servantes baissèrent la tête. Elles n'avaient jamais vu le prêtre-nain dans un tel courroux. Sa fureur semblait grandir à mesure qu'il parlait et l'inertie d'Isis paraissait décupler son irritation. Son visage se teintait d'un rouge marbré de mauve, son nez se pinçait comme des grosses ailes d'insecte qui se collaient l'une à l'autre, ses pieds nus allaient et venaient en tous sens, pressés, nerveux, comme s'ils subissaient le courroux de leur maître.

Tout cela n'appelait rien de bon. La plus jeune des servantes se mit à pleurer et se tassa dans l'encoignure d'un mur qu'elle ne quitta plus. L'autre renifla bruyamment et plongea son nez dans le coffre de sa maîtresse.

Le nabot balayait l'espace de ses bras courts et, de ses petites jambes, allongeait des pas de plus en plus agités. Il s'arrêta soudain et regarda la servante qui, toujours reniflante, brassait mollement les robes de sa maîtresse à l'intérieur du coffre, n'osant en sortir une de crainte de déclencher une nouvelle fureur.

Enfin, Isis se redressa.

— Je n'ai aucun pagne de couleur, jeta-t-elle d'une voix éteinte, vous vous contenterez de mon pagne blanc.

Pâle et amaigrie, elle chercha quelques secondes une respiration difficile qu'elle n'arrivait pas à maîtriser. Mais, elle était si lasse qu'elle retomba aussitôt sur sa couche et n'ajouta plus un mot.

Memphès haussa les épaules et se dirigea vers le coffre. La servante recula. D'un geste irrité, il tira vers lui une tunique bleue.

— Et celle-ci ! Est-elle blanche ? Passez-lui cette robe, laissez-lui les pieds nus, ne la fardez pas et que son cou, ses bras et ses chevilles ne portent aucun bijou.

Il attrapa le bras de la jeune servante encore collée contre le mur et la jeta brutalement contre sa compagne.

— Et pressez-vous. Le Grand Sétoui n'aime pas attendre les insolentes.

Les deux jeunes filles eurent vite fait d'habiller Isis qui se laissa faire comme une molle poupée de chiffon. Elles n'eurent aucun regard pour le nain lorsqu'elles sentirent les yeux appuyés du nabot sur la nudité de leur maîtresse.

Quand elle fut prête, elles durent la soutenir tant l'effort de marcher l'accablait.

Memphès en tête, ils traversèrent les premiers jardins du temple, l'allée des sphinx, la grande salle hypostyle qui précédait la forêt ombragée des colonnes. Ils contournèrent le lac sacré et passèrent devant le sanctuaire d'Hathor, celui d'Isis et de Mout.

Penchée sur l'une de ses servantes, Isis avançait à pas mesurés, lents, indécis. Lorsqu'ils arrivèrent à proximité du grand pylône, ils longèrent les chapelles de Rê et d'Amon et aperçurent la rangée de sycomores verdoyants qui cachait les appartements de Sétoui.

Sous un immense tamaris qui diffusait une ombre légère en laissant retomber ses longs branchages de petites fleurs rosâtres, les prêtresses du temple attendaient. Elles étaient huit et, prosternées, elles semblaient prier aux côtés d'Oserès, la supérieure des musiciennes.

A l'arrivée de Memphès, elles se redressèrent et le saluèrent. D'un regard condescendant, il accepta leur signe de bienvenue et, sans rien ajouter d'autre, poursuivit son chemin jusqu'à la terrasse qui menait aux appartements privés de Sétoui.

Les prêtresses encadraient Isis qui parfois trébuchait. Attentives, les deux servantes qui, de chaque côté, lui tenaient le bras, l'aidaient à marcher. Jamais encore Isis ne s'était sentie aussi captive. Ainsi tenue et encadrée, elle donnait l'impression d'une femme que l'on s'apprête à juger pour un vol ou un crime commis en ce bas monde.

Alors, elle eut un sursaut de dignité. Elle repoussa l'aide de ses servantes et, seule, fit quelques pas. La terrasse se rapprochait de ses yeux tristes et nébuleux. Maintenant, et sans connaître pour autant son destin, elle savait que son temps de danseuse sacrée se terminait sur cette allée qui menait chez son oncle. Jamais plus, elle ne danserait pour un dieu.

Amon, son guide ! Osiris, son compagnon dans l'au-delà ! Hathor, sa bienfaitrice, son soutien ! Hathor, dont elle avait tant parlé à sa compagne Hatchepsout et dont les qualités étaient tout à la fois celles de mère, d'épouse, d'amante. Hathor, celle qui aimait tant la vie et ses multiples bienfaits. Isis frémit. Tous ses repères disparaissaient en un clin d'œil.

Les prêtresses ralentirent leur allure. La plus grande qui paraissait la plus avenante regardait tristement Isis et semblait lui demander la raison qui la poussait à quitter définitivement ces murs de prières, de quiétude et de nourriture spirituelle. Mais, Isis ne répondit pas à cette muette question, préférant s'absorber dans l'éventualité des hypothèses qui, dans un instant, allaient s'abattre sur son dos bien fragile.

Qu'allait lui dire Sétoui ? Qu'allait-il faire ? La juger devant un tribunal pour insoumission ? L'enfermer dans un horrible cachot jusqu'à ce qu'elle expire ? La fustiger devant un public afin de la couvrir d'une honte ineffaçable ?

Memphès avait disparu depuis longtemps. Sans doute avait-il déjà annoncé l'arrivée de l'insoumise à son oncle. Les prêtresses et leur prisonnière arrivaient devant un parc ombragé de sycomores et d'acacias.

La grande allée au bout de laquelle était abritée la maison du Grand Prêtre était vaste et somptueuse. Isis ne pouvait que la connaître pour y être tant de fois venue. Chaque colonne de marbre blanc, chaque terrasse fleurie et odorante, chaque dalle de granit qui lui étaient si familières, lui paraissaient en cet instant étrangères.

A l'entrée, les prêtresses s'immobilisèrent. Il leur était interdit de pénétrer la grande demeure du prêtre suprême. Elles devaient donc attendre à l'extérieur que la sentence de Sétoui vînt s'abattre sur les épaules de Isis.

La jeune fille trébucha à nouveau, ses yeux se brouillaient et ses jambes devenaient si molles qu'elle crut encore chuter. Les servantes durent l'accompagner jusqu'au seuil de la grande salle d'audience. Pavé d'entrelacs aux dessins géométriques, entouré de colonnes d'albâtre, surélevé d'un autel d'offrandes aux dieux, le lieu appelait calme, repos et quiétude.

Les prêtresses restées dehors, Memphès prit la relève. Il arborait un air assez triomphant, comme s'il venait en quelques secondes de gagner une victoire. Mais, face à son maître, il voulut modifier l'arrogance dont il faisait preuve envers Isis et l'échanger contre une fausse bienveillance qui ne trompa personne.

Il esquissa donc, envers la jeune fille, un large sourire qu'elle ignora complètement. Comme il ne pouvait lui prendre le bras tant il était petit — sa propre main arrivait au niveau des hanches d'Isis — il la poussa dans le dos. Elle trébucha, bascula, se reprit et fit quelques pas hésitants.

Etourdie, la lumière l'aveuglait, Isis n'était plus habituée à ce soleil intense qui pénétrait avec générosité dans les pièces des appartements du temple. Tout était d'un blanc trop violent, trop intense, phosphorescent. Elle ne voyait ni l'autel, ni les colonnes, ni les sièges.

Néanmoins, elle força son regard à s'accoutumer à la subite lumière et vit qu'au fond de la pièce, sur un fauteuil à dossier recouvert d'or et de lapis-lazuli, Sétoui trônait. Il avait revêtu son habit de peau de léopard et ses yeux vieux et ridés fixaient obstinément celle qui, aujourd'hui, la trahissait.

Isis ne put en supporter davantage. Son front devint moite et ses forces lui manquèrent. Elle tituba de nouveau. Une seconde fois, Memphès la poussa dans le dos d'un coup sec. Elle eut un vertige.

Ce fut un homme fort, grand, puissamment musclé qui la reçut contre lui.

Sétoui esquissa un rictus. Sa lèvre supérieure se mit à trembler et son œil sombre fixa la silhouette de sa nièce gisante contre le corps athlétique de Djéhouty. Pour la seconde fois, il la voyait tomber inanimée dans les bras d'un homme. Et si la première fois, ç'eût été d'autres bras que ceux du bâtard de Thoutmosis, Sétoui n'aurait guère attendu pour faire expulser celui qui venait tant perturber les esprits de sa nièce.

Remarquant l'air sombre de son maître, Memphès s'était un peu écarté et les deux jeunes servantes avaient brusquement disparu. Djéhouty tenait Isis contre lui, la préservant d'une chute éventuelle qui l'eût à coup sûr achevée. Déjà son état était assez affligeant pour qu'il inspirât la compassion.

Négligeant le regard méprisant du nain, il l'allongea précautionneusement sur la banquette d'osier qui se trouvait face à Sétoui.

Le prêtre observait la scène en silence. Lorsque Isis revint à elle, ce fut les yeux rassurants de Djéhouty qu'elle trouva rivés sur les siens.

— Te voilà libre, Isis, jeta Sétoui d'une voix caverneuse.

Libre ! Sétoui avait dit libre. Une bouffée d'air arrivait aux narines de la jeune fille. Un choc ! Certes. Sa tête se fracassait en mille petits morceaux dont il fallait recoller les parcelles. Un éclair passa devant ses yeux.

Et puis, ce fut trop. La surprise autant que l'émotion la firent définitivement sombrer dans le néant. Elle n'entendit ni ne vit plus rien.

— Va chercher des sels, jeta Sétoui à son prêtre-serviteur. Tu vois bien que Isis est inanimée.

Le ton était sec, cassant. Descendu brusquement de son piédestal de majordome, le petit homme s'empressa d'obéir. Il revint quelques secondes plus tard avec une coupelle emplie d'un liquide à l'odeur de natron qu'il tenait loin de ses propres narines. Lorsque Isis reprit connaissance, des larmes chaudes brûlaient ses paupières.

Imperturbable, Djéhouty avait repris sa place aux côtés du Grand Prêtre.

— Te voilà libre, dit-il une seconde fois.

La jeune fille redressa le buste.

— Mon oncle ! Pourquoi voulez-vous ne pas comprendre ? supplia-t-elle.

Mais Sétoui coupa sèchement.

— Tu vas partir, Isis, ce soir même. Je ne veux plus te revoir. Tu as brisé mes rêves et ceux du dieu Amon. Va-t-en ! Le Grand Djéhouty a promis à la divine Hatchepsout de te remettre saine et sauve au harem du palais. Tu y seras en sécurité jusqu'à ce qu'une nouvelle décision soit prise pour toi.

Ce fut tout. Djéhouty reprit Isis dans ses bras. Il n'avait pour elle que des gestes attentionnés. Quelque temps plus tard, il la déposa dans son char et, saisissant les rênes d'une main nerveuse, il prit la route en direction du palais de Thèbes.

L'air cingla le visage de Isis. Il lui semblait rêver. Elle croyait voir le visage d'Ouadjmosis. Moins carré peut-être, mais plus abrupt, avec un regard clair qui dominait en douceur. Il ne portait pas de perruque et ses cheveux bouclés et noirs tombaient sur sa nuque épaisse et solide.

Lorsque Djéhouty vit qu'elle n'était pas apeurée, mais simplement renfoncée dans l'encoignure du char inconfortable, il cria dans l'air frais, s'efforçant de rendre sa voix joyeuse :

— Je suis Djéhouty, Intendant des Orfèvres et des Sculpteurs au service de la reine Hatchepsout. N'aie crainte, j'ai promis à Sa Majesté de te laisser saine et sauve au harem du palais.

Isis trembla. Le harem ! Ce lieu de perdition aux yeux des prêtresses du temple.

— Que vais-je y faire ? murmura-t-elle.

— Ne danses-tu pas ?

— Si, mais je ne sais accomplir que des gestes sacrés. Des gestes pour les dieux.

— Au harem, tu en accompliras d'autres.

Elle ouvrit la bouche, mais la referma aussitôt, laissant juste passer un murmure et comme elle préférait se taire, il poursuivit :

— N'as-tu pas voulu en sortir ?

— Si.
— Alors ! De quoi te plains-tu ?
De nouveau, elle eut un soupir que Djéhouty ne comprit pas.
— Ainsi, tu refuses désormais de danser pour les dieux, comme tu refuses aussi de danser pour le pharaon.
— Le pharaon ?
— Ne le connais-tu pas ?
Elle secoua la tête en signe de négation.
— Est-on à ce point étranger à tout événement politique entre les murs du temple ?
Timidement, elle releva la tête et croisa son regard clair.
— Je l'ai aperçu plusieurs fois aux manifestations sacrées de Karnak.
— Te plaît-il ?
Elle haussa l'épaule d'un air désabusé. Comment pouvait-elle lui expliquer que tout pharaon qu'il était, ce n'était pas Ouadjmosis pour qui elle aurait donné son souffle, sa vie, son corps.
Il cingla ses chevaux afin d'accélérer l'allure.
— Que murmurais-tu tout à l'heure ?
— Que je ne voulais plus danser.
Djéhouty la regarda quelques instants. Une pierre du chemin fit dévier dangereusement le char. Il le reprit adroitement en main et fixa dorénavant ses yeux droit devant lui.
— Tu connais la reine, elle t'aidera à trouver une autre voie.
— La reine était mon amie parce que j'étais future prêtresse. Je ne suis plus rien à présent. Une jeune fille comme une autre.
Il ne répondit pas. Son regard s'obstinait sur la ligne droite que traçait le chemin. Peut-être avait-elle raison. Dans quelque temps, cette fille ressemblerait sans doute aux autres.
Fouettant à nouveau ses chevaux, il se mit à penser à Séchat, celle qui en tout point était incomparable.

*
* *

Secrètement enfermée à Bouhen, Séchat gardait les yeux secs depuis que tant de larmes en avait brouillé la clarté. Nekbet dormait, l'esprit peuplé de cauchemars. S'il vivait tristement le deuil de sa petite-fille, c'était plutôt parce qu'il la voyait anéantie, détruite, incapable pour la première fois de réagir. Les causes les plus justes la laissaient hors de jugement, hors du temps.

Rien ne la concernait plus. Nekbet se plongeait depuis peu dans la certitude que Séchat, sous sa carapace de femme forte, se révélait aussi vulnérable que n'importe laquelle de toutes ces jeunes épousées et il en acceptait cette soudaine certitude avec la sagesse de l'âge.

Sa petite-fille enfermait une sensibilité, trop cachée jusqu'alors, et qui semblait resurgir brutalement, sans qu'elle y soit préparée.

Elle sortait dans les champs, dès les premiers rayons du soleil et ne rentrait que lorsque celui-ci, en se couchant, lui offrait le seul réconfort qu'elle pût apprécier, celui d'un ciel rouge strié de multiples raies brunes à travers lesquelles passaient les oiseaux cherchant leur abri pour y dormir.

Lorsque la nuit s'installait complètement, offrant une obscurité telle que l'on ne distinguait plus que la lueur de la lampe à huile accrochée à l'entrée de la grande bâtisse de pierres et que Yahmose s'obstinait à ne jamais éteindre, Séchat rentrait dormir.

Depuis onze matins, elle refaisait le même chemin. Elle empruntait la voie la plus dégagée, celle des berges du Nil que bordaient les hauts papyrus séchés par le soleil de cette fin de saison du chemou. Elle fuyait même les paysans qu'elle connaissait presque tous. Les moissons se terminaient et les vendanges se préparaient dans un tumulte grandissant de jour en jour jusqu'à ce que la dernière grappe de raisin soit entassée dans les énormes paniers tressés.

Séchat suivait les bords du Nil. Zéphyr, le lévrier arabe de Menkh l'accompagnait.

Zéphyr, seul compagnon de marche qu'elle tolérait, il semblait la comprendre et chercher à tous moments, lui aussi, la chaude présence de son maître.

Zéphyr ! Seul souvenir de son époux qu'elle osa demander aux parents de Menkh. Tout le reste ne lui appartenait pas. D'ailleurs, elle se moquait de tous les biens d'ici-bas et des riches considérations de la terre.

Elle marchait des heures entières entre les rangées de papyrus. Lorsqu'il ne cherchait pas son maître, Zéphyr humait, jappait, trouvait à l'aide de sa truffe humide des insectes qui se faufilaient rapidement hors de sa portée.

Lorsque arrivaient les heures les plus chaudes, elle s'arrêtait à l'ombre d'un sycomore ou d'un acacia, sortait une galette de blé et quelques figues sèches qu'elle avalait lentement, juste pour fournir à son organisme de quoi survivre.

Souvent même, elle n'en mangeait que la moitié et donnait l'autre partie à Zéphyr qui la remerciait d'un lèchement de langue sur le visage. Puis, elle restait ballottée entre les divers souvenirs de son enfance aux côtés d'un compagnon tendre et compréhensif.

Ce matin-là, Séchat refusa de sortir. Pour la première fois, Zéphyr n'était pas rentré. S'était-il laissé séduire par une compagne rencontrée dans les champs près d'une cabane de paysan ? Elle jouait avec Papyrus, sa chatte tigrée qui, depuis l'aventure du cobra, avait installé dans la demeure de nombreuses portées de chatons.

Ses petits, Papyrus les avait faits de toutes les couleurs, blancs et noirs, roux et blancs, tigrés roux, tigrés noirs, tout semblait permis pour les fantaisies de Papyrus.

Séchat caressa la chatte qui se mit à ronronner et à frotter sa tête contre elle. Dieu ! Que les idées de la jeune femme se précipitaient dans son esprit tourmenté. L'attentat contre Hatchepsout et elle-même, le port de Thèbes avec ce corps étendu, ce gros homme blanc et flasque qui lui tendait la coupe empoisonnée. Et Menkh ! Menkh dans les bras duquel d'éternelles nuits d'amour s'étaient diluées.

« Oh ! dieu Horus, dieu de Menkh, Seth s'est montré plus fort que toi et lorsque les dieux s'affrontent, le plus fort devient terrible et redoutable. Horus, pourquoi as-tu abandonné Menkh ? »

Pourquoi les dieux deviennent-ils justiciers et vengeurs ?

« Toth, dieu des scribes, des sages, Toth, dieu que je vénère le plus au monde et toi, Ptah, dieu des artisans que je respecte et que je ne veux pas décevoir, m'abandonnerez-vous aussi ? » Tout à l'intérieur de Séchat, les voix répondirent : « C'est toi qui nous lâches. Ton époux est mort, tué dans la bataille, c'est vrai. Mais n'avais-tu pas choisi une autre carrière que celle de femme, épouse et mère ? On ne peut tout avoir ici-bas ! »

Séchat frémit. Sa main se posa sur le poil soyeux et brillant de Papyrus. Endormie, celle-ci se lovait dans le creux de son bras replié.

« Voilà donc mon destin si je poursuis ma carrière d'Intendante. Voilà ce qui m'attend, une vie sans amour, sans tendresse. Juste un lendemain plein de promesses qui concerne mon peuple. En quoi tout cela me concerne-t-il ? Les Egyptiens naissent, vivent, meurent, s'en vont dans l'au-delà. Cela est depuis toujours et subsistera encore des milliers d'années. Que peux-tu faire, Séchat, dans ce monde qui ne t'attend pas ? »

Le bras de Séchat s'ankylosait et le léger mouvement qu'elle fit pour le détendre réveilla Papyrus. Le chat s'étira de bien-être, bâilla, se lécha la patte qu'il passa promptement plusieurs fois derrière son oreille, puis se roula sur le dos, étirant tous ses membres avec une nonchalance si gracieuse que Séchat en fut un instant agréablement distraite.

« N'as-tu pas fait ton choix, Séchat ? », reprenaient les dieux. La jeune femme sursauta. « Mais, je suis enceinte », murmura-t-elle.

La chatte aperçut un insecte et de sa patte agile le captura sans difficulté.

« Justement, soufflaient à nouveau les dieux, décide-toi, tu élèves ton enfant et tu deviens mère avant toute autre chose, ou tu le fais élever et tu poursuis ta carrière ».

Le bruit du galop fit éloigner la voix des dieux. Un galop régulier, mais rapide. Le dernier qu'elle avait entendu datait de ses premiers jours de prostration lorsque Néhésy était venu lui relater les exploits de Menkh avant sa mort.

La nuit commençait à tomber et le ciel s'empourprait et prenait ces teintes rouge sombre que Séchat connaissait bien. Par instant, le bruit s'estompait et disparaissait complètement. Séchat n'arrivait plus à reprendre le fil de ses pensées. Papyrus s'approcha de la jeune femme, la regarda de ses longs yeux verts allongés, puis avec l'air de s'excuser, se retourna et s'éloigna d'elle. Pour Papyrus commençait une grande nuit de chasse.

La jeune femme se donna encore quelques instants avant d'entrer dans la grande demeure de son grand-père. L'habitation de Nekbet comportait des bâtiments divers que longeaient, tout d'abord, d'immenses ateliers où les sculpteurs de la région entassaient leurs œuvres personnelles. Séchat en avait acheté une grande partie et tout ce qu'elle aimait s'amassait là, rangé comme des décombres, mais si émouvants de vie et de souvenirs.

Non loin des ateliers, les laiteries s'alignaient, enfermant de grandes jarres de grès ovoïdes, bouchées avec des touffes d'herbe séchée pour éviter l'envahissement des insectes.

Plus en retrait, des constructions en briques crues abritaient de grands bœufs, énormes et pesants, qui s'alignaient docilement dans la paille fraîche que les paysans renouvelaient chaque jour. Ces bœufs servaient aux labours et lorsque l'un d'eux prenait trop d'âge et ne pouvait plus travailler, on l'abattait pour en faire de la nourriture. D'autres bœufs, beaucoup plus petits, généralement sans cornes ou à cornes très courtes, s'entassaient dans un bâtiment contigu.

D'autres encore, bien encornés et de haute taille, mais de mœurs plus farouches et plus rebelles, venant du pays de Kouch, servaient à tirer et à faire tourner les shadoks.

Séchat avait depuis longtemps tenté d'apprivoiser les oryx, les gazelles et les antilopes de Nekbet, là où les chasseurs les amenaient après leur capture et où elles étaient parquées dans un grand espace à l'arrière des étables. Quelques-unes se montraient dociles, mais la plupart, trop sauvages et trop éprises de liberté, ne se laissaient pas approcher.

Un nombre considérable de chenalopex, ces oies du Nil bien grasses, figuraient aussi dans l'important cheptel de Nekbet.

Faisant bon ménage avec les oiseaux aquatiques capturés dans les marais, sarcelles, canards, pigeons, grues qui se dispersaient dans leurs espèces les plus variées, elles semblaient vouloir passer pour les séductrices des volières.

Soudain, le galop reprit son bruit régulier. A présent Séchat le discernait distinctement.

Elle se leva et dirigea son regard par-delà les

vastes champs où poussaient melons, pastèques, concombres et oignons. Plus loin, entre l'orge et le blé qui s'étendaient à l'infini, les amandiers se mêlaient amoureusement aux oliviers.

Maintenant, le galop s'approchait, plus rapide, plus sonore. Séchat contourna les grands bâtiments de briques crues. A l'angle, là où commençaient à pousser les papyrus qui bordaient le Nil, un cavalier avançait.

Voyant Séchat au loin, l'allure précipitée de son trot s'était réduite et Séchat put aller à sa rencontre. L'homme qui, maintenant, chevauchait plus lentement, mit sa main en visière, bien que les rayons solaires ne gênassent plus les yeux, à cette heure tardive. Arrivé à proximité de la jeune femme, il descendit de cheval.

Comme il hésitait à parler, Séchat le questionna :

— As-tu perdu ton chemin, cavalier ?

— Je n'ai pas perdu mon chemin, répliqua l'inconnu. Je sais que je suis arrivé au domaine de Bouhen et je cherche la Grande Séchat, Intendante des Artisans.

— C'est moi. Que veux-tu ?

— Djéhouty m'envoie à toi, Grande Intendante. Les artisans, sculpteurs et potiers, se sont soulevés lors du dernier défilé des troupes de Sa Majesté, une révolte plus importante s'organise.

La tête de Séchat bourdonna soudainement et les battements de son cœur s'accentuèrent. « Dieu, murmura-t-elle, la réponse que j'attendais, la voici. Oh ! Menkh, mon époux, mon bien-aimé, pardonne-moi de continuer la vie qui m'attend, celle que tu n'as jamais contestée. »

— Les fêtes du retour de guerre ne sont-elles pas terminées ? objecta la jeune femme péniblement.

— Non, demain à l'aube, les jeux et les combats se tiendront. C'est la journée qu'ont choisie les artisans pour mener à bien leur révolte.

— Qui sont-ils ?

— Tisserands, menuisiers, orfèvres. Tous réunis. Ils se mêleront aux sculpteurs et aux potiers. La révolte risque d'engendrer des tueries importantes.

— Es-tu le scribe personnel de Djéhouty ?

— Non, Grande Séchat, je suis Houri, son serviteur.

Il hésita quelques instants, fixa le regard de Séchat et reprit, d'un ton plus assuré :

— Mais je connais bien Djéhouty. Fils de sa nourrice, j'ai grandi à ses côtés.

— Bien, Houri, suis-moi. Nous allons prévenir Nekbet. Tu te reposeras ici. Je vois que ton cheval est épuisé et la fatigue du chemin a dû passablement amenuiser tes forces.

— Djéhouty m'a ordonné de revenir avec toi. Il craint que, seule, il ne t'arrive quelque chose.

— Je rentrerai à Thèbes par le Nil. Ignores-tu donc que la nuit, le vent peut souffler très fort et qu'une embarcation légère filera plus vite qu'un cheval dans l'obscurité ? Mais nous allons tout de même voir ce que Nekbet en pense.

Nekbet, sorti du sommeil mouvementé dans lequel il venait de plonger, écoutait attentivement les explications de sa petite-fille.

— Une révolte, se plaignit-il. Mais enfin, que veulent-ils ces artisans ? Ne sont-ils pas nourris, payés, bien considérés ?

— Grand-père, cette révolte n'est qu'un prétexte à toutes sortes de remises en cause. Si le soulèvement des artisans réussit, les paysans suivront. L'armée elle-même se trouve insatisfaite du comportement d'Hatchepsout qui se tourne plus vers les arts que vers la guerre.

— Comment sais-tu cela ? questionna Nekbet intrigué par la constatation de Séchat.

— Ce n'est ni un secret ni un fait que l'on doit occulter. N'oublie pas qu'Hatchepsout est une femme et qu'elle n'acceptera jamais de dépenser des sommes fabuleuses pour de grandes expéditions guerrières.

— De mon temps, soupira l'ex-Grand Général, l'Egypte se glorifiait de ses combats et de ses victoires.

— Mais, Grand-Père, à ce moment-là, notre pays craignait la domination des envahisseurs. Maintenant, l'Egypte est puissante, riche, considérée de tous les pays limitrophes. Il faut penser, maintenant, à l'intérieur du pays.

La voix de Séchat s'exaltait, elle reprit encore plus véhémente :

— Regarde, même les Hittites n'oseront plus nous attaquer. Crois-moi, il ne faut plus de guerre. Trop d'hommes disparaissent dans les combats.

Percevant sa voix plus triste, Nekbet s'émut.

— Bah ! Je suis un vieil imbécile. Tu as raison. L'Egypte n'a plus besoin de victoires de ce genre. Si cette révolte se poursuit, cela va engendrer un soulèvement général du pays et Hatchepsout sera en difficulté.

Il soupira plusieurs fois et chuchota en s'approchant tout près de sa petite-fille :

— Je suis heureux que tu réagisses ainsi. Va ! Rentre à Thèbes et occupe-toi de cette affaire.

Puis, il s'éclaircit la voix et tonitrua :

— Mais, que vas-tu faire ! Comment vas-tu t'y prendre ?

— Je vais y réfléchir le temps du retour.

Elle s'approcha du vieux Nekbet et posa un baiser léger sur sa joue ridée.

— Et puis, réagir, c'est un excellent prétexte pour me reprendre.

Le vieil homme la garda quelque temps serrée contre lui, la pressant affectueusement entre ses bras encore puissants malgré son âge avancé. La bouche contre son oreille, elle murmura :

— Ce sont les dieux qui me l'ont suggéré.

Nekbet la regardait intensément comme s'il

voulait lui souffler une énergie supplémentaire capable de prendre la relève de celle qui pouvait lui faire momentanément défaut. Séchat plongeait ses yeux dans le tendre regard du vieil homme et crut voir sourdre une larme sous sa paupière.

— Ne t'inquiète pas, chuchota-t-elle, tout ira bien.

Douloureusement, Nekbet acquiesça.

— Ta vie est là-bas, à Thèbes. Pars ! Défends-toi avec toutes les armes que tu possèdes. Bats-toi avec les arguments que ton père et moi-même t'avons inculqués. Ne laisse personne prendre de l'ascendant sur toi, à l'exception de Sa Majesté. C'est là ton destin, ma grande fille.

Nekbet ne parla pas de l'enfant que Séchat attendait, mais la jeune femme savait que tous deux y pensaient.

— Je ferai très attention à moi, Grand-père, je te le promets.

— Rentre par le Nil et prends l'embarcation la plus légère. Elle filera vite. Le vent se lève et, demain à l'aube, si tout se passe au mieux, vous serez à Thèbes. Prends Yahmose avec toi. Lui seul sait manier, mieux que n'importe qui, cette frêle embarcation.

— Mais, Yahmose est vieux et fatigué. Son temps de travail est terminé. Il se repose, maintenant. Tu le sais bien. C'est une charge trop dure pour lui. Il n'a plus la force de l'effectuer.

Un bruit se fit entendre derrière eux. Yahmose apparaissait, ses cheveux blancs hirsutes et ses yeux révoltés.

— Trop vieux, trop dur, qu'est-ce que tu me chantes là ! Te crois-tu capable de conduire seule cette folle embarcation qui n'obéit qu'à ceux qui la connaissent ? Ton vieux Yahmose est plus doué que n'importe quel autre pour te conduire à Thèbes dans un temps record. A la première heure de l'aube, tu seras chez le Grand Djéhouty.

Séchat saisit les vieilles mains de son serviteur et les serra affectueusement.

— Merci, Yahmose soupira Nekbet de soulagement et de gratitude. Cela m'aurait fortement contrarié de t'imposer un ordre.

— Un ordre ! s'emporta Yahmose, je ne vois pas ce que nous aurions fait d'un ordre. Il s'agit bien d'une mission que Séchat doit accomplir. Or, je suis le seul, en l'état actuel des choses, à permettre qu'elle la poursuive au mieux.

— Je te confie Séchat, insista Nekbet. Ramène-la à Thèbes, saine et sauve. Djéhouty a raison, partez avec son serviteur. Certes, il est fatigué après cette longue expédition, mais l'air frais du Nil le remettra d'aplomb. Le fleuve après le désert, rien de tel pour réveiller un homme. Je l'ai pratiqué des centaines de fois dans ma jeunesse. Il laissera son cheval à Bouhen. Je le lui ferai ramener.

Il réfléchit quelques instants et jeta d'une voix plus inquiète :

— L'embarcation ne peut contenir que deux à trois personnes. Une charge trop lourde risquerait de vous apporter des complications et des pertes de vitesse.

Tout fut dit, expliqué, mis au point et quelques minutes plus tard, Nekbet s'appliquait à faire de grands signes d'adieu à la fragile embarcation qui s'éloignait dans les méandres nocturnes du Nil.

En cette saison du Chemou, la navigation de jour n'était pas dangereuse, mais la nuit reprenait ses droits avec tous les caprices dont le fleuve était capable. Les rives, recouvertes d'eau, ne laissaient guère apercevoir les emplacements des accostages.

Un vent frais soulevait le fleuve en fines vaguelettes qui, en cet endroit, ne portaient guère à conséquence. Yahmose faisait avancer rapidement l'embarcation. Celle-ci, d'excellente qualité, bien conçue, abritée par un fond solide de papyrus tressé et serré qui ne laissait pas pénétrer l'eau, semblait donner à Yahmose une confiance et une maîtrise totales.

Séchat sentait, pourtant, que ses vieux os se seraient bien passés de cette aventure périlleuse. Elle eut un regard attendri pour son vieux serviteur. Il plantait la gaffe dans le marais avec autant d'agilité que d'expérience.

Parfois, le marais était si boueux, lorsque le fleuve se faisait trop étroit, que Yahmose appelait Houri pour l'aider à retirer la fourche trop profondément enfoncée. L'embarcation était si légère, ce qui lui permettait aussi d'être la plus rapide, qu'au seul coup de vent, elle penchait systématiquement sur le côté et il fallait s'accrocher au mince rebord, à peine recourbé et plus symbolique que réel, pour ne pas glisser dans le fleuve.

C'était une barque de type archaïque, très relevée à l'avant comme à l'arrière. Lorsque Houri se tenait à l'avant avec Yahmose, l'aidant à arracher la gaffe des fonds du marais, Séchat devait se précipiter à l'arrière pour ne pas déséquilibrer l'ensemble. Mais son poids plus léger que celui des deux hommes ne permettait pas un maintien très équilibré et l'embarcation piquait souvent du nez.

Si la barque motrice, pourvue d'un mât consolidé par deux câbles qui s'attachaient de chaque côté, présentait l'avantage de la rapidité, elle n'en restait pas moins légère au point que la moindre racine embourbée au fond du fleuve la faisait, à chaque moment, tressaillir.

Lorsqu'un détour du fleuve exigeait une orientation différente, Yahmose manœuvrait avec délicatesse le gouvernail appuyé sur un plus petit mât fixé dans une encoche à l'arrière du bateau.

Dès que l'embarcation se trouvait en ligne droite, il reprenait sa place à l'avant, prêt à enfoncer la gaffe au moindre obstacle pour se dégager des difficultés dans lesquelles il se trouvait.

La descente jusqu'à Aksha se fit sans efforts, amorçant un glissement facile. Ils passèrent Abou Simbel et Aniba sans encombre, mais sur la boucle d'Amada, avant d'atteindre Dakkeh, la vitesse ralentit. Un ciel noir, cette nuit-là, que très peu d'étoiles éclairaient, ne permettait guère de distinguer la rive et ses écueils.

L'étendue d'eau passée après la première boucle, plus haute et plus importante, freinait l'allure et le vent ne soufflait que légèrement. Il fallut ramer, Séchat et Houri se mirent activement à la besogne. La boucle de Kouban, la dernière, fut la plus compliquée à dépasser. Ils accrochaient des racines qui entravaient le passage et Yahmose peinait pour s'en défaire.

Il sondait, sans cesse, le fond de l'eau pour ne pas s'enliser. Enfin, ils atteignirent la première cataracte. L'Ile Eléphantine, que juste la petite Ourse éclairait faiblement, se détachait au loin dans le sombre horizon. Si l'embarcation ne heurtait aucun obstacle, la route resterait, en principe, facile jusqu'à Thèbes.

— Séchat, allume la lampe à huile et protège la lumière du vent pour ne pas qu'elle s'éteigne, ordonna Yahmose.

Aussitôt la faible clarté diffusa un léger halo qui ne permettait guère de voir beaucoup plus loin que l'avant du bateau. Mais du moins, cela pouvait définir et cerner l'obstacle le plus proche. Pourtant, aucune difficulté ne se présenta et Yahmose soupira d'aise lorsqu'ils dépassèrent Edfou où la force du courant et la ligne droite revenues leur permirent d'accélérer l'allure.

Ils passèrent Kom Ombo sans encombres et lorsqu'ils arrivèrent à Edfou, les premières clartés d'un ciel prêt à s'éclairer commençaient à s'étendre.

A Louqsor, le port s'agitait dans un va-et-vient encore endormi, mais au débarcadère de Thèbes, l'agitation s'ouvrait déjà à toutes les préoccupations commerciales de la journée à venir. L'épuisement voûtait les épaules de Yahmose et, Houri, qu'aucun sommeil n'avait délassé depuis sa chevauchée endiablée du désert, tombait lui aussi de fatigue. Séchat conservait encore l'énergie nécessaire pour prendre la suite des opérations en mains.

— Yahmose, dit-elle, en embrassant sa vieille joue ridée, je n'oublierai jamais ce que tu viens de faire. Seule, ta grande compétence du Nil et ton amour pour moi auront permis ma présence tout au long de cette journée qui risque de se révéler mouvementée.

Le vieux serviteur la remercia d'un sourire. Ses yeux plissés et fatigués reflétaient une immense joie que, seule, Séchat au travers de l'affection qu'elle lui portait put déceler.

— Houri, ajouta-t-elle, en se tournant vers le jeune serviteur, nous allons voir mon père sans perdre de temps et Yahmose pourra prendre un repos bien mérité. Ensuite, tu me conduiras chez ton maître Djéhouty.

A l'embarcadère, non loin de la maison de Séchat, ils attachèrent le bateau. L'aube se levait et laissait de larges traînées bleu-nuit qui ne s'estompaient que haut dans le ciel.

Sobek et Reshot, ayant entendu du bruit et se doutant de leur arrivée, venaient précipitamment à leur rencontre. Séchat se jeta dans les bras de son père pendant que Yahmose se dirigeait vers les communs où une petite pièce aménagée lui était destinée.

*
* *

Longtemps, la jeune femme pleura dans les bras de Sobek. Ne l'ayant pas revu depuis son départ précipité pour Bouhen, elle lui trouva un air vieilli et affaibli. Subitement, tout lui revint en mémoire et chaque événement se déroula vertigineusement dans son esprit. Le doute qui avait précédé une triste certitude, l'angoisse, la solitude qui, inexorablement, avaient cerné tout son être. Puis, son départ pour Bouhen d'où elle ne voulait plus repartir.

Sobek, silencieux, lui caressait les cheveux. Lorsqu'elle s'écarta de lui, elle passa rapidement une main décisive sur ses yeux, les essuya.

— Père ! C'est la dernière fois que tu me vois pleurer.

— C'est la première aussi, répliqua doucement son père.

Séchat prit brusquement la main de Sobek.

— C'est parce que tu ne m'en as jamais donné l'occasion, affirma-t-elle.

— Allons, allons, ce n'est ni l'instant de tomber dans le mélodrame ni celui de s'attarder.

Il se tourna vers Reshot.

— Tu pars avec Séchat et le serviteur de Djéhouty et comme je ne tiens pas à ce qu'il t'arrive quelque chose, Djamose vous accompagnera aussi. Il conduira ton char. Prenez Jour et Nuit, c'est un couple de chevaux rapides. Est-ce loin, la demeure de ton maître ? questionna-t-il en se tournant vers Houri.

— Au sud de Thèbes, sur la route d'Hermopolis, en bordure du Nil juste à la boucle du fleuve.

— Parfait, il est donc temps que vous partiez.

Une dernière fois, il embrassa sa fille et les regarda s'éloigner.

Quelque temps plus tard, le char de Séchat filait à toute allure dans le désert, en direction d'Hermopolis. Le sable était compact en ce mois de Mesore où l'hiver, durant la nuit, apportait une légère humidité, moite, tiède et collante.

Djamose, le jeune conducteur, menait le char avec une grande dextérité, mais Séchat ne put s'empêcher de penser à celle de Menkh qui surpassait toutes les autres. Lorsque Menkh prenait un char en mains, tout faisait corps avec lui, le cheval, le char et les passagers. La jeune femme, pour oublier le souvenir, tenta l'amorce d'une discussion.

— Reshot, dit-elle en se resserrant contre son amie, je vais rester à Thèbes.

— Tu ne retourneras pas à Bouhen ?

— Non. La situation des artisans est trop tendue. Je dois faire quelque chose.

Reshot soupira.

— Sans doute, étais-tu plus en sécurité dans ta solitude. Mais ton esprit sera mieux à Thèbes. Ici, tu guériras. Ton travail t'y contraindra.

Le char filait toujours à vive allure et bientôt la boucle du Nil apparut. Séchat aperçut une grande terrasse qui donnait sur le fleuve, surplombée de palmiers et de sycomores odorants. Le char avança plus lentement et lorsqu'il arriva au bout d'une large allée qui découvrait les abords de la maison, un homme apparut sur la terrasse. Elle reconnut la silhouette de Djéhouty.

Il venait à sa rencontre. Lorsqu'il fut au-devant de la jeune femme, il ne sut que lui dire. Ils se regardèrent. Puis, cherchant à être plus désinvolte qu'il ne le paraissait, il prononça en levant les bras :

— Séchat, n'es-tu pas trop épuisée ? je sais que tu as voyagé toute la nuit.

— Ce n'est rien, Djéhouty. En principe, je récupère assez vite.

Un long silence accueillit la jeune femme.

Gêné, Djéhouty n'osait pas aborder la discussion, mais Séchat trancha net :

— Djéhouty, ne parlons pas du passé et surtout jamais de Menkh.

Elle respira une grande bouffée d'air, encore frais à cette heure, et reprit précipitamment :

— Comment se présente cette révolte ?

— Entre, nous allons en discuter. Je vais te raconter comment les choses se sont passées pendant ton absence.

Il marqua un temps d'arrêt et ajouta, sans la regarder :

— Tu vas tout d'abord te restaurer. Je pense que tu n'as pas eu le temps de manger. Je reviens de suite. Prends tes aises.

Lorsqu'il revint, il était accompagné d'une jeune fille. Séchat sut d'instinct qu'il ne s'agissait ni d'une favorite ni d'une esclave, pas plus d'une servante. Très jeune, celle-ci paraissait avoir à peine dix-huit ans. Peut-être même ne les comptait-elle pas. Brune de peau, ses cheveux frisaient comme ceux de Djéhouty, mais au lieu de s'arrêter au-dessus des épaules comme les siens, ils retombaient souplement sur son dos.

La tunique blanche et longue qu'elle portait surprit un peu Séchat. « A cet âge, pensa-t-elle, les jeunes filles portent plutôt une tunique courte. » Son allure empreinte de grâce et de réserve ne semblait guère la classer parmi les jeunes filles nobles aux manières modernes qu'affichait la jeune génération de Thèbes.

— Aména, présenta Djéhouty, ma jeune cousine, la fille du frère de ma mère.

Baissant les yeux, la jeune fille se prosterna devant Séchat. Ses longs cheveux noirs formaient une frange épaisse sur son front. Ils retombaient par devant, encastrant ses deux seins menus enfermés sous le voile léger de sa tunique. Une fleur de lotus rose, piquée sur le côté, lui donnait un air de jeune déesse promise aux dieux.

— Aména, dit Djéhouty en s'adressant à la jeune fille, Séchat est une amie et tu n'as pas à te soumettre.

— Je suis heureuse de te connaître, Aména, dit Séchat souriante en lui tendant les deux mains.

— Aména est très réservée, reprit Djéhouty. Elle vient de passer trois années au temple d'Amon pour apprendre la musique sacrée et servir le Grand Prêtre. Mais, elle n'est pas faite pour cette vie dissimulée et enfermée.

— Comme je te comprends, Aména, tu es belle, jeune, tu dois vivre pour toi-même et non pour les autres.

Sensibilisée par les chaleureuses paroles de Séchat, Aména leva son regard vers la jeune femme et lui sourit avec réserve. Puis, voyant son chaud regard posé sur elle, ses lèvres s'entrouvrirent plus largement et l'amorce du sourire devint une franche quête de sympathie.

— Je peux me retirer si votre discussion est longue et personnelle.

Sa voix, basse et mélodieuse, résonnait étrangement dans la grande salle où des sièges bas les attendaient. Mais Djéhouty rétorquait déjà :

— Je me porte garant de sa discrétion.

— Parfait, alors Reshot restera également près de moi. Elle connaît tous mes travaux, mes projets, les conséquences et les résultats qui en découlent.

Puis, elle entama le vif du sujet et questionna :

— Est-ce bien aujourd'hui la fin des fêtes du retour de guerre ?

Djéhouty acquiesça de la tête.

— Qui t'a informé de la révolte ? questionna à nouveau Séchat.

— Ouser.

— Ouser ! répéta-t-elle surprise. Comment a-t-il pu se tenir au courant ?

— Il a surpris des discussions et est venu me prévenir.

— Qui a commencé ? s'enquit Séchat, soudain suspicieuse.

— Les potiers.

— Qui a bien pu les mener ? C'est curieux, ajouta Séchat toujours aussi dubitative, je n'ai pas le pressentiment qu'ils fomentaient cette révolte depuis très longtemps.

— Cela ne m'a pas paru bien organisé. La police les a vite contrés. D'après Ouser, les sculpteurs seraient les premiers mécontents.

— Et c'est pour cette raison qu'il serait venu te voir.

— A ton avis ?

— Vois-tu, Djéhouty, une impression me vient. Celle que l'on veut endormir notre méfiance sur les potiers en attirant l'attention sur les sculpteurs.

Reshot, assise sur un siège bas, mangeait une galette de miel et Aména lui servait du cheded, une boisson rouge et sucrée que les femmes, en général, appréciaient. Elle paraissait tendue et écoutait avec une attention non feinte en regardant sa maîtresse par petits coups rapides et fréquents.

— Les impressions sont souvent trompeuses, jeta posément Djéhouty. Et, dans cette affaire, il ne faut négliger aucun détail.

— Certes, mais c'est la logique qui te fait parler, argumenta-t-elle aussitôt.

Elle jeta rapidement un regard sur Reshot, qui l'observait attentivement.

— Tu m'étonnes, Séchat, dit aussitôt sa compagne, la logique et la raison t'ont conduite au succès plus facilement que les pressentiments ou les impressions qui te font parler actuellement.

Sachant que la mort de Menkh pouvait, à juste titre, rendre Séchat vulnérable, sans même qu'elle puisse en prendre conscience, Reshot se leva et s'approcha de son amie.

— Tu ne peux continuer à te défendre seule contre tous, Séchat.

La jeune femme réfléchissait. Reshot semblait gratifier Djéhouty d'une certaine confiance. Mais, pouvait-elle à ce point révéler les agressions portées, à maintes reprises, contre elle ?

Aména restait debout, elle croquait un fruit, sans doute plus pour se donner une contenance que pour apaiser une soif déjà bien étanchée par les boissons largement servies.

Lentement, Séchat quitta les yeux de Reshot et les ramena sur Djéhouty qui semblait attendre des explications.

— Me défendre seule ! Oui, ce n'est guère facile. Mais, je poursuivrai. Nous triompherons de cette révolte. J'en suis certaine. Je connais les potiers, j'ai suivi longuement leurs mentalités et leur état d'esprit. S'il s'y trouve des perturbateurs, nous les éliminerons et tout rentrera dans l'ordre.

Reshot soupira et prit un air soucieux. Séchat refusait, encore une fois, de se confier et de divulguer ses multiples agressions. Conscient qu'une part des événements lui échappait, mais ne voulant pas brusquer la jeune femme par des questions qui l'auraient sans doute déstabilisée davantage, Djéhouty jeta d'un air faussement désinvolte :

— Certes, tu as raison, Séchat, nous arriverons à contrecarrer cette révolte. Même si le reste des artisans s'en mêle.

— Tu penses que le mouvement peut s'étendre ?

— Oui, il est fort probable que carriers, cordonniers, tisserands vont se mêler à la révolte. Peut-être même aussi les orfèvres.

— Certes, ils peuvent suivre. Dis-moi, Djéhouty, que criaient les potiers, hier ?

— Des mots tout d'abord, des paroles ensuite. Ils risquent d'être beaucoup plus virulents, aujourd'hui.

— Que criaient-ils ? répéta Séchat impatiente.

— Oh ! fit Djéhouty en reprenant son air faussement détendu.

— Que criaient-ils ?

Séchat se leva brusquement et se planta devant Djéhouty, un air agressif inhabituel dans les yeux.

— Que criaient-ils ?

Djéhouty eut un geste vague.

— « Des hommes au pouvoir ! » dit-il d'une voix neutre.

— Ah ! voilà donc le vrai mécontentement. Mais, je me doutais fort bien des origines de la révolte. Quelqu'un les dirige contre Hatchepsout.

— Et contre toi, cria Reshot qui ne pouvait plus se taire.

L'occasion se présentait. Trop belle et trop évidente, Djéhouty la saisit au vol.

— Contre toi, Séchat !

Se retournant vers Reshot, il jeta irrité :

— Que veux-tu dire ?

— Oui, contre elle, contre la Grande Séchat, Intendante des Artisans.

Elle se leva précipitamment et se jeta aux genoux de Séchat :

— Pardonne-moi, s'écria-t-elle en lui prenant les mains et en les serrant fortement. Tu ne peux plus te taire. Tout devient dangereux. Menkh n'est plus là et tu n'as plus sa carrière à protéger. Quand cesseras-tu de porter le poids de tout sur tes épaules ? A défaut d'amis en nombre, il t'en faut au moins un. Saisis cette occasion, Séchat. Je t'en conjure. Ce n'est pas que je veuille dire que tu aies besoin de protection. Tu es forte, capable et bien caparaçonnée. Mais en te taisant, tu mets aussi en jeu la sécurité de la reine.

Séchat fut saisie là où Reshot voulait l'atteindre. « Dieu, pensa la jeune servante, je l'ai piquée exactement où il fallait. La Reine, Sa Majesté Hatchepsout ! Si elle refuse toute protection pour elle, je savais qu'elle ne resterait pas insensible au fait qu'Hatchepsout pouvait, elle aussi, être en danger. Et toute l'Égypte avec elle. »

— Ta servante en a trop dit, jeta cette fois implacablement Djéhouty. Maintenant, je veux savoir, puisque la sécurité de la reine me semble être mise à contribution.

Vaincue et sentant que le tour de la discussion prenait une envergure plus importante qu'elle ne l'avait souhaitée, Séchat s'abandonna. Le malaise et la gêne de Reshot ne semblaient plus la concerner. Elle lui adressa un pâle sourire.

— Laisse, Reshot. Je vais parler. Vois-tu Djéhouty, c'est vrai que certains ne s'inclinent devant Hatchepsout que par nécessité, obligation, contrainte ou peur. Tout simplement parce qu'elle ne représente pas le symbole masculin, le superbe mâle Pharaon, celui qui part à la guerre et en revient triomphant. Celui qui reçoit toutes les ovations de la foule parce qu'il ramène esclaves, prisonniers, butins, trésors.

« Curieuse femme, pensa Djéhouty, elle semble renier tout ce que son époux représentait, l'homme de guerre et de gloire, l'homme fort et protecteur. »

Séchat, plantée devant Djéhouty, l'œil enflammé et le visage soudainement coloré, poursuivait.

— Oui, Djéhouty, je ne suis ni pour la guerre ni pour la violence. Peut-être n'aurais-je pas apprécié, dans les longues années à venir, tout ce que Menkh aurait fait. Mais il respectait mes idées tout en y étant opposé et je respectais les siennes, même si j'exècre la guerre. Je plaide pour la paix, la sagesse, la culture, la réforme pour les ouvriers, les pauvres et les femmes, même si tout cela peut te paraître paradoxal. Je suis ainsi, Djéhouty et rien ne pourra me changer.

— Mais, je sais tout cela, Séchat, reprit calmement Djéhouty. Pourtant, cela ne m'explique pas ce que Reshot a voulu dire lorsque...

— Oui, jeta presque brutalement la jeune femme. Oui, je me suis fait agresser plusieurs fois. Pour certains, j'usurpe la situation privilégiée d'un homme. Je m'intègre dans un milieu qui ne doit pas être le mien. Je commande, j'exige, j'ordonne, tout comme toi. La différence, vois-tu Djéhouty, c'est que, lorsque toi tu ordonnes, on obéit d'instinct, sans discussion, sans réflexion, sans contrainte. Ne représentes-tu pas la loi, les hommes, la justice ? Moi, lorsque je commande, on m'obéit, certes, mais par obligation, en réfléchissant sur la façon dont on pourrait me contredire ou me distraire ou encore me corrompre. Parce que la loi est faite par les hommes et pour les hommes. On a cherché à m'empoisonner, à me tuer par la flèche ou le javelot, on a jeté un cobra venimeux devant mon visage, on a lancé ces pierres du haut de la muraille du palais pour m'écraser.

Elle s'arrêta, un instant, et reprit :

— Ce n'est pas toi, Djéhouty, que l'on cherchait à éliminer, ce jour-là. Je devais être seule en cause.

— Mais, pourquoi n'as-tu rien fait après toutes ces agressions ? jeta Djéhouty, scandalisé par tant d'acharnement sur la personne de Séchat.

— Je n'ai rien fait parce que je suis une femme et qu'une femme ne doit pas se mêler de politique ni restructurer les lois établies ni provoquer des remous qui risquent la bonne organisation mise en place depuis des générations.

— Mais, c'est absurde, la hiérarchie t'aurait protégée !

— Non, Djéhouty. Tu connais très mal la condition féminine. Certes, j'aurais trouvé quelque appui auprès de Néhésy. Il s'est toujours révélé très bon camarade. D'autres encore m'auraient approuvée comme Hapouseneb, Inéni, le propre père de mon époux qui m'a toujours soutenue, toi peut-être, Djéhouty. Mais que représente une petite poignée d'amis contre une société entière ?

Reshot paraissait soulagée. Ce poids de plus en plus lourd qu'elle ne porterait plus seule sur ses minces épaules, devenait soudain plus supportable.

Aména s'approcha de Séchat et la prenant par l'épaule, se pencha pour mieux voir son regard.

— Tu t'en sortiras très bien. J'en suis convaincue. Un pressentiment m'avertit que tu réussiras tout ce que tu entreprendras dans ton travail.

Ses yeux, qu'une extrême limpidité rendait graves et sereins, plongèrent dans le sombre regard de Séchat. Elle en fut si bouleversée qu'elle serra, à son tour, la main d'Aména, puis lui prenant l'autre :

— Simplement dans le travail ? questionna-t-elle.

— Hélas, on ne peut tout avoir, murmura la jeune Aména. Mais, je sais que ta destinée de Grande Intendante sera brillante.

Djéhouty observait Séchat avec une détermination et une intensité telles que la lourdeur d'un silence s'installa dans la pièce un instant. Lorsque le climat redevint naturel, il eut envie de lui poser mille questions. Mais une seule vint à ses lèvres.

— Et Menkh ! Ne te protégeait-il pas ?

La surprise mit quelque temps Séchat sur la

défensive. Elle s'avança près de lui. Son buste touchait presque le large torse de Djéhouty. Lorsqu'elle plongea son regard dans le sien, elle s'entendit répondre :

— Même lui ne pouvait rien faire et s'il l'avait fait, sa carrière eût été compromise. La société n'aime pas le scandale.

Un silence pesant fit suite. Pour alléger l'atmosphère qui risquait de se tendre davantage, Aména proposa joyeusement des boissons. Reshot et Séchat lui en surent gré.

— Prenons ce rafraîchissement que j'ai préparé spécialement pour vous. C'est un breuvage au goût de coriandre et de cannelle.

Elle se dirigea vers le coffre où cruches et pichets, disposés les uns contre les autres, attendaient qu'on vienne les y chercher. Elle saisit un récipient de grès rouge, empli d'un vin frais et sucré et s'approcha du cercle de discussion. Mais Djéhouty cherchait visiblement à obtenir quelques explications supplémentaires.

— Comment vas-tu t'y prendre pour tenter d'arrêter la révolte ?

— Je vais défendre les intérêts des artisans. Les potiers de Thèbes sont sous l'emprise d'un chef malfaiteur, voleur, tyrannique, cynique. Les carriers sont exploités et leur salaire ne justifie pas leur travail. Les sculpteurs, et tu le sais, ne sont pas estimés comme ils le doivent, les peintres non plus d'ailleurs. Il y a tant de réformes à faire.

— Ne vas-tu pas au-devant de difficultés considérables ? Ne crains-tu pas un nouvel attentat contre ta personne ?

— Le dieu Thot m'a toujours protégée. Pourquoi sa protection cesserait-elle ?

— N'est-ce pas un argument un peu présomptueux ? murmura Djéhouty.

— Il ne s'agit pas de présomption, mais d'espoir.

— Séchat, ne confonds pas espoir et inconscience.

Butée, la jeune femme affirma :

— Je ne confonds rien, Djéhouty.

— Ils peuvent te lyncher ! La foule est féroce. Prends garde.

— Je ne me ferai ni lyncher, ni même agresser. Je sais ce que je vais leur dire.

— Séchat, commença Reshot, Djéhouty a raison. C'est trop dangereux !

Cette fois, les yeux de Séchat s'assombrirent à un tel point qu'ils dissimulaient mal la colère qui commençait à l'empourprer.

— Alors, pourquoi est-on venu me chercher au fond de ma province. Pourquoi ? Pour assister passivement, au loin et à l'abri, à une révolte qui va engendrer des morts et accumuler des prisonniers dont le seul tort est de désirer un sort meilleur et plus juste ? Restes-tu donc insensible à ces arguments ?

— Il n'est ni question de regarder sans bouger ni d'écouter sans intervenir. Il faut juste ne pas risquer ta vie. Il existe d'autres moyens de calmer la foule.

— Lesquels !

— Nous sommes là pour en parler.

— Non, Djéhouty, ce problème me regarde. Je me sens directement concernée. Je procéderai selon mes idées et mes instincts.

— Ouser œuvre lui aussi.

— Ouser ! Qu'il se préoccupe de ses activités et non des miennes.

— C'est lui qui a prévenu la police royale, lors de la première émeute lancée contre Hatchepsout.

— Est-ce Ouser qui t'a demandé de me prévenir ?

— Non, et tu le sais bien.

— Alors, laissons Ouser de côté. Qu'il veuille conserver à lui seul la responsabilité de cette affaire ne m'étonne pas. Mais il ne s'en tirera pas avec les honneurs. Et qui me dit qu'Ouser n'est pas responsable de cette émeute, justement pour m'anéantir ?

— Ne t'érige pas en héroïne, Séchat, tu n'y trouveras que dépit et rancœur.

— C'est ton point de vue et non le mien.

Djéhouty leva les yeux au ciel et battit l'air de ses grands bras musclés. Il ressentait à l'intérieur de lui-même une excitation qu'il ne voulait pourtant pas faire paraître.

— Que veux-tu faire ?

— Leur parler, leur expliquer. Je te l'ai dit.

— Laisse au moins Néhésy et ses troupes te protéger. Le risque sera moindre.

— Je refuse l'aide de la police. Comment veux-tu qu'un climat de confiance s'instaure entre eux et moi si la police me cerne ?

— Mais, accepte au moins qu'elle te suive et attaque à la moindre embûche.

— C'est justement ce que je réprouve. La foule ne comprendra qu'un seul fait, ne distinguera qu'un seul acte. C'est la police que je lui jetterai tel un fauve cruel et affamé. Une police qui trouvera des appâts à sa juste mesure.

— Qui te dit que les choses se passeront ainsi ?

— Manifestations et revendications se terminent toujours de cette façon. Les chefs de file sont incarcérés lorsqu'ils ne meurent pas sous la torture alors qu'ils n'ont rien fait de répréhensible, ni contre les lois ni contre la reine.

— J'ai assisté à des revendications où tout se passait dans l'ordre, prétendit Djéhouty.

— Alors, si c'est le cas, les soulèvements se répèteront, les morts s'accumuleront, les crimes suivront. Sans omettre les règlements de compte qui trouvent toujours leur place dans de tels déchaînements. Djéhouty, il faut que tu sois de mon côté.

Djéhouty se sentit dans l'embarras. Une incommodité difficile à cerner le prit de plein fouet. Mal à l'aise, il se leva et fit distraitement quelques pas.

Encore plus persuasive, Séchat reprit :

— Si, face à Néhésy et Hatchepsout, tu approuves mon plan, je suis sauvée. C'est la seule requête que je te demande. Promets-moi que tu ne feras aucune entrave pour sa bonne exécution. Avec ton appui, je réussirai.

— C'est une utopie, Séchat. Je ne peux t'envoyer à la mort.

La jeune femme se leva, piquée à vif. Ses joues devinrent cramoisies. Ses yeux prirent une lueur farouche et sombre.

— C'est faux, tu m'étales un faux alibi, ma vie ou ma mort t'importe peu. Tu essayes de briser ma carrière, comme ils veulent tous le faire. Voyons, une femme ! Avec ces responsabilités, ces titres, ces pouvoirs. Une femme ! C'est juste bon à se marier, enfanter, à tenir propre une maison et à commander son petit personnel d'intérieur et les époux les plus compréhensifs daigneront accepter une remarque ou une observation judicieuse venant de la bouche d'une femme un peu plus intelligente ou un peu plus sensée que les autres. Et bien toi ! Djéhouty, cria-t-elle menaçante en pointant son doigt vers son adversaire, toi, Djéhouty, je te sens pire que les autres, car tu caches ta véritable opinion sous une allure faussement amicale.

Reshot se désolait que Séchat s'énervât de cette manière et que, dans l'excitation, elle en oubliât toute retenue. Lorsqu'elle vit celle-ci se jeter sur Djéhouty et lui marteler le torse de ses poings fermés, elle voulut s'interposer, mais Aména la retint.

— Laisse-la, lui souffla-t-elle, il faut qu'elle aille au bout de ce qu'elle pense.

Séchat continuait à frapper de ses poings le large buste nu de Djéhouty.

— Tu es comme eux donc, tu refuses de m'aider. Je m'exécuterai seule. Je n'ai ni besoin de toi ni des autres. En fait, vous refusez tous de m'apporter un soutien, car vous savez que je peux réussir.

Djéhouty saisit les poings de Séchat qu'elle tenait durement fermés et les garda dans ses grandes mains brunes qu'il essayait de rendre rassurantes. Le regard de la jeune femme, sombre et enflammé, semblait dévorer de fureur celui de Djéhouty. Celui-ci pressa doucement les poings fermés de Séchat, mais ne prononça aucun mot qu'il pressentait comme l'amorce d'une autre avalanche de colère.

Très lentement, il se mit à caresser ses poignets, remontant légèrement sur les bras, là où la peau se faisait douce. Son regard reprit, peu à peu, une teinte plus docile et sous la douce pression de Djéhouty, ses mains se détendirent. Lorsqu'elle sentit une vague torpeur envahir son esprit, elle détacha ses mains de celles de Djéhouty. Sans doute, à regret, celui-ci la laissa partir.

— L'excitation et l'emportement ne me feront rien réussir, dit-elle, un peu lasse et soudain triste de ne pas être comprise davantage. Je dois rester maîtresse de la situation, toujours lucide. La tête organisée et le cœur, dorénavant, dispos pour le peuple.

— C'est entendu, Séchat, j'approuverai ton plan quel qu'il soit.

Djéhouty lança ces quelques mots presque froidement.

Un peu sèche, mais précise, la promesse ne contenait aucune ambiguïté, aucune restriction. Et Séchat sut, à cet instant, que Djéhouty se rangeait, désormais, dans son camp.

*
* *

Dès l'aube, les rues bondées d'un peuple averti, prêt à rugir, s'animaient anormalement. Le passage des guerriers revenant de leur dernière expédition devait intervenir dans quelques instants.

Sur les conseils de Senenmout, Néhésy avait rassemblé ses hommes armurés et casqués. Il avait été décidé en conseil, réuni d'urgence comme il se devait pour toute décision hâtive et importante, que la reine Hatchepsout ne précéderait pas le cortège, mais se montrerait sur la terrasse de son palais, face à la grande place de Thèbes qui s'ouvrait au bord du Nil.

Des gardes du corps l'encadreraient et si l'émeute devenait trop violente, Sa Majesté se retirerait de suite. Lorsque l'armée défila, tout resta dans l'ordre. Hatchepsout, souriante, debout et protégée par une rambarde de pierres, se tenait comme à son habitude, droite, digne et soucieuse de la bonne impression qu'elle devait donner à son peuple.

Thoutmosis, à sa droite, bien que conscient du danger encouru, se rassasiait les yeux et l'esprit du bon défilement de l'armée revenue, une fois encore, triomphante. Passée la terrasse royale, l'armée s'engagea en direction du sud de Thèbes où la foule s'amassait déjà depuis plusieurs heures.

Des bruits commencèrent à sourdre. Une agitation, tout d'abord à peine perceptible, se leva dans une atmosphère teintée d'équivoque. Les gardes du corps prêtèrent l'oreille, à l'écoute du moindre son tendancieux.

Le peuple ne lançait ni vivats ni cris de joie comme à l'habitude. Il s'agissait plutôt d'un brouhaha indescriptible dont l'ampleur semblait se décupler au fur et à mesure que l'armée s'écartait. Séchat quitta la tribune où sa place, aux côtés des autres dignitaires, lui était attribuée.

Seul Néhésy en était absent, le protocole voulant qu'il fût au-devant de son armée.

Séchat avançait prudemment, les sens en éveil. Toute son excitation et sa colère avaient fait place à une sorte de concentration lucide et implacable. Arrivée au centre de la place, elle vit une masse qui n'avait ni forme, ni couleur, ni odeur. Une masse qui ondulait lentement et s'avançait à sa rencontre.

Curieusement, la foule rugissante ne l'impressionnait pas. On eût dit, au contraire, qu'un aimant l'attirait vers elle et qu'une onde invisible la poussait. Séchat portait la tunique courte et plissée des scribes. Aucun bijou ne cernait son cou, ni ses bras, ni ses chevilles. Elle marchait pieds nus, ayant ôté ses sandales pour ne pas apporter la note de supériorité envers ceux qui l'écouteraient.

Au-dessus de la terrasse, Hatchepsout et Thoutmosis, sentant le danger approcher, s'apprêtèrent à s'éclipser. Mais avant de disparaître, Hatchepsout frappa dans ses mains et réclama son héraut.

— Qu'on aille chercher Néhésy et qu'il protège Séchat.

Mais l'ordre de la reine avait déjà été formulé par Senenmout qui, dans la tribune, sentait lui aussi le vent de la révolte imminente. Néhésy s'approchait déjà de la foule avec ses hommes et ses chevaux.

Séchat prit le parti de s'arrêter, la foule, seule, avançait. Les premiers rangs, surpris, se turent et la melopée de mécontentements et de reproches qu'ils scandaient s'atténua.

Voyant que les chevaux s'apprêtaient à forcer la foule, Séchat se retourna et ordonna d'un ton impératif à Néhésy de reculer avec ses hommes.

Puis, elle fit quelques pas rapides et s'isola de

manière à prouver qu'elle ne faisait pas corps avec la police. Consciente de l'examen suspicieux dont elle faisait l'objet, elle mit ses mains en porte-parole autour de sa bouche et cria :

— Artisans !

Les premiers rangs stoppèrent d'instinct. Des huées se firent entendre. « Les hommes au pouvoir ! » Les cris se multiplièrent, déchaînant des boutades et des menaces « Pas de catins pour nous diriger ! ». Cependant que la foule n'avançait plus, les paroles se déchaînaient dans toute leur fureur et leur vélocité. « Du blé, de la bière, des vêtements, et des femmes au foyer ! ».

Séchat ne bougeait pas. La seule angoisse qu'elle ressentait se situait au niveau de la police qu'elle craignait voir surgir à tous moments à ses côtés. « Dieu Seth, murmura-t-elle, si tu n'as pas épargné Menkh, épargne-moi. Ecarte cette police stupide qui ne peut que tout anéantir. »

— Artisans, reprit-elle d'une voix forte et puissante, n'avancez plus et écoutez-moi.

Djéhouty et Hapouseneb s'étaient rangés sur les bas-côtés, un peu à l'arrière des hommes de Néhésy.

— Elle va se faire lyncher, murmura Hapouseneb. Elle ignore ce que peut faire une foule en colère.

Djéhouty ne put répondre. Une telle sûreté de soi le subjuguait. Il savait, de surcroît, que Séchat n'agissait ni par inconscience ni par manque d'équilibre, mais plutôt pour réussir là où l'un de ses congénères était voué à l'échec. Pourquoi ne pouvait-il se porter au-devant d'elle ? Trop conscient qu'un tel acte lui ôterait toute estime de la jeune femme, il se contraignit à observer les moindres mouvements de la foule.

— Artisans, sculpteurs, potiers, menuisiers, tisserands, carriers, je suis Séchat, votre Chef.

La foule, maintenant se taisait. Le premier

point était acquis. Il fallait que cette foule l'entende et la juge ensuite.

— Artisans ! Oui, je suis votre Chef, moi une femme. Qu'y puis-je ? Vous désirez que la femme soit au foyer, élève ses enfants et commande sa petite maisonnée ? Alors réfléchissez et ne m'obligez pas à penser que vous êtes tous des obtus et des idiots. Une femme, si elle enfante, c'est qu'elle est forte et résistante, si elle protège ses enfants, c'est qu'elle est sensible, si elle commande son foyer, c'est qu'elle est raisonnable et sensée, si elle défend sa maison, c'est qu'elle est courageuse et décidée. Sept qualités essentielles, et je ne cite pas toutes les autres pour mener à bien d'autres tâches. Oui, vous avez devant vous une femme qui est votre Chef. Une femme sensible, donc qui peut vous aider dans tous vos problèmes et toutes vos difficultés, une femme forte et décidée, donc qui ne vous laissera pas lâchement tomber, une femme raisonnable, donc qui vous conseillera dans de justes orientations. Artisans, acceptez-moi.

Les haies s'espacèrent. Plusieurs policiers retenaient leurs chiens. Séchat avançait, portée par une conviction que, seul, le désir de réussir alimentait.

La foule entière se taisait. Surprise d'une telle harangue, les bras qui brandissaient, tout à l'heure, des bâtons, des couteaux, des pieux, s'étaient abaissés. Séchat ne voulut pas leur laisser de répit, craignant qu'un silence ne rompît leur attention.

— Artisans, vous ne me connaissez pas. Je jure de vous approcher, de vous connaître, de rester votre porte-parole en toutes circonstances. Laissez-moi vous aider. Je peux contribuer à votre bien-être. Je m'engage à augmenter votre ration de blé, de bière, d'huile et de poisson séché. Tentez votre chance, elle ne se représentera pas deux fois. Artisans, ne soyez pas butés et inintelligents.

A mesure que Séchat avançait vers les premiers rangs d'artisans, serrés les uns contre les autres, Néhésy s'approchait avec ses hommes. Mais la foule semblait ne plus les voir. De la surprise, elle était passée à l'attention. Les rangs suivants bousculaient les précédents pour mieux se rendre compte de ce qui se passait.

A cet instant, Djéhouty sut que Séchat réussissait son exploit incroyable. Il l'observait toujours avec un intérêt sans cesse grandissant. Son éloquence et ses idées en disaient long sur ses multiples capacités.

— Oui, je doublerai vos rations de nourriture. Mais, je ferai plus encore. Je supprimerai le joug odieux et intolérable dont nombre d'entre vous, je le sais, subissent les mauvais effets, voire d'insupportables punitions corporelles que vous ne méritez pas.

L'attention que la foule lui portait se mua en concentration soutenue.

— Je ferai construire des murs de briques séchées à ceux qui n'ont pas de toit et les tisserands bénéficieront d'une réduction d'impôts qui leur permettra de vêtir les plus défavorisés.

Séchat reprit son souffle. Elle respira à pleins poumons l'air chaud qui commençait à monter.

— Voilà tout ce que je vous promets si vous m'en laissez les possibilités, car vous seuls possédez les moyens de me les fournir. Je réaliserai chaque chose que je vous ai dite. Rendez-vous, Artisans, ici même, à la prochaine saison du Périt. Si je n'ai pas tenu promesse, alors, vous réglerez vos comptes et j'en serai la victime.

Séchat ferma les yeux et attendit. Puis, les rouvrant, elle vit un homme s'approcher, la regarder droit dans les yeux.

— Je suis Shérit, leur meneur et je te fais confiance.

La foule entière hurlait et criait de joie.

— Vive Séchat, vive notre Chef.

Un cercle d'hommes s'approcha et souleva la jeune femme.

— Vive Séchat, notre Grande Intendante.

La foule délirait, maintenant. Séchat était soutenue en hauteur par de puissants bras qui semblaient ne plus vouloir la lâcher. Néhésy et ses hommes s'approchèrent, suivi de Djéhouty. Emportée par la foule, la jeune femme ne pouvait plus discerner la réalité. On la portait, on l'acclamait. Ses yeux, pourtant, s'emplissaient de larmes. « Oh ! Menkh, pourquoi m'as-tu quittée ? »

D'autres bras la soulevaient. D'autres bras qui n'étaient plus ceux des artisans. Ceux-là se révélaient plus impératifs, plus doux aussi. Elle entendit une voix à son oreille :

— Séchat, la solitude te sera intolérable, ce soir. Viens te reposer chez moi.

Brutalement, elle réagit. On l'emportait sur un cheval que Djéhouty conduisait. Néhésy chevauchait devant. La foule n'était plus qu'un point obscur et confus. Policiers, gardes du corps l'entouraient. Les chevaux ne s'arrêtèrent qu'aux alentours du Palais.

CHAPITRE X

Cette nuit-là, si le sommeil n'envahissait pas l'esprit de Séchat, c'est que la tension passée des événements récents la laissait dans un état psychologique inhabituel.

L'air pesant qui avait suivi la chaude journée n'apaisait pas l'atmosphère étouffante et la jeune femme ne pouvait que fermer les yeux sans pour autant réussir à s'endormir. Après avoir bu un peu d'eau fraîche, elle entreprit d'écrire un hymne de son inspiration à la déesse Séchat dont elle portait le nom, patronne de l'écriture qui protégeait les fonctionnaires.

Installée devant sa table de travail, elle déroula un papyrus pour y inscrire les premiers signes de son inspiration. Elle réfléchit quelques instants et pria la déesse afin qu'elle dirigeât sa vie professionnelle de scribe et se concentra à nouveau. Mais les idées lui manquaient. Les séquences de la foule en délire lui revenaient continuellement. Les images se précipitaient et se bousculaient dans son esprit et plus Séchat se concentrait, plus elles semblaient tourner au cauchemar. Elle ne put poursuivre plus longtemps ses réflexions et reposa son calame sur le papyrus à peine recouvert.

Sachant que l'inspiration ne viendrait plus l'habiter après de tels instants si excessivement vécus, Séchat se mit alors à jouer avec le temps, celui qui la ramenait petite fille quand son père lui apprenait les rudiments de l'écriture hiéroglyphique. Ecriture servant à exprimer une langue archaïque utilisée depuis des dynasties pour le langage parlé. Avec lui, l'étude de ces signes classés par catégories et accompagnés de leur prononciation et de leur signification ne lui avait guère paru ardu.

Bien au contraire, Séchat avait assimilé très rapidement toutes les complications de cet apprentissage.

Très vite, ensuite, Sobek lui avait enseigné les mots réunis par un sens et elle en était arrivée tout aussi facilement à l'écriture hiératique, système d'écriture plus rapide que l'on utilisait à cette époque pour rédiger les rapports, documents et textes officiels. Le Grand Scribe Parenefer avait, logiquement, pris la suite, mais la fillette se trouvait déjà très avancée par rapport aux autres garçons.

Alors que ses souvenirs affluaient en abondance, elle reporta le temps à une époque encore plus lointaine.

Enfant, Séchat étudiait et les autres fillettes jouaient. Elle ne pouvait expliquer pourquoi les chevaux à roulettes en bois ou en terre cuite, les poupées articulées aux yeux de céramique bleue, les poteries miniaturisées ne l'avaient jamais beaucoup intéressée. Les jeux d'extérieur, eux non plus, n'avaient guère trouvé d'intérêt auprès d'elle. Parties de saute-mouton, jeux acrobatiques qui permettaient d'assouplir le corps des petites filles en vue d'éventuelles exhibitions futures, lors des réjouissances populaires, ne présentaient à ses yeux que moments inutiles et temps perdu.

C'est ainsi que les autres fillettes s'amusaient et que Séchat aux côtés de son père, copiait déjà des petits textes classiques sur papyrus.

Lorsqu'elle était entrée à l'école des scribes du palais, aucun autre enfant ne savait lire et écrire aussi bien qu'elle. La princesse Hatchepsout l'avait, pourtant, très vite rattrapée et quelque temps plus tard toutes deux excellaient dans les exercices de grammaire et la conjugaison des verbes.

Pourquoi, ce soir-là, Séchat sentait-elle son rôle de femme prendre soudain plus de poids ? Si elle se remémorait son passé scolaire face au Grand Scribe Parenefer qui corrigeait des copies devenant tour à tour texte littéraire, traité de sagesse ou œuvre d'imagination souvent à base mythologique, c'est parce qu'elle n'était pas très sûre du sens qu'avait pris son savoir et sa culture.

Pourtant, lorsqu'à la fin de son premier cycle, étaient arrivées les notions d'arithmétique, de mathématique et de géométrie qui clôturaient le cycle suivant, Séchat avait fortement conservé l'impression qu'elle détenait la clé du pouvoir et de la science. Dépassant largement les connaissances de la princesse Hatchepsout appelée par ses devoirs de sang royal, Séchat s'était vue donner le titre de « Scribe qui a reçu l'écriture ».

Un autre point distinguait Séchat de ses compagnes. La tendre affection qu'elle portait à Menkh depuis son enfance et qui, peu à peu, comme un récipient s'emplit lentement d'eau, s'était transformée en un amour de femme, sans qu'elle n'ait eu à traverser cette crise de romantisme que les jeunes filles ne vivent pas toujours brillamment.

Un jour, Sobek avait ouvert un petit coffre d'albâtre devant les yeux curieux de sa fille. Des rouleaux de papyrus s'y enroulaient serrés les uns contre les autres. Les déroulant avec cette lenteur excessive que les gestes précis et parcimonieux rendent encore plus mystérieuse, il avait lu à la jeune fille de très beaux poèmes d'amour recopiés par lui et dédiés à sa jeune épouse, Séita.

Elle se souvenait encore de celui que son père lui avait appris. Sa voix basse et grave résonnait encore à ses oreilles. Des mots lourds de promesses et d'espoirs de grande envergure tintaient encore à l'ouïe de la jeune femme.

Un bruit lui fit lever la tête. Près de sa fenêtre ouverte, il lui semblait entendre des frôlements.

Son père dormait et Reshot devait se reposer dans la petite chambre qui lui servait de refuge. Reshot, sa tendre compagne. Devait-elle se remémorer toutes les satisfactions et complaisances que la jeune servante lui avait apportées ? Trop perturbée par une enfance misérable où sa mère ne pouvait nourrir des enfants dont la paternité se révélait différente pour chacun, Reshot ne semblait guère attirée par les hommes.

De domestique, elle n'en avait même pas le nom. Depuis dix ans qu'Hatchepsout avait offert la jeune esclave nubienne à son amie, celle-ci trouvait chez sa jeune maîtresse une sorte d'équilibre affectif auquel elle ne désirait pas renoncer.

Les frôlements perçus tout à l'heure reprirent de l'ampleur. Ils s'intensifiaient sans que l'on sache d'où ils provenaient. Séchat prêta plus attentivement l'oreille.

Elle discernait un chuchotement. Elle se leva sans bruit, approcha de sa fenêtre et se pencha jusqu'à toucher imprudemment le rebord qui plongeait hardiment sur les jardins obscurcis par la nuit. La pièce où elle dormait donnait sur la terrasse, à l'arrière de la maison.

Entre les sycomores qui bordaient le petit bassin, elle crut apercevoir deux silhouettes.

Elle se baissa pour éviter d'attirer l'attention et attendit quelques instants. Avec autant de précaution que de méfiance, elle se faufila vers l'encoignure de la fenêtre et avança juste la tête. C'étaient des silhouettes de personnages inconnus. A moins que ce ne soit un rendez-vous sentimental de Reshot ? La jeune femme imaginait mal cette éventualité. Cela ne lui ressemblait guère.

Certes, son amie plaisait par sa vivacité d'esprit, son maintien gracieux, ses formes souples et harmonieuses et méritait qu'un homme portât de l'attention sur sa personne. Mais, bien que son père l'ait affranchie depuis longtemps, Séchat aimait se persuader que sa jeune servante lui resterait fidèle.

Elle sursauta, laissant tomber d'un seul coup les suppositions qu'elle échafaudait.

Une troisième silhouette venait de rejoindre les deux autres. L'éventualité de l'épanchement amoureux de Reshot ne tenait plus. Pourquoi une tierce personne s'interposait-elle ?

Si le cœur de Séchat battait anormalement, cela ne lui ôtait pas pour autant le courage. Mais qu'un traquenard fomente à quelques pas de sa maison l'ennuyait. Elle voulait si peu mêler son père à ses difficultés personnelles.

Prestement et s'obligeant à ne pas trop réfléchir sur d'éventuelles suppositions, elle revêtit la tunique qu'elle portait la veille et quitta sans bruit sa chambre.

Regardant derrière elle, afin de s'assurer que son père ne se tenait pas dans l'entrebâillement de la porte, elle traversa ses appartements privés, arriva sur la première terrasse, celle qui s'étendait au-devant du bâtiment, puis, contournant celui-ci, passa par l'arrière et atteignit le petit jardin qui attenait aux cuisines.

De là, elle parviendrait facilement auprès des sycomores, en longeant le bassin, sans se faire remarquer. Un instant, elle songea que sa tunique blanche la trahirait dans la nuit. Elle garda, cependant, son calme et ses esprits. Arrivée non loin des silhouettes, les chuchotements devinrent audibles.

Séchat s'accroupit derrière un bosquet de petits acacias. De cette cachette improvisée, elle ne voyait plus les silhouettes, mais les voix, bien qu'étouffées, lui parvenaient assez distinctement.

— Si tu refuses, nous saurons te convaincre, dit l'une des voix.

— Tu n'as pas le choix, fit une autre.

Un silence s'installa et la première voix reprit :

— On te fera la peau, ma belle.

Qui étaient ces hommes ? Que faisaient-ils chez elle ? A qui s'adressaient-ils ?

La voix la plus rocailleuse reprenait d'un ton impératif :

— On te l'a dit, si tu refuses : un ! on te fait la peau. Deux, on fait la sienne et si ça ne suffit pas, celle de son père.

Un silence coupa lourdement l'atmosphère encore étouffante et n'augura rien de bon.

— On te donne jusqu'à la prochaine nuit. Compris ?

— Elle comprendra vite.

Puis se tournant vers son comparse, il ricana :

— Il paraît que son esprit est rapide.

— On ne te laissera pas d'autres chances, ma belle.

Séchat n'avait discerné que deux voix. Or, elle avait distingué trois silhouettes.

Un craquement de branches brisa, un instant, la courte discussion lorsqu'elle sentit une crampe lui saisir la jambe gauche. Elle se leva légèrement et reporta son poids sur le pied droit.

— Jusqu'à la prochaine nuit. Compris ? reprit la voix coupante.

— Compris, murmura enfin la troisième voix.

La crampe n'eut pas le temps de saisir l'autre jambe, Séchat se releva brusquement en voyant s'enfuir à grandes enjambées deux formes blanches enrobées de nuit.

Qu'elle ait reconnu la voix de Reshot ne la surprenait plus. Les mots retentissaient encore brutalement dans son esprit. « Un, on te fait la peau. Deux, on fait la sienne. Et, trois, s'il le faut, celle de son père. »

Elle jeta un regard en direction des deux silhouettes qui s'enfuyaient et se perdaient dans la nuit.

Toujours aussi pesant, l'air ne s'allégeait que par petites secousses lorsqu'un léger soubresaut de vent venait heurter les arbres.

Dans le hall d'entrée éclairé par une lune blanche dont la pâleur, ce soir-là, laissait présager une journée plus fraîche, Reshot se tenait debout, le front entre les mains. Elle sursauta lorsqu'elle aperçut Séchat.

— Reshot, que t'arrive-t-il ? Qui étaient ces hommes et que te voulaient-ils ?

La jeune servante semblait consternée. Elle restait muette, incapable de prononcer le moindre mot.

— Reshot, tu as des ennuis ou bien suis-je en cause ?

Séchat se heurtait à un mur de silence et d'obstination. Reshot la regardait, hébétée. De ses lèvres serrées, nul mot ne sortait.

— Ces hommes t'ont menacée et il me semble que je suis concernée. J'ai le pressentiment que mon père l'est aussi. Reshot qu'as-tu ? Depuis longtemps, nous partageons les problèmes et les difficultés. Tiens, assieds-toi. Je vais te chercher quelque chose à boire. Ce mois d'Athyr est plus éprouvant que de coutume. Veux-tu un peu de vin ou un jus sucré ?

Attendrie par la gentillesse de sa maîtresse, les lèvres de Reshot se détendirent :

— L'un s'appelle Akment, l'autre Nepten.

— Qui sont-ils ?

— Des artisans.

— Des artisans ! Ils ne semblaient guère amoureux de toi, plaisanta la jeune femme pour détendre l'atmosphère.

Le sourire que lui rendit Reshot restait crispé malgré l'entrebâillement docile de ses lèvres.

— Allons, reprit Séchat plus sérieusement, je crains que l'origine de cette affaire soit sérieuse.

En dépit de ses hésitations encore apparentes, Reshot commença d'une voix mal assurée :

— Ces deux artisans travaillent à la carrière de Coptos, au nord de Thèbes.

— Je la connais, c'est une carrière d'albâtre. Elle reste fermée, actuellement, mais elle est saine et toujours exploitable. On parle de la rouvrir prochainement. Mais parle-moi de ces deux hommes.

— Akment et Nepten y ont établi leur repaire. Ils frayent avec Knoum.

Le nom de l'exécrable individu fit tressaillir Séchat et, bien qu'il lui manquât encore tous les éléments de l'altercation, elle savait d'instinct que les choses s'avéraient difficiles.

— Knoum, cet odieux personnage, voleur, fourbe et cruel qui, par toutes les maltraitances qu'il fait subir à ses esclaves et à ses ouvriers, provoque un taux de mortalité d'une portée considérabe. Pas un seul jour ne se passe sans que de pauvres travailleurs ne meurent sous ses coups immérités. Est-ce bien de Knoum dont tu me parles ?

— Lui-même.

— C'est un fou cruel et hypocrite, reprit Séchat dont la véhémence du ton ne s'atténuait guère, il exploite les artisans, ne leur laisse aucun salaire, les fait battre à mort pour des méfaits sans grande importance que, bien souvent, ils n'ont même pas commis, et...

— Je sais, tu m'en as parlé déjà tant de fois.

— Cet homme a été placé comme Chef des

Potiers du nord de Thèbes et nommé par la Commission des Artisans sur les ordres du Conseil du Palais. Cette nomination passe pour une erreur grossière ressortissant du secteur du Grand Conseiller des Finances, Mériptah. L'affaire reste en suspens. Mériptah n'en a jamais référé au Conseil des Artisans ni à la Commission des Potiers.

Que l'accent de sa voix perdît un peu de son emportement n'enleva pas pour autant l'agressivité de ses paroles.

— Un tel homme est à incarcérer, jeta-t-elle, un jour ou l'autre, je réussirai à le confondre.

— Une tâche bien compliquée, Séchat. Oublierais-tu qu'il dispose d'espions, d'indicateurs, de tueurs et lorsque je t'apprendrai ce que ces deux hommes me veulent...

Du regard, Séchat l'interrogea.

— Le sceau de ton père, poursuivit la jeune servante sans s'étonner, cette fois, des yeux ahuris que sa maîtresse ouvrait démesurément.

— Les sceaux de Sobek, le Grand Scribe des Archives Royales. Le sceau de mon père ! Celui qui représente le roseau de Thot.

— C'est probablement Knoum qui les envoie. Méfie-toi, Séchat, il complote un plan monstrueux. Ces deux hommes savent que je suis à ton service et comptent sur moi pour leur remettre le sceau.

Séchat réfléchissait. Elle passa distraitement une main sur son menton et posa l'autre sur sa taille épaissie par l'enfant qu'elle attendait. Les yeux perdus dans le vague, elle caressa quelques instants son ventre distendu, camouflé par la large tunique qu'elle portait depuis quelque temps.

— Donc, ils savent que Sobek garde le sceau, ils peuvent effectuer de faux documents, procéder à des exécutions, voler des trésors, des fortunes. Avec ce sceau, tout est permis.

— Ils veulent s'en servir contre toi, Séchat. C'est évident.

— Contre moi ou contre Hatchepsout.

— Je ne sais rien de plus, exposa prudemment Reshot, si je ne le leur apporte pas demain soir...

— Ils auront ta peau, la mienne et celle de mon père. Je les ai entendus.

— Oh ! Séchat, bredouilla tristement la jeune servante, je voulais tellement te cacher tout ceci.

Les larmes qui lui montaient aux yeux attendrirent Séchat. D'une voix menue et inquiète, Reshot poursuivait :

— Tu es enceinte, isolée dans les conflits qui t'opposent à ces brutes et je me trouve encore plus désemparée que toi. Qu'allons-nous faire ?

Séchat s'approcha de son amie et lui caressa tendrement la joue.

— Ne t'en fais pas, Reshot, nous nous en sortirons à nouveau. Le dieu Toth a toujours bien voulu veiller sur moi.

Mais, elle restait pensive et soucieuse, consciente qu'il s'agissait d'un danger dont il lui manquait trop d'éléments. Elle entraîna Reshot sur un banc de cèdre, puis s'éloigna en direction des cuisines. Quelques instants plus tard, elle revint avec un pichet de vin frais et deux coupes.

— Rafraîchissons-nous, tout d'abord, détendons-nous et réfléchissons.

Elles burent quelques gorgées. Le vin au goût âpre et sucré redonna à leur teint pâle et crispé des couleurs plus naturelles et leur attitude se détendit.

— Viens, dit Séchat à Reshot, nous allons discuter dans ma chambre. Nous serons plus à l'aise.

Reshot aimait rejoindre Séchat dans sa chambre. Les discussions qu'elles y tenaient se complétaient souvent d'arguments enjoués. Mais Reshot parlait aussi de son pays d'origine, la Nubie, qu'elle n'avait d'ailleurs que très peu connu et dont les seuls souvenirs qui lui revenaient en mémoire attristaient les deux jeunes femmes.

Séchat en avait contourné les mœurs et les traditions et s'efforçait de ponctuer les récits de sa compagne d'observations plus drôles.

Quelque temps, Reshot avait craint que le mariage de Séchat ne fermât définitivement ces longues discussions, mais le départ prolongé de Menkh n'avait pas rompu cette douce et plaisante habitude et depuis la mort de son époux, elle sollicitait souvent la présence de son amie.

La chambre de Séchat, vaste, claire, orientée au sud, ce qui lui apportait le soleil du soir et la fraîcheur du matin, était meublée sobrement. Un grand bureau en bois rouge du Liban se tenait dans un angle.

Des papyrus s'y accumulaient, des sceaux divers, des encres, des écritoires et des plumes.

Disposé à l'angle opposé, son large lit occupait une place importante. Pour y abriter ses amours avec Menkh, Séchat l'avait voulu spacieux, souple, accueillant. Avec un soupir dont elle ne put réprimer la langueur, elle s'allongea sur les coussins de couleurs vives qui, moelleux et douillets, en recouvraient presque toute la surface.

D'un geste énergique qui ne demandait aucune réplique, Reshot saisit le plus grand et l'installa, délicatement, dans le dos de sa compagne. Puis elle rapporta sur elle la légère couverture de lin pour en couvrir ses jambes.

— Tu es bien ? s'inquiéta-t-elle.

Séchat ferma les yeux et asquiesça de la tête.

— Le bébé ? murmura Reshot.

— Il ne bouge pas encore.

Lorsqu'elle rouvrit les yeux, elle saisit la main de Reshot et la posa doucement sur son ventre.

— Regarde, on ne sent rien. J'ai l'impression de ne pas être enceinte.

Un court instant, Reshot caressa le ventre distendu de sa compagne.

— Tu es bien, répéta-t-elle, toujours anxieuse.

— Certes, sans ce nouveau danger qui s'annonce très périlleux, je serais plus sereine.

Reshot s'allongea à ses côtés et la prenant par la taille la pressa légèrement contre elle.

— Je crois que nous allons nous rendre à la carrière de Coptos, jeta soudainement Séchat.

— Je n'ai pas d'autres précisions sur l'endroit de leur repaire, gémit Reshot.

— Peu importe. Tout à l'arrière du côté ouest de la carrière se trouve la nécropole d'Hathor et, à quelques centaines de mètres, un vieux bâtiment de briques s'y tient. C'est un ancien atelier. Nous irons voir par là. Un instinct me dit qu'il peut s'agir d'un repaire.

— Tu ne crains pas une attaque !

— On verra bien. Tu n'as pas peur au moins ? répliqua Séchat, pour essayer de se convaincre de l'assurance de sa compagne.

Dans un murmure à peine audible, Reshot prononça :

— C'est pour toi que j'ai peur. Tu es enceinte et tu ne devrais pas t'agiter de cette façon. Si tu es malmenée ! Y as-tu songé ?

— Oui, j'y songe. Mais que pouvons-nous faire d'autre ?

— Rien, il faut y aller.

Vint alors une longue approche d'hypothèses, de craintes et de certitudes. Elles mirent chaque détail au point, ne négligeant aucune supposition, soupesant chaque élément, conscientes qu'elles jouaient leur vie avec un certain facteur chance dans l'un des plateaux de la balance.

A l'aube, elles s'endormirent. Sur leurs visages se dessinait encore une ombre d'inquiétude, celle de l'attente incertaine de la journée qui s'annonçait.

*
* *

Depuis qu'Isis était installée au palais, Moutnéfer ne lui laissait aucun répit et la poursuivait de ses conseils et recommandations, l'exhortant à ouvrir l'œil sur les menus incidents qui se passaient au harem.

A vrai dire, Isis était tombée dans un enchevêtrement de situations qu'elle ne pouvait pas encore maîtriser. Moutnéfer avait donné une fête en l'honneur de son arrivée où musiciennes, danseuses, concubines, les plus vieilles comme les plus jeunes, avaient été conviées.

Moutnéfer, depuis que son fils avait été sacré Pharaon, avait totalement pris en main la direction du harem. Elle en assurait la gestion, l'organisation, le bon maintien.

Elle surveillait avec assiduité les appartements privés des concubines, désignant celles qui, la nuit venue, devaient partager la couche du pharaon. Elle avait été jusqu'à engager un scribe personnel qui marquait à l'encre rouge sur ses tablettes le nom de celles qui se disaient touchées par la marque suprême et indélébile que leur laissait en leur sein Pharaon.

Les fausses couches, les enfants morts-nés ou ceux qui disparaissaient en bas âge faisaient aussitôt l'objet d'une liste écrite en noir qui rejoignaient les archives du harem.

Moutnéfer gardait le même œil vigilant sur les lieux publics, ouvrant ou fermant à sa guise les fabriques et les filatures. Elle en créait parfois de nouvelles, en accroissait d'autres. Lorsqu'un atelier paraissait rentable, elle en développait l'étendue en y affectant du nouveau personnel.

Enfin, elle recherchait avec un souci de patience et de perfection la perle qui serait, un jour, Seconde Epouse afin de donner un héritier à l'Egypte.

Depuis longtemps déjà, Moutnéfer avait reçu une quantité innombrable de jeunes filles, mais aucune n'avait encore répondu à ses désirs, trop exigeants, sans doute. Soit que la candidate recherchée ne fût pas assez cultivée — mais en cela, Hatchepsout paraissait plus exigeante que Moutnéfer — soit qu'elle fût d'allure trop banale, soit encore que le sang noble ne coulât pas assez dans ses veines.

Soit enfin que ses propres désirs ne concordassent pas avec ceux de la Première, Epouse, Royale dont l'avis, bien sûr, l'emportait sur celui de Moutnéfer.

Or, en ce début de la saison du Chemou, Hatchepsout paraissait satisfaite sur la nouvelle candidate et les deux femmes semblaient totalement d'accord sur celle que les dieux plaçaient enfin sur leur chemin.

Certes, Moutnéfer eût préféré que son fils dictât lui-même ses intentions en ce qui concernait un événement aussi intime et personnel et qu'Hatchepsout montrât moins d'autorité sur la question.

Mais, il fallait se rendre à l'évidence, Thoutmosis II n'avait ni la carrure brillante de son père ni ses capacités de dirigeant et de souverain. Alors que Thoutmosis Ier était né pour être Pharaon, Thoutmosis II n'avait vu le jour que pour se laisser mener par une épouse qui commandait le royaume de main de maître.

Le fils de Moutnéfer consacrait une large partie de son temps à chasser, pêcher, tirer à l'arc, passer son armée en revue — encore que la guerre ne l'attirât que faiblement — surveiller ses charreries, ses écuries, ses chenils.

Le cœur de Moutnéfer s'était mis à battre lorsqu'elle avait appris que la danseuse sacrée, nièce du Grand Prêtre d'Amon, venait de son plein gré s'exiler au harem. D'autant plus qu'elle n'avait pas été sans remarquer les yeux brillants que son fils fixaient sur la silhouette aérienne de la jeune fille, lors des manifestations religieuses à Karnak.

Bien que la reine affirmât que, désormais, Isis était destinée à servir son époux le pharaon, Moutnéfer avait entendu courir de curieux bruits. Rumeurs que colportaient les espions qu'elle plaçait aux quatre coins du palais et qui laissaient inévitablement filtrer des commérages sans fin. Or, les derniers inquiétaient sérieusement Moutnéfer. Ne disaient-ils pas que le harem n'était qu'une halte pour la danseuse, un moyen de se ressourcer, se régénérer en attendant qu'une opportunité vienne à elle ?

Moutnéfer craignait donc fortement que la jeune fille ne s'envolât avant même d'avoir vu le pharaon, son fils. Aussi décida-t-elle de précipiter les choses.

Bien qu'appuyant favorablement l'idée de Moutnéfer, mais attristée cependant de voir son amie d'enfance dans un si faible état psychologique, la reine Hatchepsout avait donné de strictes instructions pour qu'on la soignât avec toutes les mesures qui s'imposaient.

Durant ce temps, Moutnéfer observait, veillait, calculait, échafaudait son plan avec un soin minutieux. Même si en ce point précis, Hatchepsout et Moutnéfer nourrissaient une identique intention, il fallait faire vite pour éviter qu'Isis ne veuille partir avant même d'être rétablie.

Allongée sur le banc de marbre que recouvrait un épais tapis moelleux, Isis se laissait aller aux soins de ses servantes qui massaient soigneusement son corps avec une huile odoriférante.

Elle venait de sortir de la grande vasque où flottaient des lotus parfumés et après que la mousse vaporeuse aux odeurs de sonte l'eut entièrement imprégnée, les servantes l'avaient entièrement enveloppée d'un linge doux et absorbant.

Jamais encore, elle n'avait été baignée de la sorte. Elle en apprécia la douceur et le bien-être qui s'ensuivit, emportant son corps dans une exquise félicité dont elle ne connaissait pas encore l'issue fatale.

Onguents, crèmes et pommades aux essences les plus diverses caressèrent délicieusement sa peau. Puis, peignes et démêloirs passèrent longuement sur ses cheveux que les servantes lissèrent, puis tressèrent en petites nattes noires et luisantes parsemées de perles d'or.

Le maquillage avait été, lui aussi, minutieusement étudié. Ses yeux passés à la poudre de khôl s'allongeaient en profondeur et en grâce, lui laissant un regard aussi mystérieux que les chaudes nuits thébaines tombant sur le Nil endormi.

Quand les servantes lui eurent passé une longue tunique faite de fils d'or, la robe la moula si parfaitement qu'on eût dit qu'elle faisait partie d'elle-même. On eût cru une seconde peau sur la sienne. Son torse étroit se coulait harmonieusement sous le tissage d'or et ses longues jambes, serrées dans l'étoffe, s'ajustaient avec une parfaite précision, s'arrêtant juste au-dessus de ses pieds chaussés de sandalettes en jonc souple et doré.

Isis s'amusait distraitement avec son macaque qui ne cessait de vouloir tirer sur les nattes minutieusement tressées de sa maîtresse. Dès qu'il parvenait à en saisir une, les jeunes servantes roulaient des yeux épouvantés, ce qui avait aussitôt pour but d'exciter l'animal qui poussait alors des cris aigus et répétitifs.

Lorsqu'on vint poser le collier de turquoises sur le cou de la jeune fille, entourer ses bras et ses chevilles d'épais anneaux d'argent, la nuit tombait sur les toits du palais. Dans quelques instants, Tiouty, la première servante de Moutnéfer viendrait la chercher.

Ce n'était pas qu'elle sympathisât fortement avec cette femme qu'elle trouvait trop extravertie, autoritaire, futile disait-on — bien qu'avec la jeune fille, Moutnéfer s'efforçât de rester souple et compréhensive — mais, n'était-ce pas l'occasion, pour Isis, de sortir du harem qui, parfois, l'étouffait un peu.

Depuis qu'elle était installée au palais, déposée en douceur par Djéhouty dont elle n'avait plus eu de nouvelles, Hatchepsout ne l'avait invitée qu'une seule fois. Certes, la reine n'avait ni le temps ni l'esprit assez libre pour se préoccuper de son sort, de ses espoirs ou de ses inquiétudes. Consciente que c'était déjà un exploit qu'Hatchepsout l'ait tirée aussi vite du temple avec l'assentiment de Sétoui, la jeune fille ne lui en tenait pas rigueur.

Quant à son avenir, Isis imaginait les hypothèses les plus fantasques. Si Ouadjmosis avait ébranlé les fondements les plus profonds de son esprit et si sa mort n'avait fait que lui ouvrir des horizons insoupçonnables, elle restait pantelante devant un lendemain qu'elle considérait pour l'instant fermé.

Mais Isis réfléchissait de longues heures à cet état de choses et pensait que, grâce aux bonnes dispositions qui commençaient à s'éveiller en elle, de meilleurs auspices pouvaient en découler.

Djéhouty avait remué ses instincts de femme. Elle se prenait parfois à penser à lui. Comme elle comprenait Aména de rêver si souvent à son noble et prestigieux cousin ! A qui la jeune Isis pouvait-elle songer à présent ? Elle ne connaissait ni la vie ni les hommes.

Enfin, on toqua à sa porte. C'était Tiouty. Elle se leva, caressa la tignasse rêche de son singe et suivit la servante de Moutnéfer.

Elles parcoururent le chemin en silence, frôlant les tamaris et les lilas en fleurs dont l'odeur parfumée envahissait la nuit chaude.

Le ciel se colorait de longues et interminables zébrures délicatement rosées, rouges ou carminées, juste au-dessus du fleuve alors que sur les jardins, il se rehaussait d'un bleu intense qui se bordait du noir compact de la nuit.

C'était un ciel profondément riche, prometteur sans doute de mille bienfaits, devant lequel Isis aurait voulu rêver de longues heures, comme elle le faisait au temple, les nuits d'été quand le souffle de l'air s'avérait trop étouffant pour dormir. Mais la Seconde Epouse l'appelait et elle devait se montrer digne de l'intérêt que, ce soir-là, elle lui accordait en toute amitié.

Moutnéfer l'attendait sur le seuil de sa porte. Elle tendit les bras à la jeune fille et l'embrassa, frôlant à peine sa joue fraîche et satinée.

— Ma chère enfant ! s'exclama-t-elle, comme je suis heureuse de vous accueillir dans ma maison. J'espère que vous y serez à l'aise et que vous aimerez y revenir.

Isis n'osa répondre et ne regarda que fort discrètement le lieu qui l'entourait aussi agréablement. Surprise d'y voir des tentures aux couleurs vives, des marbres aux veines sombres, des murs où s'accrochaient des fleurs, la jeune fille sourit à son hôtesse.

— Mon intérieur vous plaît-il ? s'enquit aimablement Moutnéfer.

— Beaucoup, murmura Isis.

Moutnéfer frappa dans ses mains. Une nuée de servantes apparut, laissant flotter une odeur de parfums aussi multiples que divers.

Les tables basses furent aussitôt dépouillées des potiches, vases et divers objets de luxe qui les encombraient et rapidement, furent garnies d'une dizaine de plateaux emplis de dattes fraîches, d'amandes, de galettes et de grenades.

Puis, vinrent les pots de miel et les cruches de vin doux.

— Ma chère petite, assura Moutnéfer en voyant l'air trop réservé de sa compagne, ce soir, nous avons un invité. Je pense qu'il ne tardera pas.

Elle posa un regard averti sur la toilette de la jeune fille et sembla satisfaite.

— Cela ne vous ennuie pas au moins ?

— Votre intention d'inviter quiconque ne peut être qu'un privilège pour moi, répondit la jeune fille. À présent que je suis rétablie, je dois avouer que je m'ennuie un peu enfermée dans ma chambre.

Moutnéfer eut un léger sursaut qu'elle réprima aussitôt. Comment Isis pouvait-elle déjà s'ennuyer ? Dieu d'Amon ! Elle avait eu le nez fin de l'inviter dès ce soir.

En soutenant son regard, elle s'empressa de répondre :

— Justement, ma chère enfant, puisque à présent vous vous sentez mieux, il est temps que nous remédions à cet état de fait.

Elle eut un petit sourire équivoque.

— Dès demain, nous irons visiter les ateliers de tissage, de poterie, de sculpture. Nous irons voir aussi les faïenceries, les émailleries et les orfèvreries.

Comme Isis paraissait surprise, elle poursuivit :

— Vous constaterez ainsi que le harem est riche en artisanat de tous genres et qu'on ne fait pas qu'y danser, chanter et jouer de la musique, bien que cela soit vos occupations favorites.

— Je ne suis guère habituée à ce style de musique et à ces formes de danse, objecta la jeune fille en rougissant. A vrai dire, je ne connais pas les traditions de votre harem.

— Bien sûr, admit aussitôt Moutnéfer d'un ton léger, le côté sacré a sans doute étouffé des compétences enfouies en vous et qui ne demandent qu'à surgir. Voulez-vous que nous y remédions ensemble ?

De nouveau, la Seconde Epouse laissa tomber son regard sur Isis. Elle la trouvait séduisante, simple et majestueuse. Comme elle comprenait son fils d'avoir été séduit par cette si jolie fille.

Elle soupira d'aise. Comment une telle créature pouvait-elle ne pas lui donner le fils qu'il attendait puisque son épouse ne procréait que des filles ? Moutnéfer eut l'impression qu'Isis tranquillisait son regard, apaisait son esprit. Jamais encore, elle n'avait eu ce désir protecteur envers une concubine de Thoutmosis. Mais, concubine, elle ne l'était pas encore et Moutnéfer ne devait pas se réjouir avant d'être assurée que l'affaire allait bon train.

Son inquiétude se mua vite en certitude lorsqu'elle pensa soudain aux recommandations faites à son fils. En aucun cas celui-ci ne devait lui proposer une place subalterne. Isis était faite pour tenir le rôle qu'elle avait assumé elle-même si longtemps auprès de Thoutmosis Ier.

Ce ne fut donc qu'une inquiétude passagère qui traversa l'esprit de Moutnéfer. Isis pouvait-elle refuser une telle proposition sans blesser grièvement le pharaon ?

Elles s'installèrent sur un sofa en jonc tressé et discutèrent en buvant du vin frais parfumé à la cannelle. Isis s'exprimait peu, tant Moutnéfer était habile au jeu de la parole. Elle contait à la jeune fille d'une voix volubile les anecdotes du harem, les conflits, les problèmes, les événements petits et grands. Elle parla jusqu'à ce qu'on annonçât la visite tant attendue.

Quand la porte s'ouvrit sur deux serviteurs qui se courbaient aussi bas que terre, un homme petit entra. Il portait un pectoral d'or et de cornaline sur un vêtement léger qui recouvrait son buste.

Dès qu'il fut à quelques pas de Moutnéfer, celle-ci le saisit affectueusement dans ses bras et l'embrassa chaleureusement. Puis, elle se tourna vers Isis.

— Mon enfant, voici mon fils, Pharaon des deux Egyptes, Thoutmosis II.

Isis ouvrit la bouche de stupéfaction. Elle s'attendait à voir une amie de Moutnéfer mais non le souverain lui-même. Une rougeur subite envahit ses joues d'ordinaire si pâles. Elle se leva précipitamment et se courba devant Thoutmosis. Puis, d'un geste malhabile — elle était trop émue pour contrôler ses mouvements — elle voulut retirer ses sandales. On ne se présentait pas chaussé devant le pharaon.

Thoutmosis se courba et saisit sa main qu'il garda dans la sienne.

— Laissez, Isis, dit-il d'une voix mélodieuse. Ce soir, il me plaît de vous considérer comme une égale.

Il la releva et plongea ses yeux dans les siens.

— Vous êtes remarquablement belle et j'attendais cette soirée avec une impatience plus grande encore que celle de ma mère.

Le pharaon lâcha sa main. Il avait un double pagne. Un court attaché sur ses hanches que recouvrait un plus long qui descendait jusqu'à ses chevilles.

Lorsqu'il se fut assis aux côtés de la jeune fille, Moutnéfer frappa dans ses mains. Deux servantes apportèrent une grande vasque en argent, remplie d'une eau parfumée pour qu'on y rafraîchît les pieds de son fils.

Les servantes se mouvaient en silence, apportant d'autres mets, d'autres boissons tout aussi parfumées, mais sans doute plus fortes. Elles tirèrent les tentures brodées de fleurs et d'oiseaux pour obscurcir la grande pièce. A la porte, deux musiciennes laissaient échapper des notes mélodieuses. Ce fut à peine si Isis vit Moutnéfer s'éclipser.

— Il me tardait de vous connaître, Isis. Je vous ai tant de fois admirée dans les danses sacrées que vous exécutiez de façon si parfaite.

Une servante voulut ôter les sandales du pharaon, mais celui-ci la congédia d'un geste bref. Puis, il se baissa et entreprit d'enlever celles d'Isis.

— Délassons-nous ensemble. Nous parlerons ensuite.

Saisissant un des pieds de la jeune fille qu'il venait de dénuder, il en porta l'extrémité à ses lèvres et les y posa avec une extrême délicatesse.

— Majesté ! fit Isis embarrassée par un tel assaut de tendresse.

Il se reprit et déposa délicatement son pied sur le sol. Puis, éperdument amoureux, il plongea ses yeux dans ceux de la danseuse. Une servante vint leur offrir une coupe d'un délicieux vin frais coupé de miel. Dieu d'Amon ! Qu'il était fort ! Isis le but à petites gorgées, consciente que ce breuvage devait l'aider pour le meilleur déroulement possible de la soirée.

Quand les servantes eurent lavé et rafraîchi leurs pieds, Thoutmosis se leva et tendit lui-même un plateau de grenades à la jeune fille.

— Ces fruits, murmura-t-il, sont aussi rouges que tes lèvres. Dieu ! Que tu es belle !

Il s'approcha et voulut embrasser sa bouche. Mais, elle eut un recul.

— N'aie crainte, Isis. Mes intentions sont les plus pures et les plus sincères qui soient. Ma mère ne t'a-t-elle donc rien dit ?

Elle prit peur.

— Qu'avait-elle à me dire ?

— Que je te veux pour Seconde Epouse Royale.

Isis chancela. Une vague profonde la souleva, la submergea entière, engouffrant insidieusement son être fragile, trop déséquilibré encore. Pourquoi fallait-il qu'elle succombât chaque fois qu'une émotion forte étreignait son âme ?

Telle une poupée molle, elle tomba inanimée dans les bras du pharaon. Il la reçut avec délice, agrippant ses lèvres sur son corps qu'une servante vint aussitôt dénuder. Par tous les dieux du temple ! Qu'elle était belle !

Il s'allongea sur le sofa d'osier. Ses seins étaient petits, tendus, aux aréoles roses et délicates. Ils s'offraient comme des fruits un peu verts prêts à mûrir délicieusement dans la main de celui qui les cueillait avec réserve et précaution. Il y posa ses lèvres, s'attardant sur les doux boutons parfumés.

Son ventre était velouté comme un voile de soierie d'orient. Quand il y passa sa main hésitante, il sentit un soubresaut sous la peau douce et satinée. Isis avait bougé. La bouche plaquée au creux du ventre doux et moelleux, il attendit.

Puis, comme aucun son ne sortait des lèvres de la jeune fille, comme aucun sursaut nouveau n'apparaissait sur son corps, Thoutmosis poursuivit ses gestes lents et amoureux. C'est ainsi qu'il l'éveillerait à l'amour.

Ses jambes étaient longues, fines, dorées. Ses cuisses apparaissaient délicates, polies comme le plus bel albâtre d'Egypte. Quand sa bouche arriva là où elles offraient l'endroit de la douce forêt chaude et soyeuse, son souffle s'arrêta. Isis avait de nouveau bougé.

Alors, il ramena lentement son regard sur le visage de la jeune fille. L'amande de ses yeux sombres était ouverte, mais une lueur anxieuse y brillait. Elle le regardait inquiète. Il sentit de multiples questions sur ses lèvres. Que pouvait-il lui dire, sinon lui apprendre l'amour ?

Elle eut un soupir, bref, alangui, comme si elle s'éveillait d'un long sommeil pesant, peuplé de visions étranges. Il refusa d'y voir un sentiment de soumission et le tremblement soudain de son corps lui parut consentant.

Il ôta ses pagnes et se coucha sur elle.

CHAPITRE XI

La nuit suivante scindait en deux un ciel criblé de petits points lumineux et un sol obscurci que les ombres rendaient menaçant. Séchat et Reshot détachèrent les deux juments blanches.

— Mon père m'a dit qu'elles étaient assez farouches, je regrette d'avoir laissé Jour et Nuit, mes deux petits chevaux arabes à Bouhen. Je les connais mieux.

— Ton père assure qu'il faut les mener bon train et ne pas leur montrer la peur que tu peux en avoir. Veux-tu que je les conduise ?

— Reshot, objecta Séchat, tu es encore trop inexperte. Je viens juste de t'apprendre. Conduire un char est un long apprentissage.

Elles attelèrent les juments au char. La large tunique qu'avait revêtue Séchat tombait en plis amples autour de sa taille. De teinte sombre et tissée d'un gros lin, épais comme le portaient souvent les esclaves, le vêtement n'attirait pas l'attention.

Prestement, elles montèrent dans le char. Séchat, malgré le handicap de sa grossesse, restait encore souple et alerte. Elle s'empara des rênes et de la voix excita les juments.

Les officiers de la charrerie royale commandaient souvent ainsi leurs chevaux, sans les fouetter, comme le faisait Menkh et comme il le lui avait appris. Elle les stimula juste avec des sons puissants qui sortaient de sa gorge et que semblaient connaître les chevaux.

Les juments avancèrent, mais avant de prendre une petite allure cadencée et régulière, elles se butèrent, quelque temps, et firent de légers écarts.

Séchat les maîtrisa jusqu'à la sortie de la ville. Jusqu'ici la voie, bien tracée, écartait les difficultés, mais lorsque le chemin, à l'extérieur de Thèbes, se fit caillouteux, les juments semblèrent s'énerver.

Séchat prit la direction du nord. Les premières pierres du désert apparurent et les juments filèrent, brusquement, à vive allure sans que Séchat y soit pour quelque chose. Les jeunes femmes commencèrent à s'inquiéter lorsque la vitesse se fit plus rapide et que le vent nocturne fouetta singulièrement leurs visages.

— Ralentis, je t'en prie, elles vont s'emballer, s'apeura Reshot.

— Elles semblent ne pas vouloir m'obéir. Ne les énervons pas. Pour l'instant, tout va bien.

Le ton assuré de Séchat ne rassura guère Reshot. Crispée, elle tenait solidement le bord du char qui se relevait légèrement à l'avant.

L'air devenait encore plus vif et sifflait dans les oreilles des jeunes femmes.

Soudain, les juments se cabrèrent et prirent le galop. Un instant, Séchat prit peur, mais sa frayeur estompée par son unique préoccupation à redresser la situation n'aggrava en rien les circonstances. Pourtant, elle se rendait compte que plus elle tirait sur les rênes, plus les juments s'emballaient.

— Il faut les freiner, cria Reshot.

— Je n'y parviens pas. Elles ne m'écoutent plus.

Désorientées, elles ne pouvaient que subir la folie meurtrière des deux chevaux emballés.

L'obscurité semblait aviver la force du vent qui s'engouffrait dans la crinière immaculée des juments. Lorsque Séchat tenta de les freiner, elle n'y parvint pas.

En désespoir de cause, elle tira brusquement sur les rênes, ce qui fit dévier le char. Il bascula sur un côté. Séchat tenta de le redresser et n'y parvint qu'au prix de multiples efforts avec l'aide de Reshot qui tirait aussi sur les rênes.

Le char se redressa et plia net. Les deux jeunes femmes transpiraient et soufflaient. Elles descendirent et caressèrent le col des fougueuses juments.

— Voilà, voilà, mes toutes belles, on essaiera de mieux se connaître, j'apprendrai qui vous êtes et vous saurez qui je suis. Et, si vous êtes gentilles, je vous emmènerai dans la vaste campagne de Bouhen, lança doucement Séchat. Nous allons repartir sagement, sans hâte ni précipitation, nous avons tout notre temps. Qu'en dites-vous, mes jolies ?

De l'encolure des juments qu'elle caressait avec une grande douceur, elle remonta ses mains vers leurs museaux encore écumants. L'une des juments tournait la tête dans le sens opposé à celui de Séchat.

Visiblement, elle refusait toute écoute. L'autre secouait le col et la crinière. Séchat la caressa. Puis, elle lui tendit une sucrerie au miel que lui présentait Reshot.

— Allons, allons ! Ne sois pas en colère, nous devons aller là-bas, jusqu'à la carrière, et c'est toi qui dois nous y amener, surtout si ta compagne refuse. Comprends-tu ?

La jument la regardait. Elle secoua à nouveau sa crinière. L'autre regardait toujours dans le sens contraire.

— Allons, viens toi aussi. Regarde-moi. Voici ton sucre. Prends. Regarde ta compagne, elle en réclame un autre.

Elle approcha prudemment sa main de l'encolure de la jument récalcitrante et, remarquant qu'elle s'était légèrement tournée vers elle sans toutefois prendre une décision très nette, Séchat présenta la friandise devant les naseaux fumants de l'animal.

— Prends, ma belle. Prends.

Enfin, la jument se décida et dans un lèchement humide et chaud, elle saisit le sucre qu'elle avala sans manière.

Séchat embrassa doucemenet leurs museaux. Les juments semblaient, cette fois, conquises. Remontant dans le char, celui-ci prit une petite allure, évitant les plus gros obstacles. Au loin, la carrière se dessinait, appuyée tout à l'ouest par les contours de la nécropole.

— Laissons les chevaux et le char ici. La prudence nous invite à poursuivre à pied. Il sera plus aisé de nous cacher si des difficultés surgissent.

De petits blocs d'albâtre assuraient, en effet, une cachette dérisoire qui pouvait du moins dissimuler les juments. Elles détachèrent les chevaux, coincèrent les rênes entre deux blocs et tentèrent de camoufler le char derrière une roche plus importante.

— Là, mes jolies, ne bougez plus et attendez-nous. Et si, au petit jour nous ne sommes pas là, tirez fort sur les rênes et sauvez-vous. C'est tout droit, vous retrouverez le chemin.

— Penses-tu qu'elles comprennent ? questionna Reshot, dubitative.

— Jour et Nuit assimilent très bien mon langage. Pourquoi ces deux juments seraient-elles moins intelligentes ? N'est-ce pas mes jolies ? Vous me comprenez parfaitement.

Elle flatta une dernière fois leur encolure et prit le bras de sa compagne.

— Allons-y ! Il ne faut plus perdre de temps.

Avançant aussi prudemment que le leur permettait la nuit obscure, elles distinguèrent les approches de la carrière. Quelques centaines de mètres passés, elles stoppèrent brutalement.

Un chien les fixait. Cette allure mi-féline mi-canine lui rappelait Zéphyr. Il paraissait, cependant, beaucoup moins jeune, car il peinait à marcher. Il rebroussa, soudain, chemin. Aucune agressivité ne ressortait de l'animal. Au contraire, il semblait les inviter à le suivre. Mi-rassurées mi-inquiètes, elles s'engagèrent sur les pas du chien. La voie devint bientôt difficile. L'animal empruntait un passage empli de pierres qui gênaient la régularité de leur avance.

Leurs pieds, chaussés de sandalettes de cuir que la dureté et l'inégalité du sol graniteux n'épargnaient guère, se tordaient fréquemment, ce qui leur faisait pousser une plainte basse qui s'étouffait vite en un soupir rapide.

Lorsqu'elles furent arrivées à l'angle de la carrière qui côtoyait la nécropole, le chien se faufila dans un chemin dont l'exiguïté ne faisait plus aucun doute sur l'aboutissement de la randonnée. Il menait aux anciens ateliers.

A l'arrière, elles découvrirent une cabane. C'était une masure de paille mêlée de boue séchée. Basse et sans fenêtre, le seul orifice servait de porte. Brusquement, une angoisse les saisit.

Des voix leur parvenaient aux oreilles.

— Séchat, murmura Reshot, ne veux-tu pas que nous partions ? Nous trouverons une autre solution.

Séchat, en guise de réponse, mit un doigt sur sa bouche.

Le chien reparut, accompagné d'un homme petit, trapu. Il portait un pagne beige et ses pieds nus se couvraient d'une poussière épaisse. Une ceinture en cuir entourait ses reins et retenait un couteau à large lame que la nuit rendait brillante et menaçante.

L'homme porta d'instinct la main à sa ceinture et ses doigts glissèrent sur le couteau.

— Qui êtes-vous et que venez-vous faire ici ? hurla-t-il à pleins poumons.

— Nous désirons voir Akment et Nepten, ne sont-ils pas là ?

— Que leur voulez-vous ? interrogea-t-il à nouveau d'une voix hargneuse et brutale. Et depuis quand ont-ils rendez-vous, ici, avec des femelles ?

La bienvenue ne semblait pas particulièrement évidente, mais cela ne les étonna guère. L'attitude menaçante de l'homme les fit reculer d'un pas. Sa voix forte faisait écho et retentit comme une sorte d'avertissement.

Dans l'ouverture exiguë de la masure apparut un autre homme. Trapu, carré, muscles saillants et jambes courtes, il avait l'air d'un lutteur qu'on remarquait dans les compétitions sportives de Thèses. Il ricanait bêtement.

— Des femelles ! Voyons, où sont-elles ? Ma parole, tu as raison, et quelles femelles avec ça ! De quoi vous faire avaler les désagréments de cette soirée.

L'autre jouait avec son couteau. Il l'avait dégainé de sa ceinture et, un sourire pervers aux lèvres, le passait d'une main à l'autre tout en balançant ses hanches dans une oscillation qui ne pouvait que donner des frissons aux deux jeunes femmes.

— Nous sommes cinq, mes mignonnes. Vous représentez la minorité. Or, les minoritaires sont toujours à la merci des autres. Pas vrai, Tékhour !

Il ponctua son affirmation d'un rire gras et rengaina son couteau. Séchat pointa sur lui un regard qu'elle s'efforça de rendre assuré.

— Nous te l'avons dit, nous voulons parler à Nepten et Akment.

— Des exigences avec ça ! Quelle audace !

Puis, il cria :
— Du renfort, les amis ! Jolies et tendres, la peau douce et l'œil de velours. De quoi nous amuser.
Avant que l'Egyptien ne réagisse, Séchat prit le bras de Reshot et, bousculant l'homme, l'entraîna à l'intérieur de la cabane. Assis sur le sol, trois hommes discutaient. Le chien de tout à l'heure allait allègrement de l'un à l'autre. Reshot, reconnaissant ses deux agresseurs de la veille, avança prudemment vers eux.
— Tiens, dit l'un. Tu viens à nous, c'est donc que tu as fait le bon choix. On s'apprêtait à se rendre chez ta maîtresse. Tu nous facilites les choses.
— Moi, ça me déplaît qu'on vienne nous déranger, ici, renâcla l'un des hommes qui, méfiant, se levait et se dirigeait vers l'ouverture de la cabane comme pour en obstruer tout passage.
Il se planta devant Reshot, les jambes écartées, puis tourna autour d'elle en ne la quittant pas de ses petits yeux ronds et noirs.
— Nous avons pensé que nous serions plus à l'aise pour discuter, articula péniblement la jeune femme.
— Discuter ! s'étonna le plus petit.
— Il n'est pas question de discuter, ma belle, reprit l'autre, le second de ses agresseurs. C'est à prendre ou à laisser et si tu laisses...
Il suspendit sa phrase, regarda son compagnon d'un œil complice et conclut en claquant ses doigts l'un contre l'autre d'un geste sec et précis :
— Si tu laisses, on t'envoie dans l'au-delà !
Séchat, entièrement absorbée par ce qu'elle regardait et refusait de croire, n'entendit pas le bref dialogue échangé.
Incrédule, abasourdie, à demi-étourdie par la présence du troisième homme qui levait sur elle

des yeux bruns et pénétrants, elle tentait de comprendre.

Un regard qu'elle connaissait, une silhouette grande et une allure solennelle dont elle se rappelait. Ni l'homme ni elle ne semblait vouloir prononcer un mot comme s'ils craignaient de déclencher un combat explosif qui ne pouvait que tourner au drame. Prise d'un étrange pressentiment, Séchat ne desserra pas les lèvres

Quelque chose d'instinctif l'avertissait de se taire. Le vis-à-vis qui, de ses larges prunelles pailletées d'or, l'observait, n'était autre que Sakmet, le jeune scribe des greniers à blé de Bouhen, nommé depuis quelque temps à la surveillance des stockages d'albâtre de la région du Nord. Sa première stupéfaction passée, elle décida de jouer la carte de l'ignorance puisque de toute façon, Reshot ne connaissait pas Sakmet.

L'homme au couteau, celui qui se prénommait Tékhour, avança vers Reshot et la saisit à l'épaule.

Brusquement, il la fit pivoter sur elle-même, la laissa retomber brutalement sur son large torse au système pileux noir et frisé, abondamment fourni. Il la serrait si fortement contre lui que Reshot fut privée, quelque temps, de toute respiration.

En quelques secondes, Séchat s'était précipitée sur l'homme velu et le tirait désespérément par la taille.

— Laisse, intervint avec autorité Akment, laisse, c'est l'esclave de l'autre. Elle ne vient pas pour ce que tu crois.

— Je suis Séchat, s'écria la jeune femme en lâchant l'homme qui retenait toujours Reshot contre lui. Laisse ma compagne. Nous sommes venues pour discuter, nous ne sommes ni des prostituées ni des filles de port.

L'homme eut un rire malveillant et repoussa

si violemment Reshot qu'elle vint heurter, sans douceur, la paroi grenue et irrégulière de la cabane. Une légère douleur dans le dos la fit grimacer, mais elle se retint de crier.

— Alors, c'est toi la Grande Séchat, reprit Tékhour, celle qui commande tous les artisans, habillée comme une esclave.

— Eh ! toi, la véritable servante, ajouta-t-il en se tournant vers Reshot qui se frottait le dos, pourquoi n'as-tu pas revêtu les atours de ta maîtresse ? Tu me plais. Ne laisse pas les mains de ce gros porc sur toi. Les miennes sont plus fines, tiens, regarde.

Il avança les bras, tendit les mains et écarta ses gros doigts sales aux ongles noirs.

Après un court silence, tous s'accordèrent un instant de grossière hilarité ponctuée de mots obscènes dont l'issue pouvait tomber dans la débauche sans l'intervention sèche de Sakmet.

— Avez-vous donc tous oublié l'objet de cette entrevue ?

— Ce n'est pas une raison pour se conduire en eunuque, répliqua avec humeur Tékhour qui reprenait son couteau en main, le jetant sournoisement d'une main dans l'autre. Pas vrai Kharou !

— Oui, ce n'est pas une raison, lança l'homme interpellé et nous avons ce qu'il faut pour prouver le contraire.

Puis il toucha grossièrement son bas-ventre.

A nouveau, des rires gras accueillirent la boutade. Séchat regarda Sakmet, attendant non pas une explication, mais une nouvelle répartie. Mais, il se contenta de la regarder fixement. Il semblait à Séchat qu'il réfléchissait sur ce qu'il devait dire ou ne pas dire.

Se retournant vers les hommes qui riaient encore vulgairement de leur plaisanterie, elle jeta avec assurance :

— J'exige du calme, nous allons discuter.

— Du calme ! Du calme ! Séchat, la Grande Intendante réclame le calme ! tonitrua Nepten en frappant dans ses mains.

Jusqu'ici il n'avait pas encore pris la parole. Il fit quelques pas, s'arrêta et reprit sa marche, mais la petitesse de la pièce le ramenait vite à son extrémité. Alors, il se retourna et repartit en sens inverse.

— Encore faut-il qu'elle ait compris ce que nous attendons d'elle, rétorqua Akment en claquant la langue. Or, elle ne semble pas encore l'avoir assimilé.

— Nous avons très bien compris ce que vous désirez. Mais nous exigeons de savoir pourquoi.

— Elle exige, elle ne fait qu'exiger. On voit que tu aimes commander, ma jolie. Mais faudrait-il encore savoir obéir.

— Je n'ai pas le sceau de mon père.

Akment qui avait repris sa position assise se leva précipitamment. Que le feu eût pris dans sa tunique, son geste n'eût pas été plus rapide.

— Elle n'a pas le sceau de son père ? jeta-t-il incrédule.

Il voulut s'élancer sur la jeune femme, mais Kharou, l'Egyptien à la musculature impressionnante, fut plus rapide et se planta devant elle. Avant qu'elle ne réagisse, il la poussa si sauvagement qu'elle culbuta et tomba à terre.

— Fini, la plaisanterie. Dorénavant, c'est la force qui commande.

Sakmet se leva si brusquement que les autres, surpris par sa réaction, marquèrent un temps d'arrêt, mais Séchat s'était déjà relevée et se frottait l'arrière de la tête qui, violemment, avait heurté le sol. Elle avait, bien sûr, remarqué le geste de Sakmet. Venait-il à son aide ? Comment le savoir.

— Vous ne me faites pas peur, cria-t-elle. Et vous allez reprendre vos places et m'écouter.

Se tournant vers l'homme qui l'avait brutalisée, elle continua d'un ton tranquille :

— Ce n'est guère avec de la brutalité que vous arriverez à régler vos problèmes. La violence n'engendre que des ennuis.

— Que des ennuis ! ironisa Nepten, voyez-vous ça, des ennuis ! Mais, c'est toi, ma mignonne qui nages à présent dans les eaux troubles. Ta peau ! N'oublie pas, ma belle, nous aurons ta peau, celle de ton père et celle de ton esclave. On croyait pourtant t'avoir fait comprendre ce que nous attendions de toi.

Quelques secondes passèrent. Séchat réfléchissait. Quelle stratégie adopter ? Quelle voie suivre ?

— Vous n'aurez pas ce sceau.

Les quatre hommes s'étaient levés et entouraient les deux jeunes femmes. Seul, Sakmet se tenait le dos au mur, attendant qu'une réaction se dégage.

— Pourquoi voulez-vous ce sceau ?

Akment ricana. Séchat poursuivit en s'avançant vers Sakmet.

— Savez-vous qu'un nouveau décret sur les peines de trahison est en place. Il passera à la prochaine Commission des Hauts-Ministres. Les punitions pour falsifications de documents assorties de trahison auprès d'un haut fonctionnaire sont sans appel. C'est la mort lente après l'arrachage de la langue, des oreilles, des mains et des pieds, et non plus la peine à perpétuité dans les carrières du grand Nord. Le saviez-vous ?

Un rire général accueillit ses propos.

— Elle se croit encore devant ces idiots d'artisans qui misent tout sur elle. Elle veut nous effrayer. Il nous en faut plus, Grande Séchat, pour nous faire peur. Nous allons t'effrayer à notre tour, nous ! Et de suite.

Sans attendre la réponse, Tékhour se jeta sur elle. Reshot poussa un cri.

— Non, laissez-la, je vous prie, supplia-t-elle.

Mais les autres l'avaient saisie et l'un d'eux plaqua sa main sur sa bouche.

La lame acérée du poignard effleurait Séchat sous le sein gauche, juste à l'endroit du cœur. Elle sentit la pointe de l'arme sur sa peau. En une seconde, il lui sembla que tout basculait.

Reshot tremblait et ses yeux agrandis par la peur renvoyaient des lueurs sombres et inquiétantes. Pourtant, dans un sursaut d'énergie, elle tenta de mordre les doigts qui pressaient fortement sa bouche. Elle ne put y arriver tant la pression de ceux-ci empêchait tout mouvement des lèvres.

Séchat reprenait ses esprits. Elle tenta de reculer pour s'adosser à la paroi du mur. L'homme l'y aida et ce fut brutalement qu'elle s'y heurta.

La pointe du couteau courut lentement le long de sa gorge. Elle en sentait l'extrémité juste sous la langue, empêchant sa bouche de s'ouvrir sous peine de s'enfoncer lentement dans sa chair.

Elle voulut avaler sa salive, mais ne le put. Sans bouger la tête, elle tenta de détourner ses yeux en direction de Sakmet. De côté, en fixant désespérément ses prunelles vers l'endroit où il se situait, elle ne distingua que la silhouette floue de celui-ci qui ne bougeait pas.

La pointe du court poignard la piquait de plus en plus. Il lui semblait que le sang ne circulait plus dans son corps. Péniblement, elle détourna à nouveau ses yeux et les reporta sur Reshot tenue solidement par les trois hommes. La pâleur de son visage et le tremblement de tous ses membres expliquaient visiblement la peur qui l'étreignait.

— Qu'en dis-tu, le Chef ? cria Tékhour, sans lâcher pour autant le couteau.

« Leur Chef, pensa Séchat. Voilà pourquoi il ne me parle pas. Il est donc contre moi. Oh, dieu Toth, sommes-nous perdues ? »

— Eh ! Chef ! Que faisons-nous, insista Tékhour en maintenant toujours la prise du poignard sur la gorge de Séchat.

— Lâche ce couteau, jeta Sakmet d'une voix sèche. Mais gardez l'autre fille.

— Ce n'est pas tout à fait les instructions de Knoum, renâcla l'homme qui pointait toujours la lame sur la gorge de Séchat.

— Lâche ce couteau, vociféra Sakmet d'un ton précis et déterminé.

Le rictus aux lèvres qui n'avait pas quitté Tékhour s'estompa et la pointe du couteau descendit imperceptiblement le long de la gorge et s'arrêta, là où il avait démarré son lent chemin, juste sous le sein gauche.

— Lâche, cria Sakmet d'une voix blanche.

Le poignard fit une courbe sur le côté, remonta, contourna le sein et en un éclair pénétra dans l'étoffe et la déchira de part et d'autre, laissant à nu la peau mate de la jeune femme.

Pâle de colère, Sakmet se rua sur Tékhour, le saisit violemment par le dos, faisant imprimer sur ses épaules un mouvement de recul afin que le poignard glissât en arrière. Une très belle prise qu'aurait pu admirer Séchat si elle n'avait pas été en position aussi inconfortable.

Surpris et déséquilibré, Tékhour jura. L'atmosphère n'était plus aux grasses plaisanteries. Tous attendaient dans un climat qui, subitement, venait de se tendre. Séchat ne fit aucun geste pour cacher son torse dénudé.

Le tremblement imperceptible de ses jambes trahirait, dans quelques instants, son intense émotion.

Tékhour, qui reprenait son équilibre, rengainait son poignard le long de sa ceinture.

Séchat tourna lentement son regard vers Sakmet.

— Qu'on libère ma compagne, jeta-t-elle d'une voix basse.

Nepten et Akment qui ne relâchèrent pas pour autant leur otage tournèrent la tête en direction de Sakmet.

— Celle-ci ne peut plus nous servir, à présent, lâcha Nepten en désignant Reshot du menton.

— Libérez-la de suite, s'emporta Séchat. Vous n'obtiendrez rien de moi si elle meurt.

Sakmet plongea ses yeux bruns dans ceux de la jeune femme, puis il les descendit avec lenteur et insistance sur les deux seins dénudés de celle-ci. Sa grossesse les avait rendus pleins et lourds.

Séchat ne fut pas troublée par ce regard, elle sentait ses forces lui revenir. Ses jambes ne tremblaient plus et ses esprits reprenaient leur place dans sa tête froide et réfléchie. Hardiment et pourtant sans insolence, Sakmet la dévisageait.

— Lâchez sa servante, ordonna-t-il en quittant brusquement la vision qu'offrait le torse dénudé de la jeune femme.

Les deux tortionnaires de Reshot relâchèrent aussitôt leur prise. Mais, Nepten jeta un œil désapprobateur à Sakmet. Il cracha bruyamment sur le sol et fit observer d'une voix morne :

— Après Knoum, c'est toi le chef !

— Faux ! vociféra soudain Kharou qui, ayant assisté à toute la scène sans aucune objection, se rebellait subitement et se précipitait sur Séchat pour lui planter son poignard en plein cœur.

Mais, à l'instant où la main de l'homme s'élevait, lame dirigée contre la jeune femme, un couteau effilé vint se ficher entre ses deux omoplates. L'homme se cabra et, ventre en avant, s'affala de tout son poids sur le sol de terre séchée.

Reshot poussa un cri étouffé qui provenait

autant de sa respiration enfin retrouvée que des événements qui tournaient au drame. Séchat s'était adossée brusquement à la paroi du mur. Chose étrange, elle n'avait pas remarqué que Sakmet dissimulait son arme dans sa tunique. Il avait superbement visé.

Personne ne vint s'assurer de la mort de Kharou, l'homme velu à la puissante musculature. Sakmet le poussa simplement du pied pour dégager l'espace déjà restreint et fit observer d'une voix calme :

— Ce ne sont peut-être pas tout à fait les instructions de Knoum, mais nous allons procéder d'une autre façon qui nous permettra d'atteindre plus efficacement notre but.

Reshot, immobile, n'osait courir vers Séchat, par crainte de déclencher une autre attaque. Les deux jeunes femmes se faisaient face. Libérées, elles pouvaient enfin réfléchir.

Bien que les esprits de Reshot semblassent considérablement ramollis, ceux de Séchat tournaient vertigineusement. « Sakmet ! Sakmet qui, à deux reprises, venait de la sauver. Attitude étrange pour le chef d'une bande de tueurs à la solde de Knoum ! »

Soudain, sa tête éclata. Des cercles noirs dansaient devant ses yeux. A ses oreilles résonnaient des mots : « Ne crains rien, je viens juste t'avertir. Ne bois plus rien à partir de cet instant, n'absorbe plus aucune boisson. » Ces paroles entendues le soir de son mariage et qui lui rappelait une voix qu'à l'époque elle n'arrivait pas à cerner.

Et cette silhouette familière qui, dans le port de Thèbes, s'était précipitée sur elle pour faire dévier la flèche qui lui était destinée. Tout semblait se recouper, aujourd'hui.

Cette soudaine révélation jointe à ses réflexions toutes aussi subites, en dépit de leur caractère apaisant, durent faire place à une concentration aiguë de la jeune femme sur la poursuite des événements dont l'action mouvementée ne semblait guère s'atténuer.

Nepten crachait régulièrement à terre, comme s'il tentait de prouver, par ce geste grossier, sa désapprobation sur les instructions de Sakmet.

Akment objecta :

— Knoum veut les filles saines et sauves, soit ! Mais les ordres donnés n'ont jamais été d'accepter de discuter.

Tranquillement, Sakmet se dirigea vers le corps inerte de Kharou, dégagea le poignard d'entre ses omoplates et, le pointant face aux hommes, jeta d'une voix rugissante :

— Qui commande après Knoum ? Moi ou vous ? Le premier qui contrecarre mes projets subira le sort de cet Égyptien, dit-il en montrant l'homme à terre dont le sang s'échappait du dos, tombait sur le sol et, après en avoir bu le rougeoiement devenait lugubrement noir.

— Et le sceau du Grand Scribe ? protesta prudemment Nepten.

— Je l'obtiendrai par des moyens qui ne sont pas les vôtres et qui seront plus efficaces. Vous n'êtes que des idiots, bornés et sans cervelle. A quoi vous serviront ces deux filles mortes sans le sceau ? Knoum n'est qu'un imbécile, lui aussi. Il vous paie aussi mal que ses ouvriers-potiers. Combien vous donne-t-il sur les tueries et les pillages ?

Séchat et Reshot se regardèrent. En ce qui les concernait, une accalmie semblait se préparer. Mais où voulait en venir Sakmet ? Et pour qui travaillait-il réellement ? A nouveau, elle porta son regard sur sa compagne dont la pâleur du visage s'atténuait. Elle sentit qu'elle s'alimentait de la même réflexion. Mais elles ne dirent mot et ne firent aucun commentaire.

— Combien vous donne-t-il ? reprit froidement Sakmet. Des miettes, de menues miettes.

Et vous acceptez un tel péril pour un rien de bénéfice, ajouta-t-il en montrant le cadavre de l'Egytien. Ce que vous a enseigné cette femme, tout à l'heure, au sujet des peines pour trahisons est exact : mort lente après l'arrachage des oreilles, de la langue, des mains et des pieds. Ne croyez-vous pas que ce risque exige une part un peu plus grosse du butin ?

Les trois hommes surpris se regardaient. Muets, ils n'osaient questionner, attendant la suite des propos.

— Laissez tomber Knoum. Travaillez pour moi. Nous partagerons en parts égales.

— Qui nous le prouve ?

— Votre confiance irait-elle plus volontiers vers Knoum ? Ce voleur, ce menteur, ce tueur.

— Nous le connaissons, mais nous ignorons ce que tu vaux.

— Nous n'allons pas lâcher la proie pour l'ombre, rétorqua Nepten, le plus suspicieux des trois qui, subitement, cessait de cracher à terre.

— C'est juste, mais rien ne vous empêche de me supprimer si je ne tiens pas parole. C'est une pratique courante que nous savons fort habilement manier, il me semble.

Ils approuvèrent.

— C'est bon, je marche avec toi, dit Akment. Après tout, Knoum pouvait nous dédommager dès le départ.

— Pour débuter et sceller notre accord, je vous laisse à chacun le tiers de mon salaire précédent. Dès demain, on fera les comptes.

— Je marche avec toi, jeta Tékhour.

Nepten ne se décidait pas. Il tourna la tête vers ses compagnons semblant quêter une certitude plus convaincante de leur part, mais les autres se taisaient.

— Moi aussi, lança-t-il, cependant avec moins de certitude que les autres.

Puis, il cracha à terre.

— Alors, écoutez-moi et obéissez. Akment, ramène des liens pour les ligaturer, dit-il en désignant les deux jeunes femmes. Nepten, va détacher leurs chevaux, ils doivent connaître leur chemin et rentreront seuls. Cela alertera le Grand Scribe. Il faut qu'il sache que sa fille est en péril. Tékhour, tu iras rassurer Knoum et tu lui diras que tout va bien. Je vous attends en surveillant les otages.

Il se pencha sur le corps inerte qui jonchait le sol, s'assura de sa mort et braqua son poignard en direction des deux femmes.

— Que l'une de vous bouge et je lui lance cette lame entre les deux yeux, maugréa-t-il.

Rassurés sur ce point, les trois Egyptiens disparurent. Sakmet attendit quelques instants, craignant le retour de l'un d'eux, puis, comme rien ne vint, il s'élança vers Séchat. Abasourdie et à peine remise de ses émotions, Reshot vit Sakmet saisir la main de Séchat.

— Qu'est-ce que cela signifie ? murmura celle-ci.

— Séchat, pardonne-moi. Je suis un jouet entre les mains de Knoum. J'essaye de l'éliminer, tout comme toi, mais par des moyens différents. Il m'oblige à partager l'idée de ses odieux marchés, de ses chantages et de ses menaces, sous peine de mauvais rapports à mon sujet qui me renverraient aussitôt pourrir à Bouhen, je tiens le rôle d'un espion, ce qui me permet de déjouer tous les plans qu'il projette pour te détruire et nuire à l'Egypte.

— Comment te croire ?

— C'est juste. J'admire ton courage, ta force, ton intelligence. Je vénère tes idées de rénovatrice en matière de lois sur la condition des ouvriers et des travailleurs. Je désire autant que toi les réformes dont tu parles.

Séchat, indécise, n'osait plus répliquer.

— Il faut me croire, Séchat. Aurais-tu oublié

la basse condition sociale dont je descends et mon désir fervent d'y échapper ?

— N'est-ce pas cette cause, justement, qui te pousserait à piller et à te ranger du côté des malfaiteurs ?

— Non, rétorqua tristement Sakmet. Cela me peine que tu le penses.

— Mais le sceau du Grand Scribe Royal, celui de mon père, que voulez-vous en faire ?

— Que veulent-ils en faire ? rectifia Sakmet, cette fois d'un ton coupant.

— Très bien, jeta Séchat d'un ton plus sec encore, que veulent-ils en faire ?

— L'utiliser pour obtenir les plans des nécropoles du Temple d'Amon. Knoum projette le pillage de plusieurs tombes, les plus accessibles...

— Les nécropoles ! Sais-tu que si tu étais pris pour complicité, tu mériterais le même sort que lui, pire peut-être, car ton hypocrisie pèserait lourd dans la balance de la justice. Tu ne pourrais même pas prouver ton innocence et encore moins ton désir de m'aider.

— C'est pour cette raison qu'il faut, à tout prix, détruire cet homme. Il est intelligent et rusé comme un vieux singe qui connaît toutes les astuces. Il ne se fait jamais prendre. Il s'arrange toujours pour piéger les autres.

Séchat dut expliquer à Reshot qui était Sakmet. Mais, le commentaire fut de courte durée. Des bruits annoncèrent l'arrivée des hommes. Sakmet reprit sa posture devant les jeunes femmes, le poignard braqué sur elles.

Mais à leur stupéfaction, deux inconnus se jetèrent sur eux. Un gourdin court et aplati frappa la tête des jeunes femmes qui tombèrent aussitôt à terre, inanimées, pantelantes.

Sakmet qui, dans un ultime effort, tenta de résister, se sentit brutalement assommé. Un jet de couleurs fulgurantes lui traversa la tête et son corps amolli s'étendit, dans un choc sourd et mat, aux côtés de celui des deux jeunes femmes.

*

* *

Lorsque Séchat revint à elle, un violent élancement dans la tête la fit grimacer de douleur. Elle massa lentement son cuir chevelu.

L'obscurité dans laquelle elle se trouvait ne lui permettait pas de reconnaître l'endroit de sa séquestration. Elle se leva avec difficulté et posa, un instant, ses deux mains sur son ventre distendu. Garderait-elle son bébé avec cette vie malmenée qu'on lui imposait depuis qu'elle était enceinte ?

Sa main remonta sur son corps et toucha sa poitrine que la déchirure de sa tunique laissait découverte. Elle ôta les larges manches qui recouvraient ses épaules et en fit un nœud juste au-dessus des seins pour les recouvrir tant bien que mal.

Sa tête frôla un plafond bas. Elle le toucha de la main et sentit une paroi qui ne rappelait ni la brique ni la pierre. Il ne s'agissait pas non plus de terre battue, mais plutôt de papyrus durci.

A nouveau, elle passa sa main, plus attentivement cette fois, sur les parois latérales et sentit le même aspect rugueux.

La matière végétale qui l'entourait lui fit penser qu'elle se trouvait dans la cale d'un bateau. Au toucher, l'aspect intérieur semblait identique à celui des chalands de son grand-père.

Pleinement réveillée, elle se mit à réfléchir. Qu'avait-on fait de Reshot ? Elle frissonna à l'idée terrifiante qui lui venait à l'esprit. La réflexion d'Akment à son sujet retentissait lourdement dans sa tête. « Cette fille ne peut plus nous servir, dorénavant. » Des larmes jaillirent de ses yeux. Elle prit peur.

Un élancement dans le ventre lui fit crisper la bouche. Pour la première fois, l'enfant devait se retourner et provoquer une sorte de spasme dont la jeune femme, en cet instant précis, se serait fort bien passée.

Et puis, cette obscurité commençait à paniquer ses esprits. Combien de temps était-elle restée inanimée dans cette cale ? Et Sakmet ? Etait-il mort lui aussi ? « Allons ! Allons, je ne dois pas m'attendrir ou je suis perdue », pensa-t-elle en reprenant courage.

Des bruits de voix stoppèrent ses réflexions. Puis, une oscillation la culbuta sur le mur opposé de la cale. « On quitte le port, se dit-elle, me retrouvera-t-on ? » L'embarcation oscillait davantage. Les voix cessèrent, puis on tira un loquet de bois. Un jet de lumière jaillit et l'aveugla. Il fallait réagir.

Elle se leva brusquement et s'élança vers l'ouverture. Des bras nus, noirs et musclés la reçurent et la repoussèrent brutalement à l'intérieur de la cale, la projetant contre la paroi du fond. A nouveau, elle s'élança de toutes ses forces. L'homme qui ne prévoyait pas cette seconde réaction se laissa devancer. Bousculé, il n'eut pas la réaction, cette fois, de la retenir. D'un bond, elle ferma la porte et poussa le loquet.

Un autre homme la saisit presque aussitôt dans des bras étonnamment forts. Il semblait à Séchat qu'ils étaient de fer.

— Laisse-la, cria une voix rauque, non loin d'elle. Elle ne peut aller ailleurs, à moins qu'elle désire se jeter en pâture aux crocodiles.

Celui qui venait de parler s'approchait. Gros, petit, le visage rond et très basané, il portait une barbe noire, brillante et bien taillée.

— Tu veux me séquestrer ou me supprimer ? lança Séchat à son intention.

— Te séquestrer, ma belle.

Il rit assez grossièrement et caressa sa barbe.

— Qui es-tu ? questionna Séchat, en reprenant peu à peu l'aplomb qui lui était coutumier.

— Je suis Knoum.

— Enfin, te voilà. Sais-tu que j'ai beaucoup entendu parler de toi. Cela ne t'étonne pas, je suppose.

— En effet, cela ne m'étonne guère. On m'avait dit que tu étais une jolie fille, mais je m'aperçois qu'en plus, tu es une sacrée femme. De la race des coriaces, des accrocheuses. Dommage que nous ne soyons pas du même bord. Tu aurais fait une excellente rebelle.

— Viens-en plutôt au fait, Knoum le potier.

— Non, ma belle. Pas le potier, Knoum le Grand, le Seul, le Vrai. Sais-tu que j'arrive, enfin, à mon but !

— Qu'as-tu fait de Reshot ?

— Libérée.

— Libérée ! répéta Séchat incrédule.

— Libérée, comme je te le dis, maugréa-t-il en crachant un long jet de salive par-dessus bord.

Son rire gras et sourd faisait presque écho sur le bateau qui tanguait dangereusement.

— Pourquoi ne l'as-tu pas séquestrée, tout comme moi ? questionna la jeune femme soupçonneuse.

— A quoi me servirait-elle ?

— Alors, pourquoi ne l'as-tu pas tuée ?

— Par tous les dieux ! On ne t'a donc pas informée que mon esprit brillant s'accouplait aux ruses les plus raffinées.

— En effet !

— Alors, suis bien mon raisonnement. Libre, elle va influencer ton père. Il est fragile le Grand Scribe Royal lorsqu'il s'agit de sa chère fille séquestrée, maltraitée, que l'on menace de tuer.

Séchat se garda bien de parler de Sakmet. Son seul objectif fut, soudain, de tromper sa méfiance en tentant de gagner du temps.

— Ainsi, tu veux piller les nécropoles et pour t'accaparer les plans du temple, il te faut effectuer un faux document avec le sceau de mon père.

Elle le scruta de ses yeux sombres. Knoum grattait sa barbe et réfléchissait.

— Avec qui travailles-tu ? As-tu beaucoup d'hommes ?

— Suffisamment pour réussir.

— Ceux de la carrière de Coptos ? questionna Séchat, en braquant ses yeux sombres sur ceux de l'homme qui se plissaient de plaisir.

— Ceux-là et d'autres. Tant d'autres.

Son rire gras reprit et se dispersa dans les effluves du Nil.

— Nepten, Akment, Sakmet, jeta-t-elle innocemment.

— Et d'autres, je te dis.

— Oui, mais Kharou est mort.

— Kharou n'est qu'un imbécile. Quant aux autres, Akment, Nepten et Tékhour, je verrai comment ils se comportent.

Séchat dissimula son étonnement quant à l'absence du nom de Sakmet. Il fallait jouer serré.

— Et celui qui m'a violemment agressée, qu'est-il devenu ? Il a tenté deux fois de me poignarder, ajouta-t-elle en inversant les rôles de ses agresseurs.

— Qui ?

— Mais ton misérable adjoint, Sakmet.

Il reprit son rire à gorge déployée, révélant une rangée parfaite de grandes dents dont la blancheur ressortait dans la barbe fournie et noire.

— J'espère que lui aussi est mort, lâcha la jeune femme toujours imperturbable.

Dans le regard fielleux de l'homme se lisait une roublardise non déguisée.

— Et bien, ma belle, ne t'en déplaise, il n'est

pas mort. C'est une détestable méprise de mes hommes. Je les ai aussitôt fait abattre pour incompétence.

Séchat ne rétorqua rien. Elle s'approcha du bord de l'embarcation. Le soleil qui lui faisait face gênait ses yeux. Elle les cligna et dans la trajectoire qu'ils firent, elle rencontra ceux de Knoum qui l'épiaient. Elle contourna lentement le bateau et se trouva tout proche de lui.

— Pourquoi cet acharnement à me tuer ? En quoi puis-je te gêner ?

— Ton père est influençable et tu ne l'es pas. Sans toi, nous l'aurions convaincu. J'en suis certain.

— C'est faux. Mon père est intègre et loyal.

— Non, ma belle. Plus d'épouse, plus de fille. Alors, il se laisse aller à des états dépressifs.

— Tes projets échoueront, coupa Séchat avec certitude. Mon père démissionnera aussitôt qu'il apprendra ma mort. A quoi te servira-t-il alors ?

— J'ai un autre moyen.

— Lequel ? questionna Séchat qui, de plus en plus méfiante, restait imperturbablement sur ses gardes.

— Nous pouvons toucher sa corde sensible.

— Laquelle ? demanda Séchat que la surprise mordait tout de même un peu.

— Un chantage, ma belle. Celui de piller la tombe de sa tendre épouse.

La jeune femme resta suffoquée. Quel cynisme ! Cet homme lui faisait horreur.

— Tu t'es donné bien du mal, Knoum le voleur, susurra Séchat, le sceau de mon père, je l'avais emporté lorsque je me suis rendue aux carrières de Coptos.

Elle crut que Knoum allait passer par-dessus bord tant l'élan qu'il fit dans sa direction fut brusque et inattendu. La frêle embarcation oscilla dangereusement et se pencha dans une position si instable que l'eau du Nil effleura presque le bord de la coque. Avant que Knoum ne se restabilise, deux hommes se placèrent promptement là où la proue se relevait et l'embarcation reprit son équilibre.

L'incident déclencha dans l'esprit de Séchat un plan bref aussi sombre qu'irraisonnable mais qui, en regard de sa propre vie et celle de l'enfant, valait du moins la peine d'être tenté.

Tel un gros animal furieux et désireux de charger, Knoum s'élança vers elle.

— Où l'as-tu mis ? suffoqua-t-il à peine remis de sa frayeur. Nous t'avons fouillée.

— Si je te dis où il se trouve, me laisseras-tu libre ? Vois, je suis enceinte et je désire vivre pour mon enfant.

A nouveau, Knoum s'étrangla dans une sorte d'étouffement et tendit un bras.

— Donne.

— Qui te dit qu'il est sur moi.

— Donne, dit-il impérativement. Donne.

Puis, abandonnant subitement son autorité, il questionna d'un air suspicieux :

— Ce n'est pas un piège, car si c'en est un, je te balance de suite dans le Nil.

— Ce n'est pas un piège, rassure-toi.

Elle porta la main sur le nœud qu'elle avait rapidement noué, tout à l'heure, au-dessus de ses seins afin de fermer sa tunique déchirée. Puis, elle désigna les deux complices de Knoum.

— Je ne parlerai pas devant tes comparses. Je n'ai pas plus confiance en eux qu'en ceux de Coptos.

— Insinuerais-tu que le sceau t'accompagnait déjà ?

— Exactement, lança Séchat avec désinvolture.

Elle méditait et l'avantage qu'elle prenait peu à peu sur le gros homme fut une révélation. Sans perdre de temps, elle poursuivit :

— Enferme tes deux hommes dans la cale et je te dévoilerai tout.

D'un pas agile, malgré son obésité, il saisit ses compagnons par l'épaule et les poussa vers la minuscule ouverture de la cale.

Les deux hommes grognèrent et tout en renâclant quelques observations grossières à l'égard de Séchat se laissèrent enfermer. Toujours soupçonneux, Knoum plissait les yeux et regardait la jeune femme.

— Pousse le loquet, insista Séchat.

Prestement, Knoum tira la grosse patte de bois qui fermait la cale. Les deux complices continuaient à injurier la jeune femme.

Knoum porta les poings sur ses hanches. Ses yeux restaient à demi-fermés. Il caressa sa barbe noire.

— Les crocodiles, jeta-t-il, ou le sceau. Quelle est ta préférence ?

— Le sceau, bien entendu, assura Séchat.

L'œil suspicieux et toujours à demi-fermé, Knoum s'approcha, la main tendue.

— Halte, fit Séchat. Retourne près du bord. Et réponds-moi.

Comme l'homme ne bougeait pas, elle réitéra :

— Retourne près du bord afin que nous puissions discuter. Si tu désires le sceau, nous allons parlementer et c'est moi qui ouvre le débat.

Cette fois, Knoum rejoignit le bord.

Lentement, elle s'approcha de l'homme. L'obésité de celui-ci, ajoutée au poids de la jeune femme du fait de sa proche maternité firent à nouveau tanguer le bateau. Légère et presque imperceptible, l'oscillation ne prêtait guère à conséquence.

Un instant, Knoum crut déceler une ironie qu'il n'arrivait pas à cerner dans le regard de la jeune femme.

— Me laisseras-tu la vie ? interrogea celle-ci

en se balançant doucement au rythme de l'embarcation.

— C'est d'accord !

— Laisseras-tu mon père et ma servante en paix ?

— C'est d'accord !

— Fais tanguer ton bateau, Knoum. La tête me tourne. Cela m'aidera à atteindre le degré d'ivresse qu'il me faut pour tromper la reine, mon père et mon pays.

L'homme se plaça sur l'extrême bord du bateau et s'appuya fortement. L'embarcation tangua, cette fois, avec plus d'insistance. Séchat glissa sa main droite dans l'échancrure de sa tunique, entre ses deux seins, là où elle avait noué les deux pans des épaules. Elle la retira, poing fermé.

— Fais tanguer, Knoum, fais tanguer. Cela me grise. Tiens, voici le sceau.

— C'est faux. Tu mens. Tu n'as pas le sceau. Nous t'avons fouillée.

— Il était sous mes cheveux et vous n'avez rien vu. Mais tes hommes m'ont malmenée, Knoum, et mes cheveux se sont décoiffés. Le sceau était tombé. En tâtant dans la nuit, je l'ai trouvé et je l'ai caché, là, entre mes seins.

Knoum regardait Séchat s'approcher, le poing tendu, à la fois interdit et fasciné par cette femme qui, enfin, lui présentait sans aucune résistance l'objet de ses désirs. Méfiant, il resta tout d'abord sans bouger. L'embarcation tanguait plus fortement et Séchat oscillait avec elle. Elle fit un pas imprécis en direction de Knoum.

La distance qui les séparait était si minime que l'homme, en tendant la main, pouvait saisir le poing fermé de Séchat. Laissant passer quelques secondes, le temps que la coque du bateau se penche suffisamment pour que le bord effleure l'eau, elle fit un nouveau pas vers lui et, s'assurant que Knoum fixait avec obstination son poing tendu, elle se rua sur lui avec toute l'énergie physique dont elle se sentait capable. Déconcentré, déstabilisé, il tomba facilement à la renverse et bascula par-dessus bord.

Le bruit qu'il fit dans sa chute attira un crocodile qui, déjà depuis quelque temps, sillonnait le passage. L'homme s'accrochait au bateau et risquait de le faire chavirer, entraînant à sa suite la jeune femme dans les eaux du fleuve.

Comment l'empêcher de remonter sans tomber elle-même ?

Elle se précipita vers la gaffe, la souleva péniblement. Les deux fourches qui la terminaient représentaient une possibilité d'en finir. Elle les enfonça dans la main qui se tendait sur le rebord. Un cri fulgurant pénétra ses oreilles.

Le soleil, encore chaud, lançait ses derniers rayons du soir. Les couleurs du Nil s'irisaient dans des rouges et des orangés qui s'atténuaient avec les heures.

La main de Knoum disparut dans l'eau qui s'agitait tout autour du bateau. A nouveau, Séchat plongea la gaffe pour ramener l'embarcation sur le bord du fleuve. N'y réussissant pas, elle saisit le gouvernail.

Dans un intense désarroi, elle dut reconnaître que les forces lui manquaient et qu'elle ne pouvait pas le diriger. Elle reprit la gaffe et tenta de rééquilibrer le bateau. Au loin, le calme de l'eau reprenait.

Séchat cria. Une main noire et velue agrippait à nouveau le bord du bateau. Elle eut cette impression bizarre que son cœur s'arrêtait de battre. Des tremblements nerveux agitèrent ses mains. Elle sentit son enfant bouger dans son ventre. Avec les fourches de la gaffe, elle piqua à nouveau dans les doigts qui se nouaient sur le rebord du bateau et lorsqu'elle se pencha, elle eut la vision atroce d'une gueule de crocodile qui, dans ses mâchoires ouvertes, saisissait un corps déjà sectionné. L'insupportable image l'obséda jusqu'à ce qu'elle tombât inanimée sur la berge.

Séchat ne retrouva ses esprits que bien plus tard. Et, lorsqu'elle posa les mains sur son ventre, un soulagement infini la traversa, elle sentit son enfant bouger dans ses entrailles.

corps de la sacrifiée. L'insupportable image [illegible] jusqu'à ce qu'elle tomba, évanouie sur [illegible].

[illegible] Et, lorsqu'elle posa les mains sur son ventre, un soulagement [illegible], elle sentit son enfant bouger dans ses entrailles.

CHAPITRE XII

[illegible] la Seconde Épouse de Thoutmosis [illegible] passé à subir trop longtemps les assauts [illegible] de son royal époux. Il régnait [illegible] de trente-deux ans le royaume de ses [illegible] pharaons sans avoir pris le temps de [illegible] sa demeure éternelle.

[illegible] s'apprêtait à célébrer les fêtes d'Opet, [illegible] brusquement, il lui prit d'une affection [illegible] qu'elle mena directement de vie à [illegible].

[illegible] son règne avait été court, trop peu marquant pour qu'on puisse en parler dans les [illegible] que préparait la reine et si ce n'avait été [illegible] quelques incursions dans les pays nubiens [illegible] son sacre, son nom serait resté aussi [illegible] que celui des obscurs pharaons oubliés [illegible] longtemps.

Peu affectée par la mort de celui que le peuple lui avait imposé comme époux pour légitimer son [illegible] suprême, Hatchepsout prit aussitôt en [illegible] sa destinée.

[illegible] avant jamais eu de griefs sérieux contre Thoutmosis, la reine ne l'avait pas plus détesté qu'elle ne l'avait aimé. Depuis qu'elle régnait à ses côtés [illegible], observant, veillant, se [illegible] partout où le besoin se faisait sentir

CHAPITRE XII

Isis, la Seconde Epouse de Thoutmosis, n'avait pas eu à subir trop longtemps les assauts amoureux de son royal époux. Il rejoignait, à l'âge de trente-deux ans, le royaume de ses ancêtres pharaons sans avoir pris le temps de préparer sa demeure éternelle.

On s'apprêtait à célébrer les fêtes d'opêt, quand brusquement, il fut pris d'une affection aiguë cutanée qui le mena directement de vie à trépas.

Ainsi, son règne avait été court, trop peu marquant pour qu'on puisse en parler dans les annales que préparait la reine et si ce n'avait été ses quelques incursions dans les pays nubiens depuis son sacre, son nom serait resté aussi mince que celui des obscurs pharaons oubliés depuis longtemps.

Peu affectée par la mort de celui que le peuple lui avait imposé comme époux pour légitimer son titre suprême, Hatchepsout prit aussitôt en main sa destinée.

N'ayant jamais eu de griefs sérieux contre Thoutmosis, la reine ne l'avait pas plus détesté qu'elle ne l'avait aimé. Depuis qu'elle régnait à ses côtés en co-régente, observant, veillant, se propulsant partout où le besoin se faisait sentir, elle prenait d'instinct les responsabilités qui s'imposaient.

Et voilà que, subitement, à l'aube de ces fêtes d'Opêt, Hatchepsout était frappée d'un éblouissement. Elle devenait plus que reine. L'événement lui arrivait de plein fouet sans qu'elle s'y attende, car Thoutmosis était bien jeune encore lorsque les médecins impuissants avaient décrété tristement en hochant la tête qu'il n'y avait plus rien à faire.

Dans un éclair, Hatchepsout entrevit un grand ciel dégagé qui se profilait à l'horizon. Il s'étalait devant elle avec une telle arrogance, lui faisant entrevoir un univers désormais sans limites, qu'elle s'obligea à fermer les yeux afin d'en atténuer l'intensité.

Consciente qu'un monde où les frontières n'existaient plus se refermait inexorablement sur elle, bien qu'elle essayât d'en enfouir la majeure partie sous une apparente sérénité, elle prit le parti de se forger une coque invisible dans laquelle elle se replierait dès que la nécessité l'y obligerait.

Ses deux filles, Néférourê et Mérytrê, ne la comblaient que partiellement. Elle veillait, cependant, à ce que les honheurs dus aux princesses leur soient rendus dans toute leur intégrité comme l'avait fait pour elle son propre père. D'autant plus que, juste avant le décès de Thoutmosis, Isis, la Seconde Epouse du pharaon, venait de mettre au monde un fils qui déliait déjà bien les langues.

Mais, c'était encore méconnaître la reine de penser que les honneurs ne devaient retomber que sur cet enfant mâle né d'une concubine, même si celle-ci était l'ancienne danseuse sacrée du temple d'Amon, nièce du Grand Prêtre et, plus encore, sa fidèle amie d'enfance.

Pourtant, qu'Isis représentât un danger pour Hatchepsout n'était pas vraiment une certitude.

La mère du jeune prince restait si discrète, si réservée qu'aucun mot ni bruit ne courait à son sujet. N'ayant guère eu le temps d'apprécier les bienfaits que pouvait lui donner un pharaon sans doute plus amoureux d'elle qu'il ne l'avait été de sa Première Epouse, Isis allait prier au temple, rêvait dans les jardins, cultivait son goût pour la musique et le chant.

Mais, pour la reine, la situation ne se clarifiait pas pour autant, car si la jeune Isis s'écartait tout naturellement des intrigues du palais, le bâtard de Thoutmosis frappait fort au cœur de la cour de Thèbes, obligeant Hatchepsout à réagir dans de brefs délais. Et, si elle n'agissait pas avec une précipitation impeccablement calculée, elle risquait fort de se retrouver pourvue d'un titre de reine co-régente partageant le pouvoir avec un conseil nommé d'office qui l'évincerait de toute responsabilité d'envergure.

Hatchepsout avait suffisamment mûri son projet pour tenter de le mener à bien. Elle se ferait sacrer pharaon au cours de ces fêtes d'Opêt qui tombaient à merveille. Pour ce faire, elle tenait fermement en mains les éléments fondamentaux, prête à ne pas lâcher l'atout essentiel qui résidait dans sa pure hérédité royale datant de plusieurs générations.

Munie de ce puissant avantage, le peuple ne pouvait contester son sacre.

Certes, qu'elle fût femme restait un point à débattre, mais n'avait-elle pas un autre atout qui lui permettait de réussir cet étonnant coup de maître ? Sa clairvoyance l'avait amenée à conserver les vieux prêtres du temple d'Amon. Et, depuis que son père était mort, ils avaient tous gardé leur entière prérogative, dirigeant le culte des dieux sans aucun changement ni dérogation aux coutumes établies depuis qu'ils en étaient les maîtres.

Hatchepsout se les étaient attachés tout naturellement et, trop inquiets sur leur devenir, nul n'irait contre son sacre. Nul ne s'opposerait à la grande épouse d'Amon, celle qui préserverait intacte leur propre vie et celle de Karnak.

Le seul qui eût peut-être apporté quelque embarras venait de mourir, d'autant plus qu'il cultivait une rancune féroce envers Hatchepsout depuis qu'elle avait fait retirer sa nièce du temple pour en faire la Seconde Epouse du pharaon.

Très âgé, le vieux Sétoui, Grand Prêtre Suprême d'Amon, s'était éteint à l'âge de quatre-vingt-deux ans. Profitant de cette aubaine, Hatchepsout avait aussitôt donné le titre vacant à son fidèle Hapouseneb qui cumulait les fonctions de Grand Prêtre et de Directeur des travaux du temple.

Fort amoureuse d'Hapouseneb et le poursuivant de ses assiduités, Amenhotep, la fille du richissime constructeur de bateaux, avait réussi un petit coup d'éclat, celui de l'épouser sans que ses parents ne s'y opposent.

Dans le labyrinthe de ses réflexions, Hatchepsout se persuadait donc, à raison, que tout pouvait s'enclencher à merveille. Toutefois, sa pure hérédité royale, alliée à l'acceptation des grands prêtres du temple, n'élevaient pas à elles seules le mur infranchissable qui devait protéger ses intérêts. Un troisième atout lui était indispensable. Et celui-là, elle le peaufinait depuis trop longtemps pour qu'il ne portât pas immédiatement ses fruits.

Les conseillers dont elle s'était entourée et qu'elle avait minutieusement formés et choisis en fonction de leurs compétences lui vouaient une forte admiration.

Certes, ils n'étaient pas sans attendre les titres et les honneurs qu'elle leur avait promis, les distinctions, les privilèges, les hautes responsabilités. En un mot, ils souhaitaient qu'arrivât le plus tôt possible l'instant ou Hatchepsout ceindrait les deux couronnes d'Egypte.

C'est ainsi qu'elle s'était entourée de son très fidèle Senenmout, le plus assidu de ses serviteurs. Il cumulait avec art et maîtrise, son œil de lynx toujours en éveil, les fonctions de Grand Scribe et d'Architecte Royal, d'Intendant du Palais de Thèbes et de Vizir des villes du nord. Il veillait partout où la reine passait. D'une rigidité à toute épreuve, il décelait la plus infime des imperfections susceptibles d'atteindre Hatchepsout.

Comment aurait-elle pu ne pas rester sereine ? A chaque tour de roue de son char, chaque ondulation de sa barque sur le Nil, chaque présentation officielle, chaque voyage hors de la ville, Senenmout était là pour atténuer les difficultés éventuelles.

Plus discret, peut-être, ses autres fidèles n'en étaient pas pour autant moins vigilants. Djéhouty qui, très jeune, avait déjà servi son père était le trésorier de Thèbes, l'Intendant des Sculpteurs et le Vizir de la Haute Egypte. C'était sans doute le plus énigmatique de ses sujets et le moins malléable, mais l'essentiel était qu'il lui renouvelât la même confiance qu'il avait mise autrefois en son père.

Néhésy, passé Chef de toutes les polices, Intendant des Armées, Grand Trésorier militaire et enfin, Juge du Palais de Thèbes, se haussait, derrière Semenmout, à un des meilleurs niveaux dans l'estime d'Hatchepsout. Ambitieux, mais fidèle, Néhésy le beau Nubien ne comptait plus ses morceaux de bravoure envers sa reine.

Enfin, son conseiller Pouyemrê, Joailler de Thèbes et Grand Trésorier des pays du Nord, était aussi l'Intendant des Orfèvres et du Trésor Royal. Depuis quelques années, il servait Hatchepsout avec une loyauté qui, sans manquer de mesure, restait toujours fort calculée.

Restait l'élément le plus insolite, l'un de ses plus fidèles aussi. Séchat, la Scribe, l'Intendante des Artisans et des Potiers qui, femme comme elle, avait déjà su prouver la sagesse et la bonne mesure de ses activités. Prenant d'énormes risques sur sa propre vie, elle avait pu, fort habilement, mater la dernière rebellion des artisans et sauver le sceau de Thot tombé entre les mains des pillards de tombes du temple d'Amon.

Amies ! Certes. Leurs propres mères l'étaient déjà. Et, à la naissance de Séchat, lorsque la douce Séita s'était éteinte, la fillette avait vécu au harem, partageant les jeux et la vie de la petite Hatchepsout.

La reine l'eût volontiers considérée comme une sœur si le destin n'en avait pas fait un sujet à l'égal de ses confrères. Par son brillant esprit et ses capacités professionnelles, elle devenait un élément subordonné, un serviteur, un fidèle qui, en aucun moment, ne devait déroger à la règle. Dans ce cas, comment conjuguer une émotion fraternelle et le besoin de sujétion qu'elle réclamait sans cesse à son amie ?

Bien sûr, dans l'ombre veillaient tous ceux qui devaient s'activer, par la suite, à ruiner ce bel avenir. Des petits clans de nobles, de soldats et quelques vieux dignitaires de province, devaient plus tard se presser dans le sillage du jeune prince bâtard pour l'élever sur un trône qu'ils considéraient comme usurpé par la reine.

Pourtant, Hatchepsout pressentait un long règne et, ce matin-là, tout devait se jouer lors des fêtes d'Opêt qui se déroulaient dans l'allégresse et l'exultation. L'année en était au troisième mois du Chemou.

Aux approches de Louqsor, les réjouissances battaient leur plein. L'intensité de la foule régnait dans chaque village avoisinant, répercutant ses bruits jusqu'aux abords du fleuve qui, lui aussi, débordait de cris et de couleurs.

Les marchands ambulants vendaient leurs grillades de poissons qu'ils enveloppaient dans des feuilles fraîches de papyrus arrachées là où elles se trouvaient plantées, sur les bords des cultures ou les berges du Nil. Parfois, un bosquet qui poussait aux alentours leur offrait de larges ombelles dans lesquelles ils emballaient un poulet entier, cuit dans la braise qui grésillait de toutes parts.

D'autres faisaient rôtir des oies du Nil. Vrai festin qu'on pouvait obtenir avec un deben d'argent. Certains emportaient un morceau de choix, en l'occurrence une cuisse bien grasse, contre la valeur d'un anneau de cuivre. Celui qui n'avait que quelques pois chiches ou quelques figues sèches à échanger risquait de repartir avec une aile ou un morceau plus maigre encore.

Joyeux, les clients se rencontraient, s'interpellaient, se bousculaient, se gavaient de gras et de bière tiède.

Pêcheurs, chasseurs, paysans avaient cessé momentanément leur travail et, dans l'arrêt de leurs occupations quotidiennes, ils s'adonnaient gaiement aux multiples agitations qu'offraient la foule en délire.

Livrés ce jour-là à eux-mêmes, les enfants en profitaient pour s'esquiver hors de leur milieu familial. Jouant dans les ruelles étroites, sur les berges du Nil, dans les ateliers désaffectés ou les chantiers fermés, ils se regroupaient, se querellaient, se battaient. Les plus hardis chapardaient, se retrouvant parfois entre deux hommes de police dont la présence soutenue et vigilante quadrillait villes et villages.

Le délire était à son apogée. Une femme-pharaon ! Cela ne s'était jamais vu jusqu'à ce jour et cela valait bien quelques agitations supplémentaires.

Dès l'aube, Hatchepsout avait été vêtue, coiffée, maquillée, parfumée de telle sorte qu'elle était enfin prête à recevoir la couronne du Maître Tout-Puissant.

Les membres de la triade thébaine, accompagnés par le souverain en titre et sur leurs barques respectives, quittaient Karnak pour se rendre en grande pompe dans le temple de Louqsor.

A chaque aube, le départ d'Hatchepsout s'effectuait sur la rive droite de son palais. La grande barque royale, celle d'Amon, l'attendait en oscillant doucement sur le Nil et le lent périple, en cortège d'apparat, se déroulait tout au long du fleuve parmi les ovations et les vivats de la foule.

La veille, devant le quatrième pylône qui constituait la façade occidentale du temple, Hatchepsout avait reçu les ornements de Rê. Elle dut promettre au public d'abandonner définitivement la parure d'épouse du dieu d'Amon pour prendre celle du Grand Taureau Puissant.

Devenue le souverain de la Haute et de la Basse Egypte, la tête surmontée des deux couronnes ancestrales, Hatchepsout ne pouvait plus assumer les fonctions de celle qui devait travailler les ardeurs du dieu. Elle était désormais le dieu lui-même.

C'est ainsi que Pharaon à part entière, elle devait changer son comportement. Après de longues réflexions où elle ne se permit aucune erreur de jugement — et puisqu'il n'y avait plus d'équivoque sur sa prise totale de pouvoir — Hatchepsout décida qu'elle modifierait ses attitudes, sacrifierait totalement son aspect initial et cesserait, publiquement, d'agir comme une femme.

Désormais, il lui faudrait réserver ses intimités à un public extrêmement restreint qui ne devait comporter que quelques servantes et son bien-aimé Senenmout, le seul qui, parfois, avait le privilège de partager sa couche.

Hatchepsout devait, à présent se conduire comme un pharaon. Elle porterait le nemes, la barbe et le fouet.

Qu'elle ne puisse plus agir comme une reine ne la gênait nullement. Bien au contraire, cela l'enthousiasmait. Une reine, si grande soit-elle, même la Grande Epouse Royale, entraînait toujours dans son sillage quelques sujets hypocrites qui se croyaient obligés de la considérer comme la femme la plus séduisante et la plus spirituelle de tout le royaume.

Dorénavant, en ce qui concernait Hatchepsout, aucun ne pourrait plus confondre intelligence et beauté.

*
* *

Le sacre se poursuivait dans l'allégresse. Hatchepsout ne cessait d'invoquer son père, Thoutmosis.

Autour de la barque royale, les conseillers se pressaient. Une nuée de scribes entourait Senenmout qui dictait, ordonnait, surveillait.

Hatchepsout, debout, levait les bras et bénissait la foule au nom de la déesse Hathor qui lui donnait tous pouvoirs sur la vie de son peuple.

— Senenmout, dit-elle à son intendant qui inspectait avec méfiance l'entourage de sa reine, que l'on écrive ceci.

Elle leva les yeux au-dessus du Nil et observa quelques instants l'horizon vers lequel pointaient les premiers rayons de Rê.

— Ecrivez que mon règne de pharaon sera un échange de bons services entre les dieux et mon peuple. Que je serai toujours prête et empressée à satisfaire les ordres divins et que les oracles seront scrupuleusement suivis afin qu'Amon accorde au peuple chacune de mes requêtes.

Têtes rasées, un long pagne blanc ceinturant leur taille, le buste imberbe découvert, les prêtres se prosternèrent. Hapouseneb vêtu de sa peau de léopard, habit du grand serviteur d'Amon, fit un signe à Amenhotep.

Celle-ci s'approcha, souple et mince comme une tige de papyrus que recouvre une délicate ombelle. Elle fixa son regard sombre dans celui d'Hapouseneb, saisit l'encensoir que lui présentait le porteur d'offrandes et le tendit à son époux dans ses mains qu'elle avait arrondi en coupole.

Puis, se courbant — en public, seul le pharaon ne pliait pas devant le Grand Prêtre — elle resta le dos fléchi, les yeux rivés à ceux d'Hapouseneb. Mais, le rituel exigeait qu'ils ne prolongeassent pas plus de quelques secondes ce duel amoureux du regard même s'ils étaient époux et, à contre-cœur, la jeune femme se releva et regagna le rang des musiciennes comme son devoir l'y engageait.

Les prêtres se relevèrent. Leurs épaules brunes et nues luisaient de l'huile sacrée dont elles étaient ointes. Les porteurs d'offrandes élevèrent les statues aux masques des dieux. Elles émergeaient, silencieuses, au-dessus d'un voile opaque de myrrhe et d'encens.

On déposa entre les mains d'Amenhotep la petite harpe dont elle savait si bien effleurer de ses doigts agiles les cordes délicates.

Le Grand Prêtre s'approcha de la reine.

— Les scènes de votre couronnement, Majesté, dit-il, seront inscrites sur les blocs de la Chapelle Rouge. Elles seront toutes représentatives de chacun de vos faits et gestes.

— Sont-elles déjà gravées en bas-relief ? s'enquit Hatchepsout.

Ce fut Senénmout qui répondit.

— Majesté, elles le seront très prochainement. La construction de la chapelle-reposoir n'est pas encore achevée.

— Quand le sera-t-elle ?

— Dès la fin du quatrième mois du Chemou, intervint Hapouseneb en jetant un regard désapprobateur à Senenmout pour lui signifier que c'était à lui de répondre sur un sujet qui le concernait.

Senenmout ne broncha ni ne répliqua, mais posa son œil de rapace sur le prêtre qui poursuivit tranquillement :

— Quand les récoltes seront toutes entassées dans les greniers, Majesté, la Chapelle du temple Rouge pourra vous accueillir.

La foule se faisait dense. On chuchotait à peine tant on écoutait les questions des dieux qui, par la bouche d'Hatchepsout, s'interposaient aux réponses du Grand Prêtre.

Quelques murmures pourtant osèrent s'élever.

— Où est Horus ? Le puissant Taureau Fougueux ! Est-ce donc cette femme qui, désormais, va le représenter ?

Un rire fusa.

— Horus femelle ! Elle a les pis en plus, mais il lui manque l'essentiel.

La raillerie fit écho et, dans le rang perturbateur du public, on entendit des souffles hilares se prolonger.

Plus loin, un autre éclat de rire fut aussitôt réprimé par un homme de police. Le silence revint, mais les murmures restaient collés sur le bord des bouches les plus récalcitrantes, prêtes à fuser à la moindre algarade.

Bien qu'éloignée, on eût dit que la reine percevait les allusions des rebelles. Mais, à vrai dire, ces quelques insoumis ne la perturbaient guère et Néhésy se chargerait de les mettre au goût du jour.

— Qu'on façonne Horus, le Taureau d'Or, à mon image, dit-elle d'un ton ferme, afin que tous l'entendent. Car, je suis son fils, façonnée à sa ressemblance, issue de son corps et de son âme.

Hapouseneb agita l'encensoir. Les vapeurs aux

senteurs d'eucalyptus enveloppaient la reine, l'enrobant de ce voile mystérieux qui l'intégrait aux dieux.

— Je me lève en roi des Deux Egypte, cria-t-elle à son peuple. Par la fille du grand Thoutmosis Ier, mon père, je suis le fils d'Amon et celui de Rê, le dieu soleil.

Elle éleva les bras au ciel.

— Senenmout, que l'on ajoute cela.

Puis, elle se tourna vers la droite, là où étaient assises ses filles Néférourê et Mérytrê. L'aînée avait la majesté de sa mère, elle se tenait droite, hautaine, un sourire léger flottant sur ses lèvres minces. La cadette paraissait plus fluette et plus effacée.

Hatchepsout les observa quelques instants et fut frappée par la ressemblance qu'avait Mérytrê avec la princesse, sa sœur, disparue au temps de son adolescence.

Les yeux froids et durs de Senenmout heurtèrent cet instant intime de la reine. Instant où son laisser-aller avait pris le pas, quelques secondes, sur son devoir de roi. En un regard, Senenmout lui rappelait les exigences d'un peuple qu'il ne fallait pas tromper. Elle n'était plus femme à part entière. Elle était Pharaon, homme et dieu Horus tout à la fois.

Elle se reprit rapidement. Les dignitaires de la cour l'entouraient. Ouser la regardait, un sourire railleur au coin des lèvres. Certes, c'était lui le plus récalcitrant. Peut-être faudrait-il l'éloigner de la cour et le nommer ambassadeur dans un pays étranger.

Mériptah avait les yeux fixés sur son rival, Senenmout. Guidé par l'ambition, un désir qui n'était fait que de pouvoir et de puissance, Mériptah n'exigerait que titres et honneurs pour bien se conduire et, déjà, Hatchepsout savait qu'elle les lui donnerait.

Elle abaissa ses bras qui commençaient à devenir las et pesants.

— Mon père est en moi, dit-elle d'une voix toujours aussi puissante, et je suis en lui. Son Kâ le souhaitait. Il se réjouit dans sa demeure éternelle.

Elle s'avança vers Djéhouty dont le buste se dressait sous un collier d'argent et de turquoises. Son pagne court laissait le soleil lécher ses jambes brunes. Il écoutait avec attention les paroles de la reine.

— Que cela soit diffusé dans toutes les terres nubiennes et soudanaises. Je t'en laisse le soin, Djéhouty. Nous élèverons d'autres sanctuaires à la hauteur de la troisième cataracte.

Djéhouty se courba, mais ne se prosterna pas. Il était aux côtés de Séchat qui, remise de ses investigations auprès des pillards de tombes, dissimulait un ventre proéminent sous une large tunique.

Elle fut sur le point de lui adresser un sourire, mais rapidement se reprit. Non ! Hatchepsout ne prolongerait pas son regard sur son amie d'enfance. Ses yeux trahiraient le sentiment complice qu'elle ressentait à la savoir enceinte. Emoi que son peuple ne devait pas percevoir, puisque à ses yeux, elles n'étaient que femmes à vouloir posséder la puissance d'un homme.

Elle se tourna vers le Vizir de Haute Egypte.

— Djéhouty, dit-elle, diffuse ma gloire dans les pays du Sud et présente le nouveau souverain en ma personne auprès de toutes les divinités africaines et que le dieu Dedoun qui préside en Nubie en soit averti.

*
* *

La foule se faisait de plus en plus dense. Dès qu'Hatchepsout eut dicté ses ordres envers les dieux, les processions commencèrent, débutant par un oracle dédié au nouveau roi.

Entourée de ses dignitaires, Hatchepsout s'installa sur son nouveau trône, celui du pharaon. Elle dut aussitôt quitter sa parure d'épouse d'Amon pour revêtir celle d'Horus. Les yeux tournés vers le peuple, il lui fallait incarner les traits de son père.

A peine assise sur le trône, un malaise général se fit ressentir, se faufilant sournoisement à travers le public qui, muet d'incertitude, attendait. C'était comme une gêne invisible qui apparaissait telle une entaille dans les chairs à vif, menaçante, perfide, pour laquelle il fallait un remède immédiat afin d'éviter une gangrène inguérissable et fatale.

Le malaise subsista quelques instants. Les prêtres prosternés feignaient de ne pas le subir et restaient le dos courbé plus longtemps qu'il ne fallait, trouvant là une solution pour ne pas croiser le regard du vis-à-vis. Hapouseneb le ressentait, lui aussi, dans toute son envergure. Il observait la reine et réfléchissait.

Sur un signe bref, presque expéditif, il enjoignit les musiciens aveugles à s'asseoir sur le dallage marbré. L'effet fut immédiat. Aussitôt, une nuée de tuniques jaunes déferla sur le sol en un lent mouvement oscillatoire et lorsqu'ils furent tous assis en scribe, la grande harpe entre leurs bras, ils entonnèrent leurs chants sacrés.

Pour étouffer la tension qui montait telle les eaux de la crue, sistres et crotales reprenaient le rythme, scandant de leurs grelots et de leurs battements les voix des chanteurs.

Glissé entre les dignitaires, un petit homme au visage glabre et au triple menton se repaissait du malaise, esquissant sur ses lèvres charnues un sourire qui allait se perdre dans le triple pli de son menton.

— C'est un avatar d'Hathor, entendit-il dans son dos.

Il se retourna lentement, effleura de ses yeux à demi fermés l'homme grand et maigre qui se tenait derrière lui.

— Où est le Taureau Puissant qui saille les génisses ? murmura-t-il à son tour.

Le regard fixé sur la reine, Djéhouty et Séchat n'osaient souffler. Néhésy avait regroupé l'élite de son armée qui, en un mur infranchissable, barrait l'entrée du palais.

De son grand nez toujours en alerte, Ouser flairait l'atmosphère et Mériptah, qui arborait son éternel sourire de conquérant, observait Hatchepsout comme s'il devait y avoir fatalement un incident.

Craignant, lui aussi, que la cérémonie symbolisant la prise de possession de l'Egypte, par le pharaon, se déroulât avec quelque difficulté, Senenmout défiait les dignitaires.

Il jetait de fréquents regards dont l'acuité s'aiguisait au moindre bruit, sur la rangée de scribes assis en tailleur. Tablettes sur les genoux, calames de rechange coincés derrière l'oreille, ils écrivaient rapidement, notaient, relevaient de temps à autre un œil averti pour le replonger aussitôt sur le papyrus.

Les prêtres-lecteurs qui, assis, attendaient, se levèrent aussi lentement que le protocole l'exigeait et, éclaircissant leurs gorges sèches, lurent à voix haute les charges que le nouveau pharaon devait, désormais, assumer pour le bien-être terrestre de son peuple. Bien entendu, la sainte lecture y ajoutait celles qu'il devait garantir pour maintenir les divinités dans les meilleures dispositions.

Le buste tendu sur le trône du pharaon, l'œil en alerte, l'oreille à l'affût du moindre murmure insoumis, Hatchepsout observait son public.

La foule, le peuple, les dieux ! Elle sentait que

le malaise subsistait. Elle ferma les yeux. Répit inutile. Elle avait suffisamment mûri cet instant pour en rayer aussitôt l'ambiguïté. Il fallait dès à présent commencer.

Elle fit un signe à Senenmout. Le bruit d'un gong sur un tambour de cuivre se répercuta dans toute la salle d'audience. Pas une tête n'était tournée ailleurs que vers la reine.

La veille, Hatchepsout avait été couronnée par les prêtres. Ils avaient élevé sur sa tête la cruche en forme de croix ansée et déversé l'eau nourrie de vie. Certes, le couronnement du temple, appuyé par un peuple en liesse qui n'avait cessé de crier ses vivats, amorçait plutôt favorablement les choses.

Restaient, hélas, les nobles de Thèbes et les autres dignitaires, ceux qui provenaient des provinces voisines, ceux qui restaient à convaincre et qui semblaient vouloir décider de l'avenir de la reine.

Hatchepsout savait qu'une révolte des dignitaires pouvait anéantir tous ses ambitieux projets. Ce n'était pas une poignée de fidèles qui pourrait en arrêter la teneur.

Elle posa ses bras menus sur les accoudoirs d'or massif du trône. Le bruit du gong se fit à nouveau entendre. Six serviteurs apportèrent la double couronne posée sur un coussin ourlé de perles et de turquoises.

La foule retenait son souffle.

Majestueuse, belle, malgré la trentaine qui effleurait sa personne, le corps juvénile, le visage mince, le menton fin et les yeux étirés en amande, Hatchepsout se leva.

Qui pouvait lui poser mieux qu'elle, et de façon aussi déterminée, la couronne sur sa jolie tête ? Même Senenmout qui se serait fait trancher la sienne pour lui plaire la regardait avec des yeux dilatés.

Osera-t-elle ?

Son règne allait-il menacer la stabilité intérieure du pays ? Le malaise s'intensifiait. Il s'infiltrait, se glissait, soufflait à chacun des membres de l'audience que c'était un risque pour certains, un pari pour d'autres, une certitude pour les plus acharnés.

Debout, dans sa longue robe à manches qui recouvrait ses épaules, Hatchepsout ferma longuement les yeux. Puis, les rouvrant avec assurance, elle saisit d'une main ferme la double couronne et la tendit aux dieux, élevant ses deux bras à hauteur de sa tête.

Murmurant une incantation, elle la souleva plus haut encore, la tenant au bout de ses bras blancs qui se dégageaient des manches de sa robe et, dans un silence profond, la posa sur sa tête brune coiffée de tresses volumineuses.

Enfin, elle reprit sa position assise, posa ses avant-bras sur les accoudoirs du trône pharaonique qui, désormais, était le sien et observa son public.

— Le nemès, la barbe et la queue de taureau, fit-elle d'une voix forte.

Senenmout avait définitivement repris ses esprits. Il n'avait certes pas le temps d'approfondir l'instant d'égarement qui l'avait effleuré lorsque Hatchepsout avait résolument posé la couronne sur sa tête. Aussitôt, il frappa sèchement dans ses mains.

Cinq serviteurs vinrent se prosterner devant la pharaonne.

L'un tendit l'étoffe rayée de blanc et de rouge qu'elle posa sur son front, laissant pendre les côtés derrière ses oreilles et dans son dos.

Quand le deuxième serviteur lui présenta la barbe postiche faite d'une mèche de cheveux tressée en pointe, Hatchepsout ne fut pas plus émue. Elle la saisit avec autorité, car tous ses gestes étaient étudiés, analysés, décortiqués et aucun d'eux ne devait paraître faible ou incertain. C'est donc avec la même fermeté qu'elle l'attacha derrière ses oreilles avec les deux liens. La barbe orna son fin menton triangulaire, avançant avec insolence l'autorité qui s'en dégageait déjà.

Le troisième serviteur lui tendit la queue de taureau, symbole de l'autorité suprême. Le Taureau Puissant que Pharaon devait incarner ! D'un geste précis, elle l'attacha solidement à sa ceinture par une boucle de métal qui représentait son cartouche. Sur le bijou étaient ciselés ses noms et prénoms royaux en hiéroglyphes d'or.

Le quatrième serviteur était le porte-sandales. Il s'approcha d'Hatchepsout et hésita. Jetant un coup d'œil anxieux vers les notables, il eut un instant de désarroi.

Que pouvait-il faire ? Déjà, sous l'Ancien Empire, il était rare qu'une femme portât des sandales. Le Nouvel Empire qui en avait largement généralisé l'emploi, l'avait aussi étendu pour les femmes qui descendaient de la noblesse. Il va sans dire qu'à Thèbes, pour les deux sexes, son usage s'était donc largement développé.

Mais qu'un homme les mît en public à une femme était une autre affaire, fût-ce une reine ou une pharaonne !

Voyant le serviteur persister dans son hésitation et quelques notables arborer un sourire sarcastique, Senenmout s'approcha et de lui et prit les sandales dont la semelle était en fibre fine de papyrus et les lanières en fils d'or tressés. Elles avaient le bout recourbé et brillaient entre les mains de l'intendant. Senenmout se baissa devant sa reine et s'efforçant de ne pas succomber à la tentation de caresser sa peau délicate, les attacha autour de ses fines chevilles.

Enfin, le dernier serviteur tendit à Hatchepsout le fouet recourbé qu'elle saisit avant de le serrer dans son poing mince et ferme.

Sur un nouveau coup de gong que, cette fois, ni la reine ni Senenmout ne provoquèrent, car c'était Pouyemrê, l'Intendant des Orfèvres qui venait d'en prendre l'initiative, deux autres serviteurs s'approchèrent. Ils tenaient un grand pectoral d'or et de lapis-lazuli, un pectoral qui recouvrait lourdement tout le buste d'un homme.

Senenmout regarda avec une hargne non feinte Pouyemrê qui s'approchait d'Hatchepsout. Il réprima un geste de rage à l'idée que ce n'était pas lui qui passerait autour du menu torse de sa reine la lourde carapace devenue, sous les ordres de Pouyemrê, véritable parure d'orfèvrerie.

Le pectoral devait peser très lourd. Entièrement fait de perles et de pièces d'or, le cadre était en métal sur lequel s'incrustaient des turquoises, des cornalines et des pierres fines du désert. Des fermoirs à tête de faucon reliaient chacune d'entre elles.

Tranquillement, Pouyemrê arracha des mains de Senenmout le pectoral. La menue poitrine d'Hatchepsout ploya imperceptiblement sous le poids du fardeau. Mais, relevant le buste, il n'y eut que les yeux exercés de Senenmout qui remarquèrent l'effort qu'accomplissait sa reine afin que l'assemblée ne fît aucune critique.

Un souffle unique s'échappa de la foule. Les dignitaires les plus récalcitrants restaient ahuris sur l'image de la femme devenue homme pour le plaisir des dieux.

De toute l'histoire d'Egypte, on n'avait jamais vu telle audace.

— Les dieux acquiescent, cria Hapouseneb en agitant l'encensoir. Les dieux sont favorables. Vive notre pharaon !

Les vivats commencèrent. Agitant les encens

les plus divers, les prêtres défilèrent devant Hatchepsout sacrée dieu et pharaon.

Enfin, maîtresse des deux terres, elle pourrait accomplir son grand rêve. Celui de partir vers des mers lointaines pour en rapporter des trésors inconnus, des parfums, des fourrures, des encens, des bois précieux.

Son regard croisa celui de Senenmout lui rappelant encore qu'elle ne devait, en aucun cas, se laisser perturber par une pensée volage. Elle se ressaisit et là, devait commencer son autorité suprême.

— Je veux que l'on modèle mon image afin de vénérer le dieu des potiers, dit-elle à voix haute. Approche Séchat, car c'est à toi, Intendante des Artisans, à qui je veux confier cette tâche.

La jeune intendante s'approcha. Elle sentait les regards les plus malveillants posés sur son corps grossi dissimulé par l'ample tunique. Plus d'un devait critiquer son état de future mère.

Déjà, plusieurs fois, elle avait croisé le regard malveillant de Mériptah. Qu'importe ! Séchat avait devant les yeux la plus parfaite image de celle qui refusait les critiques acerbes des plus récalcitrants.

— Que le dieu potier d'Eléphantine m'aide dans l'accomplissement de cette tâche, Majesté ! Je vais m'atteler au travail dès la fin de ces fêtes.

Elle se prosterna bas, réprimant une douleur tant l'effort lui pesait. L'enfant lui martelait le ventre. Cette séquestration dans les locaux désaffectés de Coptos et sur le bateau de Knoum ne l'avait décidément pas aidée.

Hatchepsout n'osa lui dire de se relever. C'eût été reconnaître la faiblesse d'une femme enceinte, non faite pour accéder à un poste de dignitaire.

Leurs yeux se croisèrent. En un instant, si bref fût-il, elles pensèrent à leurs propos d'adolescentes dans les jardins frais et ombragés du palais.

— Je te façonnerai, Grand Roi, fit Séchat à voix forte. Mes artisans te rendront illustre. Ils sauront te donner sur la pierre, l'argile, l'albâtre et le granit une figure immortelle que tu emporteras dans ta demeure éternelle.

Un murmure parcourut la salle d'audience. C'était la première fois qu'on l'appelait Grand Roi. Mots jetés de surcroît par une femme !

Partie sur sa lancée périlleuse, Séchat poursuivit :

— Je suis venue à toi, Grand Roi, pour te façonner plus beau que les autres souverains. Tu apparaîtras sur le trône d'Horus à l'égal de Rê et d'Amon. Tu seras l'image du dieu, du peuple, du soleil et de la vie. Moi, Séchat, Intendante des Artisans et des Potiers de toute l'Egypte, je donnerai l'exemple.

AVERTISSEMENT

Cette suite d'ouvrages qui s'intitule *Les Thébaines* comporte quatre parties :

*La Couronne insolente** ou le couronnement d'Hatchepsout.

*De Roche et d'argile*** ou le temps des constructions.

*Vents et parfums**** ou le temps des voyages.

*La Seconde Epouse***** ou la fin du règne d'Hatchepsout.

Le récit est basé sur des faits historiques et la plupart des personnages, à l'exception des *Thébaines*, ont existé et portent leurs noms authentiques (que l'on trouve orthographiés différemment dans les ouvrages, selon les historiens).

Si les *Thébaines* ressortent de la pure fiction, on peut comprendre qu'avec une féministe au pouvoir, telle que la pharaonne Hatchepsout, et en l'absence de certitudes, elles aient pu exister et marquer leur histoire telle que je l'ai racontée.

Dans ce cas, le réel peut se mêler harmonieusement à la fiction, laissant rêver les lecteurs.

DU MÊME AUTEUR

ROCKING-CHAIR - *Poèmes,*
Editions Millas-Martin.

LE PAYS D'ALICE EST À QUELQUES DÉRIVES D'ICI - *Poèmes,*
Editions Millas-Martin, *Préface de Denise Miège.*

RETENDRE LA PEAU DES PAVÉS - *Poèmes,*
Préface d'Andrée Appercelle, Illustrations de l'auteur
Editions La Bruyère.

LEONOR FINI OU LES MÉTAMORPHOSES D'UNE ŒUVRE,
biographie, étude de l'œuvre - Editions Le Sémaphore.

ELLES ONT SIGNÉ LE TEMPS
Anthologie biographique des femmes écrivains
des origines au XIXe siècle - Editions L'Harmattan.

DHUODA OU LE DESTIN D'UNE FEMME ÉCRIVAIN EN L'AN 840
Roman historique - Editions Le Sémaphore.

En préparation :

AU-DELÀ DE LEUR ART
Anthologie biographique des femmes peintres
et sculpteurs des origines au XIXe siècle.

Composition réalisée par JOUVE

Achevé d'imprimer en Europe (Allemagne)
par Elsnerdruck à Berlin
LIBRAIRIE GÉNÉRALE FRANÇAISE - 43, quai de Grenelle - 75015 Paris
Dépôt légal Édit. : 2940-06/2000

ISBN : 2 - 253 - 14886 - 5 31/4886/3